<u>dtv</u>

Glorias Kindheit endet jäh, mit einem traumatischen Erlebnis, über das sie mit niemandem sprechen kann. Die Lüge, die sie sich ausdenkt, legt sich über ihr ganzes Leben wie Nebel in der Dämmerung. Später lernt sie David kennen – er ist charmant, romantisch, liebevoll, aber schwach. Gemeinsam mit ihm und mit ihrer kleinen Tochter führt sie ein unstetes Leben. Immer auf der Jagd nach ihren Träumen, bleiben sie an keinem Ort lang: drei Menschen außerhalb der Gesellschaft. Aber irgendwann ist ihnen das nicht mehr genug ...

Die Geschichte einer Frau, die sich ihr Leben lang am Rande des seelischen Gleichgewichts bewegt – ein Roman voller Kraft und Einfühlungsvermögen.

»Ein schmerzhaft-poetisches, durch und durch glaubwürdiges Porträt.« (Company)

Carol Birch wurde 1951 in Manchester geboren. Sie studierte Anglistik und Amerikanistik an der Keele University und lebte sieben Jahre im Südwesten Irlands. Heute wohnt sie in Manchester. Auf deutsch ist bisher von ihr erschienen: ›Frauen am Meer‹, ›Die verlorene Schwester‹.

Carol Birch

Am Rand der Dämmerung

Roman

Deutsch von Mechtild Sandberg-Ciletti

Deutscher Taschenbuch Verlag

Von Carol Birch
sind im Deutschen Taschenbuch Verlag erschienen:
Frauen am Meer (12207)
Die verlorene Schwester (24141)

Für Valerie Coumont

Deutsche Erstausgabe
Juni 1999
Deutscher Taschenbuch Verlag GmbH & Co. KG,
München
© 1989 Carol Birch
Titel der englischen Originalausgabe:
›The Fog Line‹ (Bloomsbury, London)
© 1999 der deutschsprachigen Ausgabe:
Deutscher Taschenbuch Verlag GmbH & Co. KG,
München
Umschlagkonzept: Balk & Brumshagen
Umschlaggestaltung unter Verwendung eines Gemäldes
von Georges Seurat (1859–1891)
Satz: Fotosatz Reinhard Amann, Aichstetten
Gesetzt aus der Aldus 10/11,5˙ (QuarkXPress)
Druck und Bindung: C. H. Beck'sche Buchdruckerei,
Nördlingen
Gedruckt auf säurefreiem, chlorfrei gebleichtem Papier
Printed in Germany · ISBN 3-423-12638-8

TEIL 1

1

Gloria spielt auf der Pilzwiese, wo an und unter den Baumstümpfen, die hier und dort wie gliedlose Torsi aufragen, seltsame Schwämme wuchern, wie Zungen, Trompeten, Glockenkaskaden. Mit ihrem unsichtbaren Zwilling jagt sie im Kreis um die Wiese, auf der Spur irgendeines tollkühnen Abenteuers.

In den Wolken über England hängen Horden teuflischer Vampire und warten nur darauf anzugreifen. Sie reitet nach Afrika, um das einzige wirksame Mittel gegen ihren Biß zu suchen, eine Pflanze, die am Rand eines brodelnden Sees aus geschmolzener Lava wächst, hoch auf einer von dichtem Regenwald überzogenen Bergspitze, die aus endlosem Urwald wie eine Nadel emporsticht. Unter den ausladenden Ästen eines hohen alten Baums an der Straße neben der Wiese hält sie inne, blickt in die Höhe, sieht Affen und Papageien, dreht den Glücksfisch in der Tasche ihres karierten Trägerrocks, holt Luft und beginnt dann schnell, wenn auch ungeschickt und keuchend, zu klettern. Das ist der Afrikabaum. Ihr unsichtbarer Zwilling, der Michael heißt, wartet unten, wie immer der schwächere. Als sie zurückkehrt, ist er fort, und die Glocken läuten. Sie läuten sonntags immer. Es ist Zeit, nach Hause zu gehen, aber sie bleibt noch eine Weile stehen, ein strammes, stämmiges kleines Mädchen mit geschickten, schmutzigen Händen, dünnen Beinen mit zerschrammten Knubbelknien, die Füße in abgestoßenen roten Sandalen, deren Riemen vom Alter rauh und wellig sind.

Man kann von hier keine Häuser sehen, nur hohe, ungepflegte Hecken und einen Maschendrahtzaun mit einem struppigen Wäldchen dahinter. Vieles ist verboten: bestimmte Orte, bestimmte Menschen, bestimmte Geschäfte, bestimmte Wörter, bestimmte Gefühle. Alles jenseits der Pilzwiese ist verboten: der schmutzige Bach, die Ruine einer ehemaligen Fabrik, die Kiesgruben, das kilometerlange Stück verkrusteten khakifarbenen Schlamms, wo Menschen ermordet werden, schreiend im Treibsand versinken, in Löcher in der Erde stürzen.

Sie lauscht dem geheimnisvollen Seufzen der Bäume, die sich leise vor dem grauen Himmel wiegen. Sie ist hungrig. Neben dem offenen Tor zur Straße steht ein Holunderbaum, schwer behangen mit Dolden weißer, stark duftender Blüten, die Muttertod genannt werden. Wenn du Muttertod ins Haus bringst, stirbt deine Mutter. Ihre Mutter hat ihr das erzählt. Sie hält unter den Dolden inne, um ihren Stock aus der Hecke zu holen, wo er immer wartet, ein kräftiger grüner Stock mit einer schlangenartigen Windung um die Mitte; schwingt ihn ein paarmal liebevoll bald in diese, bald in jene Richtung und paddelt dann, durch die Zähne pfeifend, nach Hause, wobei sie den Stock als Ruder benutzt.

Wo sie wohnt, ist weder Stadt noch Land noch Dorf. Ihr Zuhause ist eine Ansammlung von Wohnsiedlungen mit kleinen Grünanlagen, einem großen, lauten Pub mit einem Parkplatz, ein paar Geschäften, einer alten Sandsteinkirche und einem Teich, auf dem Enten, Schwäne und Teichhühner schwimmen. Man möchte meinen, daß irgendwo in der Nähe freies Land sei, aber dem ist nicht so. Sie läuft den Teich entlang, an der Ecke vorbei, wo ein Riesenloch wie ein aufgerissener Schlund alles Wasser in die Tiefe zieht, das wie ein Dämon unter der Straße grollt und gurgelt, überquert die schmale Holzbrücke, die den Bach überspannt und klappert, wenn man über sie hinweggeht. Sie läuft den Hügel hinauf zu ihrem Haus, einem kompakten Backsteinkasten mit einem vergammelten kleinen Vorgarten, einem Betonweg auf der einen Seite und einem von einer hohen Mauer umgebenen Garten dahinter.

Unter der dichten, einen Meter breiten vorderen Hecke, die nie gestutzt wird, ist eine feuchte, dunkle Höhle, die ihr als Versteck für ihre Schätze dient – ein paar Threepenny-Münzen, zwei Schildpattkämme, eine große rosa-graue Muschel und eine kleine blaue, in die weiche Erde gedrückte Seifenschale. Blaugrau, rostig, mit einer Beule vorn, lehnt das Moped ihres Vaters, das nie benutzt wird und nicht angerührt werden darf, an der Seitenmauer des Hauses. Vereinzelte kleine Regentropfen fallen lautlos auf den Beton, und sie schaudert vor Behagen, als sie sie im Nacken spürt. Sie taucht unter einer Plane hindurch in ihre Höhle und hockt sich im Schneidersitz nieder, hält den grünen Stock auf ihren Knien, während sie dem Wispern des Regens auf der Plane lauscht und die vertrauten Gerüche von feuchtem Teppich und bröckelndem Backstein einatmet. An eine Zeit vor der Höhle kann sie sich nicht erinnern. Ihr Versteck beherbergt eine Insektenkolonie, Blätter, Knochen, Lutscherstiele, Spielzeugautos, Milchflaschendeckel, Schmuckstücke, Plastiktassen und -untertassen, und einen angebissenen vertrockneten Apfel mit einem Wurm.

Sie wartet, bis ihr vor Hunger der Magen knurrt, ehe sie ins Haus geht, um auf Zehenspitzen stehend aus dem Hahn in der Küche Wasser zu trinken. Ihre Mutter steht mit dem Rücken zu ihr am Herd und klopft mit einem verbogenen Metallöffel an den Rand eines Topfs. Alles riecht nach Blumenkohl. Gloria kriecht unter das Spülbecken, legt sich rücklings zwischen Putzlappen, Scheuerbürsten und schmutzigen Gummihandschuhen nieder und blickt in Gedanken versunken zu den Spinnen hinauf. Eine große, dicke graue lauert auf Ballerinabeinen reglos in der Ecke. Schwarze Baldachine aus alten Spinnweben beben leise, jedesmal wenn sie ausatmet. Draußen in der Küche umwallt weißer Dampf ihre große, hagere, vergrämte Mutter, deren dünne, leicht gebogene nackte Beine weiß und flaumig sind. Ihre Mutter schlägt irgend etwas in einer Schüssel, ihr Gesicht ist grimmig, ihre Hände sind rot und aufgesprungen. Die Haut unter ihren Augen ist bleich. Sie sieht mit unzufriedener, unsicherer Miene auf, streicht ihr

Haar zurück und seufzt, und einen Moment lang wird ihr Blick verschwommen und verwirrt. Dann entdeckt sie Gloria unter dem Spülbecken.

»Komm sofort raus da!« fährt sie sie an und knallt die Schüssel auf den Tisch. »Wie oft muß ich dir das noch sagen?«

Gloria krabbelt heraus. Ihre Mutter packt sie bei den Schultern, putzt sie unsanft ab, schiebt ihr das Haar hinter die Ohren, drückt sie an sich, stößt sie weg. »Ich hab's restlos satt!« schimpft sie, und ihr Gesicht verzieht sich, als wollte sie gleich niesen oder zu weinen anfangen. »Verdammt und zugenäht! Schau dich an! Wie deine Söckchen aussehen!«

Gloria sieht hinunter zu ihren verdreckten Beinen, Socken und Schuhen. »Ich bin in eine Pfütze gefallen«, sagt sie. »So ein Junge hat mich geschubst.«

»Du bringst mich noch zur Weißglut«, sagt ihre Mutter zähneknirschend. »Verstehst du? Du machst mich wahnsinnig.« Ihr Haar ist braun und sitzt ein wenig zusammengezurrt und schief auf ihrem Kopf, als hätte es jemand ohne viel Federlesens da hingepappt. Gloria sieht sie nur an, ausdruckslos, ein wenig furchtsam. »Manchmal«, sagt ihre Mutter und schüttelt sie, »manchmal …« Ihre Finger graben sich tief ein, kitzeln und kneifen zugleich. Gloria würde gern lachen, wagt es aber nicht. »Ich weiß nicht, warum ich mir überhaupt noch die Mühe mache«, sagt ihre Mutter, plötzlich gleichgültig, läßt sie los und wedelt wegwerfend mit den Händen. »Ich versuch, dich hübsch anzuziehen, und was tust du? Undankbar bist du, ein undankbares Gör. Ich bin fertig mit dir.«

Gloria ist dem Weinen nahe. »Ich hab's doch nicht mit Absicht getan«, protestiert sie. »Ehrlich. Der hat mich geschubst.«

»Geschubst!« sagt ihre Mutter, packt sie von neuem, dreht sie routiniert hin und her, um zu inspizieren, sich zu vergewissern, daß ihre Kleider nicht zerrissen sind. »Du solltest überhaupt nicht mit Jungs spielen. Was erwartest du denn? Und wo warst du überhaupt? Doch hoffentlich nicht am Teich, das ist gefährlich.«

»Nein«, antwortet Gloria. »Ich war auf der großen Wiese hinter den Läden.«

»Was hattest du denn da zu suchen?« Ihre Mutter stößt sie zur Tür. »Dein Dad tobt, wenn er dich so sieht. Geh rauf und wasch dich. Los!« Sie deutet mit einer herrischen Handbewegung zur Tür und wendet sich wieder dem Herd zu.

Gloria geht in den Flur hinaus. Eine Treppe führt zu einem dunklen Flur hinauf, wo alle Essensgerüche sich zu einer dicken, erstickenden Brühe sammeln. Auf einem kleinen Tisch steht ein ›Garten in der Flasche‹, ein sehr großer, zwiebelförmiger Behälter aus trübem grünem Glas, durch das man mit Mühe eine Miniaturlandschaft aus Wasser und Kieseln und verschiedenen Moosarten – weich und smaragdgrün, dunkel leuchtend, hell, zottig, stachlig – erkennen kann. Die Fenster der Haustür spiegeln sich in einer langgezogenen Krümmung. Im hinteren Zimmer nuschelt der Fernsehapparat. Sie späht durch die offene Tür, um zu sehen, was läuft, aber es ist nur irgendein alter Film, der da vor sich hinflimmert. Davor sitzt ihr Vater in einem schweren, braunen, tiefen Sessel mit breiten Armlehnen, die Augen halb geschlossen, das Kinn schwabbelig, weil ihm der Kopf auf die Brust gesunken ist. Er sieht sich flüchtig um, ein kleinwüchsiger, untersetzter Mann mit vorstehendem Bauch, einem kleinen, zusammengedrückten, übellaunigen Gesicht und einem dicken, buschigen Schnauzbart, bemerkt sie, nimmt sie aber nicht zur Kenntnis, sondern richtet seinen Blick wieder auf den Bildschirm. Er spricht nicht oft mit ihr, wenn er auch manchmal über ihre Mutter mit ihr kommuniziert, wie Gott durch einen Priester, um Befehle zu erteilen.

Gloria läuft nach oben, bedacht darauf, keinen Lärm zu machen – er haßt Lärm –, geht ins Bad und klettert auf einen Schemel, um sich am Waschbecken die Hände zu waschen. Das Stück Seife ist gelb, hart an den Rändern, und hüpft ihr aus den Händen, weil es so groß ist. Ein grüner Plastikfrosch hockt in einer Seifenschale in einer Pfütze schleimigen Wassers wie Eiweiß. Sie singt leise, während sie in den Spiegel sieht, hinter sich grell-türkisgrüne Wand und ein gelbes Handtuch, das schief an der Tür hängt. Gloria ist im Singen die Beste in ihrer Klasse. Sie singt ein Lied über eine große Vogelversammlung, vergißt sich und singt immer lauter, bis ihre Mutter hereinkommt und zischt: »Schsch! Herrgott noch mal, sei still – dein Vater hat wieder mal schlechte Laune.«

Gloria schneidet eine höhnische Grimasse.

»Zieh deine Socken aus«, sagt ihre Mutter. »Du kannst dir auch gleich die Füße waschen.«

Gloria hockt sich auf den Boden und schält die nassen, klebrigen Socken von ihren schmutzigen Füßen.

»Also wirklich!« sagt ihre Mutter mit zornigem Gesicht, während sie Wasser in eine Schüssel laufen läßt. Dann sieht sie mit einem tiefen, müden Seufzer zu ihr hinunter. Sie befiehlt Gloria, sich auf den geschlossenen Toilettendeckel zu setzen, wäscht ihr unsanft die Füße und rubbelt ihr danach das Gesicht mit einem heißen Waschlappen.

»Das brennt!« schreit Gloria.

Ihre Mutter lacht. »Ooooch!« sagt sie in Babysprache. »War Mami grob mit dir? Armes kleines Fröschlein. Die böse Mami! Ach, mein armes kleines Mädchen.« Sie wirft den Lappen ins Becken und ist wieder kurz und sachlich. »So, jetzt zieh dir was Frisches an. Na los – in meinem Zimmer – und sei leise!«

Im Zimmer von Glorias Eltern riecht es immer muffig, weil sie fast nie das Fenster aufmachen. Es gibt einen Nachttopf, der unter dem Bett steht und einmal am Tag geleert wird, eine Kommode mit Fotografien von der Hochzeit der Eltern und von Gloria als Baby, ein kleines gerahmtes Bild von Jesus und einem Engelchen über dem offenen Kamin, einen massigen braunen Kleiderschrank und ein Doppelbett mit einem cremefarbenen Chenilleüberwurf. Das Bett nimmt den größten Teil des Raums ein. Es ist furchtbar, daß ihre Eltern in einem Bett zusammen schlafen müssen, obwohl sie sich nicht ausstehen können. Sie versteht eigentlich nicht, warum das sein muß. Es gehört einfach zu diesen Dingen, die man tun muß, ob man will oder nicht. Es gibt viele solcher Dinge.

»Dein gräßlicher Vater hat fürchterliche Laune, nimm dich also in acht«, flüstert ihre Mutter, als sie hereinkommt. »Er macht mich noch wahnsinnig.« Sie hat die Hände geballt und führt eine langsame, eigenartige, schlagende Bewegung mit ihnen aus. »Er macht mich einfach – vollkommen – wahnsinnig. Ich hasse ihn. Bleib hier.«

Gloria tut, wie ihr geheißen. »Was hat er denn?« fragt sie.

»Dieser verdammte Idiot«, flüstert ihre Mutter wütend. »Er sucht das Lexikon. Ich weiß wirklich nicht. Im Flur hat er alles aus den Schränken gerissen, weil er dieses blöde alte Lexikon sucht. Wahrscheinlich haben wir's längst weggeschmissen; wahrscheinlich hat er's selber weggeschmissen. Und dann hat er alles ganz falsch wieder reingetan. Ich kann's nachher wieder in Ordnung bringen. Jetzt ist er natürlich sauer, und wir werden seine miese Laune den ganzen Tag ertragen müssen. Manchmal glaub ich wirklich, er ist nicht richtig im Kopf.«

Sie bückt sich und zieht eine Schublade unten im Kleiderschrank auf, in der Glorias Sachen liegen, reißt ein paar leicht zerknautschte Kleidungsstücke heraus und wirft sie aufs Bett. »Probieren wir das mal«, sagt sie und zieht Gloria den Pullover so energisch über den Kopf, daß ihr die Ohren weh tun. »Halt still. So ist's brav.« Sie steckt Gloria in Rock und T-Shirt, überlegt es sich anders, versucht es mit einem grünen Kittel, den Gloria haßt, findet ihn zu – ich weiß auch nicht – irgendwie zu schäbig aussehend; versucht es mit diesem und mit jenem und zieht und zerrt dabei die ganze Zeit mit sanfter Hand. »Halt dich gerade. Wenn du so stehst, wirst du eines Tages krumm und schief werden wie eine bucklige alte Hexe. Ich weiß nicht, heute sieht aber auch nichts hübsch aus an dir, manchmal weiß ich überhaupt nicht, wie du aussiehst.«

Gloria hält brav still, ein wenig wie gefroren, und starrt das Bild von Jesus und dem pausbäckigen Engel an der Wand an. Jesus ist ganz bleich in einem gelblich-braunen Ton und hat wunderschönes welliges Haar und tiefe Höhlen unter den Augen. Das Engelchen späht über den Rand einer kleinen rosaroten Wolke am Himmel darüber, ein rundes Gesicht mit Pausbacken und Grübchen. »Das ist unser Michael«, pflegte ihre Mutter, auf das Bild weisend, zu sagen und sagt es auch heute noch ab und zu. »Er ist bei Jesus.« Ihre Mutter weint heute noch manchmal um Michael. »Wie er wohl jetzt sein würde«, sagt sie, »mit sechs Jahren?« Gloria weiß nicht genau, was eigentlich mit Michael passiert ist, nur daß es schrecklich und furchtbar war, es ist untergegangen in den Nebeln der Jahre. Er war ihr Zwillingsbruder, aber er starb bei der Geburt. Sie ist überzeugt, daß sie etwas damit zu tun gehabt haben muß, und sieht manchmal in einem unheimlichen, rosigen Fiebertraum zwei Säuglinge in tödlichem Kampf miteinander verstrickt, in dem das eine Kind das andere erdrosselt.

Ihre Mutter entscheidet sich endlich für ein gelbes Kleid mit grüner Strickjacke, wird auf einmal übermütig und stülpt Gloria nacheinander verschiedene Mützen und Hüte über den Kopf, wobei sie das Kind, lautlos vor sich hin lachend, vor dem Spiegel hin und her dreht. Sie setzt sich aufs Bett und sieht Gloria an. Ihre Augen sind feucht und verzweifelt, die Lippen hochgezogen, der Mund stumm, während sie lacht und lacht. Gloria lacht mit (o nein, o nein, sie tut's schon wieder), ohne zu wissen, ob sie selbst es ist, über die da gelacht wird; aus dem Gefühl der Verpflichtung mitzulachen, damit ihre Mutter sich nicht im Lachen alleingelassen fühlt. Sie kann ja nichts ändern. Ihre Mutter fällt seitlich aufs Bett, wie von einem Schuß getroffen. Zu Tode erschöpft von der Anstrengung zu schweigen, schlägt sie ihre Hände vor ihr Gesicht, wälzt sich auf den Rücken und schreit lautlos mit fest zugekniffenen, tränenden Augen. Gloria lacht mit. Sie bilden eine Zweiergemeinschaft in diesem lautlosen, kreischenden Gelächter.

Nach einer Weile setzt ihre Mutter sich auf und trocknet sich die Augen. »Oh! O Gott!« sagt sie seufzend. Sie zieht ein Papiertaschentuch aus ihrem Ärmel und schneuzt sich. »So. Ich denke, das wird gehen.« Sie steht auf, faßt Gloria bei den Schultern und dreht sie zum Spiegel, ein strammes Kind mit einem vollen Schopf dicker brauner Haare, einem großen Mund in einem breiten Gesicht. »Warte«, sagt sie, »deine

Haare«, und greift zu einer Haarbürste. Gloria schließt die Augen, als die Borsten über ihren Nacken streifen und Wohlbehagen durch ihre Kopfhaut und über ihren Rücken senden.

Unten essen sie zunächst schweigend. In dem alten Film gibt es Geigenmusik und viel Geschrei. Das Gesicht ihres Vaters ist streng, wenn er immer wieder regelmäßig von seinem Teller aufblickt, in seine Zeitung sieht und dann auf den Bildschirm. Schließlich sagt er zu ihrer Mutter, es sehe aus, als würde es jetzt endlich doch zu regnen aufhören, und sie schaut mißbilligend zum Fenster, hinter dem der graue Himmel droht.

»Iß deinen Blumenkohl«, sagt sie zu Gloria. Im Fernseher grölt eine Menschenmenge. Gloria ißt langsam. »Sag ihr, daß sie ihren Blumenkohl essen muß, Pete«, sagt ihre Mutter zu ihrem Vater.

Er sieht sie mit leicht belustigtem Blick an. »Natürlich muß sie das«, sagt er.

»Ich mag aber keinen Blumenkohl«, sagt Gloria. Sie spricht zu laut, weil sie nervös ist.

»Aber natürlich magst du ihn«, entgegnet ihre Mutter.

»Iß«, sagt ihr Vater und wendet sich wieder seiner Zeitung zu.

Sie ißt, das Gesicht verzogen, als hätte sie Dreck vor sich.

Ihr Vater wirft ihr einen kalten Blick zu. »Die Grimasse, die du ziehst, ist übertrieben«, sagt er mit ausdrucksloser Stimme und ißt weiter.

Mit rotem Kopf blickt sie zu dem Schlachtfeld auf ihrem Teller hinunter. Ganz plötzlich setzt der Regen ein, ein Glitzern im Garten hinter dem Fenster. Er stößt einen Laut der Resignation aus, schiebt seinen Teller weg und seinen Stuhl zurück und geht, sich den Mund mit der Hand abwischend, aus dem Zimmer. Sie hören, wie er die Hintertür öffnet und am Haus herumpoltert.

»O nein, was macht er denn jetzt wieder?« fragt ihre Mutter gereizt. »Schnell, gib mir deinen Teller, solang er draußen ist.«

Gloria kriecht unter den Tisch und bleibt dort, bis ihr Vater zurückgekehrt und vor dem Fernseher eingeschlafen ist und ihre Mutter in der Küche abspült; dann erst kommt sie hervor und geht zum Fenster, um hinauszusehen. Der Himmel ist ganz hell, und der Regen fällt jetzt stetig, fein und sachte.

Draußen im Garten stimmt etwas nicht. Ihr wird ganz übel, und ihr Herz rast; sie rennt nach draußen und starrt, im Regen stehend, auf das Stück Hecke, wo ihre Höhle war. Die Plane ist weg. Der Teppich ist verkrumpelt und durchnäßt, der grüne Stock ist fortgerollt, und ein Wirrwarr anonymer kleiner Gegenstände liegt hier und dort verstreut, aller Besonderheit beraubt. Sie kniet in dem Durcheinander nieder und dreht vorsichtig einen alten, vertrockneten Apfel herum. Der Wurm ist fort, entweder hat er sich tiefer hineingefressen, um das Ende des Erdbebens abzuwarten, oder er ist für immer geflohen, vielleicht sogar von einem achtlosen Fuß zertreten worden.

Sie rennt zur Hausseite hinüber und sieht ihre orangefarbene Plane über dem verhaßten Moped ihres Vaters hängen; läuft hin, tritt, so fest sie kann, mit dem Fuß dagegen und fängt an zu weinen.

Ihre Mutter ruft von irgendwoher: »Gloria! Geh mit dem Kleid sofort aus dem Regen.«

Gloria tritt voller Haß gegen das blöde Moped, das da völlig nutzlos herumsteht, nichts als eine dieser blöden Launen ihres blöden Vaters, nur weil er vor hundert Jahren, als er noch jung war, mal eins hatte und sich einbildete, es wäre billiger, als jeden Tag mit dem Bus in die Stadt zu fahren, wo er auf der Post arbeitet. Er fährt es vielleicht einmal im Jahr.

Immer noch weinend kommt sie durch den Hintereingang gelaufen. Ihre Mutter will zu schimpfen anfangen, sieht ihr Gesicht und kniet nieder, um sie kurz in den Arm zu nehmen. »Was ist denn passiert?« fragt sie. Sie hält Gloria etwas von sich weg und blickt ihr ins Gesicht. »Was ist passiert, Fröschlein?«

»Er hat meine Höhle kaputtgemacht«, schluchzt Gloria. »Er hat sie völlig kaputtgemacht. Er hat mir mein Dach weggenommen und es über sein blödes Moped gehängt. Dieses blöde

Ding, ich hasse es, ich könnt's kaputthauen.« Sie schnappt keuchend nach Luft, beißt die Zähne zusammen, bis sie das Gefühl hat, daß sie gleich brechen werden.

»Pscht!« macht ihre Mutter und schüttelt sie. »Jetzt hör auf zu weinen. Wir besorgen dir was andres für deine Höhle; dein Dad hat das nicht gewußt.« Sie seufzt tief und müde, steht auf, schaut zum Fenster hinaus und sinkt in sich zusammen. »Er ist ein gedankenloses Schwein«, sagt sie leise zu sich selbst. Dann dreht sie sich nach Gloria um. »Weißt du was, Schatz«, sagt sie liebevoll, »am Montag nach der Schule fahr ich mit dir in die Stadt und kauf dir ein dickes Eis. Na, ist das was?«

Glorias Vater kommt plötzlich herein. Ihre Mutter wendet sich ab und macht sich am Spülbecken zu schaffen. Gloria steht ganz still, sie hat Angst, bemüht sich, nicht zu weinen, und hofft, daß er ihr fleckiges Gesicht nicht bemerkt. Er brummt etwas, wirft einen Blick in den kleinen Spiegel, der auf einer Seite neben dem Spülbecken hängt, streicht sich über seinen Schnauzer, streckt sich selbst die dicke rote Zunge heraus, um zu sehen, ob auf ihrer Spitze ein Geschwür sitzt. »Was ist denn mit Gloria los?« fragt er ihre Mutter, als er sich schon wieder zum Gehen wendet.

»Sie ist traurig, weil du die alte Plane für dein Moped genommen hast«, antwortet ihre Mutter und wischt sich die Hände an einem Geschirrtuch ab. »Sie hatte sich da draußen eine kleine Höhle gebaut.« Und sie lacht ein wenig, ein dümmliches Lachen des Verrats.

Er bleibt an der Tür stehen und blickt abwärts. Gloria fühlt sich schwach und klein. Dann lacht er wegwerfend. »Dieses zerfetzte alte Ding? Das ist doch nichts für dich. Das ist nichts zum Spielen.«

»Ich hab meine Sachen drunter gehabt«, sagt sie.

»Na ja«, meint ihr Vater, »das ist doch nicht so schlimm.«

Sie beginnt wieder zu weinen, lautlos, schniefend und tropfend.

»Da gibt's nichts zu weinen«, sagt er halb streng, halb lächelnd. »Die war sowieso nicht zum Spielen da.«

Aber sie kann nicht aufhören. »Ich hab meine Sachen drunter gehabt«, sagt sie wieder.

»Und jetzt hab ich meine drunter«, bemerkt er.

Sie verschmiert ihre Tränen im ganzen Gesicht.

»Schluß jetzt!« befiehlt er, aller Humor wie weggeblasen.

Ihre Mutter wirft ihr hinter seinem Rücken teilnahmsvolle Blicke zu, dann lacht sie nervös. »Du kennst sie doch«, sagt sie leichthin. »Sie nimmt immer alles so schwer.«

»Dann muß sie eben lernen, das nicht zu tun«, entgegnet er. »Ich kann Heulsusen nicht ausstehen.« Damit geht er hinaus, und ihre Mutter folgt ihm. An der Tür dreht sie sich herum und flüstert Gloria zu: »Komm jetzt, das reicht. Hör jetzt auf.«

Lange steht Gloria da und lauscht dem leisen Regen und dem lauteren Tropfen des Wasserhahns. Sie hört die beiden im hinteren Zimmer über irgend etwas lachen und fragt sich, ob sie über sie lachen. Nie wird sie verstehen, wieso ihre Mutter immer sagt, sie hasse ihren Vater, und dann mit ihm scherzt, während sie weinend in der Küche steht. Sie sieht auf ihr gelbes Kleid hinunter und hat nur den Wunsch, es schmutzig zu machen, so richtig dreckig; am liebsten würde sie zum Weiher laufen und sich wie ein Flußpferd im Schlamm wälzen. Wenn sie groß ist, wird sie ihr eigenes Haus haben, wo niemand ihr was wegnehmen kann. Sie wird mit all ihren Sachen um sich herum darin sitzen und dem Regen auf dem Dach lauschen. Und sie wird sich des Regens bewußt, der immer noch auf die Plane über dem Moped ihres Vaters trommelt; sie wird sich einer seltsamen alten Müdigkeit in ihrem Innern bewußt und einer rebellischen Erregung, die in ihr hochsteigt wie das Quecksilber in einem Thermometer.

Mit einem boshaften Lächeln und schon zitternd läuft sie hinaus und rennt wie wild die Straße hinunter, daß das Wasser unter ihren Füßen von den Pflastersteinen spritzt. Kein Mensch ist draußen. Die Kirchenglocken läuten, der Regen durchnäßt die grüne Strickjacke, das gelbe Kleid. Am Weiher hält sie inne und geht langsam über die klappernde Holzbrücke, unter deren Planken sie das Brodeln des weiß-grauen Wassers sehen kann. Am Weiher ist es neblig, nirgends ein Vogel zu sehen. Der Regen läßt nach, die Welt seufzt friedvoll. Sie geht am Rand des Weihers entlang, macht sich die Füße naß, versenkt sie im Schlamm, kommt zu dem großen Loch, durch das das Wasser strudelnd und tosend in die unterirdische Finsternis gezogen wird, bleibt eine Weile stehen und beobachtet das endlose Flirren seines endlosen Falls, taub von dem Lärm, und stellt sich vor, sie würde mit ihm hinunterstürzen, wie Alice, abwärts durch Finsternis und Schall, bis sie in einer anderen Welt angekommen wäre.

In einer anderen Welt. *Wie soll man sie je kennenlernen, wenn man nicht springt?*

Sie fühlt sich sonderbar. Sie weiß gar nicht, wie lang sie hier gestanden hat. Es regnet nach wie vor, und das Wasser tost immer noch, aber einen Moment lang hört sie nur ein einziges Geräusch, ein Summen am Abgrund der Welt, und eine Sekunde lang weiß sie nicht, wo sie ist. Doch der Moment geht vorbei, und als sie fröstelnd den Kopf hebt, sieht sie durch den sich lichtenden Nebel eine Frau in einem langen, dunklen Gewand, die stolz und ernst mit gemessenem Schritt und hocherhobenem Kopf über die Holzplanken der schmalen Brücke schreitet, die ein paar hundert Meter entfernt den Bach überspannt. Die Frau zeigt sich im Profil; ihr Gesicht kann Gloria nicht erkennen. Sie erreicht festen Boden und wendet sich, ohne stehenzubleiben, rasch ab, um die stille Straße entlang davonzugehen. Es schaudert Gloria. Die Frau geht ihrer Hinrichtung entgegen, einer Enthauptung. Die Frau ist ein Geist. Gloria weiß es.

In heller Angst rennt sie den ganzen Weg auf der anderen Seite um den Weiher herum, so daß sie nicht an der Brücke vorbei muß, und dann einen weiten, fremden Weg nach Hause. Als sie das Haus erreicht, beginnt der Himmel gerade sich zu verdunkeln, die Hintertür steht noch offen. Alle Rebellion ist in sich zusammengefallen. Sie bleibt stehen und lauscht, aber es scheint alles friedlich zu sein. Sie rettet ihren grünen Stock, der patschnaß an der Mauer liegt, schlüpft ins Haus, schließt die Tür und schleicht auf Zehenspitzen nach oben. In der Kammer legt sie ihren Stock über das Fußende ihres Betts, zieht sich eilig aus und schlüpft in ihren Schlafanzug. Dann geht sie ins Badezimmer, wäscht sich das schmutzige Gesicht mit einem Waschlappen und rubbelt sich das Haar mit einem Handtuch. Ihr Gesicht ist erhitzt. Sie holt sich eine Plüscheule aus ihrem Zimmer, dann geht sie nach unten und schaut ins hintere Zimmer. Ihre Mutter sitzt strickend vor dem Fernsehapparat, ihr Vater liest Zeitung.

Gloria setzt sich auf die Treppe. Sie schwingt die Eule sachte an ihren Flügeln hin und her und beobachtet die Bewegung, die sich in dem grünen Glas der Flasche mit dem Miniaturgarten spiegelt. Sie stellt sich vor, sie und die Eule wären eingeschworene Kameraden auf einer gefährlichen Mission, die verlangt, daß man auf allen vieren die Treppe hinauf und hinunter kriecht. Sie spricht mit der Eule und antwortet sich mit Eulenstimme.

Ihre Mutter kommt in den Flur heraus. »Pscht!« macht sie unwirsch. »Dein Vater will in Ruhe seine Zeitung lesen. Sei jetzt brav, sonst bekomm ich nur Ärger. Wieso sind deine Haare so naß? Warst du noch mal draußen?«

»Ich hab einen Geist gesehen«, sagt Gloria.

»Red keinen Unsinn«, versetzt ihre Mutter, schon auf dem Weg in die Küche, um Wasser aufzusetzen.

»Es stimmt«, sagt Gloria. »Ich hab einen Geist gesehen.«

»Ach, halt den Mund«, sagt ihre Mutter und verschwindet in der Küche.

Ich red keinen Unsinn! Nein, tu ich nicht!

Ihre Ohren werden auf einmal ganz taub, als wäre neben ihr etwas mit Donnerknall explodiert. Das sonderbare Gefühl stürzt über sie herein – *es kommt*, sagt eine Stimme in ihrem Kopf, es *kommt, es kommt wieder* –, und da kommt es auch schon, die Fremdheit, ein Gefühl wie im Moment des Einschlafens oder am Ende eines Anfalls heftiger Übelkeit: schwer, tödlich erschreckend, als träte man in einem Traum ins Leere und fände nichts als bodenlose, unsichtbare Luft unter sich. Sie stürzt in ein finsteres Loch in ihrem Kopf, wo sie sich augenblicklich in eine Seifenblase verwandelt, die aus einem riesigen Rohr ausgestoßen wird.

Die grüne Flasche hebt sich von selbst vom Tisch und zerschellt in einem einzigen herrlichen Moment an der Wand gegenüber; eine Welt explodiert. Dicke grüne Scherben prallen von der Wand. Gloria sitzt mit ihrer Eule auf der Treppe und blickt zitternd hinunter auf das Chaos aus altem Moos und Erde, Kieseln und gesplittertem Glas. Ein nasser Fleck breitet sich aus. Ihr Vater kommt aus dem hinteren Zimmer gestürzt, ihre Mutter aus der Küche. Einen Augenblick lang bleiben sie bestürzt stehen und blicken mit hängenden Mündern und entsetztem Blick auf den Boden. Zuerst sehen sie einander an, dann Gloria.

»Was zum Teufel ist hier los?« brüllt ihr Vater.

»Was hast du gemacht?« fragt ihre Mutter. »Bist du rauf und runter gerannt?«

»Nein, nein, ehrlich nicht. Ich hab nur hier gesessen, und da ist sie vom Tisch runtergefallen. Ehrlich.« In ihrer Stimme ist keine Überzeugung.

Das Gesicht ihres Vaters ist weiß. Er schaut sie nicht an. »Die steht seit – zehn Jahren da!« sagt er ungläubig. Sie erstarrt vor Angst.

»Du hast im Flur rumgetobt«, beschuldigt ihre Mutter sie. »Erzähl keine Märchen.«

»Ist doch gar nicht wahr!« schreit Gloria. »Wirklich! Wirklich, ich hab überhaupt nichts getan.«

»Du kriegst gleich eine solche Ohrfeige, wenn du mich so anbrüllst.«

»Seit *zehn Jahren* haben wir die«, sagt ihr Vater wieder. »Zehn Jahre, und dann kommt so ein Gör daher und schmeißt sie kaputt.«

Gloria findet keine Worte mehr. Sie zieht sich in bockiges Schweigen zurück, die Augen weit aufgerissen und starr. Ihr Vater sieht sie mit seinen schwachen, blutunterlaufenen Augen an, zornig, verwirrt, verletzt, wütend. Ihr scheint, daß er sie immer so ansieht, und sie weiß niemals, warum.

»Sie ist übergeschnappt«, sagt er kalt. »Sie ist unsere Tochter, aber sie ist übergeschnappt.« Seine Lippen sind dünn und starr, und er wendet seinen Blick nicht ab. Ein Brennen steigt aus ihrer Brust auf und zieht ihren Hals und ihr Gesicht hoch. »Sorg besser dafür, daß sie mir nicht unter die Augen kommt«, sagt er, dreht sich brüsk um und geht wieder ins hintere Zimmer.

»Was tust du nur?« zischt ihre Mutter und schießt auf sie zu wie eine Schlange. Die Linie zwischen ihren Augen ist so tief, daß es aussieht, als müßte sie schmerzen.

»Nichts.« Gloria kommen die Tränen, sie läuft nach oben, in ihr Zimmer und verkriecht sich unter der Bettdecke. Dort wartet sie, bis ihre Mutter an der Tür erscheint.

»Jetzt hör mir mal zu«, sagt ihre Mutter wütend. Sie beugt sich über sie und packt mit weißen Knöcheln die Bettdecke zu beiden Seiten. »Ich hab wirklich genug von deinem ewigen Leugnen. Von deinen Lügen. Und hör auf zu heulen.«

»Ich kann nicht.«

»Hör auf, sag ich.«

»Ich kann nicht.«

»Deinetwegen kann ich jetzt da unten alles saubermachen. Und deinetwegen muß ich jetzt den ganzen Abend seine fürchterliche Laune ertragen. Ja, du machst dir's leicht, du kannst dich einfach in dein Bett verziehen. Ich bin diejenige, die den ganzen Abend da unten sitzen und sich sein mürrisches Gesicht ansehen muß, und im Fernsehen nichts als Sport.«

»Ich schwör auf die Bibel, daß ich das Ding nicht angefaßt hab. Ich hab nichts getan.«

»Du *mußt* es gewesen sein«, sagt ihre Mutter. Ihr Gesicht verzerrt sich plötzlich zu einer schrecklichen Fratze, die etwas wie Hilflosigkeit ausdrückt, schlimmer als Wut. Es tut weh, sie anzusehen. »Du mußt es gewesen sein, du *mußt*.«

»Aber ich war's nicht!« schreit Gloria ihrer Mutter ins Gesicht. »Ich war's nicht!«

Ihre Mutter versetzt ihr einen harten Schlag auf den Kopf

und tritt zurück. »Ich will heut abend kein Wort mehr von dir hören«, sagt sie wutentbrannt. Sie macht das Licht aus und geht. Die Tür fällt krachend hinter ihr zu.

Voller Angst in der plötzlichen Finsternis grapscht Gloria wild nach ihrem grünen Stock, ihrem Beschützer, und holt ihn zu sich unter die Decke. Weinend, schwitzend vor Angst liegt sie da und drückt ihn an sich. Ihr Kopf dröhnt ein wenig von dem Schlag, und ihr Herz hämmert. Sie haßt die Dunkelheit, aber sie darf kein Licht machen. Sie muß es einfach überwinden. Sie liegt mit weit offenen Augen und wartet auf irgend etwas Unbekanntes; beginnt Formen auszumachen: den großen Karton, in dem ihre Spielsachen sind, ein altes Nachthemd ihrer Mutter, das an der Tür hängt. Niemals könnte sie aufstehen und durch die Dunkelheit gehen, um Licht zu machen, selbst wenn sie den Schalter erreichen könnte. Sie ist gefangen.

Fünf Minuten später wird leise die Tür geöffnet. Ihre Mutter schleicht ins Zimmer, macht Licht und setzt sich auf die Bettkante. Gloria blinzelt in die plötzliche Helligkeit, ihr Gesicht ist heiß und feucht, brennt.

»Arme Gloria«, flüstert ihre Mutter, nimmt ihr Gesicht in ihre Hände und küßt sie auf die Wange. »Ach, mein armes kleines Mädchen.«

»Es tut mir leid«, sagt Gloria. »Es tut mir so leid.«

Ihre Mutter tätschelt ihre Schulter. »Ja, ja, aber jetzt bist du ja wieder brav, hm? Ist schon gut. Ich laß dir das Licht noch eine Weile an, dann kannst du deine Bücher anschauen, wenn du magst.« Mit einem müden Lächeln nimmt sie eine Handvoll dünner, abgegriffener Bücher aus dem Spielzeugkarton und legt sie aufs Bett. Sie soll sich keine Gedanken machen, sagt sie zu Gloria. Es wird alles wieder gut. »Schsch«, zischt sie, den Finger auf den Lippen, als sie hinausgeht und die Tür wie mit einem leisen Wispern schließt.

Gloria bleibt einen Moment benommen sitzen, mit offenem Mund, weil ihre Nase voller Schnodder ist, dann findet sie in der Bettritze ein altes Papiertuch, schneuzt sich und greift zum Fensterbrett hinauf nach ihrem Glücksfisch. Heute nacht wird sie ihn unter ihr Kopfkissen legen. Sie hat ihn vor langer Zeit am Rand der Pilzwiese gefunden und sofort geliebt. Sie fühlt sich getröstet, jetzt, da er auf ihrer offenen Hand liegt, ein dicker, schuppiger, silberner Fisch, den Schwanz im Maul und aus einem großen, klugen, wohlwollenden Auge blickend. Sie legt den grünen Stock auf die Bettdecke, quer über ihre Füße, den Fisch unter ihr Kopfkissen, lehnt sich zurück und blättert langsam, lethargisch in ihren Büchern. Sie hat massenhaft Bücher. Am liebsten mag sie die Märchen. Sie kennt alle Bilder und Geschichten auswendig, und wenn eine Figur sie bewegt, wird sie zu ihr. Sie ist Rapunzel, das aus dem Turm sein Haar herunterläßt, sie ist Falladas Kopf; sie ist das kleine Mädchen, das immer weiter, immer weiter barfuß durch den Schnee stapft. Sie schläft schon fast, als ihre Mutter wiederkommt, um das Licht auszumachen.

»Ach, wirf doch diesen alten Stock weg!« sagt ihre Mutter.

»Nein, nein!« ruft Gloria. »Das ist mein grüner Stock. Den brauch ich.«

»Er ist dreckig«, sagt ihre Mutter. »Ist ja gut, ich leg ihn nur in den Garten. Er gehört nicht ins Haus.« Sie nimmt den Stock, gibt Gloria einen Gutenachtkuß, sagt ihr, sie solle das Beten nicht vergessen, und geht hinaus, Dunkelheit zurücklassend. Die Furcht kehrt wieder, kalt und stumm. Aber nach einer Weile beginnt leise der Regen am Fenster zu flüstern, und sie fürchtet sich nicht mehr ganz so sehr. Sie denkt an ihren Stock draußen im Regen, und er tut ihr leid, dann denkt sie an den Wurm, was für ein merkwürdiges, einsames Geschöpf er war, wie er da ganz allein in einem Apfel wohnte.

Dann denkt sie an ein großes Bilderbuch, das sie einmal hatte und das von einem kleinen wilden Mädchen erzählt, das in einem grenzenlosen, dichten Wald mit Bären, Wölfen und Elchen und anderen, kleineren Tieren aller Art lebt. Das Buch ist längst verschwunden, aber Gloria sieht immer noch die Bilder. Das kleine wilde Mädchen ist das einzige menschliche Wesen in dem Wald. Sie liebt die Tiere alle, und sie lieben sie mit einer ernsten, friedvollen, wortlosen Art von Liebe. Sie reitet auf einem zahmen Elch umher, dessen gewaltige prähistorische, mit Blumen und Moos ausgepolsterte Schaufeln eine breite Schale bilden, die ihm voraus majestätisch über die Waldpfade schaukelt. Manchmal klettert sie hinauf in die duftende Schale, legt sich nieder und schläft unter Moosdecken.

Gloria ist das kleine Mädchen in den Schaufeln des Elchs. Jeden Abend legt sie sich nieder, und das mächtige Tier trägt sie fort, mit sicherem, ruhigen Schritt tiefer und tiefer in den grenzenlosen Urwald. Sie ist wunschlos glücklich dort, allein mit den Tieren. Mehr braucht es nicht.

2

Die meisten Leute kommen nicht gern zu Gloria nach Hause, weil man dort immer leise sein muß. Sie vertreibt sich die Zeit mit Spielen auf der Pilzwiese, in dem sicheren Wissen, ein untergeschobenes Kind zu sein, und in der Erwartung, bald entdeckt zu werden. Aber nichts geschieht. Der grüne Stock verschwindet, aber der Glücksfisch bleibt.

Mit acht endlich findet sie eine Freundin, Mary, ein blondes, kräftiges Mädchen mit runden Brillengläsern und formlosen Pullovern. Jetzt kann sie zu Mary nach Hause gehen, da ist alles ungewohnt und viel lustiger als bei ihr daheim. Mary hat einen großen Bruder namens John und viele kleinere Brüder und Schwestern, im Haus gibt es große, unordentliche Zimmer, einen langen Flur auf der Seite, wo man hin- und herrennen und schreien und toben kann, einen Raum mit einem langen Holztisch, in dem an der Wand Käfige mit Mäusen stehen. Der Raum riecht aufregend nach Sägemehl. Die Mäuse sind glitzeräugige, saubere, flinke kleine Tiere, braun und weiß und cremefarben, mit rosigen papierdünnen Ohren in Übergröße. Sie huschen umher, rennen endlos in Laufrädern, schlafen zusammengekuschelt in kleinen Strohnestern.

Gloria bekommt eine, als Marys Mutter erklärt, vier seien zuviel.

»Das arme kleine Ding«, sagt Glorias Mutter und beugt sich hinunter, um die Maus zu beobachten, die mit ihren zwei langen gelblichen Zähnen an einem Sonnenblumenkern nagt. »Was für ein Leben! Ich hoffe nur, du wirst sie regelmäßig füttern und den Käfig saubermachen, ohne daß ich dich ständig daran erinnern muß.«

»Aber natürlich«, sagt Gloria.

Ihr Vater kommt und sieht sich die Maus an. »Hallo!« ruft er ihr durch das Gitter zu und lacht. »Schau mal, wie sie rennt!« sagt er, während sie in ihrem Laufrad Meilen zurücklegt.

Pearly die Maus ist cremefarben und hat auf einer Seite einen sehr zarten schokoladebraunen Fleck. Ihre Nase, die großen geäderten Ohren, die kleinen kalten Füßchen sind rosigrot, die Augen sind glänzend und dunkel und zeigen einen Ausdruck ernster Sorge, während sie zwischen Schlafkästchen, Futterschale und Pinkelecke hin- und herrennt. Das ist das einzige, was sie tun kann, wenn sie keine Lust hat, im Rad zu laufen, das sich tack, tack, tack endlos dreht, Stunde um Stunde, immer weiter, während sie auf ihren Ballen die Meilen durcheilt. Sie schaut in die Höhe beim Laufen, immer in die Höhe, als erwarte sie, irgendein Ziel zu erreichen. Dann wird sie müde und legt sich in ihrem Nest schlafen. Gloria schaut von oben hinein und sieht sie da liegen, mit entblößtem Bauch und schlaff hängenden Vorderbeinen, die großen Vorderzähne sichtbar und der Atem so gewaltig in dem zarten Körper, daß man zuschauen kann, wie er kommt und geht, ganz als wäre sie ein Blasebalg. Sie gehört Gloria ganz allein. Ihr Käfig steht oben auf der Kommode, und nachts hält sie Gloria mit ihrem geschäftigen Rascheln und Ackern im Laufrad wach. Für Käse hat sie nicht viel übrig, aber sie liebt Milchschokolade. Manchmal verrammelt Gloria abends die Zimmertür, stellt den Käfig auf den Boden und macht ihn auf, dann kommt Pearly heraus und flitzt im Zimmer herum, untersucht alles, frißt jeden Krümel, den sie findet, nagt an den Holzfüßen des Bettes.

Pearly ist wunderschön, aber eine Freundin ist sie nicht. Sie bleibt nie, wenn man sie bei sich haben möchte, und sie scheint Gloria eigentlich gar nicht zu mögen, die mit der Zeit traurig wird, wenn sie in den Käfig schaut und die aufgeregten Schnurrhaare am Gitter zucken sieht. Den Winter hindurch spielt Gloria fast jeden Abend mit ihr, aber als die Abende heller und wärmer werden, bleibt sie lange draußen, achtlos. Sie spielt mit Mary und Marys Bruder John, strolcht auf verbotenem Terrain herum, auf dem Gelände der alten Fabrik mit den zerbrochenen Fenstern und unkrautverwachsenen Mauern, auf dem langen Stück verkrusteten khakifarbenen Schlammlands. Manchmal vergißt sie, die Futternäpfe zu füllen und den Käfig zu säubern, bemerkt mit schlechtem Gewissen und Erschrecken durchweichtes Stroh im Wassernapf, leere Hülsen im Futternapf, eine faulige, übelriechende Stelle in der Pinkelecke. Sie bemerkt ihre Vergeßlichkeit immer erst, wenn es schon zu spät ist. Ihre Mutter nörgelt wegen des Gestanks. Es wird schwieriger, Pearly einzufangen, und der Sommer kommt. Nachts liegt sie wach, hört Pearlys Knabbern an den Käfigstangen zu und fragt sich, wieso alles schiefgegangen ist.

Gloria fährt mit ihren Eltern eine Woche ans Meer. Das Wetter ist schön, der Sand fein. Es gibt einen Rummelplatz, viel Fisch zu essen, Eiscreme und Hot dogs, Spazierwege, einen Bach, Salzsümpfe, hohe Klippen und meilenweit Felsen, Boote in der Bucht.

Sie freundet sich mit einem kleinen Jungen an, einem dunkelhaarigen Kobold namens Steven, der mit seinen Eltern in einer der anderen Pensionen in der Straße wohnt. Vier Tage lang klettern sie unten in den Felsen, spielen am Strand miteinander, schubsen sich gegenseitig in die Wellen, tollen im Wald und auf dem Rummelplatz herum. Am fünften Tag, ihre Mutter hat schlechte Laune und liest und ihr Vater legt Patiencen, spielt sie mit Steven auf dem Grashang an der kleinen Straße hinter den Pensionen. Immer wieder laufen sie den

Hang hinauf und lassen sich von oben hinunterrollen, außer Atem vor Lachen; dann beginnen sie, sich zu balgen, wälzen sich puffend und ineinander verklammert. Sie wirft ihn auf den Rücken, dann dreht er den Spieß um, hockt sich rittlings auf sie und hüpft auf und nieder. Die Luft bleibt ihnen glucksend im Hals stecken.

Plötzlich stürzt eine alte Frau mit weißem Haar und einer geblümten Schürze aus einem der Häuser.

»Mach, daß du wegkommst!« schreit sie. »Du *dreckiger* kleiner Halunke! Mach, daß du wegkommst! Nein, du nicht.« Ihre letzten Worte gelten Gloria, sie packt sie mit starker, runzliger Hand, die nach Seife riecht, bei der Schulter. Steven weicht unsicher zurück, brennend rot im Gesicht, der Mund starr vor Verlegenheit. »Na los!« schreit die Frau und scheucht ihn mit der freien Hand weg. »Ich kenn dich. Ich kenn deine Eltern. Du *dreckiger* kleiner Halunke! Laß dich hier bloß nicht wieder blicken.«

Er macht kehrt und geht davon, bemüht, lässig zu wirken. Seine Shorts sind zu lang, und seine Knie schlottern. Er tut Gloria leid. Sie hat Herzklopfen und ein schlechtes Gewissen und weiß nicht, warum.

Die Frau läßt sie los und gibt ihr einen kleinen Stoß. »Halt dich von diesem Lümmel fern«, sagt sie, anscheinend schon das Interesse verlierend. Sie sieht Gloria nicht einmal an, als sie sich herumdreht, um wieder ins Haus zu gehen. »Geh jetzt heim. Ich möchte dich hier nicht wieder sehen.«

Gloria rennt, bis sie ihre Eltern an einem Tisch vor einem Café entdeckt. Ihr Vater trinkt Seven Up und raucht eine Zigarette, ihre Mutter, in einem orangeroten Kleid und hohen Absätzen, schaut zur Bucht hinaus. Sie sprechen nicht miteinander. Gloria setzt sich auf einen weißen Metallstuhl, an dem sie sich die Unterseite ihrer Beine verbrennt.

»Eine Frau hat mich ausgeschimpft«, sagt sie zu ihrer Mutter.

»Was für eine Frau?«

»So eine alte Frau hinten in der kleinen Straße.«

»Was hat sie denn gesagt?«

»Sie hat gesagt, ich soll woanders spielen. Sie war gemein.«

»Ja, was hast du denn getan?

»Nichts. Ich hab nur gespielt. Mit Steven.«

»Aha«, sagt ihre Mutter und reibt sich die langen sommersprossigen Arme. »Naja, vielleicht habt ihr Krach gemacht. Oder vielleicht war sie einfach ein böses altes Weib. Ganz gleich, denk dir nichts.«

Später sieht Gloria ihre Mutter und ihren Vater, die Köpfe zusammengesteckt, sehr ernst miteinander reden, das Gesicht ihres Vaters ist hart und streng. Ihr wird eiskalt. Es hat bestimmt etwas mit dieser gemeinen alten Frau zu tun, sie weiß es. Irgendwie hat sie wieder unrecht getan, weiß der Himmel, wie sie es immer wieder schafft. Sie wäscht sich Gesicht und Hände im Badezimmer im ersten Stock und geht hinunter in den Speisesaal, wo ihre Eltern bereits an ihrem Tisch sitzen und schweigend essen. Ihr Vater sieht sie nicht an, und als ihre Mutter ihr einen Blick zuwirft, ist dieser voller Unbehagen. Danach geht ihr Vater mit dem Mann aus Zimmer 2 B noch etwas trinken, und ihre Mutter legt sich mit gekreuzten Beinen auf das große Bett und blättert in einer Frauenzeitschrift.

»Da in der Tasche sind ein paar Comic-Heftchen«, sagt sie. »Setz dich aufs Bett und schau sie dir an, aber schön leise. Oder sonst sind in der Schublade Malkreiden.« Nach einer Weile sagt sie: »Dein Dad will nicht, daß du weiter mit diesem Jungen spielst. Von jetzt an bleibst du bei uns – und zieh mir nicht so ein Gesicht.« Danach herrscht lange Zeit Stille.

Am letzten Tag streiten sich ihre Eltern darüber, ob sie einen Spaziergang über die Felsen machen sollen. Am Ende sagt ihre Mutter, sie habe es satt, herumzulaufen und sich das Meer anzuschauen, sie langweile sich zu Tode, die ganze Woche schon, wenn er es genau wissen wolle, und könne es kaum erwarten, nach Hause zu kommen.

»Na schön«, sagt ihr Vater. »Na schön! Dann nehm ich eben die Kleine mit. Komm.«

Gloria wirft einen Blick auf ihre Mutter, die es sich auf dem Bett bequem macht und sich mit schmalem, verdrießlichen Mund über ein Buch beugt, dann folgt sie dem beleidigten Rücken ihres Vaters in den Treppenflur und hinunter ins Foyer. Es bedrückt sie, ihre Mutter am letzten Ferientag ganz allein zu lassen.

Ihr Vater geht schnell, und sie muß laufen, um mit ihm Schritt zu halten, findet aber bald einen Rhythmus und beginnt, Spaß zu haben. Sie kommen zu einer Stelle, wo man einen Bach auf Trittsteinen überqueren muß. Ihr Vater schaut immer wieder zurück und ermahnt sie, vorsichtig zu sein. »Wenn du deine Strümpfe naß machst«, sagt er, »wird deine Mutter böse, aber richtig.«

Auf der anderen Seite schlagen sie einen Weg ein, der auf die Höhe der Felsen hinaufführt und einem Arm der Bucht dorthin folgt, wo kreischend und krächzend die Seevögel zu Tausenden nisten. Es ist sehr heiß. Zu ihrer Rechten ragt eine Felswand in die Höhe, und unten liegt der Salzsumpf, eine farbige Ebene in saftigem Grün, Senfgelb und Grau, von Tümpeln und Bächen durchsetzt, in denen das Blau des Himmels schimmert. Meilenweit dehnt er sich zum flirrenden silbernen Dunst des Horizonts.

»Da unten ist es gefährlich«, sagt ihr Vater. »Stromer nur ja nie allein da unten rum – da kann weiß Gott was passieren. Es ist heimtückisch.« Er keucht jetzt von der Anstrengung des Anstiegs; sein Gesicht trieft wie ein Stück Braten, das gerade aus dem Rohr kommt.

Gloria schaut voller Lust zu der heimtückischen Wildnis hinunter und wünscht, sie wäre dort unten und spränge von Insel zu Insel über das ungezähmte, dunkle, verbotene Ödland. Immer weiter gehen sie, immer weiter hinaus auf dem langausgestreckten Arm des Landes, bis unten die See an die Felsen donnert, Möwen mit räuberischen Augen auf ihrer Höhe segeln, alles so weit und blau und glänzend, daß eine Furcht Gloria erfaßt, die sie um nichts in der Welt missen möchte. Ihr Vater bleibt häufig stehen, um sich die Stirn zu wischen und die

Landschaft zu bewundern und sie dafür auszuschimpfen, daß sie vorausläuft. Der Pfad wird immer schmaler, Felsbrocken liegen im Weg, so daß man ganz nahe am Abgrund gehen muß, wo man – zu plötzlich, zu nahe – die Wellen sieht, die an den dunkelgrauen Felsen in der Tiefe zerschellen. Sie schließt die Hand um ihren Glücksfisch.

»Bleib jetzt hier«, sagt ihr Vater, sich mit einer Hand an den Felsen stützend. »Du weißt nicht, wie der Weg vorn aussieht; er ist vielleicht gefährlich.«

»Nein, nein«, erwidert sie, »ich war schon um die Ecke. Er wird besser.«

»Bleib hier«, wiederholt er.

Sie bleibt stehen und wartet auf ihn, überhaupt nicht müde. Als er zum Weitergehen bereit ist, wirft sie allen Anschein geduldigen Wartens über Bord, läuft, durch die Zähne pfeifend, leichtfüßig voraus, klettert über Felsen, umrundet mit Bravour gefährliche Stellen, schaut nur hin und wieder zurück, um zu sehen, ob er nachkommt.

Von einer Biegung winkt er ihr zu. »Jetzt ist es genug!« ruft er in seinem strengen Ton. »Komm sofort zurück.«

Triumphierend gehorcht sie. Ihr dicker kleiner Vater hockt schwitzend und keuchend auf einem Felsbrocken und streicht sich den Schnauzbart. Sie macht Handstände an die Felswand, um anzugeben.

»Hör auf!« blafft er, und sie hört sofort auf. »So was Dummes«, sagt er finster. »Man hüpft nicht direkt über dem Abgrund so leichtsinnig herum.«

Sie steht still da, während er langsam wieder zu Atem kommt, sich immer wieder das Gesicht wischt, bis er zum Abstieg bereit ist. Wieder auf der Promenade, kauft er zwei Tüten Eis und setzt sich auf eine Mauer, wo er sein Eis schweigend ißt und dabei die Mittagszeitung liest, bis es Zeit ist, in die Pension zurückzukehren.

Das ganze Mittagessen hindurch spielen ihre Eltern die Beleidigten. Als ihr Vater sich seine Zigarette anzündet, fängt er an, sich mit leiser Stimme bei ihrer Mutter zu beschweren.

»Schinken oder Huhn! Schinken oder Huhn! Die scheinen zu glauben, daß das alles ist, was der Mensch ißt. Wahrscheinlich denken sie, wir sind beeindruckt. Schinken oder Huhn. Und was ist mit den Leuten, die Schinken und Huhn nicht mögen? Das würd ich gern mal wissen.«

Ihre Mutter macht: »Hm«, wendet sich von ihm ab und spielt an einem Armband herum, das lose um ihr Handgelenk hängt. Sie bemerkt Glorias Blick und streckt lächelnd ihren Arm aus. »Gefällt es dir? Es ist hübsch, nicht? Ich hab's in dem kleinen Laden mit den Muscheln neben dem Café gekauft.«

Ihr Vater zutzelt mit saurer Miene an seinen vorderen Zähnen. Er ist eigen mit dem Essen. Ihre Mutter kratzt sich am Ohr und seufzt. Silberne Glücksbringer klirren leise an ihrem Arm, ein Schuh, ein Hund, ein Vogel, ein Schlüssel, ein Schweinchen. »Gehen wir jetzt an den Strand oder was?« fragt sie.

»Natürlich gehen wir an den Strand«, antwortet ihr Vater, als hätte er eine Schwachsinnige vor sich.

»Dann gehen wir doch endlich los.«

»Bist du fertig?«

»*Ich* bin fertig! Gloria, willst du vorher noch mal aufs Klo?«

»Nein.«

»Hast du noch was oben?«

»*Ich* muß auf jeden Fall noch mal rauf«, sagt ihr Vater, »sag's also jetzt, wenn du noch was brauchst.« Er steht ungeschickt auf, rempelt den Tisch an, und kalter Tee schwappt über, ihrer Mutter auf den Schoß.

Das Gesicht ihrer Mutter bekommt einen gekränkten und wütenden Ausdruck, als sie auf ihren Rock klatscht, der sauber und leuchtend gelb war, als sie ihn an diesem Morgen frisch angezogen hat. Ihre Augenbrauen ziehen sich zusammen wie bei einem Kind, das gleich zu weinen anfangen wird. »Ach, paß doch auf, was du machst!« sagt sie, aber er merkt gar nichts und stolziert wichtigtuerisch aus dem Speisesaal hinaus.

Gloria und ihre Mutter gehen ins Foyer und setzen sich auf

eine Bank, um zu warten. Die Hände ihrer Mutter liegen gekrümmt auf ihrer Handtasche, und ihre Augen blicken unglücklich. »Ich hasse deinen Vater«, sagt sie zu Gloria und schaut weg. »Ja, wirklich, ich hasse ihn.«

Am Strand ist es heiß und voll, das Meer ist so weit draußen, daß es kaum zu sehen ist. Ihre Eltern, immer noch mürrisch, holen sich zwei Liegestühle und stellen sie nebeneinander in einer kleinen Lücke im Gewühl auf.

»Darf ich zu den Felsen rüber?« fragt Gloria.

»Nein«, sagt ihre Mutter.

Gloria spielt im Sand herum. Kleine heiße, garnelenähnliche Tiere springen ihr von Zeit zu Zeit entgegen. Der Sand ist zu trocken, man kann nicht viel mit ihm anfangen, und das Meer ist zu weit weg. »Ich wollte, wir müßten nicht nach Hause fahren«, sagt sie.

»Alles Gute hat mal ein Ende«, sagt ihr Vater wichtigtuerisch.

»Nein, hat es nicht«, widerspricht Gloria augenblicklich scharf, voller Überzeugung, erstaunt über sich selbst.

»Aber natürlich.« Er spricht wegwerfend, leicht gereizt.

»Nein, hat es nicht.«

Ihre Mutter lächelt ihr zu, ihr Blick eine seltsame Mischung aus Abbitte und Verlegenheit.

»Sei nicht frech«, sagt ihr Vater.

Sie schweigt einen Moment, ihr Gesicht wird rot, dann sagt sie in entschiedenem, nervösem, trotzigem Ton: »Aber es stimmt doch nicht.« Sie kommt sich dumm vor, ist aber irgendwie sicher, daß dies zu wichtig ist, um nachzugeben.

»Na schön, wenn du unbedingt streiten willst«, sagt ihr Vater geringschätzig. »Nenn mir ein Beispiel von was Gutem, das kein Ende hat, du Besserwisserin. Na los schon!«

Sie denkt nach. Ihr Gehirn ist leer.

»Du bist dazu nicht in der Lage«, sagt er, Ärger in der Stimme. »Du bist dazu nicht in der Lage.«

Alles Gute hat einmal ein Ende. Nein, hat es nicht. Hat es nicht. Es kann nicht wahr sein, es kann nicht alles so sein, wie sie behaupten, wie sie es machen.

»Wir könnten doch umziehen«, sagt sie. »Wir könnten hier wohnen. Dann würde es kein Ende haben.«

Ihre Eltern lachten beide. »Man kann nicht einfach alles stehen und liegen lassen und umziehen«, sagt ihre Mutter. »Dein Dad muß zur Arbeit.«

Ihr Vater betrachtet sie von der Seite mit einem abschätzigen Lächeln des Hohns, mit Triumph. Seine Nase schält sich, ein Fetzen Haut steht an ihrer Spitze in die Höhe. Er ist gemein, gemein, gemein. Eine schreckliche Wut kocht in ihr hoch, sie fühlt sich bis zum äußersten angespannt und erschüttert, auch wenn sie, wie sie weiß, immer noch ganz normal wirkt. Tränen schießen ihr in die Augen.

Alles Gute hat einmal ein Ende, sagt eine Stimme wie das Jüngste Gericht.

Eine Furcht packt sie, die ungleich größer ist als jede andere, die sie je erfahren hat, und ihr wird eiskalt an dem heißen Strand.

»Gloria«, sagt ihre Mutter. »Gloria? Alles in Ordnung?«

Sie nickt.

»Warum weinst du dann?«

»Tu ich ja gar nicht.«

»Doch.«

»Nein«, widerspricht sie. »Ich weine nicht. Jedenfalls nicht richtig.«

»Na bitte, da haben wir wieder die Heulsuse«, sagt ihr Vater.

Sie sitzt im hinteren Zimmer und wartet auf Mary, die sie abholen will. Sie kommt sich komisch vor in dem Faltenrock und der weißen Bluse, und ihr ist ein bißchen übel, wie immer am ersten Schultag im September. Ihre Mutter rubbelt an einem Fleck auf dem Revers ihres Schulblazers.

»Also, hast du jetzt alles?«

»Ja.«

»Du kannst nämlich nicht einfach in der Mittagspause heim laufen ...«

»Ich hab alles.«

»Und gib nicht wieder Mary die Hälfte von deinem KitKat.«

»Okay.«

»Ach, übrigens«, sagt ihre Mutter, als sie aufsteht und den Blazer an den Schultern ausschüttelt, »weißt du, dein kleiner Fisch? Der auf deinem Fensterbrett? Der sieht ganz süß an dem Armband aus, das ich mir im Urlaub gekauft habe. Macht's dir was aus, wenn ich ihn mir ausleihe, Schatz? Er liegt ja sowieso immer nur auf dem Fensterbrett rum.«

Im ersten Moment verschlägt es Gloria die Sprache. Sie kann es nicht glauben. »Das ist mein Fisch!« krächzt sie. »Den kannst du nicht haben. Das ist mein Glücksfisch.«

»Na hör mal, er bleibt ja in der Familie«, entgegnet ihre Mutter. »Er hängt an meinem Armband, und du kannst ihn immer sehen. Ich meine, du trägst ihn doch sowieso nie.«

»Er gehört mir«, sagt Gloria. »Ich hab ihn schon ganz lange. Er bringt mir Glück.«

»Ach, nun stell dich nicht an«, sagt ihre Mutter. »Sei nicht so knausrig.«

»Du kriegst ihn aber nicht.«

»Aber er ist doch ein Glücksbringer. Ein Glücksbringer für ein Glücksarmband. Er ist wie gemacht dafür.«

»Das ist mir egal«, sagt Gloria. »Er gehört mir, und du kriegst ihn nicht.«

»Ach, bist du egoistisch«, sagt ihre Mutter auf dem Weg in den Flur hinaus. Ihre Stimme fährt fort: »Ich kenne niemanden, der so besitzergreifend ist wie du, so geizig mit seinen Sachen.«

Ihr Vater kommt herein, mampft fetttriefenden Toast und schnauft laut durch die Nase. Er ist morgens immer schlecht gelaunt, und seine Nase ist immer verstopft.

»*Du* brauchst ihn doch gar nicht«, sagt ihre Mutter zurückkommend. »Er liegt ewig nur auf dem Fensterbrett rum.«

»Was denn?« fragt ihr Vater gereizt.

»Ach, nichts. Ich hab mit *ihr* geredet.«

»Das weiß ich«, sagt Gloria. »Und da soll er auch liegen. Da ist sein Platz. Außer manchmal, wenn ich ihn mitnehme. Damit er mir Glück bringt.«

»So was Albernes«, sagt ihre Mutter. »Findest du nicht, daß du dich wie ein kleines Kind benimmst?«

»Nein.« Gloria, in der ungewohnten, unbequemen Uniform, ist voll ohnmächtiger Wut.

»Außerdem«, fährt ihre Mutter fort, »ist ein Glücksbringer wie dieser sowieso nicht für Kinder gedacht. Er ist echt Silber. Du hättest ihn gar nicht haben dürfen. Schließlich hab ich ihn gefunden.«

»Hast du nicht!« schreit Gloria. »Ich hab ihn gefunden. Ich!«

»Schrei nicht so«, fährt ihr Vater sie an.

»Was du wegen jeder Kleinigkeit immer für ein Theater machst«, sagt ihre Mutter.

»Worum geht's hier überhaupt?« fragt ihr Vater in einem Ton, als wäre er der richtige Mann, um die Sache im Handumdrehen zu klären.

»Ach, nichts«, wirft ihre Mutter mit Märtyrerinnenstimme hin. Sie schiebt sich das Haar hinter die Ohren und wendet sich zur Tür. »Ich wollte den kleinen Fisch von ihr gern an mein Armband hängen, aber sie erlaubt's mir nicht.« Sie geht hinaus.

Gloria und ihr Vater bleiben sitzen, ohne miteinander zu sprechen. Ihr Vater liest Zeitung, bis es Zeit wird, zur Kirche hinunterzugehen, wo sein Bus in Richtung Stadt hält. In ihr tobt es, ein Gefühl, als explodiere ein Meer in ihrer Brust, aber sie hält sich ganz still, weil sie sich davor fürchtet, zu schreien und zu weinen. Sie würden ja doch siegen. Sie siegen immer. Sie sind stärker als Gloria.

Ihre Mutter kommt wieder herein. »Ich hab ihn gefunden«, sagt sie. »Ich erinnere mich genau, ich bin mit Mrs. Eccles auf dem Rückweg vom Einkaufen durch die Chapel Lane gegangen, und da lag er auf dem Bürgersteig. Ich weiß es, weil –«

»Gar nicht wahr«, sagt Gloria. Tränen der Wut brennen ihr in den Augen. Sie hat den Fisch am Rand der Pilzwiese gefunden. Sie hat ihn augenblicklich geliebt. Er lag im Gras, wunderbar, unerwartet, magisch, funkelnd wie ein Edelstein. Er hatte immer schon auf sie gewartet.

»Man muß teilen können«, sagt ihre Mutter. »Man muß großzügig sein.«

»Stimmt«, sagt ihr Vater hinter seiner Zeitung.

Gloria springt auf und packt ihre Schultasche. »Dann nimm ihn doch!« schreit sie und stürmt in den Flur hinaus. »Nimm ihn doch!« Sie läuft in den Vordergarten, knallt die Tür zu und erstarrt in tödlichem Schrecken, als ihr klar wird, was sie getan hat.

Ihr Vater rennt ihr nach, packt sie beim Arm und zieht sie ins Haus zurück. Er reißt sie an der Schulter herum und stößt sie gegen die Wand. »Was bildest du dir eigentlich ein?« donnert er. Sein Gesicht ist böse und empört. »Du kannst von Glück reden, daß ich dir nicht eins hinter die Ohren gebe. Ich hab wirklich Mühe, dich nicht zu schlagen. Für was hältst du dich? Eine derartige Szene hinzulegen, die Tür zu knallen, zu widersprechen und dann noch die beleidigte Leberwurst zu spielen. Für was hältst du dich?«

»Das war nicht Absicht«, flüstert sie heiser.

Ihre Mutter steht hinter ihrem Vater. »Ich glaube nicht, daß sie die Tür so fest zuschlagen wollte. Nicht wahr?« sagt sie zaghaft.

»Das ist mir egal«, gibt ihr Vater zurück. »Es ist mir egal, ob sie es wollte oder nicht. Solches Theater gleich am frühen Morgen brauch ich wirklich nicht. Es ist mir egal, was passiert ist, ich dulde nicht, daß du hier rumtobst und die Türen knallst. Hast du mich verstanden?«

»Ja«, sagt sie.

Er macht kehrt und geht wütend ins hintere Zimmer. Ihre Mutter tippt sie an der Schulter an. »Geh jetzt zur Schule«, flüstert sie. »Bis heute abend hat er's vergessen.«

Sie dreht Gloria herum und schiebt sie zur Tür, und diese

geht gehorsam hinaus und macht sich auf den Weg zu Marys Haus, obwohl das für sie ein Umweg ist und sie später nur die ganze Strecke wieder zurückgehen muß. Sie bemüht sich, nicht zu weinen. Die alte Mrs. Eccles in krauser grauer Dauerwelle und geblümter Kittelschürze schaut aus ihrem Fenster und winkt Gloria zu, als diese vorübergeht. Gloria winkt zurück. Die Freundin ihrer Mutter. Eine blöde alte Kuh. Es beginnt leicht zu regnen. Bald kommt ihr Mary entgegen, ruhig und zuverlässig, unter einem rosa-orange gestreiften Regenschirm, den sie ununterbrochen kreiseln läßt, während sie zwischen den Sprüngen im Pflaster vorwärtsstapft. Sie teilen sich den Schirm das Stück bis zur Schule.

»Ich hasse meine Eltern«, sagt Gloria finster.

Mary schnappt entsetzt nach Luft. »Aber Gloria, wie kannst du so was Schreckliches sagen? So was darf man nicht sagen. Waren sie gemein zu dir? So was darf man niemals über die eigenen Eltern sagen. Das steht in der Bibel.«

Den ganzen Tag sticht es sie ein wenig am Herzen, das müde und schwach und flattrig ist. Die Lehrerin sagt, sie solle aufwachen, sie sei doch sonst immer so gut, was sei denn los? Sie kann es nicht sagen. Sie war immer eine der Besten der Klasse, die Beste im Lesen, die Beste im Aufsatzschreiben, die Beste im Rechnen, aber das interessiert sie jetzt alles nicht. Sie kann an nichts andres denken als an die Lügen der Erwachsenen. Sie lügen, sagt sie sich, sie lügen, um die Kinder niederzuhalten.

Als sie nach Hause kommt, sieht sie ihren Glücksfisch am Arm ihrer Mutter baumeln, sein großes rundes Auge ruft sie. Sie geht hinter die Küchentür und verwandelt sich in einen wilden Dämon, sie knirscht mit den Zähnen und zittert, daß sie vor sich selbst Angst bekommt. Sie könnte töten. Während des ganzen Abendessens wagt sie nicht zu sprechen. Der Abend schreitet fort. Ihr Vater zündet sich seine Zigarette an, und ihre Mutter zählt Maschen. Auf dem Fernsehschirm steht ein nackter Mann auf einem Floß im Urwald. Wie eine Gerte, mit gezücktem Speer.

»Manche von denen sehen wirklich toll aus, nicht?« sagt ihr Vater.

»O ja«, antwortet ihre Mutter. Der Mann schleudert den Speer und spießt einen Fisch auf, einen silbernen Fisch mit einem großen runden Auge. Es ist wie ein Ballett. Es muß herrlich sein, nackt auf einem Floß mitten auf einem Fluß im Urwald zu leben. Manche Menschen leben so. Anders als die Leute hier. Warum nicht ich? Da würde sie eines Tages hingehen.

»Im Grund sind sie wie die Kinder«, sagt ihre Mutter sehnsüchtig.

»Was ist mit ihr los?« fragt ihr Vater ihre Mutter.

»Ich glaube, sie bockt immer noch wegen dem Fisch«, antwortet ihre Mutter leise.

»Fisch? Wovon redest du? Was für ein Fisch?«

»Ach, laß nur. Es ist nicht wichtig.«

Gloria schlüpft hinaus und geht nach oben. Sie packt den orangefarbenen Frotteevorhang in ihrem Zimmer mit den Zähnen und reißt daran so fest sie kann. Ihre ganze Kraft schießt in kalter, zitternder Wut in den Angriff. Gleich werden ihr die Zähne brechen und aus dem Mund fliegen. Tränen stürzen aus ihren geschlossenen Augen. Sie macht die Augen auf und sieht ein großes, ausgefranstes Loch in dem Vorhang, starrt es erschrocken an, wirft sich auf ihr Bett und weint sehr heftig und sehr leise.

Die können mich hier nicht festhalten. Niemals. Ich hau ab. Irgendwie. Eines Tages.

Sie springt auf und zieht den Vorhang zu, aber das Loch sieht jetzt, da die dunkelblaue Nacht durch es hindurchleuchtet, nur noch schlimmer aus. Sie kann es nicht verstecken, sinnlos, es zu versuchen. Sie gibt auf und schaut sich seufzend in ihrem Zimmer um, in dem es chaotisch aussieht, weil alles aus ihrem großen Spielzeugkarton über den Boden verstreut liegt. Ihre Mutter wird ihr später sagen, sie soll aufräumen.

Ihr Blick fällt auf Pearlys Käfig und bleibt hängen: Etwas bewegt sich dort, aber nicht Pearly. Von einer instinktiven Furcht erfaßt, geht sie näher. Ihr graust. Ein Klumpen Würmer klebt obszön pulsierend auf dem Boden des Käfigs. Einen Moment lang bleibt sie ungläubig stehen, angeekelt, dann sinkt sie langsam auf ein Knie und schaut voll schauerlicher Faszination. Pearlys Kopf ist noch da: die großen rosigen Ohren, die langen gelblichen Zähne, die Augen einen Spalt geöffnet, aber stumpf. Gloria starrt durch den Schleier, der ihre Augen bedeckt. Die Maden schlängeln sich mit grauen schleimigen Leibern im Innern von Pearlys Bauch.

Sie weicht zurück und hockt sich an die Wand, reibt mit beiden Händen ihre Arme. Sie weiß nicht, was sie tun soll, ihr schwimmt der Kopf. Es ist doch nicht möglich. O Gott, denkt sie, die werden toben. Sie läuft in den Flur hinaus und lauscht die Treppe hinunter. Kein Geräusch außer dem Dröhnen des Fernsehers. Es ist zuviel, zuviel, ein Loch im Vorhang und ein Käfig voller Würmer. Pearly. Pearly, die Maus mit ihren vollkommenen Ohren und dem kleinen schokoladenbraunen Fleck an der Seite. Ihre Gedanken schießen in diese und in jene Richtung. Schließlich geht sie in ihr Zimmer zurück und hebt den Käfig an seinem Metallgriff hoch. Widerwillen in jeder Körperfaser, hält sie ihn auf Armeslänge von sich ab, schleicht leise den Flur entlang, die Treppe hinunter, durch die Küche hinaus in den dunklen Garten. Hier bleibt sie wieder stehen, um zu lauschen, aber es ist nichts zu hören. Sie läuft ums Haus herum nach vorn zu dem Versteck in der Hecke, wo sie ihre geheimen Schätze aufbewahrt, hockt sich nieder und schiebt den Käfig so weit wie möglich hinein. Dann steht sie am ganzen Körper schaudernd auf: beschmutzt, eiskalt, schwach. Die dichte, ungestutzte, hängende Hecke verbirgt alles, umschließt feucht und tropfend das Grausige. Das Ende ihres Verstecks. Alles wird einem verdorben. Sie wird nie wieder hierherkommen. Und immer, wenn sie in Zukunft an der Stelle vorübergehen wird, wird Traurigkeit sie ergreifen.

Unentdeckt wieder im Haus, zieht sie sich ganz aus, wäscht sich von oben bis unten, kratzt sich überall am Kopf, schlüpft in ihren Schlafanzug und setzt sich oben auf die Treppe. Sie ist atemlos, körperlos, als wäre sie gerade aus einem Alptraum erwacht. Pearly ist tot, denkt sie, sie ist tot. Was heißt das? Wie kann sie auf einmal tot sein? Auf einmal? Sie denkt zurück, eine schreckliche Kälte breitet sich in ihr aus. Gestern: Sie kann sich nicht erinnern, Pearlys Käfig geöffnet, die Maus gefüttert, den Wassernapf aufgefüllt zu haben. Vorgestern: Sie kann sich nicht erinnern. Der Tag zuvor: Da war doch alles noch normal, oder nicht? Sie kann sich nicht erinnern. Der Tag zuvor: Sie kann sich nicht erinnern. Ich muß meine Maus regelmäßig füttern und regelmäßig ihren Käfig saubermachen. Oh, Frau Maus, bist du noch da drinnen? Nein, nicht mehr. Die Maden kriechen in ihrem Bauch herum, sie spürt sie, wie sie sich mit kleinen Mündern immer tiefer hineinfressen.

Das Gesicht in die Hände gestützt, sitzt sie da und starrt ins Leere. Sie kann sich nicht erinnern, wann sie Pearly die Maus das letztemal gefüttert hat. Sie schiebt ihre Finger in den Mund und wiegt sich mit glasigem Blick. In Gedanken bereitet sie Pearly ein feierliches Begräbnis in einer schönen, stabilen Zigarrenkiste mit einem Kreuz aus Lutscherstielen.

»Dein Vater wird ausrasten«, sagt ihre Mutter, als sie das Loch im Vorhang sieht. »Er wird komplett ausrasten.«

3

Gloria schminkt sich das Gesicht und stellt sich vor dem Spiegel in Pose. Sie fühlt die seidigen Träger des Unterkleids auf ihren nackten Schultern und findet es angenehm, riecht Körperpuder, starrt in ihre runden braunen Augen, während sie die Wimpern tuscht. Sie ist sechzehn, aber sie sieht älter aus, schlank, muskulös und busenlos, hat eine Stupsnase und einen großen Mund, dunkles rötlich-braunes Haar, das lang und glatt und symmetrisch herabfällt. Es fasziniert sie zu sehen, was sie alles aus ihrem Gesicht machen kann. Sie hat es in eine schöne Maske verwandelt, geisterhaft und ein wenig froschähnlich, mit übergroßen, auffallenden Augen und bleichen Lippen. Sie singt zum Radio, das immer leise läuft in ihrem kleinen Zimmer mit dem schwachen Rosenduft, der von der Mischung getrockneter Blätter in einer Schale aus rosenfarbenem Seifenstein auf ihrem Toilettentisch herrührt. Sie ist eine Studie in Rosé, Mädchen im Spiegel, Venus bei der Toilette: Gloria kennt ihre klassischen Zitate, sie liest alles.

Sie sieht sich dabei zu, wie sie in ein rotes Kleid und eine weite Jacke schlüpft, dann geht sie nach unten und durch die Küche, wo ihre Mutter am Tisch sitzt, gähnend die fahle, trockene Haut ihrer Arme reibt und die Sehnen ihres langen, dünnen Halses dehnt.

»Hast du alles?« fragt ihre Mutter automatisch. »Wenn du meine Amplex ausleihen möchtest, sie ist in der Tischschublade. Hast du deinen Schlüssel? – O Gott, mir tut alles weh, ich bin wirklich müde – vergiß nicht anzurufen, wenn es später werden sollte. Bleib bei Mary. Wenn du dir doch mal die Haare richten lassen würdest . . .«

»Bis später«, sagt Gloria und tritt beschwingt in den milden Abend hinaus. Stolz geht sie die Straße hinunter, an der alten Mrs. Eccles vorbei, die ihre Nase am Fenster plattdrückt, zur Kirche, wo sie mit Mary verabredet ist, um den Bus zur Stadt zu nehmen. Gloria und Mary sind ein Gespann: Sie sind zynisch, lesen viel, hassen die Schule, sind aber gut im Unterricht, gehen tanzen, eislaufen, trinken, machen meilenweite Wanderungen, reden über Gott und die Welt. Jedes Wochenende gehen sie aus und hauen ihr ganzes Taschengeld und das, was sie mit ihren Samstagsjobs verdienen, auf den Kopf. Heute abend machen sie den Anfang in einem Pub mit Namen »The Feathers«, treffen Schulfreunde, trinken Cider mit Marys Bruder John und ein paar seiner Kumpel, machen sich dann selbständig und gehen zum Polytechnikum hinauf, zur Samstagabendfete, zu der sie eigentlich nicht eingeladen sind.

Die Beleuchtung ist schummrig, und man muß sich erst daran gewöhnen. Die Leute hängen in Scharen um die lange, glitzernde Bar, sitzen an qualmverhangenen Tischen, stehen trinkend herum, tanzen zu ohrenbetäubenden Donnerwellen von Musik, die von einem gelangweilten, in rotes Licht getauchten DJ aufgelegt wird, während sich auf der Bühne eine Band zum Spiel bereitmacht. Gloria und Mary trinken Martini und Zitronenlimonade, tanzen dann zusammen, ihre Taschen zu ihren Füßen; Gloria geschmeidig und mühelos, aber mit einer gewissen Zurückhaltung, weil sie nicht den Eindruck erwecken möchte, sich in Szene setzen zu wollen; Mary wenig anmutig, aber vergnügt, groß und selbstsicher mit ihrem üppigen Busen und dem wuscheligen Haar, ihr Gesicht leuchtend blaß von dem Make-up, das sie auflegt, um ihre kräftige Gesichtsfarbe und die Pickel in ihrer unteren Gesichtshälfte zu kaschieren. Junge Männer fordern sie zum Tanz auf, und von Zeit zu Zeit trennen sie sich kurz, finden aber immer wieder zusammen. Müde und leicht verschwitzt werfen sie nach einer Weile ihre Taschen über ihre Schultern, holen sich etwas Frisches zu trinken und setzen sich fern der Lautsprecher an einen Tisch am äußeren Rand des Saals.

Jetzt spielt die Band – gedämpften alten Rhythm and Blues. Gloria und Mary schwatzen miteinander, locker vom Alkohol, lebhaft, sehen den Tanzenden zu und klopfen mit den Fingern den Takt auf ihren Gläsern. Nach einiger Zeit erscheint ein großer, magerer Junge mit dünnem, flaumigem Bart und fordert Mary zum Tanz auf. Sie steht auf, mit einem entschuldigenden Lächeln zu Gloria, die ihrerseits lächelt, um die Freundin wissen zu lassen, daß es ganz in Ordnung ist, und geht mit dem Jungen zur Tanzfläche hinaus, taucht in die Menge ein und verschwindet.

Allein, spielt Gloria an ihren langen roten Fingernägeln herum, während sie sich unter all den Menschen umsieht. Sie fühlt sich von einer wohligen Mischung aus hochgestimmter Heiterkeit und Melancholie ergriffen: Heiterkeit, weil sie hier ist, in der großen Welt, und sich bei blinkenden Lichtern und lauter Musik betrinkt; Melancholie, weil sie weiß, daß nichts davon dem Vergleich mit den romantischen Phantasien standhält, die ihr durch den Kopf gehen, wenn sie im Bus oder im Schulzimmer Tagträumen nachhängt oder abends im Bett liegt und auf den Schlaf wartet. Sie ist im Kino und an der Bushaltestelle geküßt und im Park befummelt worden, sie hat ein Valentinsherz bekommen, ist Hand in Hand im Regen durch die abendlich beleuchtete Stadt spaziert. Immer ist sie zwei oder drei Schritte hinterher. Aber in ihr stecken Leidenschaft und Schmerz, eine immerwährende Sehnsucht nach einem gesichtslosen Jemand, der sie eines Tages ansehen und erkennen wird.

Ein Mann in einem beigefarbenen Anzug und einem weichen Filzhut kommt an ihren Tisch und sieht, ein Glas Bier in der Hand, zu ihr hinunter. »Haben Sie etwas dagegen, wenn ich mich zu Ihnen setze?« fragt er. Er sieht älter aus als die meisten Leute hier, förmlich und fehl am Platz unter den Studenten, wie ein Bankangestellter oder so was.

Klar, das kann nur mir passieren, denkt sie und sagt rasch: »Meine Freundin sitzt hier.«

»Ah«, sagt er, steht noch einen Moment unschlüssig herum, während sie ihn ignoriert, und geht dann wieder.

»Er ist ätzend. Die reinste Bohnenstange. Als wär er direkt aus Biafra gekommen.« Mary ist wieder da, erhitzt und lachend, ohne Gloria in die Augen zu sehen, setzt sie sich an den Tisch und leert das Glas, das sie dort stehengelassen hat. »Möchtest du noch einen?« fragt sie und springt schon auf, eifrig und beschwipst, und stößt dabei beinahe ihre Tasche um. »Er ist nur mal zur Toilette gegangen. Ich denke, er kommt vielleicht her – stört's dich?« Sie geht zum Tresen und kommt mit zwei Gläsern zurück. »Er ist Student«, sagt sie. »Er heißt Tony. Er sieht gräßlich aus.«

»Ach, hör auf«, sagt Gloria lächelnd. »Er gefällt dir doch.« Die Art, wie sie ihn heruntermacht, zeigt dies ganz deutlich.

Der Junge kommt und setzt sich zu ihnen, hält Marys Hand und spricht über Buckminster Fuller. Gloria fühlt sich angenehm leicht. Sie hört ihre eigene Stimme, leise und kehlig, ihr rauchiges Lachen. Ein greller Scheinwerfer gleitet über die

Tanzfläche, erlischt, weicht einem ultravioletten Strahl. Alle lachen über die Zähne der anderen. Sic überlegt, ob sie nicht Mary ihrem neuen Freund überlassen soll und selbst zum »Feathers« hinuntergehen, um jemanden aufzutreiben, der sie mit nach Hause nimmt; gerade will sie aufstehen, da erscheint ein frischer Drink vor ihr, und sie muß ihn trinken, während Mary und Tony wieder tanzen. Picklige Jünglinge fordern sie auf, aber sie verteilt Körbe, lehnt sich zurück, schlägt die Beine übereinander und mustert die Tanzfläche. Hier ist nichts, was sie halten könnte.

Jemand steht ihr im Licht und weicht nicht: der Mann im beigefarbenen Anzug, ein Außenseiter der falschen Art. Er starrt sie an, so daß sie seinen Blick erwidern muß. Er hat etwas von einem dicken Schuljungen. O nein, denkt sie, strafft sich innerlich und leert ihr Glas. Wofür hält er sich mit diesem blöden Hut auf dem Kopf?

»Sie sehen einsam aus«, sagt er.

»Bin ich aber nicht.« Sie schaut weg.

Er setzt sich ihr gegenüber und stellt sein Bierglas auf den Tisch. »Ich fordere Sie nicht zum Tanzen auf, weil ich nicht tanzen kann«, sagt er glatt. »Mißverstehen Sie mich nicht, ich leiste Ihnen nur ein bißchen Gesellschaft.« Er lehnt sich lässig auf seinem Stuhl zurück und öffnet mit einer bemühten Nonchalance, die nicht zu seinem Gesicht paßt, klein und rund mit fliehendem Kinn, eine Packung Zigaretten. Er bietet ihr eine davon an.

Sie ist plötzlich deprimiert. Warum er? Wie kommt es, daß sich nie jemand Interessantes zu mir setzt und mir eine Zigarette anbietet? Aber sie nimmt sie trotzdem, weil sie betrunken ist und Lust hat, eine in der Hand zu halten. Der Saal und die Lichter wabern sachte.

»Hören Sie zu«, sagt sie und hält die Zigarette mit einem Schein von Erfahrenheit, die sie in Wirklichkeit nicht besitzt, spielt die Rolle der freimütigen, reifen Frau, »ich sag's Ihnen lieber gleich. Wenn sich in so einer Umgebung jemand zu mir setzt und mir eine Zigarette anbietet, heißt das meistens, daß er mit mir tanzen oder mich nach Hause bringen will oder – so was – deshalb stell ich das gleich mal klar, okay? Das läuft nicht. Nichts gegen Sie, aber es läuft nicht.« Scheiße, denkt sie, ich red, als wär ich total blau. Halt von jetzt an lieber den Mund.

Lächelnd, wobei sein kleines Mündchen fast verschwindet und die Augen zu Schlitzen werden, beugt er sich vor und gibt ihr Feuer. Er hat kleine Fältchen um die Augen, und sein Kragen ist sehr weiß. »Was Sie doch für eine aufrichtige junge Dame sind«, sagt er.

Er ist schmierig, denkt sie und hält nach Mary Ausschau, kann sie aber nirgends sehen.

»Aber«, fährt er mit einer Miene der Erheiterung fort, »ich bin auch aufrichtig. Ich fürchte, ich bin ein sehr langweiliger und schlichter Geselle. Ich bin auf der Durchreise hier und kenne niemanden und würde ganz einfach gern ein Weilchen mit jemandem zusammensitzen und reden. Nicht mehr. Außerdem werden Ihre Freunde ja bald wieder da sein, Sie brauchen also keine Angst zu haben, daß Sie mich nicht mehr loswerden.« Er lacht. »Keine Sorge, ich bin harmlos.«

Gloria seufzt innerlich. Sie spielt zwar die Weltgewandte, aber sie schafft es nur schwer, anderen zu sagen, daß sie in Ruhe gelassen werden will. Sie zuckt die Achseln. Wo zum Teufel ist Mary?

»Wie heißen Sie eigentlich?« fragt er.

»Gloria.«

»Gloria«, sagt er, »ich sehe, daß Ihr Glas leer ist. Möchten Sie noch etwas zu trinken?«

Wenn schon, denn schon. Sie muß sowieso auf Mary warten, warum also nicht; es ist ein weiter Weg bis zum »Feathers«. Und der Abend ist gelaufen. »Okay«, sagt sie.

Er steht auf und geht zum Tresen, ohne sie zu fragen, was sie haben möchte. Er ist ein bißchen zu dick, und der Anzug sitzt schlecht, stellt sie fest, als er zurückkommt, in den Händen ein Glas Bier für sich und ein Glas mit einer trüben Flüssigkeit für sie.

»Was ist das?« fragt sie.

»Pernod«, antwortet er.

Sie nimmt vorsichtig einen Schluck. Sie hat noch nie Pernod getrunken und findet ihn köstlich, er trinkt sich so schnell und angenehm wie Ingwerbier.

Er redet, während sie trinkt, erzählt, daß er viel auf Reisen ist. Als Vertreter für irgendwas. In einem Pub hat ihm jemand geraten, hierher zu kommen und einen Mann an der Bar zu fragen, ob er für die Nacht ein Zimmer im College haben könnte, aber es hat nicht geklappt. Er hat schon überall gesucht. »Sie wissen wohl auch nicht zufällig was?« fragt er.

»Warum versuchen Sie's nicht privat?« meint sie.

»Genau das werd ich vielleicht tun«, sagt er und lächelt wissend, so daß sie das Gefühl hat, etwas sehr Naives gesagt zu haben. Sie ist verwirrt.

»Na ja«, sagt er, »ich hab ja immer noch mein treues altes Auto. Vielleicht fahr ich einfach weiter. Sie wissen schon, die lange, steinige Straße.«

Dann fragt er, was sie beruflich macht. Gloria erzählt ihm, daß sie noch zur Schule geht, und sucht nach Mary, die nirgends zu sehen ist. Wo treibt sie sich bloß rum? Ja, ja, im Krieg und in der Liebe ist eben alles erlaubt, wie es so schön heißt. Wenn hochgewachsene Studenten auf der Bildfläche erscheinen, fliegt die Loyalität zum Fenster raus. Ihr Glas ist leer. Ihr ist weinerlich zumute.

»Warten Sie, ich hol Ihnen noch einen«, sagt der Mann, und bald trinkt sie aus reinem Trotz, ohne sich darum zu kümmern, daß sie so stark betrunken ist wie nie zuvor in ihrem Leben. Er erzählt, daß die Firma, bei der er arbeitet, ein sehr großer Konzern ist, überall Niederlassungen, wissen Sie. Er wirkt sehr unbefangen, obwohl er überhaupt nicht hierher paßt, öffnet seine Brieftasche und läßt sie sehen, daß eine Menge Geld darin ist. »Eigentlich sollte man uns Gefahrenzulage zahlen«, sagt er. Sein Gesicht glänzt in dem morbiden Licht. »Wir müssen bei Tag und Nacht fahren, auch wenn wir so müde sind, daß wir uns Streichhölzer in die Augen stecken müssen, um sie offenzuhalten. Manchmal hetzt man von einem Termin zum anderen, und es geht natürlich alles auf Provision. Früher hab ich Anhalter mitgenommen, um Gesellschaft zu haben, aber man kann ja keinem Menschen mehr trauen. Heutzutage nicht mehr. Auf der A4 hab ich mal einen Kerl aufgelesen ...«

Gloria merkt, wie ihr selbst die Augen zufallen wollen. Musik und Licht verschwimmen, zerren an ihren Nerven. Gräßlich, denkt sie, ich möchte zu Hause sein, in meinem Bett, einschlafen. Es ist gemein. Sie kippt den letzten Schluck ihres Getränks hinunter und sagt, sie müsse zur Toilette. Dann stellt sie sich in einen anderen Teil des Saals und sieht sich nach Mary um. Ach, zum Teufel mit ihr. Sie tanzt allein, dann mit einem Jungen, bis ihr übel wird und sie in die Toilette läuft. Die Fäuste um zwei Wasserhähne geschlossen, steht sie da und sieht in den Spiegel. Ihr Gesicht ist fremd, grell, mit glasigen Augen, die hellen Lichter über dem Spiegel schwanken ein wenig. Eine heiße Welle der Übelkeit steigt in ihr auf. Sie unterdrückt sie und hält den Kopf nach unten, bis der Anfall vorüber ist.

Ich bin so einsam, denkt sie, so schrecklich einsam. Warum? Warum? Ich kann nicht länger warten. Sie geht hinaus, holt an der Garderobe ihre Jacke und läuft in die Kälte hinaus, sie braucht dringend frische Luft. Wenn sie schnell zur High Street hinaufgeht, kann sie ein Taxi nehmen, ihre Eltern werden bei der Ankunft bezahlen. Sie fühlt sich viel zu schlecht, um wieder da hineinzugehen. Einen Moment bleibt sie auf der Treppe des Polytechnikums stehen und wartet darauf, daß ihr besser wird. Aber es hilft nichts. Die Übelkeit schwappt wieder hoch. Sie setzt sich: Das ist ja furchtbar, es wird immer schlimmer, ach, bitte, lieber Gott, laß mich nicht brechen, nicht hier, nicht hier. Sie möchte weinen.

Jemand kommt heraus und setzt sich ein wenig abseits von ihr nieder, aber sie kann nicht schauen, wer es ist, weil sie sich bei der kleinsten Bewegung übergeben wird.

»Wo wohnen Sie?« fragt der Mann im Anzug. »Ich bring Sie nach Hause. Mein Auto steht gleich um die Ecke.«

Sie atmet sonderbar. »Nein danke«, erwidert sie. »Ich nehme ein Taxi.« Es wundert sie, daß sie das sagen kann, ohne zu explodieren.

Es folgt eine kurze Pause.

»Na gut«, meint er. »Alles in Ordnung mit Ihnen?«

»Mir ist schwindlig«, sagt sie kurz. Sie stemmt ihre Hand an die Mauer und steht mühsam auf.

»Vorsichtig«, sagt er.

Sie geht ein paar Stufen hinunter, dann macht sie einen verkehrten Schritt und fällt in einem albernen Häufchen Elend auf den Bürgersteig hinunter. Sie fängt zu weinen an, weil alles einfach so idiotisch ist. »Ach, gehen Sie weg«, sagt sie, als er ihr aufhelfen will. »Ich geh nach Hause.« Sie macht sich auf den Weg, ihr Fuß zwickt, und ihre Knie zittern. Nervös, verwirrt von den vielen Lichtern, bleibt sie an einer Kreuzung stehen.

»Warten Sie«, sagt er, hinter sie tretend, »es ist gleich hier unten. Sie gehen in die falsche Richtung.«

»Was denn?«

»Mein Auto. Da ist es schon, das schwarze da. Kommen Sie, seien Sie nicht albern, Sie brauchen jemanden, der Sie nach Hause bringt. An einem Samstag abend warten Sie ewig auf ein Taxi, und gefährlich ist es auch.«

»Es ist doch gar nicht spät.«

»Wo wohnen Sie?«

Sie sagt es ihm.

»Ach, das kenn ich. Das schaffen wir in zehn Minuten.«

Gloria gibt auf. Sie setzt sich vorn in den Wagen, den Kopf lose an der Kopfstütze. »Mir ist so schlecht«, sagt sie schwach. Der Wagen ist sauber und bequem, hat ein Lenkrad mit einem flauschigen braunen Überzug und ein ausgeklügeltes Armaturenbrett voll grüner Lichter. Er fährt gewandt.

»Machen Sie das Fenster auf«, sagt er. »Wegen der frischen Luft.«

Sie fahren hinaus aus der Stadt mit ihren quälenden Lichtern, durch die endlosen Vorstädte. Sie schließt die Augen und versucht, die Übelkeit zu verdrängen, ist tieftraurig über diesen Abend, wünscht sich nichts mehr, als zu Hause in ihrem Bett zu liegen, mit einer dämmrigen Nachtlampe auf dem Fensterbrett, statt dieser gräßlichen gelben Blinklichter, die ihre geschlossenen Lider durchdringen. Er spricht nichts. Sie fällt in einen unruhigen Schlaf, wacht auf, ängstlich und desorientiert, die Luft, die durch das Fenster strömt, ist wie ein Schlag ins Gesicht.

Wo bin ich, wo bin ich? Ich habe mich verirrt, irgendwo im Dunkeln, in einer dunklen Straße mit hohen Häusern, weit zurückgesetzt hinter unheimlichen Bäumen. Aber dann erkennt sie, daß es nur die lange Allee ist, die an der Pilzwiese vorbei zum Teich führt. Das Herzklopfen hört auf.

»Sie müssen mir sagen, wo«, sagt der Mann. Die Häuser bleiben zurück. Im Scheinwerferlicht zeigt sich eine leere Straße mit einer hohen Mauer auf der einen Seite und Hecken auf der anderen.

Sie hat plötzlich Angst, und ihre Stimme ist heiser, als sie spricht. »Sie fahren bis zum Ende der Straße«, sagt sie, »und biegen am Teich nach links ab.« Sie dreht den Kopf und denkt, daß er im Profil das Gesicht eines verkniffenen kleinen Jungen hat, der mit sechs schon aussieht wie ein pedantischer Alter, so ein Gesicht, das sich von Beginn des Lebens bis zu seinem Ende nicht verändert. Seine Unterlippe ist kaum vorhanden.

An einer finsteren Stelle an der Pilzwiese hält er an.

»Warum halten Sie?« fragt sie scharf. Ihr Magen rebelliert. Er sagt nichts, klopft mit seinen kurzen dicken Fingern auf das Lenkrad und lächelt vage. »Warum?«

Er wendet ihr sein Gesicht zu und kichert blöde. »Ein Küßchen«, sagt er schmeichelnd. »Ein Küßchen.«

Das ist doch nicht zu glauben. Sie erschlafft, wendet sich ab. »Nein«, sagt sie. »Nein. Ich hab's Ihnen doch gesagt.« Sie hat Kopfweh, und ihre Knie zittern; sie kann es nicht mehr lange zurückhalten, Tränen brennen in ihren Augen.

Er greift nach ihrer Hand und berührt dabei ihr Bein. Sie zuckt zusammen. »Nein!« schreit sie wütend. »Ich hab nein gesagt.«

»Aber warum denn?« fragt er sanft und unnachgiebig. »Warum, hm?«

»Weil ich es gesagt habe.« Sie hebt eine Hand zu ihrem Haar, fröstelt, spürt Schweiß auf ihrer Stirn. »Ich muß mich übergeben. Sie haben gesagt, Sie würden mich nach Hause bringen. Ich möcht nur heim.« Sie fängt an zu weinen.

»Na, so ein kleines Mädchen«, sagt er im selben sanften Ton. »Ich hab gar nicht gewußt, daß Sie so ein kleines Mädchen sind. Kleine Mädchen sollten nicht mehr trinken, als gut für sie ist.«

Mit seiner weichen, kalten Hand drückt er ihr Knie, widerlich. In ihr reißt etwas, sie schlägt ihm hart auf die Hand, kämpft mit der Tür, bekommt sie auf und springt hinaus, stolpert ein paar Schritte vorwärts, bevor sie kauernd niederfällt und sich im Gras beim dunklen offenen Schlund der Pilzwiese krampfartig übergibt. Ihr ist, als würde ihr der Schädel zerspringen. Er tritt hinter sie und hält ihr den Kopf. »Lassen Sie mich in Ruhe«, stöhnt sie, zu schwach, um ihn wegzustoßen.

»Aber, aber«, sagt er. »Aber, aber. Na, na, na«, und seine Daumen bohren sich in ihren Nacken.

»Lassen Sie mich!« stöhnt sie wieder. Keuchend wischt sie sich den Mund, während ihr die Tränen aus den Augen strömen.

»Jetzt ist es besser«, sagt er. »Besser.«

Sie möchte sterben. »Es ist nur Ihre Schuld.« Gegen Wellen der Übelkeit kämpfend, versucht sie aufzustehen. »Sie haben gesagt, Sie würden mich nach Hause bringen. Wenn Sie nicht gehalten hätten . . .«

Wellen zwingen sie nieder, Übelkeit, Schwäche, Kopfschmerzen; mehr noch zwingt sie nieder, zwingt sie mit hängendem Kopf in die Knie, und das Produkt der Maßlosigkeit des Abends sinkt unter ihren Augen dampfend in die Erde. Der Mann hält sie fest, seine Hände größer als gedacht, Klammern zu beiden Seiten ihres Kopfes, und der Druck seines dicklichen Körpers auf ihrem Rücken wird stärker, während er sich in einem leichten, beunruhigenden Rhythmus an ihr wiegt.

In eiskalter Panik stößt sie die Ellbogen nach hinten, rappelt sich schwankend auf und torkelt albern umher. Er steht fest und sicher, ein ehrenwerter Geschäftsmann mit einem dummen jungen Ding. Ihr fällt auf, daß er seinen Hut nicht mehr trägt.

»Was ist denn los?« fragt er mit Unschuldsmiene. »Was soll das Theater?«

»Ich will heim«, weint sie, wieder sechs Jahre alt. »Ich will heim.«

»Ach Gott, ach Gott, ach Gott«, sagt er leise, »so was. Na, dann kommen Sie, bringen wir Sie heim.« Einen Arm ausgestreckt, als wolle er sie zum Wagen zurückgeleiten, kommt er auf sie zu. Doch anstatt ihr zu helfen, nimmt er sie bei den Schultern und versucht, sie auf den Mund zu küssen.

Das darf er nicht, das darf er nicht! Er darf das nicht tun. Gerade hat sie sich übergeben, das ist ja absurd. Sie stößt ihn weg. Sie hat keine Kraft. Er kommt zurück, ein Automat: Da ist nichts, woran sie appellieren könnte. Er stößt sie durch das Tor auf die Pilzwiese und wirft sie dort zu Boden, als bestünde sie lediglich aus Papier, hockt sich auf ihre Beine und hält sie an den Handgelenken fest. Sein Gesicht ist undeutlich. Er lacht leise.

»Gehen Sie runter! Runter!« ruft sie weinend, strampelnd und schaudernd gefangen in dieser grauenvollen Parodie einer kindlichen Balgerei, aber er bleibt einfach sitzen, gesichtslos, leise lachend. Er ist sehr schwer, wie ein Berg, mit glänzenden Knien und feisten Schenkeln zu beiden Seiten ihres Körpers. Plötzlich läßt er sein Gesicht auf das ihre hinunterfallen und küßt sie derb mit dicker, widerlicher Zunge. Seinem Atem entströmt etwas schwach Ekliges, das sie nicht definieren kann. Sie wirft ihren Kopf hin und her, und ihr Haar, das unter ihr eingeklemmt ist, reißt bis in die Wurzeln. Fliehen, fliehen, bitte, weg mit meinem Mund von seiner Zunge, aber die kriecht über ihr ganzes Gesicht wie eine dicke, feuchte, schuppige Schnecke. Die Erde drückt sich in Wülsten in ihren Körper, ihre Handgelenke brennen in seiner Umklammerung, sie ist im Begriff, verrückt zu werden.

»Sie tun mir weh«, will sie sagen, aber er schiebt ihr die dicke Schnecke in den Mund. Sie speit sie aus. »Sie tun mir weh, Sie tun mir weh«, ruft sie keuchend und weiß noch, während sie es sagt, daß er genau weiß, daß er ihr weh tut und es ihm egal ist. Lieber Gott, denkt sie, laß ihn mich nicht vergewaltigen, bitte laß ihn mich nicht vergewaltigen, bitte, bitte mach, daß er weggeht, bitte, lieber Gott, bitte, lieber Gott, ich tu alles, nur mach, daß er weggeht, bitte lieber Gott, laß das nicht geschehen, bitte laß es nicht geschehen. Am Himmel über sich sieht sie den großen Wagen. Er quetscht ihre Knochen.

»Lassen Sie mich«, wimmert sie, »bitte, lassen Sie mich, ich will nicht.«

Es ist, als existierte sie nicht. Er zieht ihre Arme hinter ihren Rücken, zwingt ihre Beine auseinander und legt sich mit seinem ganzen Gewicht der Länge nach auf sie. Sie kann nicht atmen. Sie ist ein Lumpenbündel, durch die Mangel gedreht, krank, schwach. Sie versucht, nicht mehr zu *sein*. Lieg still, lieg still, bald ist es vorbei.

Tränen rinnen ihr in die Augen, und ihr Gesicht ist glitschig und kalt. Sie weiß nicht mehr, was geschieht, was er tut, was sich da unten bewegt. Kalte Schauder überlaufen sie, die Übelkeit steigt hoch, die Sterne blitzen; kalte Luft ist auf ihren Beinen, auf ihrem Bauch, wo keine Luft sein sollte.

Er keucht und grunzt und stöhnt, sein gewaltiges Gewicht unerträglich; ihre Schenkel brennen vor Schmerz, dann neuer Schmerz, in ihrem Inneren diesmal, unmöglich, sie wird aufgerissen, durchbohrt von einem Knüppel, der Fleisch zerfetzt, sich sengend und brennend durch ihre Mitte rammt. Sie kann es nicht aushalten. Es geht immer weiter, und sie kann es nicht aushalten, und immer noch geht es weiter und weiter, bis er aufgibt und eine Pause einlegt, sich auf ihr aufrichtet und eine

Weile vor sich hinkeucht, sichtbar jetzt im Mondlicht, grinsend wie ein zufriedener Fußballspieler bei Halbzeit. Er schlenkert sein Ding mit einer Hand herum. In diesem Licht sieht es grau und weich aus, wie eine fette, faule Made.

Sie versucht, sich zu rühren, aber es geht nicht. Dann beugt er sich zu ihr hinunter, und es beginnt von neuem, sein widerlicher Atem steigt ihr in die Nase, der angeschwollene Knüppel schabt ihr Inneres auf, rammt gegen Grenzen an. Niemals wird das aufhören. Ewig und ewig wird es so weitergehen. Das ist die Realität. Das Lumpenbündel ist am Ende, im Sterben; kleine Schreie fliegen über ihre Lippen, aber sie hat keine Luft, keine Stimme. Sie schließt die Augen und hofft, daß sie sterben wird.

Der Mann stößt, stößt, und sie reißt voller Entsetzen die Augen auf. Sein Gesicht hängt über ihr, zusammengezogen, lächerlich, als wollte er niesen. Dann öffnet dieses Gesicht sich weit, und er stöhnt und erschlafft am ganzen Körper, bleibt auf ihr liegen wie ein totes Gewicht, das sie niemals wird abwerfen können, solange sie lebt. Sie dreht ihren Kopf auf die Seite und wartet, hat den verschwommenen Eindruck, daß eine schweigende, verstreut stehende Menschenmenge sie angafft, wird sich aber dann mit einer plötzlichen, ruckartigen Rückkehr in so etwas wie Realität bewußt, daß es nur die alten Baumstümpfe sind, die auf der Pilzwiese stehen, die altvertrauten Torsi. Sie selbst ist jetzt auch ein Torso; sie hat keine Arme mehr.

Der Mann steht auf und geht, an seinen Kleidern herumfummelnd, ein paar Schritte weit. Ihre Arme kehren langsam zu ihr zurück, schreiend vor Schmerz, so daß sie ihr leid tun und sie sie tröstend reibt: unglückliche Arme, unglückliche Arme, die nie jemandem etwas zuleide getan haben. Sie setzt sich auf, erstaunt, daß sie dazu in der Lage ist, würgt trocken und betastet sich zwischen den Beinen, um zu sehen, ob sie blutet. Es ist alles naß, aber sie kann nicht feststellen, ob es Blut ist. Ja, sagt ihr Verstand, der mühsam und schwerfällig durch den Morast kriecht, steh jetzt auf, lauf weg, lauf auf die Straße

54

raus, mach, daß du von hier weg kommst. Aber nichts sonst an ihr ist zu einer Bewegung fähig

Er kommt zurück. »Leg dich hin«, befiehlt er, und sie gehorcht. Er spreizt weit ihre Schenkel, legt auf jeden eine Hand und drückt fest. Sie schreit. »Sei still!« zischt er. »Sei still! Sei still!« Gloria beginnt zu weinen, verschluckt sich an ihrem eigenen Atem. Er hält sie offen, während er vor ihr kauert und mit einem merkwürdigen emotionslosen Interesse in sie hineinstarrt.

Nach langer Zeit sagt er leise: »Na, wer ist denn nun ein böses kleines Mädchen?«

Sie schluchzt hoffnungslos.

»Ich hab gesagt, wer ist denn nun ein böses kleines Mädchen, hm«, sagt er und drückt fest. »Sag, ich.«

»Ich«, flüstert sie.

»Wer?« sagt er, noch fester drückend.

»Ich.«

»Wer?«

Sie schreit auf.

»Wer? Wer?«

»Ich. Ich.«

»Was? Was bist du? Sag, was bist du?«

»Ich weiß nicht.«

»Ein böses kleines Mädchen. Also, was bist du?«

»Ein böses kleines Mädchen.«

»Noch mal.«

»Ein böses kleines Mädchen.«

»Noch mal.«

»Ein böses kleines Mädchen.«

Er läßt sie unvermittelt los, steht ungeschickt auf und verläßt die Pilzwiese. Sie hört die Tür zufallen, den Motor aufheulen, das Auto davonfahren, ruhig und ohne Eile. Sie wälzt sich auf die Seite, krümmt sich zusammen, preßt eine Faust auf ihren Mund und wartet darauf, an einem inneren Riß zu sterben, während sie zitternd vor Kälte die schwache Bewegung der Blätter des alten Holunders am Tor beobachtet, der sich undeutlich vom Sternenhimmel abhebt. Die Blüten geben der Luft etwas schwach Modriges. Muttertod. Wenn man Muttertod ins Haus bringt, stirbt einem die Mutter.

Eine Zeitlang liegt sie wie gelähmt, aber dann steht sie langsam auf, ein Gespenst auf der gespenstisch dunklen Wiese, und kriecht auf allen vieren umher, auf der Suche nach ihrem Schlüpfer. Sie kann ihn nirgends finden; dies erscheint ihr als eine Katastrophe über alle Maßen, und sie sucht und sucht, wird immer hektischer, bis sie ganz vergessen hat, was sie eigentlich verloren hat, und wie in einem Traum im Schatten unter dem Holunder nach ihrem alten grünen Stock zu suchen meint.

Dann meldet sich in ihrem Kopf eine ruhige, vernünftige Stimme: Was tust du hier? Mach dich nicht lächerlich. Geh nach Hause.

»Gloria«, sagt ihre Mutter draußen vor der Tür, »was tust du?«

»Ich bade.«

»Was? Mitten in der Nacht?«

»Ich bin hingefallen«, sagt sie. »Ich bin hingefallen, wie ich aus dem Bus ausgestiegen bin. Und hab mich ganz dreckig gemacht.«

»Hast du dir weh getan?«

»Nein, nein, ich bin nur ein bißchen dreckig geworden.«

Das Telefon läutet, und ihre Mutter geht. Gloria steigt aus dem heißen Wasser und legt sich dampfend auf den Badvorleger, den Blick starr auf die Glühbirne in ihrem türkisfarbenen Schirm gerichtet. Sie ist verändert. Sie ist leer. Was geschehen ist, kann nicht geschehen sein und ist daher nicht geschehen; sie wird nicht zulassen, daß es geschehen ist. Sie wird es nicht zulassen. Sie wird es ausstoßen, die automatische Annahmeverweigerung drücken, jeden Schößling von Erinnerung, der sich entfalten will, abknipsen, und bald wird es nicht mehr existieren, wird nie existiert haben. Aber sie ist verändert. Sie fühlt sich wie ein Eindringling in ihrer eigenen Haut.

»Gloria«, ruft ihre Mutter durch die Tür.

Gloria lutscht an ihren Fingern.

»Gloria!«

»Was denn?«

»Das war Mary, sie wollte wissen, ob du gut heimgekommen bist. Ich dachte, du wolltest mit Mary zusammen nach Hause fahren.«

»Ach so. Ja, wollte ich auch, aber ich bin mitgenommen worden, weißt du, von diesem Mädchen aus der Schule, ihr Dad, du weißt schon – da bin ich ohne Mary gefahren, weil die noch mit irgendeinem Typen getanzt hat.«

»Sagst du mir auch die Wahrheit?« fragt ihre Mutter nach einer kurzen Pause. »Ich kenn dich doch. Ich merk es sofort, wenn du nicht die Wahrheit sagst. Und so wie du dich heute reingeschlichen hast und gleich nach oben gegangen bist.«

Gloria setzt sich auf, schlingt fest ein Badetuch um sich und kauert sich so klein wie nur möglich zusammen. Sie hatte ihren Schlüssel zum Glück in der Jackentasche. Ihre Handtasche war vorn im Auto. Dieses Auto. Sie kneift die Augen zu und würgt. Erbrochenes und Benzindünste. Nie wieder.

»Du hast doch gesagt, du hättest den Bus genommen«, sagt ihre Mutter anklagend.

Sie überlegt schnell. »Sie sind nur bis zum »Red Lion« gefahren«, erklärt sie. »Da haben sie mich in den Bus gesetzt. Es war schon in Ordnung. Wir waren mehrere. Sandra und Dawn waren dabei.«

»Ich weiß schon, was los ist«, sagt ihre Mutter. »Du hast dich betrunken. Darum bist du gestürzt. Torkelst betrunken durch die Gegend wie ein alter Penner. Sei vorsichtig, wenn du aus der Wanne steigst.«

»Keine Angst«, sagt Gloria. »Ich bin schon draußen. Ich komm jetzt.« Ihre Stimme zittert ein wenig.

»Ist alles in Ordnung?« fragt ihre Mutter. »Ich bin nicht böse, damit du das weißt. Ist alles in Ordnung?«

»Ja, ja«, antwortet sie, mit beherrschter Stimme jetzt, obwohl ihr Herz beängstigend zu klopfen begonnen hat. Ein bodenloser Schacht der Einsamkeit öffnet sich irgendwo, und sie stürzt hinein.

»Möchtest du eine Tasse Kakao?« fragt ihre Mutter. »Ich bring sie dir ans Bett, wenn du möchtest.«

»Ach, ja, bitte«, sagt sie. »Vielen Dank.«

Sobald ihre Mutter weg ist, beginnt sie schrecklich zu weinen, stopft sich das Handtuch in den Mund. »Ach, Mami, Mami, Mami«, schluchzt sie. Dann läßt sie das Badewasser ablaufen, nimmt ihr Nachthemd vom Haken an der Tür, zieht es an und stellt sich vor den Spiegel. Komisch zu sehen, daß sie noch da ist. Komisch. Als sie vorhin das Bad betreten hatte, war sie erschrocken über ihr Gesicht. Jetzt ist es frisch geschrubbt und rosig unter nassem Haar, verzweifelt. Es ist alles gut, sagt sie ihm, wirklich, jetzt ist alles wieder gut. Alles ist wieder wie früher.

Sie trocknet ihr Gesicht und geht ins Schlafzimmer ihrer Eltern, um die Haarbürste ihrer Mutter auszuleihen, sieht Jesus und das pausbäckige Engelchen, das Michael darstellen soll, und ist froh, daß es nicht Michael ist. Es ist so voller Grübchen, daß es deformiert ist. Aber sie bleibt eine Weile vor dem alten Bild stehen und betrachtet es, während sie sich das Haar bürstet. Als sie ihre Mutter die Treppe heraufkommen hört, geht sie in ihr eigenes Zimmer, schlüpft ins Bett und zieht die Decke bis zu ihren Augen hoch.

»Mir geht's nicht so besonders«, sagt sie, als ihre Mutter den Kakao bringt.

»Das wundert mich nicht«, antwortet ihre Mutter. »Aber laß nur. Du schläfst dich jetzt richtig aus, und morgen wirst du dich viel besser fühlen.« Ihre Mutter gibt ihr einen Kuß auf die Stirn und geht. Der Kakao tut ihr gut und weckt gleichzeitig Übelkeit. Sie sieht sich in ihrem Zimmer um, und auch dieses ist verändert. Der Spiegel, vor dem sie sich vor so langer Zeit zum Ausgehen zurechtgemacht hat, die kleine rosenfarbene Schale mit den Blütenblättern, ein paar Kleider, die wie erschöpft über einer Stuhllehne hängen.

Sie legt sich nieder, wird langsam warm, rollt sich fest zusammen. Draußen kommt leise, lang erwartet der Regen. Sie gleitet in eine halbreale Welt, in der nichts existiert, was sie nicht will. Sie liegt in den Schaufeln des Elchs. Über ihrem Kopf wölbt sich wie eine Kathedrale der Urwald, geheiligt und unverletzlich. Doch selbst hier fliegen Bilder über eine Leinwand, um sie zu beunruhigen – ein Schuljunge mit altem Gesicht, ihr eigenes dreckverschmiertes Gesicht, das vor seinem Spiegelbild erschrickt, Mary beim Tanz mit dem langen Studenten, eine Menge zuckender Marionetten in pulsierendem Scheinwerferlicht. Immer wieder erwacht sie mit klopfendem Herzen, weinend oder voll Ekel und sich selbst scheltend.

Laß doch los, laß los, wie willst du weiterleben, wenn du nicht losläßt?

Bei ihrem letzten Erwachen ist das Haus dunkel und still, der Regen rauscht leise, das Licht der Straßenlampe glänzt an der Wand und sagt ihr, sie solle sich nicht sorgen, Alpträume vergehen. Sie liegt in den Schaufeln des Elchs, und das große, sanfte Tier trägt sie fort.

4

Gloria färbt sich das Haar erst blond, dann kupferrot, kastanienbraun, mahagonirot, geht zur Schule, aber sonst nirgendwohin, bleibt in ihrem Zimmer und schläft viel, fühlt sich dumm und dumpf und verliert alles Zeitgefühl.

Sie hängt mit ihren Hausaufgaben hinterher, bekommt schlechte Noten, kümmert sich nicht darum. Sie sitzt im Unterricht und kritzelt am Rand von ›Othello‹ herum, fühlt sich dick und schwer und gereizt, weil ihre Periode ansteht, schläft mit offenen Augen ein und erwacht mit einem Ruck. Mary beugt sich herüber und zeigt ihr etwas auf der Heftseite. »Das da«, sagt sie.

»Was?« fragt Gloria nicht begreifend.

»Gloria, willst du wohl aufwachen«, sagt die Lehrerin. »Also, wirklich!«

»Das da«, sagt Mary leise. »Othellos Rede, die über die Anthropophagen.«

»Was?«

Die Lehrerin schüttelt ärgerlich den Kopf und wendet sich ab.

»Was?« flüstert Gloria.

»Ach, nichts«, flüstert Mary.

Gloria kommt sich wie eine Idiotin vor und möchte weinen. Sie blickt auf die Seite hinunter und liest, »›Sie schwur – in Wahrheit, seltsam! Wunderseltsam –‹« Sie sieht keinen Sinn darin, weiter hierher zu kommen, es scheint ihr schiere Zeitverschwendung zu sein. Sie mustert ihre Klassenkameraden und denkt, lauter Fremde, sogar Mary. Herrgott noch mal, was tun wir hier?

Sie schwänzt tagelang, versteckt sich in ihrem Zimmer und schläft oder geht am Teich spazieren. Ihre Periode kommt nicht. Sie meint, sie müsse einen inneren Schaden erlitten haben, denn die Schmerzen sind da, genau wie immer; vielleicht hat sich da irgendwas gestaut. Sie schläft ein und vergißt, treibt davon in ein Niemandsland, erwacht, schaut zum Fenster hinaus, verliert sich in Träumereien davon, klein zu sein, von Schätzen umgeben unter einem provisorischen Dach zu sitzen, auf das der Regen trommelt. Sie wünscht, sie könnte die Zeit zurückdrehen. Die Zeit ist ein merkwürdiges Element, seltsam und wunderseltsam, die Zeit umgibt sie wie ein Gewölbe voll stehender Luft, aus dem sie nicht hinaus kann; aber sie weiß, daß sie diejenige ist, die stehengeblieben ist, nicht die Zeiger der Uhr.

»Was ist nur in letzter Zeit mit dir los?« fragt ihre Mutter.

»Ich glaub, ich hab eine Blasenentzündung«, sagt sie. »Ich muß die ganze Zeit pinkeln.«

»Viel Wasser«, sagt ihre Mutter. »Du mußt viel Wasser trinken.«

Sie wartet an der Kirche und nimmt den Bus zur Stadt, geht

in die Bibliothek, schlägt Blasenentzündung im medizinischen Lexikon nach. Und als wären ihre Hände nicht von ihrem Gehirn gelenkt, blättern sie weiter, bis sie auf ein tödliches, verbotenes Wort stoßen: Schwangerschaft. Sie sitzt an einem breiten glänzenden Tisch, einem alten Mann mit einer schweren Erkältung gegenüber, und liest geduldig, als müßte sie es für die Schule lernen, bis ihr Mund trocken ist vor Furcht und Gänsehaut über ihre Arme kriecht.

Lange sitzt sie da, das aufgeschlagene Buch vor sich, und starrt auf einen Heizkörper, von dem die blaue Farbe abblättert, dann steht sie auf und stellt das Buch auf seinen Platz im Regal zurück, geht hinaus und wandert durch die frischen Septemberstraßen. In einem Gebäude aus schwarzem Glas sieht sie sich, wie sie die Straße überquert. Zickzack, Zickzack bewegen sich ihre Beine in dünnen gemusterten Strümpfen und hohen Absätzen. Sie sieht sie vor sich, wie sie einmal waren, dünn mit knubbeligen Knien und kurzen Söckchen und roten Sandalen. Was ist aus ihnen geworden?

Sie wartet an der Bushaltestelle, und der Wind bläst das Laub in Wirbeln um ihre Füße. Im Bus haucht sie immer wieder die Fensterscheibe an und zeichnet mit dem Finger Muster in den Dunst. Die Straßen sind voller Menschen, die ein normales Leben führen, die hierhin und dorthin eilen, auf Mauern sitzen, Kinderwagen schieben, an Straßenecken ein Schwätzchen halten, Fahrbahnen überqueren, an Ampeln warten. Wie komisch, wie unschuldig, wie nett sie alle scheinen. Sie allein ist ein Gespinst aus dunklen Geheimnissen, ein ummauerter Garten voller Dornen. Sie steigt aus dem Bus und geht zum Haus von Marys Eltern, wo sie in letzter Zeit gar nicht mehr war. Es ist so vertraut wie ein weicher alter Sessel. Fernsehgelächter füllt das Wohnzimmer, wo Marys Vater am Feuer Pferdeplaketten aus Messing putzt und John mit zwei der kleineren Kinder vor dem Fernseher sitzt.

»Hallo, wen haben wir denn da?« sagt Marys Vater freundlich.

»Hallo, Fremde«, sagt John. Die Kleinen erzählen sofort eifrig von der Sendung, die sie sich gerade ansehen. Sie freuen sich, sie zu sehen. Die Erkenntnis rührt sie und belebt ihr Gesicht.

Als hätte sich nicht die ganze Welt radikal verändert, schwatzt und lächelt sie eine Weile, die großartigste Schauspielerin der Welt, ehe sie nach oben läuft, in ein Zimmer für drei, das aussieht, als wäre es soeben ausgeplündert und verwüstet zurückgelassen worden. Mary liegt in Jeans und einem weiten Hemd auf einem oberen Stockbett, lutscht Toffees und hört Radio, während sie ihre Biologiehausaufgaben macht.

»Mein Gott!« ruft sie, klappt ihr Buch zu und schwingt ihre Beine über die Bettkante. »Ist das zu fassen? Du hast hier in letzter Zeit Seltenheitswert. Was hat dich denn aus deinem Bau gelockt?«

Gloria lacht und klettert nach oben. Im Schneidersitz hocken sie über dem Schlachtfeld des Zimmers. »Ich dachte schon, du hättest von uns allen die Nase voll«, sagt Mary.

»Keine Spur«, entgegnet Gloria vergnügt, nicht imstande, die Maske fallenzulassen. »Jeder muß sich mal verkriechen.«

Mary lehnt sich an ein schmutziges, buntgestreiftes Kopfkissen, zündet sich eine Zigarette an und bläst lächelnd eine dicke blaue Wolke in die Luft. »Ich bin froh, daß du gekommen bist«, sagt sie. »Das ist doch eine gute Entschuldigung für eine Pause. Hast du Lust, ein bißchen rauszugehen? Ich weiß was, wir gehen in den Park und ziehen uns so ein dickes rotgrünes Eis rein, das sie da verkaufen ...«

»Gleich«, sagt Gloria. »Nicht sofort.«

Mary wirft ihr Buch zu Boden und macht es sich bequem. Eine halbe Stunde lang reden sie. Gloria staunt über sich selbst; ist erschrocken darüber, mit welcher Leichtigkeit sie plappert, lächelt, zuhört, lacht – alles falsch, falsch, falsch –, während eine ganz andere, eingesperrt, in heller Panik an die Wände ihres Hirns klopft: Laß mich raus, laß mich raus, bitte laß mich raus. Irgend etwas ist da drinnen, ein scheußlicher Schmarotzer, der sich in meinem Fleisch festgehakt hat. Es würde sie interessieren, ob jeder in Wahrheit aus zwei Personen besteht, ob sich hinter all den lächelnden Gesichtern, die

Banalitäten sprudeln, in Wirklichkeit stammelnde Wracks verbergen. Mary erzählt, sie habe ein gutes Buch über Astralprojektion, Gloria müsse es unbedingt lesen. Gloria verspricht, es zu tun. Mary meint, sie würde in Mathe durchfallen. Gloria meint, sie würde in sämtlichen Fächern durchfallen. Mary ist immer noch mit Tony zusammen. Er ist in Ordnung, sagt sie, ein bißchen verrückt mit seinem Motorrad, aber abgesehen davon ... Unten im Zimmer rennen Kinder raus und rein, und Mary brüllt sie an, sie sollen leise sein und die Tür zumachen.

»Wenigstens hast du ein eigenes Zimmer, Gloria«, sagt sie. »Von Gesetzes wegen sollte jeder ein eigenes Zimmer haben. Du hast ein Riesenglück. Echt, ein Riesenglück.«

»Ja, wahrscheinlich«, sagt Gloria, dann lacht sie. »Das ist lustig. Wirklich, richtig lustig.«

Etwas muß sie verraten haben. Mary sieht sie forschend an. »Was ist los?« fragt sie.

»Ich bin schwanger.«

Mary weiß nicht, was sie sagen soll. Ihr Gesicht verändert sich nicht.

»Das ist nicht wahr.«

»Doch.«

»Wie das?« fragt Mary leise und ungläubig mit gerunzelter Stirn. »Wie denn? Ich hab gedacht, du hättest noch nie –«

»Hab ich auch nicht.«

Sie sehen einander an, beide verwirrt. »Was redest du?« fragt Mary.

Glorias Gesicht verzieht sich, sie beginnt zu weinen, langsam, müde, wimmernd, lehnt sich in die Ecke zurück und bedeckt ihr Gesicht. Eines der Kinder reißt die Tür auf und kramt in der Wüstenei auf dem Boden herum. »Hau ab, Piggy«, sagt Mary, »und mach die Tür zu. Siehst du nicht, daß es Gloria nicht gut geht.«

Piggy, ein kleiner Junge mit großen Ohren, hält ein Maschinengewehr in den Armen und schneidet Mary eine wütende Grimasse. »Dauernd sagst du mir, ich soll die Tür zumachen«, schreit er sie an.

»Dann tu's endlich«, schreit sie zurück. »Geh raus!«

Sie streiten. Die anderen Kinder kommen, um zu sehen, was los ist. »Raus! Raus mit euch!« schreit Mary. Sie springt vom Bett und scheucht sie alle aus dem Zimmer. Als sie weg sind, steigt sie wieder nach oben und nimmt Gloria in die Arme. »So«, sagt sie, »und jetzt erzähl.«

»Ich bin schwanger«, sagt Gloria schluchzend. »Ehrlich.«

»Ach, Gloria«, sagt Mary. »Ach, Gloria.«

Nach einer Weile sagt sie: »Es war doch nicht unser John?«

»Nein«, antwortet Gloria. Sie schneuzt sich und wischt sich die Augen.

»Wer war es?«

»Ich weiß nicht.«

»Aber, wer –«

Gloria starrt ins Leere. »Es war an dem Abend im Polytechnikum«, sagt sie, »als du Tony kennengelernt hast. Ich bin früher gegangen. Es war dieser –«

Sie bricht ab. Sie kann es nicht sagen. Sie kann es nicht. Sie kann nicht einmal daran denken; es ist ein großer Haufen Dreck, der niemals angerührt werden darf, weil er sonst die Hänge des Vesuv hinunterrollt und alles auf seinem Weg vernichtet, ihr den Atem abdrückt, sie auslöscht. »Ach, Mary«, sagt sie, ihre Augen bedeckend. »Ach, Mary, Mary. Was soll ich nur tun?«

»Vielleicht täuschst du dich«, meint Mary hoffnungsvoll. »Vielleicht bist du nur spät dran. Gerade wenn man Angst hat, kann es sich dadurch verzögern ...«

»Nein«, widerspricht sie. »Ich weiß es. Ich weiß es einfach. Ich *spüre* es, ich kann es nicht erklären.«

Die Tür fliegt auf, und zwei Kinder hopsen kichernd und kreischend herein.

»Herrgott noch mal!« schreit Mary. »Ich halt's nicht aus. Raus! Macht daß ihr raus kommt, alle beide.«

»Das Zimmer gehört auch uns«, sagt ein Mädchen mit Polypen.

Gloria zwinkert ein paarmal energisch und streicht sich das

Haar glatt. »Komm, gehen wir in den Park«, sagt sie. »Es geht schon. Ehrlich. Komm, wir gehen in den Park. Da kannst du dir ein Eis kaufen, und wir können reden.«

Sie marschieren in den Park und setzen sich an einen Tisch in der Nähe des Kiosks, wo ihnen der Wind das Haar in die Gesichter weht. Mary ißt Eis, und Gloria trinkt eine Cola.

Da sie die Wahrheit nicht sagen kann, braucht sie eine Geschichte. »Es war so ein Typ«, sagt sie, »den ich an dem Abend kennengelernt habe. Wir sind spazierengegangen. Wir waren im Fishmill Park, und da ist es passiert.«

»Im Fishmill Park?« Mary ist verblüfft. Hinter ihrem Kopf hocken und hüpfen kleine Vögel auf einem knorrigen Ast in einer Voliere.

»Wir sind über den Zaun geklettert«, erklärt Gloria. Die Szene entwickelt sich. Hand in Hand schleichen sich zwei Gestalten mit betrunkenem Gelächter von Baum zu Baum. Der Junge ist hübsch, schattenhaft, liebenswürdig, sanft. Erzählt sie Mary. »Wir haben uns unterhalten«, sagt sie. »Wir haben stundenlang geredet, und dann ist es einfach passiert. Es war irgendwie ganz natürlich, weißt du? Es war – ach, ich weiß nicht – er war – *anders* als die andren, und deswegen hat's irgendwie nichts ausgemacht. Es hat sich einfach so ergeben, ich kann es nicht erklären ...«

»Und wer ist es?« fragt Mary perplex und schüttelt stirnrunzelnd den Kopf, während sie ihr Eis leckt. »Mann, das muß ja irre schnell gegangen sein; ich hab dich angerufen, kaum daß ich zu Hause war und –«

»Ja«, sagt Gloria, »aber es kam mir gar nicht so schnell vor, weißt du; man verliert irgendwie das Zeitgefühl.«

»Und wer ist es nun? Wie heißt er?«

»John«, sagt sie, der erste Name, der ihr in den Kopf kommt.

»Hast du's ihm schon gesagt?«

Gloria gerät in Panik, in ihrem Kopf rast es. »Nein.«

»Aber du mußt es ihm sagen. Er ist verantwortlich, Gloria, er muß –«

»Das kann ich nicht!« ruft sie, die Fäuste ballend. »Ich weiß ja nicht, wo er ist.« Und da entspinnt sich die ganze Geschichte wie von selbst.

Er kommt von oben aus dem Norden, von weit her, ja, Newcastle, aber jetzt lebt er in London. Er ist von zu Hause abgehauen, weil er sich mit seinen Eltern nicht verstanden hat, und wollte nur noch mal rauffahren, um den Rest seiner Sachen abzuholen. Er hat hier übernachtet, weil er jemanden am Polytechnikum kennt (nein, ich weiß nicht, wen), und auf dem Rückweg wollte er wieder hier vorbeikommen und mich besuchen. Er wollte, daß ich mit ihm nach London gehe. Er spielt in einer Gruppe, Gitarre (nein, ich weiß den Namen nicht, er hat ihn gesagt, aber ich hab ihn vergessen) und – und ...

Er ist nicht wiedergekommen.

»Aber das ist ja absurd!« ruft Mary. »Du kannst doch nicht irgend einem dahergelaufenen Typen so blind vertrauen. Und du hast nicht darauf geachtet, daß er was nimmt? Also, wirklich, Gloria, ich kann nicht glauben, daß du so ... Oh, der Mistkerl, dieses Schwein ... Gloria, hab keine Angst, wenn ich irgendwas tun kann ... Hab keine Angst, es wird bestimmt alles gut ... Du hast dir nicht seine Adresse geben lassen oder – ach, warum denn nicht, Gloria? Warum nicht? Ich könnte dich schütteln. Ich kann nicht glauben – warum hast du mir nichts gesagt?«

»Ich weiß nicht.«

»Warum hast du mir nichts gesagt? Warum nicht? Ich hätte dir so was sofort erzählt.«

Gloria beginnt zu weinen. »Er ist tot!« ruft sie. »Er ist tot, ich bin ganz sicher. Er wäre bestimmt wiedergekommen, ich weiß es. Er kann doch auf dem Motorway verunglückt sein. Er kann – alles mögliche kann passiert sein. Woher soll ich es wissen? Er wäre bestimmt wiedergekommen.«

Mary umfaßt ihre beiden Hände und hält sie fest. »Du brauchst es nicht zu behalten, das weißt du. Keinem Menschen würde einfallen, dich dazu zu zwingen. Wenn du willst, geh ich mit dir zum Arzt.«

Gloria sagt nichts.

»Du mußt es deiner Mutter sagen«, fährt Mary energisch fort. »Das ist der nächste Schritt. Du mußt es deiner Mutter sagen. Sie hilft dir bestimmt.«

»Ich behalt's nicht«, sagt Gloria leise und heftig. »Ich behalt's nicht.«

»Ich weiß, daß du mir nicht die Wahrheit sagst. Ich *kenne* dich«, sagt Glorias Mutter.

Gloria lehnt sich in ihr Kopfkissen und trotzt ihrem Blick. Dies ist ihre Geschichte, und sie bleibt dabei.

»Na schön, ich kann dich nicht zwingen, die Wahrheit zu sagen.« Mit schweren Augen und offenem Mund blickt ihre Mutter zu ihren Händen hinunter. Sie ist dünn in letzter Zeit und immer blaß und müde. »Na ja«, sagt sie und reibt sich die Oberlippe mit einer matten Bewegung, durch die ihre Nase hin und her geschoben wird, »vielleicht ist doch nichts passiert. Wir müssen es erst feststellen lassen. Mach dir erst mal keine zu großen Sorgen. Deinem Vater sagen wir vorläufig nichts; es wäre doch Quatsch, ihn zu beunruhigen, wenn sich das Ganze dann als falscher Alarm entpuppt.« Sie seufzt tief, sieht Gloria lange mit traurigen, schwerlidrigen Augen an und geht dann schwerfällig zur Tür. Niemand kann sich vorstellen, was ich erleide, sagt ihr Rücken. Niemand wird mir je diese Last abnehmen. Gloria packen heftige Schuldgefühle beim Anblick dieses Rückens. Ihre Mutter dreht sich herum. »Du bist nicht allein, das weißt du«, sagt sie.

Gloria sieht sie nur an. Sie kann diese leblose Resignation nicht ertragen. Zu lange starren sie einander wortlos an.

Plötzlich verzerrt sich das Gesicht ihrer Mutter. Es könnte Zorn sein. »Versprich mir, daß du dir keine allzu großen Sorgen machst«, sagt sie heftig. »Versprich mir das.«

Aber natürlich macht Gloria sich doch Sorgen, und natürlich ist es kein falscher Alarm.

Die Hände auf ihrem Bauch gefaltet, sitzt sie da und starrt in ihren Spiegel. Es ist da drinnen, dieses Ding, dieses Wesen, dieser Gallertklumpen. Es ist unmöglich, wie der Tod, nur anderen geschieht so etwas. Ihr Gesicht ist immer noch das von Gloria, man sieht ihm nichts an. Flüsternd spricht sie mit ihm, schneidet Grimassen. Ich bin noch hier, trotz allem noch hier. O nein, du kriegst mich nicht, du kriegst mich nicht – bist ja nicht mal so groß wie mein Daumennagel.

Sehr sorgfältig schminkt sie sich das Gesicht, betont die Augen und die Lippen, um zu beweisen, daß sie noch da ist. Dann lehnt sie sich zurück und lächelt sich eine Zeitlang an, still und geheimnisvoll wie die Mona Lisa. Als sie hört, wie ihre Mutter heraufkommt und sich im Nebenzimmer daran macht, die Wäsche zu sortieren, geht sie hinüber und setzt sich auf das Bett ihrer Mutter.

»Es ist meine Entscheidung«, sagt sie zum Rücken ihrer Mutter.

Schon geht es von neuem los.

»Natürlich ist es deine Entscheidung«, erwidert ihre Mutter, »aber du weißt, wie ich darüber denke.«

»Es ist *mein* Leben«, sagt Gloria. »*Mein* Leben.«

Ihre Mutter entgegnet, es sei eine Sünde am Leben. Man könne nicht das eigene retten, indem man ein anderes opfert. »Gib es zur Adoption frei, das kannst du tun, unbedingt ja, aber eine Abtreibung – nein. Das ist endgültig. An gewissen Dingen ist einfach nicht zu rütteln. Wie an diesem hier. Das wäre Mord, und Mord ist Mord, ganz gleich, wie man es nennt.« Sie sieht Gloria nicht in die Augen.

»Ich müßte von der Schule runter«, sagt Gloria, »so kurz vor der Mittleren Reife. Das kannst du doch nicht wollen.«

»Du kannst danach weitermachen. Im nächsten September.«

»Ich will aber kein ganzes Jahr verlieren.«

»Ich habe meine Meinung gesagt, Gloria. Mehr sage ich nicht.« Ihr Mund und ihre Nase sind zusammengekniffen.

»Du mußt ja das verdammte Ding nicht kriegen!« schreit Gloria.

»Pscht! Pscht!« zischt ihre Mutter ärgerlich, mit einem Blick zur Tür. »Willst du, daß er uns hört?«

»Du bist ja verrückt«, sagt Gloria. »Ich bin deine Tochter, Herrgott noch mal. Ich kann's einfach nicht fassen, daß du so was von mir verlangst. Dir ist so ein blöder Klumpen Wackelpudding wichtiger als ich.«

»Mir ist das Leben wichtig«, entgegnet ihre Mutter müde. Mit tragisch erhobenem Blick sieht sie zu Jesus und dem Engelchen an der Wand hinauf. »Mir ist schon ein Kind gestorben«, sagt sie. »Noch ein totes Kind in unserer Familie, das verhüte Gott. Sie kommen alle von Gott. Alle. Ganz gleich, wie sie gezeugt wurden.«

Gloria möchte schreien, vom Bett aufspringen und ihre Mutter schlagen. Sie schließt die Augen. Sag es ihr. Na los, sag es ihr, sag ihr die Wahrheit. Sie ist verrückt. Es würde nichts ändern. Sie ist verrückt, sie ist vernarrt in so einen aufgeblähten kleinen Gnom, von dem sie sich einbildet, er wäre ihr Sohn, der vor sechzehn Jahren gestorben ist, und dabei hat sie ihn nicht einmal gesehen. Ihr sind die Toten wichtiger als die Lebenden, die Toten, die noch nicht einmal geboren wurden.

Ich war's, möchte Gloria am liebsten sagen. Ich hab das kleine Biest umgebracht. Ich hab ihm die Hände um den Hals gelegt und zugedrückt, ich hab ihn ins Gesicht getreten. Ich oder er. Ha, ha, ha, ha. Ich war schon im Mutterleib eine Mörderin, was erwartest du da jetzt von mir? Wenn ich verrückt bin, dann hab ich's von dir.

Sie sieht das Gesicht ihrer Mutter im Spiegel, es sieht aus, als wäre es zu einer Million Tränen verdammt. Sie sagt nichts.

»Ich wollte immer ein zweites Kind«, sagt ihre Mutter, »aber ich konnte keines bekommen.«

An diesem Abend, bevor sie zu Bett geht, sagt Gloria zu ihrer Mutter: »Ich hab mich entschieden. Ich treibe ab. Das ist endgültig.« Ihre Mutter sagt nichts.

In der Nacht erwacht sie und hört fernes Weinen. Wie versteinert liegt sie in der Dunkelheit, kalt vor Furcht, überzeugt, daß es etwas Übernatürliches ist. Es klingt, als käme es aus dem

Zimmer unten, dem alten Salon, der nie benutzt wird. Es hört auf und fängt von neuem an, dünn und tropfend, bis sie es schließlich nicht mehr aushalten kann, aufsteht und zur Treppe schleicht, die blaß erleuchtet im schräg durch das Flurfenster einfallenden Mondlicht liegt. Hier ist es lauter. Ein schrecklicher Verdacht wird wach. Auf Zehenspitzen geht sie abwärts, gerade so weit, daß sie atemlos niederkauern und, mit beiden Händen an das Geländer geklammert, durch den Türspalt ins Wohnzimmer sehen kann, wo ihre Mutter in ihrem alten Flanellnachthemd auf dem Sofa mit dem Volant und dem Rosenmuster sitzt und unaufhörlich weint, den Blick auf ein Paar kleine blaue Babyschühchen gesenkt, die sie in den Händen hält. Ihr Gesicht ist verborgen hinter dickem, graugesprenkeltem Haar, das in schlaff hängenden Spiralen auf ihre gekrümmten Schultern fällt; ihre knochigen Füße stehen nackt und nach innen gedreht auf dem Teppich.

Gloria hat ihre Mutter nie weinen sehen. Es ist nicht möglich. Während sie sie so beobachtet, überfällt sie das ganze tödliche Entsetzen eines Alptraums; diese gesichtslose weinende Gestalt mit den Füßen und Händen, dem Haar und dem Nachthemd ihrer Mutter wird gleich langsam und unerbittlich den Kopf drehen und ihr das Gesicht eines Gespensts zeigen, eines furchtbaren Geists mit hohlen Leidensaugen; wird sie mit seinen toten weißen Augen fixieren und in den Wahnsinn treiben. In der Dunkelheit auf der Treppe mitten in der Nacht sieht sie ihre Hände an den Geländerstangen zittern, löst sie langsam, richtet sich auf und geht leise wieder zu Bett, wo sie mit weit offenen Augen auf dem Rücken liegt und dem todtraurigen Geist dort unten eine so lange Zeit lauscht, daß sie sich zu wundern beginnt, warum nicht endlich der Morgen eingreift.

Irgendwie schläft sie schließlich doch ein.

Der nächste Tag ist ein Sonntag, und sie kann nicht aufwachen. Endlich kommt ihre Mutter ins Zimmer und sagt: »Weißt du, wie spät es ist? Ein Uhr.«

Gloria steht auf, ißt drei Bananen und geht zum Teich hinunter. Die Glocken läuten freudig, in endlosen Klangkaskaden. Sie läuft um den Teich herum, immer wieder, und hat nur den Wunsch, einen riesigen Keil durch ihr Leben zu treiben, es aufzubrechen und mit dem hervorsprudelnden Strom zu schwimmen. Dieser Ort, ihre Eltern, die Schule – schmutzige Stricke, die sie fesseln.

Sie geht zu Mary und fragt sie, ob sie bereit ist, mit ihr wegzugehen, nach London, sich mit ihr zusammen eine Wohnung zu nehmen; Mary sagt ja, aber jetzt noch nicht, sie will erst ihre Prüfung machen, dann ja, warum nicht, sie hat vor, Krankenschwester zu werden, da kann sie gut nach London gehen und dort ihre Ausbildung machen. O ja, o ja, sie geraten in helle Aufregung, wie sie da Seite an Seite auf dem oberen Stockbett Zukunftspläne schmieden. Gloria vergißt beinahe, daß sie schwanger ist.

Auf dem Heimweg bleibt sie auf der Holzbrücke stehen und sieht ans Geländer gelehnt zu, wie ein paar zaghafte Regentropfen die glatte Oberfläche des Teichs ausprobieren. Ein einsames Teichhuhn schwimmt über das kalte graue Wasser. Sie überlegt, was sie sagen werden, wenn sie ihnen eröffnet, daß sie fortgeht. Ihrem Vater wird es egal sein. Ihrer Mutter nicht. Sie glaubt nicht, daß sie diese Möglichkeit je erwogen haben. Es scheint irgendwie als selbstverständlich vorausgesetzt zu werden, daß sie sich eines Tages eine Arbeit in der Stadt suchen und jeden Morgen von der Kirche aus den Bus nehmen wird, vielleicht sogar denselben wie ihr Vater. Sie glaubt, verrückt zu werden bei dem Gedanken.

Bei ihrer Heimkehr sitzt ihr Vater schlafend in seinem Sessel, ihre Mutter näht an einem Saum, im Fernsehen läuft eine Quizsendung, und draußen vor dem Fenster fällt stetig der Regen. Im Haus riecht es nach Essen. Gloria setzt sich. Ihre Mutter sieht sie nicht an. Ihr Gesicht, das über die Näharbeit gebeugt ist, ist streng und gequält, die Brauen sind zwischen den Augen zu einem Knoten des Schmerzes zusammengezogen.

»Was ist los?« fragt Gloria.

»Red jetzt nicht mit mir«, sagt ihre Mutter kurz. »Ich kann

jetzt nicht reden.« Die Nadel fliegt sauber stichelnd hin und her.

Gloria geht nach oben und legt sich auf ihr Bett, zieht ihre Jeans herunter, mustert ihren Bauch, betastet ihn vorsichtig. Sie seufzt. Armes Wesen. Kleiner Teufel. Fette kleine Schnecke. Sie döst ein, träumt unruhig, immer noch den Regen am Fenster hörend, versucht, ihre Augen zu öffnen, aber sie sind schwer wie Goldstücke. In Panik, nicht sicher, ob sie schläft oder wach ist, beginnt sie zu kämpfen, kommt hoch und geht wieder unter, als wäre sie dabei zu ertrinken, sieht das Licht durch die Ritzen, spürt das Knacken in ihren Ohren und hört dann in ihrem Kopf eine Stimme, glockenklar, die einfach sagt: *Warum nicht?*

Was? Fragt sie, immer noch kämpfend. Was?

Dummes Ding! sagt die Stimme mit einem lustlosen Lachen.

»Gloria!« ruft ihre Mutter vom Fuß der Treppe. »Gloria!«

Sie schnellt hoch, mit hämmerndem Herzen. »Was denn?« ruft sie.

»Komm mal einen Moment her.«

Gloria geht hinunter. Ihre Mutter steht im Flur, sie sieht gelb und krank und gebeugt aus. »Heute mußt du für deinen Dad und dich aufdecken«, sagt sie. »Ich fühl mich schrecklich. Ich möchte nichts. Ich geh nach oben.« Wie ein Kind zieht sie sich am Geländer die Treppe hinauf.

»Möchtest du eine Tasse Tee oder so was?« fragt Gloria.

»Nein.«

Gloria geht in die Küche und deckt den Tisch, ißt schweigend mit ihrem Vater, wagt sich dann in das Zimmer ihrer Eltern. Ihre Mutter liegt seitlich im Bett, die Augen geöffnet, aber erloschen.

»Kann ich dir irgendwas bringen?« fragt Gloria.

Zunächst sagt ihre Mutter nichts. Als sie dann zum Sprechen ansetzt, hat sie Mühe, die Lippen zu öffnen, so trocken ist ihr Mund. »Ich lebe nicht«, sagt sie stumpf. »Ich existiere nur.«

»Was kann ich denn tun?« fragt Gloria voll Angst. »Was kann ich tun?«

»Nichts«, antwortet ihre Mutter. »Steh da nicht rum.«

Gloria läuft davon. Später steht ihre Mutter auf und sieht bis zum Schlafengehen fern. Als Gloria am nächsten Morgen hinunterkommt, sagt ihre Mutter, sie solle heute nicht zur Schule gehen, sie werde zu Hause gebraucht; sie fühle sich nicht wohl, sagt sie, und werde sich wieder hinlegen. Gloria solle einkaufen gehen und gegen elf mal nach ihr schauen, für den Fall, daß sie etwas brauche. Gloria macht das Frühstück für ihren Vater, läuft zu den Geschäften hinunter, nimmt sich so lang wie möglich Zeit, stellt sich vor dem Regen in einer Toreinfahrt unter, zusammen mit einigen alten Frauen, die sie anlächeln und miteinander schwatzen. »Das wär's für heute«, sagen sie vergnügt und nicken zum Regen hinaus.

Wieder zu Hause, geht sie auf Zehenspitzen nach oben, in der Hoffnung, daß ihre Mutter schläft, aber diese liegt, alt und abgezehrt und beängstigend, halb aufgerichtet in ihrem Kopfkissen, die Augen geöffnet, der Mund schlaff, die Hände müßig auf der Decke.

»Was ist denn?« fragt sie ängstlich. »Was ist los mit dir?«

»Setz dich, Gloria«, sagt ihre Mutter.

Gloria setzt sich voll Unbehagen auf die Bettkante. Eine Weile sieht ihre Mutter sie nur an, unergründlich.

»Ach, verdammt!« sagt Gloria nervös. »Was soll das?«

»Ich möchte mit dir reden, Gloria«, sagt ihre Mutter. »In allem Ernst.« Dann fällt ihr Gesicht zusammen, und sie weint, heftig und lautlos, die Augen unter Falten verschwunden, schlimmer als wenn sie lacht.

»Hör auf!« Auch Gloria weint. »Nicht. Bitte nicht. Es tut mir leid – es tut mir so leid, Mami, es tut mir leid.«

Ihre Mutter öffnet die wäßrigen, wirr blickenden Augen und schüttelt langsam den Kopf, hin und her, als stecke ihr etwas in den Ohren. »Ich möchte mit dir reden, Gloria«, sagt sie keuchend. »Ich möchte mit dir reden.«

»Ja. Ja.«

Lange bleibt es still. Dann sagt ihre Mutter mit kräftiger Stimme: »Ich möchte, daß du dieses Kind bekommst.«

Gloria wendet ihr Gesicht ab, und es wird leer.

»Wenn du es nicht willst«, sagt ihre Mutter mit zitternder Stimme, »nehme ich es. Du verstehst es nicht. Du bist noch sehr jung. Du könntest dieses Kind bekommen und dann weiter zur Schule gehen, du hast dein ganzes Leben vor dir. Du wärst bald wieder munter wie ein Fisch im Wasser und könntest alles tun, was du willst – *ich* übernehme die Verantwortung, ich sorge für alles. Du müßtest nicht einmal zu Hause bleiben und dich kümmern, es wäre nicht anders, als würdest du einfach ein Jahr aussetzen, nicht einmal ein Jahr, und du brauchst dir wegen deines Vaters keine Sorgen zu machen, ich werde mit ihm reden, ich verspreche dir, daß er dir nicht böse sein wird, ich verspreche es ...«

Gloria geht hinaus, in ihr Zimmer, sperrt die Tür ab und legt sich hin. Das Weinen ihrer Mutter sickert durch die Wand und hält an, so stetig wie Regen. Ich bin hart, ich bin hart, sagt Gloria zu sich selbst, kriecht unter die Decke, rollt sich zusammen und ist bald eingeschlafen. Sie kann dieser Tage ständig schlafen.

Sie träumt von einem Fötus, der sich in einem tiefen schwarzen Raum entfaltet, auf streichholzdünnen Beinen und ungeformten Füßen aufsteht, ihr mit seiner winzigen Faust droht und Hasenzähne fletscht, die in einem großen, unförmigen Kopf sitzen. Als sie erwacht, schlägt sie sich immer wieder in den Bauch, bis sie es nicht mehr aushalten kann und nur noch nach Luft schnappend daliegt. O mein Gott, denkt sie, ich habe es umgebracht, ich hab's wirklich getan, ich habe es umgebracht. In ihren Ohren dröhnt es, und sie fühlt sich ein wenig irre.

Aber dann ertönt eine tiefere Stimme, eine Stimme aus der Tiefe ihres Körpers, eine wissende Stimme, und sagt mit großer Sicherheit: *Nicht tot, nein, noch da, noch kräftig. In Wartestellung.*

5

Im Sommer ist der Garten frühabends in mildes Sonnenlicht getaucht, das einen gelben Glanz in das von den Jahreszeiten unberührte, sich nie verändernde hintere Zimmer wirft, in dem sie, wie immer, getrennt und schweigend bei laufendem Fernseher essen. Kleine zottige Wesen, halb Affe, halb Hund, flitzen über den Bildschirm.

Gloria hat in letzter Zeit keinen Appetit. Sie sitzt am Tisch neben dem Fenster und stochert mit ihrem Messer in einem Haufen glitschiger, verkochter Pilze herum. Ihre Mutter sitzt auf dem Sofa und ißt wie ein Vogel, ihr Vater mampft mit gesundem Appetit in seinem Sessel. Ein Sprecher erzählt mit Leierstimme. Auf dem Bildschirm setzt eines der zottigen kleinen Geschöpfe sich auf und macht Männchen.

»Ist das nicht zum Schießen?« sagt ihre Mutter bemüht munter. »Ist das nicht zum Schießen, Gloria?«

»Doch«, sagt Gloria.

»Nicht wahr, ja?« sagt ihre Mutter sehr hastig. »Nicht wahr? Nicht wahr?« Dann legt sie Messer und Gabel nieder und beginnt lautlos zu lachen, wobei sie Gloria ansieht und auf den Bildschirm zeigt. Sie krümmt und windet sich vor Lachen, bis sie nicht mehr kann, reißt den Mund auf und kneift die tränenden Augen zu und schreit in gräßlich langgezogener Lautlosigkeit.

Sie ist verrückt, denkt Gloria. Komplett verrückt. Ihr Vater stopft sich Kohl und Bauchspeck in den Mund und kaut energisch, ohne etwas anderes als den Bildschirm wahrzunehmen. Er weiß nicht, daß sie verrückt ist, denkt Gloria. Es ist ihm überhaupt nicht aufgefallen.

Sie schiebt ihren Teller weg und geht nach oben in das Schlafzimmer ihrer Eltern. Sie blickt auf den großen kahlen Kopf des schlafenden Säuglings hinunter und meint, an der weichen Stelle auf seinem Kopf den Pulsschlag sehen zu können. Eine Hand mit langen Fingernägeln liegt geballt neben dem Kopf. Sie weiß nicht, was dieses häßliche kleine Mädchen mit den Pausbacken und dem feuchten kleinen Mund mit ihr zu tun hat. Ihre Eltern verhätscheln es nach Strich und Faden. Mich haben sie bestimmt nie so verhätschelt, denkt sie und geht in ihr eigenes Zimmer, wo sie sich vor dem Spiegel niedersetzt, ihr Haar zurückbindet und unsicher ihr Gesicht betrachtet. Sie ist immer noch übergewichtig. Sie hat ihr Haar wachsen lassen und es rot gefärbt, während ihrer Schwangerschaft Bücher über Magie und Religion gelesen und, wenn ihr Vater nicht da war, um sich zu beschweren, auf einer kleinen Okarina aus Terracotta spielen gelernt. Sie nimmt das Instrument, das neben ihrer Duftschale liegt, jetzt zur Hand und bläst einige klagende flötende Töne, bis ihr das schlafende Kind einfällt und sie es wieder niederlegt. Gelangweilt bläht sie ihre Wangen auf und beginnt dann, ihr Gesicht geisterbleich zu schminken. Das Baby fängt an zu weinen. Gloria tupft ihr Gesicht mit den Fingerspitzen und pfeift dabei durch die Zähne. Das Kind weint lauter.

Nach einer Weile hört sie ihre Mutter die Treppe heraufkommen, ins Nebenzimmer gehen und zärtlich gurren. Das Weinen hört auf, fängt wieder an, wechselt im Ton; ihre Mutter geht auf und ab, auf und ab, dann folgt Stille. Gloria löst ihr Haar und bürstet es Strähne um Strähne, so daß es knisternd von ihrem Kopf wegfliegt. Ihre Mutter kommt mit dem Kind auf dem Arm herein und geht lächelnd auf und ab. Gloria malt sich einen scharlachroten Mund.

»Süße, süße kleine Kitty«, sagt ihre Mutter immer wieder. »Süße kleine Kitty.«

Auf zwei Punkten hat Gloria bestanden; daß das Kind weiß, daß sie seine Mutter ist, und daß sie den Namen bestimmt.

»Kit?« hatte ihre Mutter gesagt. »Ach, das gefällt mir nicht besonders, Gloria. Es ist ein bißchen – ich weiß auch nicht ... mir gefällt Hayley. Ich finde, das ist wirklich ein hübscher Name.«

Im Spiegel sieht sie zu, wie ihre Mutter Kit auf dem Bett niederlegt, sie lachend am Bauch kitzelt und sich dann, quer über dem Bett liegend, herumdreht, um mit Gloria zu sprechen. »Mrs. Eccles hat mir erzählt, daß sie dich und Mary bei der alten Fabrik gesehen hat«, sagt sie.

»Na und?« entgegnet Gloria.

»Was heißt hier na und? Was glaubst du eigentlich, wen du vor dir hast? Was ist das für ein Ton? Du weißt genau, daß es da drüben gefährlich ist.«

»Ist es nicht.«

»Was wollt ihr da überhaupt?«

»Keine Ahnung.« Gloria neigt sich ihrem mattweißen Gesicht entgegen und blickt ihm scharf in die Augen. »Da ist man ungestört. Wir können reden, ohne daß neugierige alte Schachteln wie Mrs. Eccles lange Ohren machen.«

»Gloria!« ruft ihre Mutter. »Sei nicht so frech, das geht wirklich zu weit. Ich weiß gar nicht, was in letzter Zeit in dich gefahren ist, du hältst dich wohl für was Besonderes, daß du so einen hochnäsigen Ton anschlägst und so häßlich über nette Leute redest. Mrs. Eccles hat dir dieses schöne Osterei geschenkt.«

»Ich weiß«, sagt Gloria. »Sie glaubt, ich wär immer noch acht Jahre alt.«

Kit beginnt wieder zu weinen. Glorias Mutter nimmt sie hoch und wiegt sie routiniert, steht auf, geht mir ihr auf und ab und sagt: »Süße kleine Kitty, süße Kitty – na, na na, ist ja gut, ist ja gut.«

»Sie ist nicht süß«, sagt Gloria, »sie ist genauso ein fettes rotes Baby wie alle anderen.«

»Ach, halt den Mund«, sagt tadelnd ihre Mutter, die mit steinerner Miene auf der Bettkante sitzt und dem Baby den Rücken reibt. Sein Kopf liegt seitlich auf ihrer Schulter, es ist jetzt still. Gloria legt dunkelblauen Lidschatten auf, umrandet ihre Augen nach Art von Kleopatra mit dicken schwarzen Strichen und sieht zu, wie ihr Gesicht auf eine fremdartige Weise schön und unwiderstehlich wird, älter, unpersönlich.

»Was machst du dich so zurecht, wenn du gar nicht ausgehst?« fragt ihre Mutter.

»Keine Ahnung.« Sie schiebt ihr Haar mit den Fingern hin und her, steckt es dann unordentlich hoch.

Nach einer Weile beginnt ihre Mutter mit Kit zu spielen, hebt sie hoch und tut so, als wolle sie sie fallen lassen. »Hoopla hopp, hoop-la hopp«, ruft sie dabei mit hoher Stimme. Das Kind kreischt vor Vergnügen. Glorias Mutter lacht, nimmt das Kind bei den Armen und führt seine Hände, als wäre es eine Puppe.

»Backe, backe, Kuchen«, ruft sie. »Backe, backe, Kuchen!« Kits rosige Porzellanhändchen klatschen patsch, patsch. »Backe, backe, Kuchen!«

Gloria starrt ausdruckslos in den Spiegel.

»Böses Baby«, sagt ihre Mutter und gibt Kit einen Puff gegen die Brust. »Böses, böses Baby! Ganz schlimm.« Sie gibt Kit einen Klaps auf die Hand. Kit verzieht weinerlich das Gesicht.

»Aber, aber!« ruft Glorias Mutter. »Ist ja gut, Schatz. Ach, du armer kleiner Schatz.«

»Ach, Mutter, hör doch auf damit!«

»Womit?« fragt ihre Mutter gereizt und dreht sich nach ihr um. »Womit soll ich aufhören?«

»Damit.«

»Halt du mal ganz den Mund«, sagt ihre Mutter. »Wer ist ein böses, böses kleines Mädchen, hm? Wer war ein böses, böses kleines Mädchen?«

Gloria sieht sich im Spiegel wie in einem Film: Perfekt geschminkt und schön springt sie auf und fegt mit beiden Armen alles, was auf ihrem Toilettentisch steht, zu Boden. Es ist ein grandioser Moment. Ihre Mutter springt erschrocken auf. Kit greint. Unten öffnet sich eine Tür. »Was ist das für ein Krach?« ruft ihr Vater ärgerlich nach oben.

Entsetzt, mit geballten Fäusten steht Gloria da. Ihre Mutter läuft an ihr vorbei in den Flur und beugt sich über das Treppengeländer. »Es ist nichts, Pete«, sagt sie, »es ist nur was umgefallen.«

Einen Moment lang läßt Gloria den Kopf hängen, dann schießt sie in die Höhe, als hätte sie einen Befehl erhalten, rennt ihrer Mutter hinterher in den Flur und schreit: »Stimmt gar nicht! Stimmt gar nicht!« Sie könnte jubeln, ist wie berauscht.

»Mach, daß du in dein Zimmer kommst!« fährt ihre Mutter sie an, packt sie beim Arm, stößt sie ins Zimmer und knallt ihr die Tür vor der Nase zu. Das Kind liegt zuckend und schreiend vor Empörung auf dem Bett, und Gloria hört ihre Mutter hinunterlaufen und besänftigend auf ihren Vater einreden. Überall auf dem Boden liegen Schminksachen, das ganze Zimmer riecht danach. Plötzlich niedergeschlagen, bleibt sie zusammengesunken stehen, dann lacht sie in zaghaftem Trotz. Läuft zuviel verkehrt in diesem Haus. Blödes Pack, denkt sie.

Sie schaut zu dem Kind hinunter. Häßliches Balg. Trotzdem, sie kann nicht dagegen an. Wäßriges Mitleid regt sich in ihr, aber sie empfindet Scheu und weiß nicht, was sie zu dem kleinen Ding sagen soll. Sie ist ja eine Fremde. »Du dummes, häßliches kleines Ding«, sagt sie, sich neben dem Kind niedersetzend. Kit weint, fährt sich mit einem langen Finger mit spitzem Nagel in die eigene Nase und schreit noch lauter. Gloria zieht den Finger heraus. »Das war ein bißchen blöd«, sagt sie.

Wütend, mit verkniffenem Märtyrergesicht, stürzt ihre Mutter herein, packt das Kind und läuft wieder auf und ab. »Ist ja gut, ist ja gut«, blökt sie. »Süße kleine Kitty.«

»Sie ist nicht süß«, sagt Gloria. »Sie ist häßlich wie die Hölle.«

»Was ist eigentlich los mit dir?« schreit ihre Mutter sie an. »Was ist los mit dir? Ich weiß wirklich nicht, was in dich gefahren ist. Wie du dich benimmst! Schau dir die Schweinerei an! Schau sie dir an! Da, da, da, da – was bildest du dir eigentlich ein? Dein Vater sitzt unten und schäumt vor Wut. Und wer, glaubst du wohl, muß seine miese Laune ertragen?« Sie schüttelt Kit, und das Weinen steigert sich. »Du bestimmt nicht! O nein, du nicht! Ha, ha, ha! Die Alte! Die blöde Alte hier, die muß sie ertragen.«

»Ach, sei still!« sagt Gloria, nachlässig an die Wand gelehnt. »Du bist ja dumm. Ich hab dein ewiges Gejammer satt.«

Ihre Mutter ist so perplex, daß sie ruckartig stehenbleibt und Gloria mit einem kindlich verwundeten Blick ansieht, der Gloria das Herz zerreißt und sie mit Schuldgefühlen überschwemmt. Dann findet sie wieder Worte. »Untersteh dich, so mit mir zu sprechen«, sagt sie, dreht sich brüsk um und geht hinaus, das Kind halb über ihrer Schulter hängend. Gloria hört sie im Nebenzimmer umhergehen, bemüht, das schreckliche Weinen des Kindes zu stillen, das nach einer Weile endlich aufhört.

Es ist still im Haus. Was jetzt? denkt sie. Was habe ich getan? Wieder sieht sie in den Spiegel. Sie sieht schön und geisterhaft aus, mit wildem Haar und Augen wie schwarze Löcher in einer bleichen Maske. Sie schleicht in den Flur, stiehlt sich die Treppe hinunter und unbemerkt aus dem Haus. Hochstimmung steigt in ihr auf wie Furcht. Der Abend ist still und schön, der Liguster duftet. Sie geht bis zum Rand des Teichs, stellt sich mitten in den glitschigen Schlamm und spürt, wie kalte Feuchtigkeit ihre Schuhe durchdringt, spürt es so distanziert, als erführe es eine andere. Ihre Jeans wird naß. Ein kräftiger Rhythmus durchpulst die Welt, als schlüge ihr Herz außerhalb ihres Körpers.

Das Wetter ist im Begriff umzuschlagen, der Teich ist grau und glatt wie Satin, der Himmel über den Häusern ebenso. Ein Bus fährt auf der anderen Seite des Teichs vorbei, wo Nebel sich zusammenzieht. Ein ferner Schwan taucht seinen Schnabel ins Wasser, das sich langsam in dünnen, weiter werdenden Kreisen kräuselt. Sie geht durch üppige, feuchte Vegetation am Teichufer entlang und wird naß bis zu den Knien, kauert im Schlamm nieder und beobachtet die kleinen Tiere, die hierhin und dorthin über das Wasser schießen. Eine alte Coladose ist im Grün hängengeblieben, und ein süßer, überwältigender Kindheitsgeruch steigt aus dem niedergetrampelten Gras auf.

Gloria spielt: sie baut Dämme und eine kleine Bucht. Eine Libelle bleibt schwirrend in der Luft stehen, als wäre sie interessiert, und sie lächelt ihr zu, wie sie das früher einmal getan hätte, ohne Scham, und die Jahre rollen zurück wie ein schwerer Stein, der von einem Grab gewälzt wird. Von der Brücke aus beobachtet jemand sie. Leute, die auf der Straße vorübergehen, werfen ihr neugierige Blicke zu. Es ist mir gleich, denkt sie, und es stimmt. Befremdlich muß sie wirken, makellos geschminkt und schlammbespritzt, aber die Vorstellung sagt ihr zu. Sie gefällt sich, so wie sie ist. Es ist mir gleich, es ist mir gleich, denkt sie benommen, während rund um sie, am Himmel und dicht an ihren Ohren die Freiheit pulsiert. Auch ihre Augen pulsieren, wie Schlagadern. Sie stellt sie sich rotglühend vor – blinkend mit dem Pulsschlag –, Augen mit einem schrecklichen Blick, Gorgonenaugen.

Sie geht zur Pilzwiese, das erstemal seit – oh, so langer Zeit, daß sie sich gar nicht erinnern kann. Sie nimmt sie von neuem in Besitz. Jemand hat eine Schneise in die Wiese geschlagen, und beim Tor sind Reifenspuren. Bei der Hecke, an ihrer Lieblingsstelle unter dem Afrikabaum setzt sie sich nieder und pfeift durch die Zähne oder singt mit ihrer tiefen Stimme, alte Songs und Schlager und Kinderlieder, Melodien aus der Werbung und Lieder, die sie in der Schule gelernt hat. Das Zwielicht kommt, und der Himmel färbt sich purpurrot.

Sie denkt an ihren grünen Stock, der immer neben dem Torpfosten lag und auf sie wartete; sie kennt jeden Knoten und jeden Knick an ihm. »Grüner Stock«, ruft sie leise, töricht, und belächelt sich selbst und erwartet doch beinahe, ihn aus den Schatten aufstehen und mit staksigen Armen und Beinen auf sie zukommen zu sehen wie ein Märchenwesen. Sie schreckt plötzlich ein wenig zusammen und öffnet, wie aus leichtem Dämmer gerissen, weit die Augen. Es ist zu finster, um hier zu bleiben, der Nebel fällt, und sie sieht plötzlich, was für ein kleines, kümmerliches und unscheinbares Fleckchen Erde dies ist. Sie muß nach Hause. Sie läuft los, aber im selben Moment wird ihr klar, daß zu Hause nicht zu Hause ist und niemals war, daß es nirgends ein Zuhause gibt. Sie ist der Boll Weevil auf der Suche nach einem Zuhause aus dem Lied, das sie vor gar nicht langer Zeit gesungen hat.

Sie hält an und blickt in den dunklen Schlund des großen

Lochs am Rand des Teichs, wo das Wasser wunderbar donnert und das Tosen seines Sturzes in die Unterwelt den Pulsschlag in ihren Ohren betäubt. Es wird zum Geräusch einer Million rasender, flüsternder Stimmen. Die orangegelben Straßenlampen rund um den Teich flimmern ungewiß im Nebeldunst, durch den von der anderen Straßenseite ein Lichtbündel fällt. Das Pub. Sie geht hinüber und bleibt draußen stehen und denkt, während sie es betrachtet, wie seltsam, wie seltsam der Nebel alles macht. Sie stößt eine kleine Tür zum Straßenverkaufsraum auf, sieht ein geschlossenes Schalterfenster, eine Glocke und ein Reklameplakat für Babycham. Sie läutet. Eine Minute später öffnet sich das Fenster, ein gelber Vorhang wallt ihr entgegen, gefolgt vom fragend vorgestreckten Kopf eines jungen Mannes, dunkel, mit grimmiger Miene. Das kommt so plötzlich und sieht so komisch aus, als stoße eine Schildkröte ihren Kopf unter ihrem Panzer hervor, daß sie laut lacht. Er sieht sie stirnrunzelnd an. »Ja?« blafft er kurz. Blöde Kichergans. Es fällt ihr sehr schwer, sich zu erinnern, was sie will, zu sprechen, aber sie schafft es, kauft einen großen Beutel Erdnüsse und läuft davon; geht, vor sich hinlachend, und bemüht sich, normal zu atmen, ihr Atem kommt ihr so komisch vor, reißt den Beutel auf und ißt im Gehen. Die Nebelwand marschiert voraus.

Plötzlich knackt und zischt es in ihren Ohren. Sie schluckt. O Gott, lieber Gott, denkt sie, jetzt kommt es wieder, mein Gott, es kommt, es kommt. Das fremdartige Gefühl überfällt sie wie ein Witterungsumschlag. Sie fängt an zu laufen, dann bleibt sie stehen, weil sie glaubt, viele Stimmen zu hören, aus der Ferne vielleicht oder auch ganz in der Nähe, flüsternde Stimmen, überdeckt vom Geräusch ihrer Schritte und dem Nachhall, der dem Aufsetzen ihrer Füße auf dem Pflaster folgt und direkt aus der Erde unter dem kalten Stein aufzusteigen scheint. Sie steht ganz still. Es ist, als höre man Stimmen im Wind, wenn gar kein Wind geht. Sie geht weiter. Nichts. Alles still. Außer Atem, Herzklopfen. Aus dem Nebel am Ende der Straße taucht ein Eiswagen auf, die Lichter ausgeschaltet, auf der Heimfahrt. Sie läßt ihn vorüberzuckeln, kommt wieder zu Atem, geht weiter.

Die Hintertür ist offen. Der Kühlschrank summt. Im hinteren Zimmer werden ihre Eltern sitzen, Tee trinken und sich miteinander langweilen. Einen Moment bleibt sie stehen und denkt: Ja, ja, jetzt geht's mir wieder gut, es ist alles in Ordnung, es war nichts ... Dann huscht sie auf Zehenspitzen nach oben. Sie fragt sich, wie sie so lange dieses Leben führen konnte und wie sie damit brechen soll, geht zu Bett und starrt, die Hände hinter dem Kopf gefaltet, zur Decke hinauf. Doch nach einer Weile beginnt etwas, sie zu irritieren, irgendeine Eigenart der dichten, hypnotischen vorstädtischen Stille, die wie in Wellen gegen die Fenster donnert, wie plätscherndes Wasser durch die Windungen ihrer Ohren strömt. Es wird unerträglich, und sie setzt sich auf, lauschend und verwirrt.

Sie glaubt, irgendwo jemanden lachen zu hören.

Sie ist nicht sicher, bemüht sich, keine Bewegung zu machen und nicht zu atmen, um besser hören zu können. Es ist nichts. Oder es ist etwas in sehr weiter Ferne. Sie steht auf und geht ans Fenster, stößt es auf und lehnt sich hinaus, atmet den Nebel ein. Dort draußen, am fernsten Ufer des Hörens, irgendwo in dem stumpfen grau-orangefarbenen Dunst über den Straßenlampen, lacht jemand: albern, beharrlich, ausdauernd, endlos dröhnend wie eine Maschine bei einer endlosen Arbeit.

Ihr ist kalt. Das ist ja furchtbar, wirklich furchtbar, sagt sie sich, jetzt höre ich schon Gelächter, und sie steht und steht und horcht auf gar nichts.

Es ist schlimmer als die Automatenclowns unten in den Badeorten am Meer.

Sie macht das Fenster zu und geht wieder zu Bett, liegt mit geschlossenen Augen, raschelt, dreht sich, wälzt sich, alles, nur um Geräusche zu machen, damit sie nicht hört.

Sie tut es wieder und wieder. Jeden Abend schminkt sie ihr Gesicht, schleicht aus dem Haus und wandert leise vor sich hinsingend oder durch die Zähne pfeifend umher. Manchmal spielt sie auch auf der Okarina, wenn sie sicher ist, daß das Spiel sie nicht verrät. Frühmorgens liegt Nebel über dem Teich, ein mystischer, alles dämpfender Nimbus sich leise bewegender Dunstschwaden, die sie liebevoll vom Rest der Welt abschirmen.

»Mrs. Eccles hat dich um vier Uhr morgens auf der Straße gesehen. Sie kann nicht schlafen. Sie sagt, sie hat dich jetzt schon zweimal gesehen.« Es ist Samstag, das Mittagessen steht auf dem Herd. Gloria steht in der Küche und sieht zu, wie ihre Mutter mit ziellosen, unermüdlichen Fingern die Haut ihrer Arme kratzt, die spröde und gelb ist und weit älter aussieht, als sie ist. Ihre Nägel ziehen ein Netz feiner Fältchen hinter sich her. »Gieß doch mal das Weißkraut ab«, sagt ihre Mutter. »Heb das Wasser aber auf.«

»Nachts spazierenzugehen ist schön«, sagt Gloria.

Ihre Mutter lehnt sich gedankenvoll an den Kühlschrank. »Ich versteh das nicht. Warum tust du das? Du benimmst dich in letzter Zeit merkwürdig. Was ist los? Ich sage mir, daß es nur eine Phase ist, aber was ist es wirklich, Gloria, was ist es?«

»Ich geh nachts gern spazieren«, sagt Gloria. »Ich denke nach.«

»Aber was glaubst du denn, was das für einen Eindruck macht? Was soll ich sagen, wenn jemand zu mir sagt, ich hab Ihre Gloria gestern nacht um vier auf der Straße gesehen? Hm, was soll ich dann sagen?«

»Ach, Mensch, ist das so wichtig?« Gloria klatscht Essen auf die Teller.

»Mir ist es wichtig«, sagt ihre Mutter in gekränktem Ton und dreht ihr den Rücken zu. Nach einem kurzen Schweigen fügt sie leise und verzweifelt hinzu: »Du machst mir schreckliche Sorgen. Wirklich. Du mußt wieder runter auf die Erde, Kind. Es ist mir ernst. Es ist mir ernst.« Mit gesenktem Blick und gefurchter Stirn hantiert sie klappernd mit Töpfen. »Überleg doch mal! Du bist siebzehn. Du bist kein Kind mehr. Was ist mit deiner Zukunft? Komm wieder auf den Teppich!«

Beleidigt trägt Gloria die Teller ins hintere Zimmer. Auf dem Bildschirm des Fernsehers klettern gerade ein paar Astronauten aus einer Raumkapsel. Ein Berichterstatter steht dabei, der sein Mikrofon wie einen Lutscher hält. »Das ist unglaublich«, sagt ihr Vater und nimmt seinen Teller, ohne den Blick vom Bildschirm zu wenden.

»Pete, red du doch mal mit ihr«, sagt ihre Mutter, die hinter ihr ins Zimmer tritt. »Sag ihr, sie soll nachts im Haus bleiben.«

»Natürlich soll sie das«, sagt ihr Vater geistesabwesend.

Gloria steht in der Mitte des Zimmers und beginnt zu zittern. Ihre Augen fühlen sich merkwürdig an. Mitten in ihrem Gehirn birst etwas wie ein Trompetenstoß, und sofort danach summt klar und deutlich eine Stimme im Innern ihres Schädels. *Ich hasse dich!* sagt die Stimme höhnisch.

Zu Tode geängstigt, zitternd, steht sie im Zimmer.

»Du bist mir im Licht«, sagt ihre Mutter, sich mit ihrem Teller niedersetzend.

Ich hasse dich! sagt die Stimme wieder.

Gloria schwankt, dann beginnt sie, sich auf der Stelle zu drehen und zu wiegen, und hält sich dabei den Kopf mit beiden Händen.

»Was ist los?« ruft ihre Mutter erschrocken.

Ihr Vater springt auf, packt sie bei den Schultern und schüttelt sie. »Gloria!« schreit er ihr ins Gesicht. »Gloria! Gloria!«

Sie findet es komisch, daß sie sie beide so anstarren. Sie schauen aus wie wütende Papageien. Sie fängt an zu lachen, kann nicht aufhören, lacht und lacht, während ihre Stimmen sie umschwirren wie Fliegen, bis ihr Vater sie ins Gesicht schlägt. Ihre Reaktion erfolgt augenblicklich, sie ist erstaunlich, und niemand hat ihr je gezeigt, wie man so etwas macht: Sie reißt sich von ihm los, springt zurück und landet einen kräftigen rechten Haken auf seiner Nase. Dann läuft sie aus dem Haus, ohne sich darum zu kümmern, was sie getan hat, rennt kichernd die Straße hinunter, ohne Mrs. Eccles eines Blickes zu würdigen, die an ihrem Gartentor steht, biegt um die Ecke und sieht zurückblickend ihre Mutter und die alte Frau, die sie beobachten. Ihre Mutter hebt eine Hand zu einer zaghaften versöhnlichen Geste. Alles zittert, sogar ihre Augen.

Gloria läuft davon und versteckt sich im Schutz der alten Fabrik. Dort hockt sie ganz still mit geschlossenen Augen an der großen blanken Wand, so dick und zuverlässig wie die Chinesische Mauer. Und wartet auf eine Stimme. Aber es kommt nichts. Furcht flattert um ihren Kopf wie eine Vogelschar. Eine Stunde verstreicht.

Sie hebt benommen den Kopf und erkennt, daß nichts gelöst ist. Sie steht auf und geht langsam zum Teich und sieht dort auf der Holzbrücke ihre Mutter stehen, schäbig wirkend in ihrem alten roten Mantel. Sie geht zu ihr und zuckt die Achseln. Einen Moment lang stehen sie wortlos, wie versteinert nebeneinander und sehen einander an.

Ihre Mutter schnieft unaufhörlich, sie ist dabei, sich zu erkälten, ihre Nasenspitze ist rot und gereizt. »Gloria«, sagt sie tiefernst, »du hast deinem Vater die Nase blutig geschlagen.«

Gloria lacht laut, ihr altes, ungehemmtes, fröhliches Lachen, das erstemal seit Ewigkeiten, daß es ihr wieder über die Lippen kommt.

»Hör auf!« zischt ihre Mutter und schaut sich um, aus Angst, es könnte jemand in der Nähe sein. »Hör auf!« Sie macht eine merkwürdige, linkische Bewegung, als wolle sie Gloria einen Schlag auf die Hand geben, tut es aber dann doch nicht.

Sie hat Angst vor mir, denkt Gloria. Wie lächerlich. Sie hat wirklich Angst vor mir.

»Ich weiß, wo du gewesen bist«, sagt ihre Mutter. »Du brauchst gar nicht zu lügen wie sonst. Ich weiß, daß du dich wieder bei der alten Fabrik rumgetrieben hast. Oder stimmt das vielleicht nicht? Du und Mary. Ich weiß nicht, manchmal glaub ich, daß sie einen schlechten Einfluß auf dich hat. Du rennst ihr nach. Wenn sie rumlaufen will, wo's gefährlich ist, dann ist das ihre Sache; du brauchst es ihr nicht nachzumachen. Gebrauch deinen Verstand. Es gibt Orte, wo du nicht hingehen solltest. Wo es für junge Mädchen gefährlich ist.«

»Ich geh dahin, wo's mir paßt«, sagt Gloria.

»Ach, red keinen Unsinn.« Ihre Mutter läuft hin und her, geht zur Tür, dreht sich herum und wirft hochmütig den Kopf. »Ja, ja, ich seh schon. Sie wird wahrscheinlich ein böses Ende nehmen. Sie ist genau so eine, wie man sie in den Zeitungen abgebildet sieht, wenn's heißt, junges Mädchen mit Strumpfhose erdrosselt oder so was. Sie hat genau so ein Gesicht. Die sehen ja alle irgendwie gleich aus.«

Gloria springt vom Bett auf und schreit ihre Mutter an so laut sie kann. »Du bist ja blöd! Du bist eine ganz blöde Kuh! Laß gefälligst meine Freunde in Ruhe, die sind mehr wert als du! Und er! Und euer gräßliches Leben. Raus aus meinem Zimmer! Raus! Raus!« Sie fühlt sich großartig mit ihrer wild lodernden Mähne, ihre Augen funkeln, und das Blut klopft in ihren Adern. Das Gesicht ihrer Mutter ist erschrocken und leer, mit ersten Anzeichen von Verwirrung. »Raus!« schreit Gloria, packt die Lampe vom Nachttisch und schleudert sie gegen die Wand.

Ihre Mutter stürzt in den Flur hinaus. »Pete!« schreit sie. »Pete!« Er kommt schon die Treppe herauf.

Gloria kümmert das nicht. Sie ist sowieso schon zu weit gegangen, komme, was da wolle, und es spielt keine Rolle mehr, was sie tut. Sie sieht auf die glitzernden Scherben hinunter.

Nie wieder werde ich ihr Untertan sein. Nie wieder. Gloria verwandelt sich, verwandelt sich bis zur Unkenntlichkeit, indem sie unter Qualen aus ihrer Puppe hervorbricht. Metamorphose.

Sie ergreift die lange, dünne Schere, die auf dem Toilettentisch liegt, und stößt sie, im oberen Stockwerk herumrennend, wieder und wieder in die Wände. Unten hört sie Mrs. Eccles reden. Ihr Vater und ihre Mutter rufen nach ihr. Ein Dolchstoß für ihn! Ein Dolchstoß für sie! Ein Dolchstoß für die neugierige alte Gewitterziege. Sie stößt die Schere hier hinein und dort hinein, in das Bett, in den Kleiderschrank, in den Sessel, die Tür, den Vorhang. Auf dem Flur hält sie, nach Luft schnappend, inne. Sie sind weg, davongelaufen, vor der Verrückten davongelaufen. Ohne zu überlegen, geht sie mit festem Schritt die Treppe hinunter. Da stehen sie, die Gesichter ängstlich aufwärts gerichtet.

»Gloria ...«, sagt ihr Vater.

Auf halbem Weg ertönt die Stimme wie eine Glocke in ihrem Gehirn. *Die Holztreppe hinunter,* sagt sie traurig und völlig unsinnig. Gloria läßt die Schere fallen und hält sich den Kopf. »Geht weg«, sagt sie. »Geht weg, geht weg.«

Die drei Gesichter beobachten sie schweigend. »In meinem Kopf ist eine Stimme«, sagt sie. »Ich kann sie hören. Da draußen und hier drinnen. Was ist das für eine Stimme? Was ist das?«

Ihr Vater schickt sich an, die Treppe heraufzukommen. Sie schreit laut, erschreckt damit nicht nur die anderen, sondern auch sich selbst, rennt in ihr Zimmer und schließt sich ein. Sie schiebt den Toilettentisch vor die Tür. Ihr Vater brüllt, ihre Mutter schmeichelt, ihr Vater argumentiert.

In gewisser Weise ist das alles ausgesprochen komisch. Sie lächelt und setzt sich vor den Spiegel vor der verrammelten Tür. Jetzt geht's mir wieder gut. Alles in Ordnung. Sollen die mir doch alle den Buckel runterrutschen. Sie gähnt, streckt sich, bemalt ihr Gesicht wie eine Leinwand: mit Schlangen und Ranken und Wellen und Sternen, bis sie Gloria nicht mehr sehen kann. Während sie malt, singt sie.

Alles ist still. Von unten sind gedämpfte Geräusche, gedämpfte Stimmen zu hören. Ihr Gesicht blüht und leuchtet, ist gar kein Gesicht mehr. Ihre Augen funkeln in ihm wie Edelsteine in einem kunstvollen Gewebe. Sie wirft sich rücklings aufs Bett und lacht. Ihr Vater ist unten am Telefon.

Oh, was habe ich getan? Was habe ich getant?

Sie schiebt den Toilettentisch wieder an seinen Platz, sperrt die Tür auf und geht hinaus. Unbemerkt, lächelnd über die Leichtigkeit ihres Beginnens, huscht Gloria die Treppe hinunter und hinein in das unbenutzte kalte, vordere Zimmer, wo das Baby unerschüttert schläft, holt Kit aus ihrer Tragetasche und geht aus dem Haus, die neblige Straße hinunter. Kit wacht nicht auf.

Ich mache mit der Kleinen einen Spaziergang. Und warum auch nicht?

Vorüberkommende werfen ihr befremdete Blicke zu, und ein paar kleine Jungen fangen an zu lachen. Sie geht weiter und spricht dabei mit Kit. »Sie können einen die Wände hochtreiben«, sagt sie. »Ehrlich. Weiß der liebe Gott, was aus dir mal werden wird.« Die arme Kleine! Was hat sie getan? Womit hat sie dies verdient? Ich hätte sie nie bekommen dürfen. Niemals. Das wäre besser für sie und besser für mich gewesen. Was fange ich jetzt mit ihr an? Soll ich sie hierlassen? Was werden sie ihr sagen, wenn sie alt genug ist zu fragen? Dein Vater, dein Vater war... Er ist auf tragische Weise ums Leben gekommen. Bei einem Autounfall. Oder war es ein Motorrad? Ein Motorrad ist besser. Oh, was für ein Bild sie von ihm haben wird. Wie sehr es Teil ihrer Realität sein wird, eine Phantasie, ein Nichts und so wichtig. Gloria bleibt auf der Holzbrücke stehen. Kit regt sich, macht ein Gesicht, als wolle sie niesen. Als sie erwacht, weint sie nicht, sondern blickt ruhig und glasig in Glorias Augen.

»Einmal«, sagt Gloria und steckt Kit ihren Finger in den Mund, »ist eine Frau auf dem Weg zu ihrer Hinrichtung über diese Brücke gegangen.«

Kit nuckelt mit ruhigem Blick. Unnatürlich, das Kind ist unnatürlich. Es sollte nach seiner Flasche schreien. Was sieht es? Würde mich interessieren, ob es mich mit der ganzen Farbe im Gesicht erkennt? Was es wohl über mich denkt? Weiß es, daß ich seine Mutter bin? Gloria blickt auf und sieht einen weißen Schwan über den langen grauen Teich gleiten, im Gleiten nach Nahrung schnappen und im Nebel verschwinden.

Ich gehe einfach weiter. Ich gehe einfach in den Nebel und verschwinde.

Sie hört ganz in der Nähe das Geräusch zufallender Autotüren und sieht hinüber. Ein schwarzes Auto steht am Bordstein. Sie sieht ihre Eltern und, absolut lächerlich, den alten Dr. Ross, der mit unsicherer Miene dasteht und an seinem Bart zupft. Und auf der anderen Straßenseite sind, verschwommen im Nebel,

Leute, die gaffen. Ihre Mutter geht blaß und erschöpft auf sie zu und streckt die Arme nach dem Kind aus. Gloria sieht sie nur an. Dann erscheint das Gesicht ihres Vaters, starr und angespannt und lächerlich ernst.

Ich bin zu weit gegangen.

Es überläuft sie eiskalt. Ihr Vater legt ihr in Ellbogenhöhe die Hand auf den Arm und packt so fest zu, daß sie spürt, wie sich ihr Blut staut. Ihre Mutter nimmt das Kind.

»Komm jetzt«, sagt ihr Vater leise und hinterlistig. »Komm jetzt.«

Teil 2

6

Nun bin ich also hier gelandet.

Erst war es die Klinik, dann das Heim, und jetzt bin ich in diesem Haus. Außer mir sind noch Tina und ein halbes Dutzend andere da und mehrere Katzen.

Ich habe mich nie verrückt *gefühlt*, nicht in meinem Inneren, nur insofern, als ich mit dem Leben in der Welt nicht so leicht zurechtkam. Sie haben mir eine Menge Drogen gegeben. Die Stimmen verschwanden, aber mein Kopf fühlte sich seltsam an. Es war, als trüge ich Ohrenstöpsel, während jemand pausenlos an Türen und Fenster trommelte. Manchmal hielt ich mir sehr vorsichtig den Kopf, weil es sich anfühlte, als steckte mitten in meinem Gehirn eine Rasierklinge.

Dr. Kite unterhielt sich immer mit mir; manchmal saß er auch nur da und sah mich an, als erwartete er irgendwelche Kunststücke von mir. »Tja«, sagte ich dann und lachte, »ich hab's jedenfalls geschafft, richtig? Ich bin entkommen.«

Ich erzählte ihm, meine Mutter sei verrückt. »Und was für Gefühle löst das bei Ihnen aus?« fragte er. Darauf wußte ich nichts zu antworten. Sie sind immer so strohtrocken, diese Ärzte.

Ich war nicht einsam in der Klinik. Ich hatte Tina. Sie ist eine magere, kleine Person, ein Cockney aus dem Londoner Osten, mit einem sehr stillen Gesicht und einer sprudelnden Stimme, und sie strahlt so ein argloses Vertrauen aus, als könne nichts ihr was anhaben; wenn man zum Beispiel irgendwas nach ihr wirft, duckt sie sich nicht, sondern hebt nur lässig eine Hand und holt es aus der Luft, als hätte sie es erwartet; nicht einmal ihr Gesichtsausdruck ändert sich. Sie ist mit Elektroschocks behandelt worden. Als ich sie fragte, wie das ist, zuckte sie nur die Achseln und sagte, sie hätte Kopfschmerzen davon bekommen.

Ich begegnete ihr hier und dort in der Klinik, ein junges Mädchen, das aussah wie ein halbwüchsiger Junge, mit einem kleinen, blassen, spitzen Gesicht. Ihre Stimme war viel älter als ihr Gesicht, und es war jedesmal eine Überraschung, sie aus ihrem Mund zu vernehmen, als redete da ein Säugling unvermutet vernünftig. Dann bekam ich den Auftrag, mit ihr zusammen den Garten zu säubern. Ich war unsicher, weil sie kein einziges Mal lächelte oder etwas zu mir sagte, bis es Zeit war, Pause zu machen. Da sagte sie: »Gehen wir in den Schatten, ich hasse die Sonne.« Wir setzten uns in den Schatten an der Mauer und teilten uns eine Zigarette. Sie hatte sie aus Stummeln gedreht, die sie aus den Aschenbechern im Aufenthaltsraum geklaut hatte.

»Weswegen bist du hier?« fragte sie.

»Ich hab meinem Vater die Nase blutig geschlagen und mein Gesicht angemalt.« Ich hatte die Antwort geübt.

Sie nickte. »Macht Sinn«, sagte sie.

Dann fragte ich, wie sie hierhergekommen sei, und sie erzählte mir diese unglaubliche Geschichte, von der sie noch heute schwört, sie sei bis aufs letzte Wort wahr.

Zuerst lebte sie mit ihrer Mutter zusammen. Sie lebten, erzählte sie, hier und dort und überall, ständig auf Achse, immer bei irgendwelchen Leuten zu Gast oder fremde Häuser hütend – sie ging nicht näher darauf ein. »Wir wohnten also bei diesen Leuten, okay? Meine Mam hat massenhaft Leute überall gekannt, sie war eine richtige kleine Globetrotterin; wir waren echt überall, unten in Somerset, in Kent – auf den Dörfern –, drüben in Irland, oben in Schottland, im Norden, einfach überall. Oft haben wir draußen auf dem Land gewohnt. Und manchmal hat sie mich bei Leuten abgesetzt, die wir kannten, und ist eine Weile verschwunden... Hm, ja, wo war ich gleich wieder?« Sie schien vergessen zu haben, worauf sie hinauswollte, aber dann fiel es ihr wieder ein; in ihren Augen blitzte ein Funke der Erinnerung auf, aber kein Funke von Emotion. »Ach, ja. Klar. Also, ab und zu hat meine Mam so komische Zustände gekriegt. Sie war dann ganz deprimiert und ein bißchen seltsam. Und eines Tages, vor ungefähr zwei Jahren, hat sie erst versucht, mich zu erdrosseln, und dann ist sie losgegangen, hat sich an jedes Bein einen Ziegelstein gebunden und ist in den Birmingham-and Fazeley-Kanal gesprungen und ertrunken.«

»Mein Gott!« sagte ich, über den sachlichen Ton ebenso entsetzt wie über den Bericht. »Das ist ja furchtbar.«

»Kurz und gut«, fuhr sie fort, »ich bin dann die Küste von Yorkshire raufgefahren, bis kurz vor Scarborough, weil ich da Leute kannte, aus der Zeit, als ich noch mit meiner Mutter lebte. Bei diesen Leuten hab ich dann gewohnt, und es war ganz o.k., ich mein, ich war ziemlich lang dort, und es war in Ordnung. Wir waren ein ganzer Haufen, auch viele Kinder, und hatten einen großen Garten, in dem haben immer irgendwelche Leute gezeltet, und es war immer eine Menge los. Wir haben in so einem großen Bauernhaus ein bißchen außerhalb der Stadt gewohnt, rundherum nichts als Wiesen und Felder und auf der einen Seite die riesigen Felsen, wo's zum Meer runtergeht. Immer wenn wir vom Pub heimgekommen sind, sind wir unten am Strand gegangen, wenn Mondschein war, und dann die Stufen rauf, die in den Felsen gehauen waren, über die Wiesen und über eine kleine Brücke zum Haus. Na ja... Eines Abends sind dieses Mädchen und ich auf dem Heimweg vom Pub, Paula hieß sie, sie hat nur eine Weile bei uns gewohnt, wir gehen also über die Wiesen – und die sind groß, kann ich dir sagen, riesig –, und als wir mittendrin sind, begegnet uns plötzlich der Sensenmann.«

»Der Sensenmann?«

»Na ja, du weißt schon. Ein Skelett auf einem Pferd mit einer Sense über der Schulter. Du hast ihn bestimmt schon gesehen.«

Ich sagte nichts.

»Zuerst haben wir ihn nur gehört«, fuhr sie fort. »Wir hören auf einmal so ein Geräusch, das von weit, weit weg über die Felder kommt, und ich frag sie: ›Was kann denn das sein?‹, und sie sagt: ›Ja, ich weiß auch nicht, klingt irgendwie komisch, nicht?‹ Wir gehen also weiter, und es ist wie ein Sausen, weißt du, genau wie ein Sausen, das durch das Gras fegt – das Gras war sehr hoch, mußt du wissen –, und es ist immerzu auf gleicher Höhe mit uns, als würde es Schritt halten. Es war Vollmond, und man konnte alles sehen, aber wir haben gar nichts gesehen. Wir haben nur das Geräusch gehört. ›Vielleicht ist es ein Tier‹, sagt Paula nach einer Weile, und wir bleiben stehen und warten, und prompt hört das Geräusch auf.«

Mir wurde ganz kalt, während ich zu den leise schwankenden Baumwipfeln des Klinikparks hinaufsah.

»Also gehen wir wieder los, und sofort setzt das Geräusch wieder ein, genau als ob's uns folgt. Wir haben ganz schön Bammel gekriegt, aber wir sind einfach weitergegangen, und Paula sagte: ›Komm, haken wir uns ein.‹ Wir haken uns also ein und gehen weiter, und da saust es plötzlich vor uns her, als wollte es uns den Weg versperren. Wir kriegen natürlich einen Riesenschreck und rennen wie die Wilden, und als wir zur Brücke kommen, ist er schon da und wartet auf uns – der Sensenmann.«

Sie hielt inne, und ich drängte sie weiterzuerzählen.

»Na ja, das war's eigentlich«, sagte sie. »Es ist nicht richtig was passiert. An das Pferd kann ich mich kaum erinnern. Und er, na ja, er sah genauso aus, wie er auf den Bildern immer dargestellt ist – den Arm erhoben, so, die Sense in der Hand, aber eben nur Knochen, und das war so ziemlich alles, was man sehen konnte, einen Arm und ein Bein, weil er irgendein Gewand anhatte, und sein Gesicht – also, das war ganz deutlich zu sehen, sein Gesicht war furchtbar. Er hat gegrinst. So ...«

Sie sah so komisch und kindlich aus, wie sie ihre großen, schiefen Zähne fletschte, daß ich am liebsten gelacht hätte. Aber sie war todernst.

»Wir sind gerast«, sagte sie. »Ich weiß nicht mehr, wie wir über die Brücke und nach Hause gekommen sind. Ich weiß nur, daß wir wie die Wahnsinnigen an die Hintertür gedonnert haben und sie ewig gebraucht haben, ehe sie uns aufmachten. Und wir wußten die ganze Zeit nicht, ob er uns nachkommt, und hatten Angst, uns umzusehen. Aber dann waren wir endlich im Haus, und da leugnet doch diese dumme Kuh alles und behauptet, sie hätte überhaupt nichts gesehen, sie hätte sich nur von mir Angst machen lassen. Diese blöde Kuh.« Sie schwieg und kaute auf ihrer Unterlippe. »Und danach«, sagte sie, »hab ich mich ins Bett gelegt, weil ich dachte, ich müßte sterben, und hab's einfach nicht geschafft, wieder aufzustehen. Und am Ende bin ich hierher gekommen.«

Danach haben wir uns richtig angefreundet, Tina und ich. Sie erzählte vom Leben auf dem Land, sie liebte Hunde und Katzen und achtete drauf, keine Insekten zu töten, wenn wir im Garten arbeiteten. Ich fand, es sei nur recht und billig, daß sie nach dem Leben, das sie geführt hatte, durchgedreht sei; mein eigenes war im Vergleich so normal, daß ich eigentlich keinen rechten Grund hatte, den Verstand zu verlieren. Ich kam mir wie eine Betrügerin vor.

Meine Mutter besuchte mich, sie war krank gewesen, und Kit hatte zu Tante Norma gemußt, weil mein Vater sie nicht versorgen konnte. Es ginge ihr jetzt wieder viel besser, sagte sie, aber sie sah schrecklich aus, dünn und alt geworden und gelb, sogar ihre Augäpfel hatten einen gelben Schimmer, und die ganze Zeit kratzte sie sich in dieser oberflächlichen, ungeschickten, nervigen Weise.

»Was fehlt dir denn?« fragte ich.

»Ach, es hat so einen langen Namen«, antwortete sie mit einem wegwerfenden leichten Lachen. »Du kennst mich doch, ich kann so was nicht behalten. Es ist eine Art Gelbsucht. Dr. Ross meint, ich werde mich vielleicht operieren lassen müssen. Wenn ich wieder kräftiger bin.«

Die Zeit verging. Ich trank jeden Abend zur gleichen Zeit eine Tasse Kakao und aß zwei Kekse dazu, und ich las viel. Ich überlegte, was aus mir werden würde, versuchte vergebens vorauszuschauen, sah nichts. Mary schrieb mir aus London, es gefiele ihr gut und die Ausbildung liefe bestens, und ich träumte davon, zu ihr zu ziehen, aber sie lebte in einem Schwesternwohnheim, da schien das wenig wahrscheinlich. Dann wurde Tina entlassen. Mein Gott, dachte ich, werde ich denn für immer hier sein? Was hab ich denn so Schreckliches getan? Vielleicht sollte ich einfach gehen, einfach zur Tür hinausmarschieren, ich bin ja schließlich nicht in einem Gefängnis.

Und dann war ich an der Reihe. Im Heim gefiel es mir nicht. Es hatte eine riesige Treppe und einen Aufenthaltsraum mit einem Fernsehapparat, aber man war nirgends ungestört. Ich kam mir vor wie auf einem Bahnhof zwischen zwei Zügen, wo man auf seinen Anschluß wartet und zum Zeitvertreib liest. Der Sozialarbeiter besorgte mir einen Job als Aushilfe bei einem Tierarzt. Die Arbeit machte mir Spaß. Ich füllte gern die kleinen Karten mit den Namen der Patienten darauf aus: Sammy, Blackie, Tinker, Spott, Ginger. Ich nahm jeden Tag belegte Brote mit und aß sie im Park. Samstags besuchte ich meine Eltern, die weiterwursteln, als wäre nichts geschehen, und manchmal fuhr ich Kit im Kinderwagen spazieren. Sie tat mir leid. Mit meinen Eltern leben zu müssen schien mir ein hartes Schicksal zu sein.

Tina besuchte mich und sagte, in dem Haus hier wäre ein Zimmer frei, da bin ich hierhergezogen. Ich zahle fünfzehn Pfund die Woche. Mein Zimmer ist im Zwischenstock, nicht weit vom Münztelefon, und hat zwei große Fenster mit Blick auf die High Street. Ich kann die Busse und die Menschen unten auf der Straße sehen. Ich habe Blumen in einer Vase, ein Bambuskopfbrett an meinem Bett und eine schöne rote Bettdecke mit kleinen Seidenapplikationen. Das Haus ist immer laut; ich kann Okarina spielen, und es stört niemanden. Ich habe aufgehört, die Tabletten zu nehmen, obwohl sie mir gesagt haben, daß ich das nicht tun soll. Ich gehe viel aus. Es geht mir gut. Ich betrachte mein Spiegelbild im Schaufenster, und mir gefällt mein Gang, kerzengerade, mit erhobenem Kopf und einem kleinen Schwung. Manchmal halte ich mitten in der Tätigkeit, mit der ich gerade beschäftigt bin, inne und denke:

Mein Gott, es ist alles in Ordnung, es wird doch noch alles gut mit mir. Halleluja. Gestern bin ich achtzehn geworden.

Freitag abends gehe ich immer mit Maureen, einem Mädchen aus dem Haus, zum Eislaufen. Sie ist keine große Könnerin, sie macht lieber Blödsinn und kugelt auf dem Eis rum, statt Schlittschuh zu laufen. Darum macht es mir eigentlich nichts aus, daß sie eine dicke Erkältung hat und heute abend nicht mitkommen kann. Aber es hat auch sonst niemand Lust.

Ich sitze eine Weile herum und schau mir irgendwelchen Quatsch in der Glotze an, ehe ich den Mut aufbringe, allein zu gehen. Ich fühle mich einsam und fremd, während ich den Eintritt bezahle und im Umkleideraum mit dem trüben gelben Licht meine Stiefel schnüre. Aber dann stehe ich auf, werfe mein Haar über die Schultern und wappne mich achselzuckend mit einem Was soll's? Vorsichtig trete ich aufs Eis hinaus. Ein, zwei Minuten bleibe ich stehen, die Hand an der Stange, und sehe den Eisläufern zu, die im grellen Scheinwerferlicht vorübergleiten, stolpern, zusammenstoßen, stürzen, lachen. Popmusik dudelt. Durch das Glas der Bar über der Eisfläche sehen Menschen zu. Ich stoße mich ab, gleite mit langen, langsamen, regelmäßigen Bewegungen über das Eis, achte auf niemanden und schließe mich dem Strom der guten Eisläufer an, die schwungvoll die Bahn umkreisen. Eine Runde nach der anderen drehe ich, und die Kanten meiner Schlittschuhe sprühen feinen weißen Puder. Das alte beschwingte Gefühl stellt sich ein – ich finde es herrlich, einfach herrlich – ich vergesse alles –, und immer weiter fliegen wir, treffen zusammen und trennen uns wieder; Stimmen vermischen sich, Kreischen und Gelächter gehen in der Musik unter, und weiter fliegen wir, immer weiter – es macht mir nichts aus, daß ich allein bin, ich könnte ewig so weitermachen.

Um neun Uhr muß die Bahn freigemacht werden. Leute in eleganten Eislaufkostümen und schneeweißen Stiefeln kommen aufs Eis und tanzen. Ich gehe nach oben, kaufe mir eine Cola und trinke sie zurückgelehnt durch einen Strohhalm, während ich durch die Glasscheibe den Tänzern zusehe.

Später gehe ich noch einmal aufs Eis. Ein Junge mit einem eigenartigen, mittelalterlich wirkenden Gesicht, hohlwangig und schmal, fällt mir auf. Er läuft allein wie ich, mühelos, die Arme an den Seiten herabhängend, als mache er nur einen Spaziergang. Er trägt eine alte schwarze Jacke und ausgewaschene Blue Jeans und sieht jung aus, eine Spur weiblich, mit einem langen, wohlgeformten Hals und glattem braunem Haar, das ihm in die Augen fällt. Er sieht aus, als wäre er weit fort.

Ich halte schon lange nichts mehr von Regeln. Ich pirsche mich näher an ihn heran, laufe mit ihm, nicht zu nahe, nicht zu auffällig, aus reinem Vergnügen daran, ihn im Blick zu haben. Ich fühle mich anmutig; er ist es auch: Nebeneinander gleiten wir in großen Runden dahin, wie zwei Schwäne. Ich sehe ihn nicht mehr an, aber er ist stets in der Nähe, und allmählich scheint es, als wisse er, daß ich da bin, und als habe er ohne einen Blick und ohne ein Wort von mir Kenntnis genommen. Die Musik hört auf. Ich laufe zum Rand, und er auch. Als ich ihn ansehe, erwidert er meinen Blick mit großen Augen und lächelt, kurz und ein wenig nervös. Das Lächeln verschwindet gleich wieder, und sein Gesicht ist ernst und verlegen, als er sich abwendet. O ja, denke ich. Der ist es. Bisher habe ich nie einen gesehen, der meiner wert gewesen wäre, aber der hier macht mich neugierig. Ich setze mich nieder und mache mir an meinem Stiefel zu schaffen.

»Zu welcher Bushaltestelle mußt du?« Seine Stimme ist leise, aber nicht schüchtern.

Ich spüre, daß er auf der Stufe steht und zu meinem gesenkten Kopf hinuntersieht, aber ich schaue nicht gleich hoch. Als ich es dann doch tue, nehme ich Einzelheiten wahr, seine schmale Nase und den kleinen Mund, eine feine Kerbe zwischen den Augen. »Zu der an der Kathedrale«, antworte ich.

»Hast du was dagegen, wenn ich dich begleite?« fragt er, und ich schüttle den Kopf. »Ich warte vorn auf dich«, sagt er und stapft auf seinen Schlittschuhen davon, schwerfällig auf festem Boden.

Im Geklapper und Geschnatter des Umkleideraums ziehe ich

meine Schuhe an, hole meinen Mantel und werfe einen Blick in den Spiegel. Ich bin nicht aufgeregt. Es ist nicht so, als gehe ich da hinaus, um einen Fremden zu treffen: Ich überlege nicht, was ich sagen werde oder wie ich mich verhalten soll; ganz gleich, was ich tue, es wird richtig sein, das weiß ich. Ich bin plötzlich auf Kurs. Im trüben Licht sehe ich gelblich aus, wie meine Mutter, aber allen anderen hier drinnen geht es genauso. Meine Mundwinkel gehen in die Höhe. Von ihm ist nichts zu befürchten. Ich weiß es.

Draußen ist es bitter kalt, und auf dem Bürgersteig drängen sich die Menschen. Ich sehe ihn nicht. Ich bleibe stehen, schaue in meiner Handtasche nach, ob ich alles habe, ziehe meinen Schal zurecht, sehe mir die abblätternden Plakate an der Mauer an, und dann kommt er, und wir gehen ohne ein Wort zusammen los. Die Spitzen seiner Ohren sind rot von der Kälte, und er zieht die Schultern hoch, als er seine Hände in die Taschen schiebt. Unsere Augen sind auf gleicher Höhe, unsere Schritte sind wie einer. Im Schatten der Kathedrale beginnen wir, miteinander zu reden. Seine Augen sind abwechselnd träge und lebhaft. Er ist wie seine Stimme, ruhig, aber nicht schüchtern. Er sagt mir, daß er David heißt und gerade seine Abschlußprüfungen macht, Englisch, Geschichte, Mathematik und Geographie. Er ist gestern siebzehn geworden. Mein Gott, wenn das kein Omen ist. Was noch? In mir wird etwas lebendig.

»Ich hatte auch gestern Geburtstag«, sage ich. »Ich bin achtzehn geworden.« Wir geben uns die Hände und gehen lächelnd weiter, und es scheint alles sehr komisch zu sein.

Er sieht mich von der Seite an, und wir lachen. »Füreinander bestimmt«, sagt er leise. »Eindeutig.«

Wir gehen schnell durch die eisige Kälte zur Bushaltestelle. Auf der Straße wimmelt es von Menschen. Seine Handfläche bewegt sich an meiner, das einzig Warme auf der Welt, und ich muß lächeln. Ich erzähle ihm, daß ich bei einem Tierarzt arbeite und eine Tochter habe, die bei meinen Eltern lebt. Besser, das gleich hinter sich zu bringen. Er zuckt nicht mit der Wimper. Mein Bus steht ratternd in seiner Bucht.

»Können wir uns mal treffen?« fragt er. »Irgendwann am Wochenende?«

Ich bleibe auf der Plattform stehen und schaue zu ihm hinunter. »Ja«, sage ich. Ich sehe ihn nicht mehr klar, die Lichter blenden.

»Wann?«

»Sonntag nachmittag. Hier. Um zwei.«

Er lächelt. Der Bus setzt sich in Bewegung. Er tritt zurück und winkt. Ich laufe nach oben und setze mich ganz vorn hin, um ihn die Straße hinuntergehen zu sehen, die lange, lichterglänzende Straße voller Autos und Menschen. Er geht mit großen, leichten Schritten und geradem Rücken. Als der Bus an ihm vorüberfährt, blicke ich zurück und sehe, daß er immer noch lächelt, und ich lächle auch, mache es mir auf dem Sitz bequem und betrachte mein Gesicht im dunklen Fenster.

Es ist merkwürdig, wie ein Gesicht sich in der Vorstellung verändern kann. Ich glaube, seines zu kennen, aber als ich mich am Sonntag mit ihm treffe, stelle ich fest, daß ich ihn ganz falsch in Erinnerung hatte. Die Hände in den Taschen, lehnt er mit gekreuzten Beinen am Geländer, und im hellen Tageslicht ist sein Gesicht härter, schärfer geschnitten, hat beinahe etwas Stilisiertes, aber sein Haar ist weicher und lockerer, und das dämpft die Härte. Er hat es wahrscheinlich frisch gewaschen. Er richtet sich lächelnd auf, als ich komme, und wir stehen einander gegenüber und wissen nicht, was wir sagen sollen. Mir ist seine Unsicherheit sympathisch.

»Was kann man an einem Sonntagnachmittag unternehmen?« fragt er. »Einen Spaziergang machen? Hättest du Lust dazu?«

»Gehen wir doch zum Sonntagsmarkt«, sage ich. Wir treten also durch das große Tor in den Park der Kathedrale und schlängeln uns durch das Labyrinth von Wegen zwischen winterlichen Blumenbeeten und Bänken voller alter Penner und Liebespärchen, gehen dann auf der anderen Seite hinaus und den langen, staubigen Hügel hinunter zu einem alten Teil der Stadt mit Kopfsteinpflaster, wo schummrige, aufregende Läden bis in den späten Abend geöffnet sind und alte Holzkarren die Bordsteine säumen. Hier kann man Bücher, Schallplatten und Klamotten aus zweiter Hand kaufen, alles vom Teleskop bis zum Globus. Alte Männer mit Schniefnasen und dicken Wollschals stehen Wache.

Auf dem Bürgersteig vor der Herrentoilette stapeln sich Käfige mit Kaninchen, die zu verkaufen sind; eng zusammengepreßt hocken sie in ihren Gefängnissen, mit runden Augen und zuckenden Nasen. »Ich finde das furchtbar«, sage ich. »Ich kann es nicht aushalten, Tiere im Käfig zu sehen.«

David lächelt und legt seinen Arm um mich, und wir gehen weiter wie junge Liebende seit eh und je, dicht aneinandergeschmiegt. Ich fühle seine knochigen Rippen. An einem Stand mit alten ledergebundenen Schmökern bleiben wir stehen, drehen die Köpfe hin und her, um die Titel auf ihren Rücken zu lesen. ›Die Koralleninsel‹. ›Ballade und Quelle‹. ›Die Geschichte zweier Städte‹. Er nimmt ein verblichenes rotes Buch heraus und riecht daran, als wäre es ein Blumenstrauß. »Wenn ich mal reich bin«, sagt er, »schaff ich mir eine Bibliothek mit lauter alten Büchern an. Es ist völlig unwichtig, was für welche. Ich kauf sie gleich en gros. Ich werde sie gar nicht lesen. Ich geh nur ab und zu rein und rieche an ihnen.«

Ich lache. »Aha, du wirst also mal reich?« sage ich.

»Natürlich«, antwortet er mit einer arroganten Schulterbewegung. »Ich hasse Geld. Ich will es nur haben, damit ich nicht daran zu denken brauche. Wenn man keines hat, muß man nämlich dauernd darüber nachdenken, wie man dran kommt. Das macht einen fertig.« Er schüttelt den Kopf. »Das kommt für mich nicht in Frage. Ich hab's einfach und vergeß es. Geb's weg, dazu eignet sich's am besten.«

»Und woher kommen diese großen Reichtümer?« frage ich.

Er lacht. Mir fällt auf, wie klein seine Ohren sind.

»Nebensache, Nebensache«, sagt er. »Nein, im Ernst, ich habe Pläne.«

Wir gehen in einen kleinen braunen Laden mit alten Musik-
instrumenten und Kartons voll alter 78er Platten in zerschlis-
senen braunen Hüllen. David greift sich eine Mandoline, die
bessere Tage gesehen hat, spielt stockend darauf, zieht ein Gesicht.

»Kannst du spielen?« frage ich.

»Keine Spur«, antwortet er.

Seine Finger sind lang und schlank, an der rechten Hand
trägt er drei Ringe – einen breiten goldenen, einen schmalen
silbernen Reif, eine Schlange, die sich in den eigenen Schwanz
beißt. Wie mein Glücksfisch. Auch das ist ein Omen. Seine
Hände bewegen sich anmutig über die Saiten.

»Ich hatte mal so was Ähnliches«, sage ich. »Es war kein
Ring. Es war ein kleiner Glücksbringer. Ein Fisch.«

Er lächelt, ohne etwas zu sagen.

»Ich habe ihn verloren«, sage ich.

Er nickt, immer noch lächelnd.

Plötzlich bin ich sehr traurig. Ich gehe hinaus und sehe zu
den dicken weißen Wolken hinauf, die hoch über den hohen
Häusern und dem Turm der Kathedrale dahinziehen. Einen
Augenblick später folgt er mir, nimmt mich bei der Hand, und
wir gehen die Hügel hinunter zur Straße, wo es keine Läden
und Buden und Menschen mehr gibt und der Verkehr von
einem grauen Ziel zum anderen braust. Es ist so laut, daß wir
nicht einmal reden können, darum drehen wir um und gehen
langsam die andere Seite des Hügels hinauf, am Markt vorbei
weiter, bis wir wieder zur Kathedrale gelangen. Wir setzen uns
in den Anlagen auf eine Bank außerhalb des Schattens des
Turms. In der Ferne rauscht der Verkehr, und dicke Tauben
stolzieren auf den Steinplatten und alten Gräbern umher.

Er fragt mich nach meiner Tochter, und ich erzähle ihm die
Geschichte von dem Jungen, der auf so tragische Weise und so
jung ums Leben kam, als er mit seinem Motorrad auf dem
Weg zu mir war. Er ist jetzt beinahe real, wie Michael einmal
real war. Es ist wirklich eine gute Geschichte, kein Wunder,
daß sie so viele Lieder über ihn machen. Jedesmal, wenn ich

›Leader of the Pack‹ höre, wird mir übel. Ich betrachte den schillernden Glanz auf dem Hals einer Taube, violett und grün. Ein alter Penner hustet verschleimt. David beobachtet mich. Ich erzähle ihm, daß Kit bei meinen Eltern lebt, weil ich mich nicht um sie kümmern kann. »Ich bin nämlich nicht sehr stabil«, sage ich.

Sein Interesse wächst, er neigt sich näher zu mir und wendet seinen Blick nicht von meinem Gesicht, während ich leichtsinnig alles erzähle: von den Stimmen, wie ich mein Gesicht anmalte, meinen Vater schlug, in die Klinik kam, alles eben. Als ich fertig bin, sitzen wir eine Weile nur stumm da. Dann rückt er auf der Bank an mich heran, macht seine Jacke auf, als breite er einen Flügel aus, und hüllt mich darin ein, so daß mein Kopf direkt unter sein Kinn zu liegen kommt. Er riecht sauber und angenehm. Wir legen die Arme umeinander und rühren uns lange nicht.

Nach einer Weile füllen sich die Anlagen mit Menschen, wir werden verlegen und rücken voneinander ab und sehen uns mit nervösen Blicken an. Ich überlege, warum wir einander nicht geküßt haben und ob ich vielleicht irgend etwas tun müßte.

Er nimmt wieder meine Hand. »Gloria«, sagt er. »G-l-o-r-i-a.«

Ich lächle.

»Ich war als Kind oft hier«, sagt er. Seine Augen blicken geradeaus, tiefliegend, schön. Sein Hals zuckt nervös. »Ich habe mit meiner Mutter die Tauben gefüttert. Also, man kann sagen, was man will, Tauben sind echt brutale Tiere. Wenn's ums Futter geht, kennen die nichts. Jede Taube für sich selbst.« Er schluckt und sieht zum Himmel hinauf. »Ein Flugzeug«, sagt er. Ich schaue hoch. »Muß schön sein, da oben in so einer Maschine zu sitzen und irgendwohin zu fliegen. Wenn ich mal reich bin...« Er hält mit einem unvermittelten verlegenen Lachen inne. Ich drücke sehr sachte seine Hand, und er erwidert den Druck. Jetzt wissen wir wieder nicht mehr, was wir reden sollen. Es ist sehr kalt.

»Wo wohnst du eigentlich?« frage ich. »Du hast mir überhaupt nichts von dir erzählt.«

Er lacht. »Da gibt's nicht viel zu erzählen«, sagt er. »Die ganze Geschichte ist mit ein paar Worten abgetan. Doppelhaushälfte, Vorort, ein Vater, ein Bruder, eine Schwester, eine Katze, ein Hund. Mutter tot. Das wär's in etwa.«

Wie sanft seine Stimme ist, denke ich. Ich stehe auf, ziehe ihn bei der Hand mit mir hoch, und wir gehen weiter, ohne zu reden. Er zieht meine Hand in die Tasche seiner alten schwarzen Jacke. Wir finden ein Café, das geöffnet hat, gehen hinein und setzen uns an einen Tisch am Fenster. Es ist warm hier in diesem grell aufgemachten Laden voll armer Schlucker, die hier Schutz vor der Kälte suchen. David geht zum Tresen und holt zwei Tassen Kaffee, und ich betrachte ihn von hinten, während er dort steht, und bin glücklich, närrisch glücklich, als müsse alles, was bisher geschehen ist, irgendwie rechtens sein, weil es an diesen Punkt geführt hat.

Ein kleiner schwarzhaariger Junge von ungefähr zwölf Jahren starrt mich über die Tresenklappe hinweg an, und ich lächle ihm zu. David kommt mit dem Kaffee und verschüttet etwas davon in die Untertassen. Er schmeckt stark und gut, und wir lächeln beim Trinken. Er sagt, ich dürfe ja nicht lachen, das sei jetzt ganz ernst, er schreibe Gedichte, ehrlich, lach nicht. Das will er später mal werden. Dichter. »Ich zeig dir mal welche, wenn du willst«, sagt er. »Man muß nur aufpassen, wem man davon erzählt, manche Leute – die meisten Leute – finden es nämlich alles nur blöd und kitschig. Ein Dichter! Du meine Güte! Es gibt kaum jemanden, mit dem ich darüber reden kann. Alles, was ich schreibe, muß ich verstecken. Bei mir zu Hause finden sie es zum Kaputtlachen. So ist meine Familie, ich weiß nicht, was du von ihnen halten würdest. Ich mag sie nicht; ich weiß, das klingt übertrieben, aber es ist wahr, und ich rede jetzt ganz objektiv. Manchmal frage ich mich, was ich da überhaupt zu suchen habe. Ich kann's kaum erwarten wegzugehen. Ich will studieren. Nicht mal das finden sie in Ordnung, sie meinen, es wär alles ein bißchen anmaßend. Ich kann tun, was ich will, es beeindruckt sie überhaupt nicht. Ich bin der Wunderknabe der Schule. Zu Hause finden sie nur, ich lese zuviel. Ich hatte die besten Noten bei der Mittleren Reife; ich will nicht angeben, ich erzähl dir das nur. Und was krieg ich von zu Hause? Nicht mal ein ›gut gemacht‹. Ich erwarte ja gar nicht, daß die Leute vor mir in die Knie gehen und mir die Füße küssen, aber man sollte doch meinen – ach, ist ja egal …« Plötzlich verlegen, schweigt er.

Wir unterhalten uns über Bücher und Gedichte, holen uns noch mal Kaffee, halten uns über den Tisch hinweg bei der Hand. Ein alter Mann mit grauem Star und fingerlosen Handschuhen umklammert einen dampfenden Henkelbecher, nickt zitternd mit dem Kopf und lacht leise in sich hinein. An einem Tisch nahe der Tür sitzt allein ein mürrisches junges Mädchen, hohläugig, ganz in Gelb gekleidet. Ihre nackten Beine sind blaurot vor Kälte. Draußen wird es langsam dunkel.

»Der kleine Italiener starrt dich dauernd an«, bemerkt David.

Ich werfe einen Blick über den Tresen. Der dunkle Junge schaut weg.

»Du gefällst ihm«, sagt David.

»Ach wo.«

»Doch. Weil du so schön bist. Das bist du wirklich. Ja. Du bist schön.«

Ich lache albern und betrachte die Verzerrungen in dem grünen geriffelten Fenster.

Es ist Zeit aufzubrechen. Er begleitet mich zur Bushaltestelle. Es ist seltsam, pervers, aber ich möchte jetzt zu Hause sein, weg von ihm, damit ich allein sein und mich mit den Armen unter dem Kopf auf mein Bett legen und zur Decke hinaufstarren kann, um jeden Moment dieses außergewöhnlichen Tages auszukosten. Ich möchte ihn mir in seinem langweiligen Vorstadthaus vorstellen, wie er an mich denkt.

An der Bushaltestelle küssen wir einander. Er schmeckt gut, und seine Zunge ist sanft.

»Ich mag dich«, sagt er. »Ehrlich. Ich mag dich total.«

7

Und jetzt ist alles anders. Aber natürlich sind die Dinge nie so, wie sie scheinen.

Er war damals sehr einfach, nervös und frisch wie ein empfindsames junges Pferd. Was ist anders geworden? Er sieht noch genauso aus wie damals, sein Haar ist nicht mehr so kurz, das ist alles. Aber er ist nicht mehr nervös. Er kennt mich jetzt soviel besser.

Wir sind seit etwas mehr als anderthalb Jahren befreundet. Wir haben nie miteinander geschlafen; ich sage ihm, daß ich noch nicht soweit bin, und er sagt nie: Aber mein Gott, du bist neunzehn Jahre alt, was ist los mit dir? Er küßt meine Fingerspitzen, bedrängt mich nicht mit neugierigen Fragen, sagt, daß das, was uns verbindet, über die bloße Fleischeslust hinausgeht. Ich habe ein Gedicht, das er darüber geschrieben hat; es ist wahnsinnig dunkel. Und tatsächlich gelüstet es mein Fleisch überhaupt nicht nach ihm, auch wenn es schön ist, nackt mit ihm in meinem Bett zu liegen, zu küssen und zu kuscheln und langsam warm zu werden. Sein Körper ist knochig und glatt und zart, und wir passen perfekt zusammen. Wir sind vermutlich sehr unschuldig. Adam und Eva vor dem Sündenfall.

Morgen geht er fort. Ein leises, beklemmendes Gefühl kribbelt in meiner Brust. Ihn abgesehen von einem gelegentlichen Besuch nicht mehr zu sehen, abgesehen von Briefen nicht mehr von ihm zu hören. Na ja, sie haben lange Ferien. Natürlich hat er seine Abschlußprüfung mit Glanz bestanden. Die Universität war so scharf auf ihn, daß er bereits ein bedingungsloses Angebot in der Tasche hatte. Er ist ein hochintelligenter Bursche. Er ist aufgeregt, sehnt sich danach, von hier wegzukommen, mit der Vergangenheit, seiner Familie, der Langeweile zu brechen; aber dann drückt er plötzlich sein Gesicht an meinen Hals und sagt, daß er sich nicht von mir trennen will. »Komm doch mit. Warum kommst du nicht mit, Glory?«

Warum komme ich nicht mit?

Das ist ein Geheimnis. Ich drehe und wende es schon den ganzen Tag, die ganze Woche, seit Monaten. Ich weiß nur, daß mir unbehaglich wird, sobald ich daran denke, für immer mit ihm zu gehen. Und dabei ist er doch so nett, so nett.

Den ganzen Nachmittag bin ich in meinem Zimmer herumgerannt. Er wird bald kommen; dann haben wir noch – zwei, drei Stunden? Dann wird er nach Hause fahren und morgen in aller Frühe aufbrechen. Danach – was werde ich mit den Wochenenden anfangen? Mit wem werde ich reden und spazierengehen? Schrecklich, wie abhängig man sich mit der Zeit von einem einzigen Freund macht.

Ich hole mir ein Heft und einen Stift, lege mich quer aufs Bett und mache zwei Spalten: Pro und Kontra. In die Pro-Spalte schreibe ich alles, was mir fehlen wird. In die Kontra-Spalte alles, was mir an ihm auf die Nerven geht und mich abschreckt, wenn ich daran denke, mit ihm fortzugehen. Das Ergebnis sieht so aus:

Pro:

1. Er sieht gut aus.

Mädchen und Frauen drehen sich überall nach ihm um. Immer sehen sie zuerst ihn an, dann mich, dann wieder ihn. Er bewegt sich gut. Ich denke an ihn, wie er in der Küche sitzt und kalten Makkaroniauflauf ißt, graziös seine langen Finger in die Schüssel taucht.

2. Er hält mich nicht für schwachsinnig, wenn ich sage, daß ich glaube, vielleicht übersinnlich veranlagt zu sein.

Er ist aufgeschlossen. Wir haben versucht, uns aus der Ferne Botschaften zu senden, aber es klappt nie.

3. Er liest so viel wie ich.

Mehr. Wir bringen Stunden in Buchhandlungen zu, jeder für sich, schweigend, in Bücher vertieft, und doch immer zusammen. Wir tauschen sie aus, reden über sie, streiten.

4. Unsere Spaziergänge bei jedem Wetter.

Arm in Arm, endlos redend.

5. Die Besuche in unserem Café.

Rundherum Penner und Aussteiger, während wir beobachten, wie die Muster im Glas sich verändern, und Kaffee trinken. Sie kennen uns dort mittlerweile. Der Mann nennt ihn Tiger. Wenn ich allein komme, sagt er: »Wo ist denn dein Tiger?«

6. *Hand in Hand mit ihm im Kino zu sitzen.*

7. *Ihn von der Schule abzuholen.*

Damit ist es jetzt sowieso vorbei. Ich warte immer auf einer Bank in dem kleinen Park vor seiner Schule, und die Jungen aus seiner Klasse kommen dann ans Fenster und beobachten mich verstohlen. Er sagt, sie finden mich ganz toll.

8. *Seine Gedichte.*

Ich mag die Art, wie er schreibt, ohne groß inneres Ringen zu mimen oder zu sehr zu theoretisieren oder zu versuchen, Eindruck zu schinden. Es ist einfach eine Tätigkeit für ihn. Er läßt Gedichte in meinem Zimmer zurück, und manchmal bekomme ich eines mit der Post.

Kontra:

1. *Er ist unzuverlässig.*

Er kommt fast nie pünktlich und haßt es, sich festzulegen. Immer heißt es nur: ›Also dann, wir sehen uns‹, und man weiß nie, ob man beim Plänemachen mit ihm rechnen kann oder nicht. Manchmal hat man vor, irgendwas ohne ihn zu unternehmen, und da kreuzt er plötzlich auf und erwartet, daß man alles andere stehen- und liegenläßt. Ich hab fast den Eindruck, daß er es absichtlich tut.

2. *Er mag keine Tiere.*

Er ist nicht grausam zu ihnen, er findet sie nur belanglos. Katzen mögen ihn. Sie scharen sich um seinen Sessel und versuchen, auf seinen Schoß zu klettern, aber er fegt sie verächtlich weg, meistens mit einem kleinen unwilligen Stirnrunzeln.

3. *Eine gewisse Arroganz in seiner Art.*

Anfangs ist mir das gar nicht aufgefallen, aber jetzt habe ich den Eindruck, daß es mit der Zeit immer schlimmer wird. Allerdings ist es auf eine merkwürdige Weise auch attraktiv.

4. *Blühende Hypochondrie.*

Dauernd horcht er auf sein Herz oder seinen Atem oder bildet sich ein, Meningitis zu haben oder Streptokokken, wenn es in Wirklichkeit nur Kopf- oder Halsschmerzen sind. Er ist überzeugt, daß er jung sterben wird.

5. Er leiht sich ständig Geld von mir.

Ich weiß, eigentlich sollte mir das nichts ausmachen, weil ich mehr habe als er. Er gibt es auch zurück, aber meistens muß ich ihn erst erinnern.

6. Er gibt Bettlern aus Prinzip kein Geld.

Er hält mir vor, ich ließe mich für dumm verkaufen, wenn ich es tue. Einmal kam so eine arme alte Frau weinend auf uns zu, hielt ihre Hände auf und sagte, ihr wäre furchtbar kalt. Da hat er sie nur mit einer Handbewegung weggescheucht und ist weitergegangen.

7. Seine Gedichte.

Ich versteh sie nicht, und ich bin bestimmt nicht begriffsstutzig. Vermutlich sind sie sehr gut, sehr kunstvoll, so wirken sie jedenfalls. Sie fließen auf jeden Fall. Ich mag ihm nicht sagen, daß sie mir nicht liegen. Es fällt mir immer schwerer, etwas über sie zu sagen.

Acht pro, sieben kontra. Knapp.

Und dann ist da noch Kit. Sie sollte eigentlich überhaupt keine Rolle spielen; sie hat nie zu mir gehört, und ich wollte sie nie haben. Aber trotzdem käme ich mir irgendwie gemein vor, wenn ich einfach wegginge und ihr diese Samstagsbesuche nähme. Sie freut sich jetzt auf sie. Manchmal wünsche ich, ich hätte nie damit angefangen. Sie hat ihr Herz an mich gehängt und nennt mich Mami; wartet am Tor, wenn schönes Wetter ist und sie es ihr erlauben; hält sich an den Gitterstäben fest und hält nach mir Ausschau, wenn ich die Straße herunterkomme. Ein armes kleines Ding in einem Käfig.

Ich mag sie inzwischen ganz gern. Sie ist zweieinhalb. Sie ist ein wehrhaftes, rundgesichtiges, braunhaariges kleines Mädchen, das wie eine Aufziehpuppe herummarschiert, den Leuten hinter dem Rücken Gesichter schneidet, wild drauflosbabbelt und leicht weint. Wenn ich mit ihr spazierengehe, kräht und kreischt sie und ist frech wie Oskar, rennt mit irrem Gebrüll auf der Pilzwiese herum, den Mund mit Vanilleeis verschmiert wie ein Clown, in der einen Hand die Eistüte, die sie hochhält wie das Olympische Feuer. Sie macht sich von oben bis unten dreckig. Ich lasse sie. Sie schleppt in ihren kleinen, drallen Händen Butterblumen und Klee an, und ich drücke ihr eine Blume unter das Kinn, um zu sehen, ob sie Butter mag.

Manchmal kommt sie zu mir und lehnt sich an mich, umfaßt mein Gesicht mit ihren kleinen Händen, die ganz schmutzig und voll Filzstift sind, und schaut mir in die Augen, als wisse sie nicht, was sie von mir halten soll, neugierig, halb finster, halb lächelnd. Ich weiß nicht, was sie sieht. Ich sehe ein unscheinbares Kind, von mir hat sie nichts, von jemand anderem auch nicht, Gott sei Dank.

Sie hat Temperament. Es gefällt mir nicht, wie sie es weglachen. Es gefällt mir nicht, wie sie sie herrichten. Sie machen ihr die Haare wie vor zwanzig Jahren. Sie stecken sie in einen rosa Faltenrock und ein gelbes Strickjäckchen. Mir kommt's vor, als wären wir zwei Kinder in diesem Haus.

Ich habe ihr ein rotes Band gekauft, Seide, leuchtend wie Mohn, fünf Zentimeter breit. Sie liebt es. Behandelt es wie das kostbarste Juwel.

Ich höre David läuten und laufe hinunter, um die Tür zu öffnen. Er steht im strömenden Regen, den Kragen hochgeklappt, das Haar klatschnaß an den Kopf geklebt. Er kommt herein und trocknet sich das Haar in der Küche. Dann gehen wir in mein Zimmer hinauf und legen uns Seite an Seite auf dem Bett nieder. Im Haus ist es still, alle sind weg. Wir reden von gemeinsamen Erlebnissen, lachen über manches, werden nachdenklich, drehen uns herum und halten einander in den Armen. Der Regen trommelt an die Fenster. Er hat einen besonderen Geruch, der nur ihm gehört, wie ein Fingerabdruck, sauber, warm, würzig wie Holz. Mir wird bewußt, wie vertraut mir dieser Geruch geworden ist, ich atme ihn ein und spüre, wie ein kleines Prickeln beginnt, ein Flattern in der Brust, als schniefte ich eine Droge ein. Ich denke, daß wahrscheinlich Tiere so empfinden, wenn sie eine Witterung aufnehmen.

Plötzlich bricht er das Schweigen. »Manchmal habe ich so ein Gefühl«, sagt er und zieht den Kopf zurück, um mich anzusehen. Seine Augen sind glänzend und gläsern. »So als ob – als ob das, was zwischen uns läuft, was ganz Fundamentales ist. Es ist nichts Gewöhnliches, es ist, als ob – als ob . . .« Er hält inne, eine Hand nervös in seinem Haar geballt, und atmet laut durch die Nase, während er glasig in die Ferne starrt. Dann sagt er: »Du wirst da sein, wenn ich auf meinem Totenbett liege.«

Ich kann auf diesen angespannten Gesichtsausdruck verzichten. Ich gebe ihm einen leichten Klaps auf den Kopf und sage, er solle nicht so albern sein. »Du bist nur neurotisch«, sage ich.

Er lacht und pufft mich in die Rippen. »Die Leute, auf die es ankommt, sind das alle«, erwidert er. Wir umarmen uns lachend, wälzen uns herum, bezüngeln einander die Ohren, legen unsere geöffneten Münder aufeinander und fummeln mit den Zungen, kriechen dann unter den roten Chenilleüberwurf, ziehen ihn über unsere Köpfe hoch und mummeln uns ein, dicht aneinandergekuschelt, Triumph des Wohlbehagens über die dunkle, regnerische Nacht. Das Licht schimmert rosig durch die dünne Decke; wir sehen einander klar. Es ist, als befänden wir uns in einem Zelt.

»Mir kommt's vor, als hätte ich dich immer schon gekannt«, sagt er. »Ich kenne dich viel besser als meine eigene Schwester, mit der ich ein Leben lang zusammengelebt habe. Aber das ist wahrscheinlich auch was andres.«

»Ich hatte mal einen Bruder«, sage ich, und mir fällt ein, daß ich ihm das nie erzählt habe.

Sein Gesicht wird ernst. »Was für einen Bruder? Du hast mir nie erzählt, daß du einen Bruder hattest.« Es klingt ein wenig eifersüchtig.

»Na ja, eigentlich zählt er gar nicht«, sage ich, »er ist bei der Geburt gestorben. Mein Zwilling. Er kam nach mir. Sie nannten ihn Michael.« Ich sehe einen dicken pausbäckigen Engel über dem schönen Jesuskopf schweben. Sehe mich, wie ich in meinem Eifer, dem Mutterleib zu entkommen, in sein sterbendes Gesicht trete. Hat er versucht, meinen Fuß zu fassen, verzweifelt bemüht, mitgenommen zu werden? Ich runzle die Stirn. »Aber als ich klein war, war er sehr real.«

David schweigt, kaut auf seinem Finger. Langsam breitet sich ein kleines Lächeln auf seinem Gesicht aus. »Wahnsinn«, sagt er mit staunender Verwunderung. »Wahnsinn. Ist das komisch.« Ich höre seinen Atem dicht an meinem Ohr. »Es ist unheimlich«, sagt er, während er sein Haar um seinen Finger dreht. »Ja, unheimlich. Es ist echt unheimlich.«

»Was denn?«

»Ja, siehst du es denn nicht? Siehst du's nicht?« Seine Augen und seine Zähne blitzen im Licht des Zelts, erregt. »Hast du's nicht gespürt? Hab ich nicht immer gesagt, daß zwischen uns gleich so etwas wie ein Erkennen war? Hm? Er ist auf den Tag genau ein Jahr vor meiner Geburt gestorben. Ich und du, am selben Tag Geburtstag – ist doch ganz logisch. Begreifst du nicht?«

Ich lache. »Wie wär's, wenn du meinen Eltern einen Besuch abstattest und dich als ihr verlorener Sohn zu erkennen gibst«, sage ich. »Ich würde liebend gern ihre Gesichter sehen.«

»Mach dich nur lustig«, sagt er, »aber es gibt keinen Zufall.«

»Wie originell«, sage ich.

»Ach, Mensch«, sagt er, »ich dachte, gerade du könntest so was ernst nehmen. Du bist doch diejenige, die angeblich für Übersinnliches empfänglich ist.«

»Was hat das denn damit zu tun?«

Er dreht sich lächelnd herum und nimmt mich in die Arme. »Meine Schwester«, sagt er. »Meine Schwester, meine Braut.«

Dann liegen wir lange ruhig und still da, in dem Wissen, daß morgen sich alles ändert. Ich bin sehr schläfrig. Morgen, denke ich, wird mir voll zu Bewußtsein kommen, daß er fort ist. Ich muß etwas mit dem Tag anfangen, irgendwas unternehmen. Plötzlich fällt mir ein, daß ich ans Meer fahren könnte. Ich werde einen Zug zu dem Ort nehmen, an den ich mich so gut erinnere, wo ich auf den Felsen gewandert bin, wo der Salzsumpf einen so scharfen Geruch hatte. In einer Stunde ungefähr kann ich dort sein. Ich werde Kit mitnehmen. Draußen regnet es in Strömen. Der Gedanke ist absurd: einen Tag freinehmen, scheußliches Wetter, und Gott weiß, wie ich auf die Idee gekommen bin, Kit mitzunehmen. Aber ich weiß schon, daß ich es tun werde.

»Machen wir ein Spiel«, sagt David.

»Was für eins?«

»Spielen wir, daß wir im Mutterleib sind.«

»Ach, so ein Quatsch!« Ich werfe die erstickende Decke zurück, setze mich auf und sehe mich blinzelnd um, wie erstaunt, daß das Zimmer noch da ist. »Bin ich eingeschlafen?« frage ich verwirrt.

Auch er setzt sich auf. »Ach, du lieber Gott, schau, wie spät es schon ist«, sagt er. »Das darf nicht wahr sein.«

Es ist gerade zehn Uhr.

Wir sehen einander an, die Haare wirr, die Kleider zerdrückt. »Ich muß gleich gehen«, sagt er. »Ich muß morgen um sechs aufstehen.«

Ich hasse Abschiede. Ich möchte distanziert sein, unberührt.

»Ach, Scheiße«, sagt er. »Ich hab wirklich Muffensausen.«

»Ach, es wird bestimmt gutgehen.«

Stöhnend steht er auf und geht fahrig eine Weile im Zimmer herum. »Jetzt wünsche ich, ich müßte nicht fahren«, sagt er. Ich gehe zu ihm und nehme ihn in die Arme und versichere ihm, daß alles wunderbar werden wird. »Du mußt mir schreiben«, sagt er. Wir küssen uns, dann stehen wir herum, verlegen, fremd, als sähen wir zwei anderen Menschen, die wir nicht besonders gut kennen, zu, wie sie Abschied nehmen.

Wir gehen nach unten und machen die Haustür auf. Es gießt.

»Kalt«, sagt er.

»Eisig«, sage ich.

Noch einmal küssen wir uns flüchtig, Bruder und Schwester.

Dann geht er in den Regen hinaus, und ich schließe die Tür, bleibe fröstelnd im Flur zurück. Ich mache mir eine Tasse Schokolade und gehe zu Bett, trinke sie dort, die Hände um die Tasse gelegt, und lausche dem Regen. Ich fühle mich leer. Ich höre unten Leute heimkommen und Lärm machen. Sie laufen singend ins Badezimmer hinauf, schalten den Fernseher ein, machen sich in der Küche noch was zu essen. Ich schreibe einen langen Brief an Mary in London. Ich spiele unter der Bettdecke Okarina. Um ein Uhr ist es still im Haus. Um zwei hört es auf zu regnen. Ich mache die Tür auf und lasse ein paar Katzen herein, um Gesellschaft zu haben, schlafe zu ihrem Schnurren ein.

Schon vor sechs Uhr bin ich aus dem Haus und gehe durch den frischen kalten Morgen. Um sieben sperre ich mit meinem alten Schlüssel die Hintertür zum Haus meiner Eltern auf. Das erste, was ich sehe, ist meine Mutter, die mit einem Glas farbloser, trüber Flüssigkeit vor sich am Küchentisch sitzt. Sie sieht entsetzlich aus. Ihr Gesicht ist völlig eingefallen, die Haut um Augen, Mund und Hals hängt herab, wie von der Schwerkraft abwärts gezogen. Sie hat einen alten rosaroten Morgenrock an, der aber grau aussieht, dazu an den Füßen alte rosarote Pantoffeln und dicke weiße Socken.

»Was tust du denn um diese Zeit hier?« fragt sie matt.

»Was ist das?« Ich deute auf die Flüssigkeit.

»Meine Tabletten.«

»Wo ist Kit? Ist sie noch nicht auf?«

»Sie ist nie so früh auf. Sie schläft immer lang.«

Das Haus ist auch grau. Kein Wunder, daß sie hier nicht herumturnt wie eine normale Zweijährige. Träume sind viel schöner als dieses Haus.

»Sie ist dir zuviel«, sage ich. »Du bist ja total fertig.«

Meine Mutter zieht eine müde Grimasse. »Fang jetzt nicht damit an«, sagt sie. »Bitte nicht.«

»Na ja, wie dem auch sei«, sage ich munter, »du bekommst heute einen Tag Erholung. Ich mache einen Ausflug mit ihr.«

Sie seufzt, sinkt in sich zusammen, verzieht den Mund, als wäre das ganze Leben eine einzige unglaubliche Last. »Ach,

Gloria! Wenn du einem doch vorher Bescheid geben würdest. Was heißt Ausflug? Wohin? Sie ist doch gar nicht darauf vorbereitet.«

»Darauf braucht sie auch nicht vorbereitet zu sein. Du lieber Himmel, ich mach doch keine Weltreise mit ihr, nur einen läppischen kleinen Tagesausflug.«

»Na gut, wohin? Das Wetter ist nicht besonders.«

»Aber es wird schön«, entgegne ich. »Es soll ein sonniger Tag werden. Ich hab den Wetterbericht gehört. Ich pack sie schon gut ein.«

Ich lasse meine Mutter mit ihrer besorgten Miene in der Küche sitzen, laufe nach oben, am Schlafzimmer meiner Eltern vorbei, wo mein Vater leise schnarcht, und gehe in mein altes Zimmer. Kit schläft in meinem Bett, die Arme über den Kopf hochgeworfen, als kapituliere sie. Ihre Hände sind breit und rosig, mit kurzen Fingern, ihr Haar ist fein und flaumig und hoffnungslos zerzaust. Sie hat breite, gerötete Wangen und einen leuchtend roten Mund, der gelbe Kragen ihres Nachthemds sieht zu eng aus. Sie wirkt so verletzlich. Auf ihren Augenlidern sind feine blaue Äderchen.

»Kit«, sage ich. »Aufwachen, Kit.«

Sie schläft weiter.

»Kit!« Ihre Wimpern flattern, das Weiß des Augapfels unter ihnen zeigt sich kurz und verschwindet wieder, milchig und weiß wie der Bauch irgendeines Tiers. Dann macht sie die Augen ganz auf und starrt mich mit leerem Blick an, immer noch im Schlaf, stumpf und erschreckend alt. Ich spüre Angst.

O Gott, ich weiß nicht, was ich mit ihr anfangen soll, was tue ich hier? Wie bin ich da nur hineingeraten? Sie gehört nicht zu mir, hat nichts mit mir zu tun, überhaupt nichts ... Aber, mein Gott, sie ist real. Ja, wirklich.

Sie tut mir so wahnsinnig leid, dazu verdammt, eine zweite Gloria zu werden, in diesem Bett, diesem Zimmer, diesem Haus. Ich muß ihr einen Tag in der Freiheit schenken.

Sie setzt sich auf und schluckt. »Ist heute Samstag?« flüstert sie.

»Nein«, antworte ich. »Wir machen einen kleinen Ausflug. Hast du Lust?«

»Es ist sehr kalt, Gloria«, flüstert meine Mutter an der Tür. »Wohin willst du überhaupt?«

Ich sage es ihr.

»Du bist ja verrückt. Da ist es bestimmt bitterkalt. Der Wind am Meer –«

Kit hüpft begeistert aus dem Bett. Ich krame in ihrer Kleiderschublade. »Ach, es wird bestimmt schön«, sage ich. »Schau…« Ich zeige auf die Vorhänge, durch die hell die Sonne hereinfällt. »Ich hab's dir doch gesagt. Es wird ein schöner Tag. Wirklich. Mir hat es da immer gefallen. Ich war seit Jahren nicht mehr dort.«

Meine Mutter bleibt mit verschränkten Armen und besorgter Miene stehen. »Wenn du mir doch was gesagt hättest«, sagt sie. »Dann hätte ich ihr ein paar Brote machen können.«

»Wir kaufen uns unterwegs was.«

»Nein, zieh ihr das nicht an! Dieses scheußliche alte Ding. Ach, laß mich das machen.« Sie kniet nieder und fuhrwerkt herum. Als Kit schließlich drei Schichten Kleider auf dem Leib hat, nehme ich sie bei der Hand und führe sie in den Flur hinaus. »Ihre Haare!« sagt meine Mutter.

»Ach, das geht schon so«, sage ich und fahre Kit rasch mit den Fingern durch das Haar.

»Nein!« Kit muß brav auf dem Bett sitzen, während meine Mutter an den zerzausten Haaren zupft und zerrt. Kit lächelt mir zu, und ich lächle zurück. Ja, sagen wir einander wortlos, sie macht wirklich ein Riesentamtam, nicht?

»Ich will mein Band«, sagt Kit.

»Wo ist es?« frage ich.

»Hier.« Sie zieht es aus einem Versteck am Fußende des Betts.

»Halt still«, sagt meine Mutter. Das rote Band leuchtet in Kits Händen. Sie hatte es gleich zur Hand, genau wie ich meinen Glücksfisch immer zur Hand hatte. Ich sehe zu, wie meine Mutter ihr eine Schleife bindet und sie dann gehen läßt.

»Wo fahren wir hin?« fragt Kit. Sie hat gelernt zu flüstern, wir flüstern alle.

»Ans Meer«, antworte ich.

»Ooh! Ans Meer«, flüstert sie.

Wir gehen nach unten, und während Kit frühstückt, rufe ich in der Praxis an und melde mich krank.

Dann ist es Zeit zu gehen, und wir machen uns auf den Weg die Straße hinunter, kommen bei Mrs. Eccles vorbei, die in ihrem Fenster liegt, drehen uns noch einmal um und winken meiner Mutter zu, eine einsame Gestalt am Tor. Ich meine zu sehen, wie sie sich eine Träne vom Gesicht wischt, aber sicher bin ich nicht. Sobald wir um die Ecke sind, sehen wir einander an und lachen wie zwei Verschwörer. Schnell gehen wir vorwärts, während die Sonne die Pflastersteine zu erwärmen beginnt, nehmen einen Bus und dann einen Zug. Kit sitzt am Fenster, schaut fasziniert hinaus und hüpft mit geballten Fäusten aufgeregt auf und nieder. Sie hält einen Plüschhasen bei der Nase, ohne ihm die geringste Beachtung zu schenken, als wäre er eine Tasche oder so was, das sie eben mitschleppen muß. Und als wir das Örtchen erreichen, leer und trist jetzt außerhalb der Saison, verfällt sie angesichts der Möwen, der rot-weiß gestreiften Geländer, der geschlossenen Fischbuden, des leblosen Rummelplatzes, dessen Farbenpracht unter Planen glüht, in so ehrfürchtiges Staunen, als hätte ich sie in ein Land der Minarette und fliegenden Teppiche gebracht.

Wir gehen die Promenade hinunter, schauen in alle Läden, kaufen Zuckerstangen und einen lustigen Papphut und eine Karte mit einem Esel darauf, essen in einem Café und stapfen dann den flachen, leeren Strand entlang, der feucht ist und von Wurmabdrücken und Vogelspuren gezeichnet. Kit rennt lachend und schreiend in die große Weite hinaus und scheucht eine Schar Möwen auf, die brusttief im Sand hocken und den Horizont beobachten. Von einem fernen Steg aus fahren ein paar alte Männer in einem Ruderboot aufs Meer hinaus. Alles ist lautlos, ruht in einer gewaltigen Stille, nur am Rand des Bewußtseins ein Zischen – träge Wellen, die sich an den Felsen rund um die Bucht brechen.

Zum Wasser ist es weit, aber wir gehen hin und folgen der dunklen Linie, die die unaufhörlich herein- und hinausrollenden Wellen hinterlassen. Wir gehen weiter, bis wir den Weg erreichen, der sich zur Höhe der Felsen hinaufschlängelt, klettern ihn hinauf und setzen unsere Wanderung auf dem Klippenpfad über den Salzsümpfen fort. Und so seltsam ist das jetzt, so vertraut dieser Weg, den ich vor so langer Zeit mit meinem Vater gegangen bin. Wir gehen viel, viel weiter als ich je zuvor gegangen bin. Sie wird nicht müde, verlangt Lieder, und wir singen das ganze schnulzige alte Zeug, das sie mag. Sie kennt den ganzen Text von ›Old Shep‹.

Am späten Nachmittag machen wir Rast, essen etwas Schokolade und schauen zur glitzernden Linie des Wassers hinaus. Wolken ziehen sich darüber zusammen. Wir entdecken einen Pfad, der sich in die Ebene hinunterwindet, steigen ab und wandern unter Umgehung von Tümpeln voll schleimiger gelber Gewächse über das von Wasser durchtränkte flache Land des Salzsumpfs zurück in Richtung zur Bucht. Der Geruch hier ist scharf und streng und würzig und legt sich einem wie ein Geschmack in den Mund. Vögel mit langen Schnäbeln staken im Sumpf umher und schreien mit rauhen, klagenden Stimmen. »Was ist das?« fragt Kit.

»Äh – Brachvögel«, antworte ich unsicher.

Wir gehen Hand in Hand, immer weiter, einem riesigen vielfarbigen Felsvorsprung entgegen, der die Grenze der Bucht markiert. Das Meer glitzert. Von Zeit zu Zeit finden wir unseren Weg von einem langen Arm schleimigen Wassers versperrt, der zum Überspringen zu breit ist und zwischen sachte dahintreibenden Tangbündeln den Himmel spiegelt. Immer wieder müssen wir umkehren und neue Wege suchen. Der Fels ist fern und nah, fern und nah.

Ich bleibe stehen und sehe mich um. Plötzlich bin ich unsicher. Allzu oft hat sich das, was wie gangbarer Boden aussah, als unsicheres Terrain entpuppt, das wie Glibber schwankt, sobald man den Fuß darauf setzt. Ich blicke zurück und ich blicke voraus, aber es bleibt alles ein unüberschaubares Gewirr, ganz gleich, was ich tue; also marschieren wir einfach weiter, rücken vor und weichen zurück, machen Umwege, platschen durch Bäche, die wie durch Zauber plötzlich vor unseren Füßen erscheinen. Wir sind gezwungen, weiter zum Meer hinaus auszuweichen, um einen kleinen See zu umgehen, der, ich könnte es schwören, bei unserem Aufbruch noch nicht da war. Mich fröstelt mit dem auffrischenden, übermütiger werdenden Wind, der uns frech in den Rücken stößt. Ich werde sie, denke ich, wohl Huckepack nehmen müssen, wenn das so weitergeht.

»Mami«, sagt sie, hält an und zupft mich an der Hand. »Bind mir meine Schleife.«

Ich bleibe einen Moment schweigend stehen und schaue zu dem großen Felsen, der sich im frühen Abendlicht rosig zu färben beginnt. Eine dünne silberne Linie verbindet ihn mit dem Horizont. Es ist wahr. Die Flut kommt. Zu schnell.

»Bind mir meine Schleife.«

»Okay, okay.«

Ich gehe in die Knie und reiße das rote Band heraus, das nur noch lose in Kits aufgelöstem Haar hängt. »Halt den Kopf still«, sage ich.

»Mein Band, Mami«, sagt sie.

Wir kommen nicht um den Felsen herum. Wir müssen zurückgehen. Wir müssen umkehren. Ich bin müde. Oder vielleicht können wir ja auch einen Weg den Felsen hinauf und über ihn hinweg finden. Allein würde ich es schaffen, aber nicht mit ihr. Das Band verknotet sich, ich zupfe und rupfe. Es klebt, das blöde, verdammte Ding; ich krieg den Knoten nicht zu fassen. Ein Brachvogel, oder was zum Teufel es eben sonst ist, schreit klagend. Ich blicke auf. Das Meer braust heran wie mit gewaltigen, glänzenden Armen, die rechts und links von uns ausgebreitet sind.

»Wir müssen umkehren«, sage ich zu Kit.

»Mein Band!« schreit sie und schüttelt ihren Hasen an der Nase.

Ich fluche und binde ihr das verdammte Ding, verknotet und verklebt wie es ist, ins Haar, ist ja ganz egal. Mein Gott, denke ich, wir werden vielleicht ertrinken, und sie regt sich wegen eines blöden Haarbands auf. Im Stehen sehe ich einen direkten Weg zurück zum Fuß der Felswand, wo der Pfad, den wir hinuntergestiegen sind, zwischen Tümpeln und verstreut liegenden Felsbrocken sichtbar ist. Ich gehe wieder in die Knie. »Wir müssen uns beeilen«, sage ich. »Komm, ich nehme dich Huckepack.« Freudestrahlend klettert sie auf meine Schultern, krähend vor Vergnügen. Ich richte mich schwankend auf, erstaunt über ihr Gewicht, und mache mich, so schnell ich kann, auf den Weg. Sie wiegt eine Tonne. »Oh, du dicker Klops«, sage ich, und sie lacht und legt ihre Hände um meine Stirn. Meine Füße sinken ein; meine Schuhe nehmen bei jedem Schritt Wasser auf. Ich stapfe tapfer voran, Kit schwer auf meinen Schultern, die Augen fest auf mein Ziel gerichtet, während ich immer wieder Tümpel glitzernden Wassers umrunde, ›Old Shep‹ singe, um sie bei Laune zu halten und mich abzulenken. Es ist okay. Wir kommen voran . . .

Nach einiger Zeit blicke ich zurück. Die silbernen Arme sind breiter und dicker geworden und haben gekräuselte Schaumränder bekommen, die das Land schlucken. Ich laufe und laufe. »Sing noch mal ›Old Shep‹«, sagt sie, und ich gehorche, mit Vergnügen. Sie summt mit. Meine Augen sind sehr müde, alles glitzert. Ich brauche eine Weile, um zu erkennen, warum alles die Farbe wechselt. Als es mir klar wird, halte ich an, ganz ruhig einen Moment lang in der schlichten Erkenntnis, daß ich auf einer Sumpfinsel in einer menschenleeren Welt stehe, abgeschnitten vom Weg am Fuß der Felswand, von dem großen Felsvorsprung, von allem außer ein paar Tümpeln voll mit gelbem Zeug, das wie Erbrochenes aussieht.

Mein erster Gedanke ist: Das wird allmählich lächerlich.

Ich stochere mit der Schuhspitze in dem gelben Zeug herum, und es zuckt und zittert wie etwas Lebendiges. Kleine Teilchen blättern an den Rändern ab und treiben in das dunkle Wasser hinaus. Wie scheußlich. Darin möchte ich nun wirklich nicht ersticken. Meine Füße sind eiskalt. Ich gehe einmal langsam im Kreis, als wollte ich das Terrain auf der Suche nach einem geheimen Durchgang zurück zur Küste inspizieren. Ich lache leise. Das ist ja lächerlich, absolut lächerlich. Kit muß von ihrem Hochsitz aus die Lage erkennen können, aber sie sitzt völlig ruhig und vertrauensvoll dort oben und wartet darauf, daß die Erwachsene alles in Ordnung bringt, wie Erwachsene das eben tun. Aber ich bin keine Erwachsene, ich bin nur ich.

Irgendwie könnte ich da bestimmt rauskommen, wenn sie nicht wäre.

»Steig jetzt ab«, sage ich. »Du bist zu schwer.«

Sie klettert herunter und faßt meine Hand. »Gehen wir jetzt heim?« fragt sie.

Mein Gott, denke ich. Meine Mutter wird außer sich sein.

Eine Zeitlang laufen wir ziemlich ziellos herum. Ich weiß nicht, was ich tun soll. Ich habe noch drei Riegel Schokolade übrig, hole sie aus der Tasche, esse selbst einen und gebe Kit zwei. »Jetzt heim«, sagt sie.

Und da steigt plötzlich dieses Gefühl in mir auf, nicht eigentlich Angst, eher Zorn: Das ist nicht fair. Das ist nicht fair. Das ist einfach zuviel, zu lächerlich; es ist nicht wahr – nein, nein, nein. Und ich möchte mich auf den kalten, nassen Boden werfen und mit den Füßen trommeln und den Fäusten schlagen und Gott anschreien: Verdammt noch mal, Gott, was soll das? Du weißt genau, daß du das nicht tun darfst, damit kommst du nicht durch. Ich bin es doch, ich, nicht irgendeine, um Himmels willen – tu was, tu was, *sofort!*

Und Gott gehorcht.

Gott schickt ein Ruderboot. Wie ein wunderbares zweihöckeriges schwarzes Tier erscheint es auf den silberglänzenden Weiten. Ich springe auf und nieder, winke und schreie. Kit ahmt mich lachend und kichernd nach: »Ich kann lauter schreien als du«, kreischt sie und brüllt und krakeelt und johlt wie eine ganze Horde Indianer.

Das Boot kommt näher. Ich nehme sie bei der Hand, und wir laufen ihm entgegen. Bis zu den Knöcheln sinken wir in den Morast. Die schwarzen Höcker verwandeln sich in zwei alte Männer, die mir zornig zurufen und mich eine Idiotin schimpfen.

Das Boot ist sehr klein und wackelt hin und her, als ich Kit hineinhebe. Dann klettere auch ich hinein, setze mich fröstelnd nieder, und wir stoßen ab und sausen hinaus in die Wellen. Der Bug hebt und senkt sich wie der Schnabel eines Vogels. Der Boden des Bootes ist ganz mit Fischen bedeckt, alle tot bis auf ein oder zwei, die hin und wieder noch matt zappeln, hoffnungslos. Kit hat es die Sprache verschlagen. Sie ist zum erstenmal in einem Boot. Sie drückt ihren Hasen an sich und schaut mit offenem Mund aufs Meer und zum Himmel. Das rote Band flattert an ihrem Hinterkopf. Dann sieht sie lange zu den toten und sterbenden Fischen hinunter.

Nachdem die alten Männer kräftig geschimpft haben, werden sie freundlich und gesprächig, zwinkern Kit zu und erzählen mir Geschichten von den vielen Menschen, die schon in diesen Sümpfen umgekommen sind. Wenn die Flut sie nicht umbringt, dann der Treibsand. Sie lachen herzhaft, als wäre das ein großartiger Witz. Ich lache mit, aber mein Gesicht ist steif und verkrampft, ich kann nicht sprechen, und als ich zurückblicke und sehe, wo Kit und ich gewesen sind, beginnen meine Zähne aufeinanderzuschlagen, und ich frage mich, ob es wirklich wahr ist, daß ich jetzt hier bin, auf dem Weg zurück in sichere Geborgenheit. Oder bin ich noch dort? Umspült das Wasser schon meine Füße? Beginne ich unterzugehen, zu sinken, um unter diesem nichtssagenden, gleichgültigen Himmel zu sterben? Die Wellen klatschen an das Boot, die Riemen knarren. Die runzligen alten Gesichter sind unwirklich. Träume ich?

8

Manchmal denke ich, ich sollte mit David Schluß machen; ich weiß nicht, warum.

Ich besuche ihn an der Universität, und er kommt hierher. Wir sind so ein schönes Paar, so vertraut, so aneinander gewöhnt. In seinem Zimmer auf dem Campus schlafen wir in seinem schmalen Bett unter den Bücherborden, die so schwer beladen sind, daß sie uns wahrscheinlich erdrücken würden, wenn sie herunterkrachten. Seite an Seite sitzen wir bis tief in die Nacht hinein in die Kissen gelehnt und lesen. Dann legen wir uns nieder, küssen und streicheln uns engumschlungen, Haut an Haut, aber wir schlafen immer noch nicht miteinander; und jetzt sprechen wir nicht einmal mehr darüber, und ich weiß nicht, ob er je daran denkt. Ich schon. Ich denke oft, daß ich gern wissen würde, wie es ist, jemanden zu begehren, und frage mich, ob das bei mir jemals vorkommen wird; manchmal liege ich da und stelle es mir vor und schiebe meine Hand zwischen meine Beine und reibe, bis ich komme. Aber er ist in meinen Phantasien nie da. Nie.

Meine Gefühle für ihn sind einfach nicht von der Art.

Er ist ein egoistischer Schläfer. Immer erwache ich morgens frierend und verkrampft an der äußersten Bettkante, in der Nase Aschegeruch vom Nachttisch, der sich, beladen mit Büchern und Papieren, Tabak, Kaugummi, Schlüsseln und Davids Zippo-Feuerzeug, zwischen mich und meine Träume schiebt. Manchmal bleibe ich liegen und betrachte unsere auf dem Boden verstreut liegenden Kleider, das sorglos angesammelte Durcheinander, das Licht, das durch die sachte wehenden Vorhänge mit dem zum Bettüberwurf passenden geometrischen Muster fällt. Manchmal drehe ich mich herum und betrachte ihn, sein Gesicht, das im Schlaf blaß und glatt und unschuldig ist. Ich habe ihn wahnsinnig gern.

Er ist nicht mehr der Junge, mit dem ich die langen Spaziergänge gemacht habe. Wirklich nicht? Kann es nicht auch an mir liegen? Habe ich mich verändert?

Er ist jetzt im zweiten Jahr und so etwas wie eine Berühmtheit. Er ist wirklich brillant. Am Ende des ersten Jahrs war er ein bekannter Mann, kassierte massenhaft Bestnoten, ohne allem Anschein nach auch nur einen Finger dafür zu rühren, füllte die Schubladen seines Schreibtischs bis zum Überquellen mit Gedichten, schrieb regelmäßig für das Lyrikmagazin der Universität. Das alles mit augenscheinlicher Geringschätzung für die Institution. Er schlägt sich die Nächte mit den Trinkern und Rauchern um die Ohren, spielt Gitarre, schaut sexy aus, läuft in einer schwarzen Lederjacke und einer knallengen Jeans herum, die jegliches Spiel seiner Gesäßmuskeln abzeichnet, hängt, reizvoll androgyn aussehend, in Ecken herum, hat seinen Namen fast auf jeder Seite der Studentenzeitung, die »in« ist. Er ist der Mittelpunkt der maßgebenden Clique. Wenn ich ihn besuche, werde ich mit Respekt behandelt, nicht weil ich ich bin, sondern seinetwegen. Die Geliebte des großen Mannes.

Oh, ich amüsiere mich prächtig. Ich kann mich nicht beklagen.

Ich weiß noch, wie ich in dem schummrigen kleinen Saal saß, in dem sie ihre Lyriklesungen abhalten. Ich hasse solche Veranstaltungen, er auch, so sagt er jedenfalls. Aber manchmal bringen sie ihn doch dazu zu lesen.

Er war nervös. Schluckend, mit starrem Blick saß er da und wartete auf seinen Auftritt. An meiner anderen Seite saß eine Frau namens Phyllis, die Herausgeberin des Lyrikmagazins, mit der man mich eben erst bekannt gemacht hatte. »Er ist eine unserer größten Stützen«, hatte sie mit sehr sonorer Stimme gesagt, und dann begann die Lesung. Die Zuhörer saßen an drei Seiten eines offenen Raums, in dem die Leute standen, die ihre Erzeugnisse vorlasen, alle so ernst und würdig, alle im selben Ton, und ich hörte und sah peinlich berührt zu, das Ende herbeisehnend. Ich hasse Dichterlesungen. Patsch, patsch, patsch, klatschten wir zum Schluß jedes Vortrags, und es nahm kein Ende.

Dann war David an der Reihe. Er trat vor wie ein zum Tode Verurteilter, sein Blick fiebrig und starr, und stand eine ganze Weile einfach nur da, sein Blatt Papier in der Hand. Es war mucksmäuschenstill. Es war die reine Qual. Ich verspürte ein Kratzen im Hals und hätte gern gehustet. Da stand er wie ein Kunstwerk auf dem Sockel, wie versteinert: ernster Mund, angespanntes Gesicht, Elfenbeinteint, gefällige kleine Nasenflügel, kleine, wohlgeformte Ohren, der Nacken gerade, der Kopf wie gemeißelt, das Haar darüber glänzend. Plötzlich dachte ich: Das ist keine Nervosität, das ist Theater. Er weiß genau, was er tut. Und ich mochte ihn weniger. Er las leise und stockend ein einziges sechszeiliges Gedicht und ging sofort danach hinaus. Es folgte ein Moment ehrfürchtigen Schweigens, dann applaudierten alle der leeren Stelle, an der er gestanden hatte. Er bekam mehr Applaus als alle anderen. Ich hatte keinen Schimmer, worum es in dem Gedicht ging, aber es hatte einen beißenden, boshaften Ton, der im Raum hängenblieb. Ich rutschte auf meinem Platz herum, ich wäre gern gegangen, war aber zu ängstlich, um aufzustehen und die vielen Leute zwischen mir und der Tür hochzuscheuchen. Ein Mann mit Bart stand auf und las mit einer Miene aufrichtiger Qual etwas über Reisen im Weltraum. Er konnte David nicht das Wasser reichen. Mistkerl, dachte ich. Er hockt jetzt bestimmt in der Kneipe.

»Perfektes Timing«, flüsterte Phyllis. Ich drehte mich nach ihr um und sah, daß ihr Gesicht einen leicht sarkastischen Ausdruck hatte.

»Von wem?«

»Was glaubst du wohl?« sagte sie.

Später ging ich mit ihr in die Kneipe. David war nirgends zu sehen. Es war heiß und verqualmt und drückend, die Wände waren blau und lila gestrichen, und ich fing an, mich zu betrinken, weil ich wütend war und nicht wußte, warum. Phyllis hatte runde Schultern und runde Wangen. Ihre Kleider waren teuer und spießig, ihr Schuhwerk gediegen. Offenkundig aus reichem Haus, sprach und bewegte sie sich auf eine Art, die lässig und zugleich ziemlich hochnäsig war, und ihre Stimme war eleganter als ihre Erscheinung. Sie rauchte eine nach der anderen und erklärte mir, kreative Menschen seien immer absolut unmöglich. Man müsse Zugeständnisse machen.

»Du lieber Gott«, sagte ich.

David kam und setzte sich ohne ein Wort oder einen Blick zwischen uns und stellte ein volles Bierglas auf den Tisch.

»Dein Abgang war ja hochdramatisch«, bemerkte Phyllis kühl.

»Ach, verpiß dich«, sagte er, mit Grüblermiene über dem Tisch hängend, den Blick auf die Leute gerichtet, die sich in Viererreihen an der Bar drängten.

Phyllis nahm sein Glas und leerte es über seinen Kopf. »Man darf nicht zu viele Zugeständnisse machen«, sagte sie zu mir, stand auf und ging mit dem leeren Glas zum Tresen, um ihm ein neues Bier zu holen.

David saß vor sich hintropfend da, ganz nonchalant. Niemand schien sonderlich interessiert. »Mistvieh«, sagte er ohne Leidenschaft. Eine Pfütze sammelte sich zu seinen Füßen, und sein Stuhl war naß. »Gib mir mal jemand eine trockene Zigarette«, rief er den Leuten am Nachbartisch zu, und jemand kam herüber, schob ihm eine zwischen die Lippen, gab ihm Feuer und warf das Streichholz in den Aschenbecher, der in der Mitte des Tisches stand.

Das Haar hing ihm kleidsam in die Augen.

»Du Schmierenkomödiant«, sagte ich.

Er lachte plötzlich und neigte sich zu mir. »Genau das liebe ich an dir.«

»Was?«

»Wenn du's nicht weißt, sag ich's dir auch nicht.« Er küßte mich auf die Lippen, und von seinem nassen Haar tropfte mir Bier ins Gesicht.

Als Phyllis mit einem frischen Bier zurückkam und sich setzte, unterhielten sie sich miteinander, als wäre nichts geschehen. Sie sagte, sie hätte die Nase voll von der Arbeit beim Lyrikmagazin, sie brauche mehr Zeit für ihre Fotografie, und echte Talente wären ja sowieso dünn gesät. Anwesende natürlich ausgeschlossen.

»Ich hoffe, du sprichst da nicht von dir«, sagte David.

»Nein, das tue ich Gott sei Dank nicht«, antwortete sie. »Ein künstlerisches Temperament bedeutet Schwatz und Schwindel, ich bin froh, daß ich damit nicht gesegnet bin.«

Er wandte sich mir mit einem boshaften Lächeln zu. »Schade, daß sie so langweilig ist«, sagte er.

Phyllis zündete sich eine neue Zigarette an und hüllte den Tisch in eine blaue Wolke. »Denk dir nichts, Gloria«, sagte sie lächelnd. »Wir verstehen uns sehr gut. Es ist immer so.«

Dann diskutierten sie sehr sachkundig über die Sonette von John Donne, bis ich ihnen am liebsten die Köpfe aneinandergeschlagen hätte. Immer mehr Leute setzten sich zu uns an den Tisch, und ich teilte mir eine Karaffe Wein mit jemandem, den ich nicht kannte.

Später ging eine kleine Truppe noch zu Phyllis, um dort etwas zu essen und weiterzutrinken. Sie hatte ein großes Zimmer voller üppig wuchernder Topfpflanzen und teurer japanischer Drucke, Regale mit soziologischen Fachbüchern, raffinierte, geschickt angeordnete Beleuchtungskörper. Musik klimperte, man rekelte sich in dicken silbernen Kissen, redete, lachte, ließ eine Flasche Wodka herumgehen. Ein sehr schönes Mädchen mit langem schwarzem Haar saß auf dem Schreibtisch und baumelte mit langen, wohlgeformten Beinen. »Ich denk mir da überhaupt nichts«, sagte sie, »ich sag ihm ins Gesicht, wohin er sich seine Dissertation stecken kann.« Und sie breitete ihre Arme aus und wiegte sich mit großen, schlangenhaften Bewegungen, die sich wie Schauder über ihre Schultern und Arme fortsetzten, zur Musik. Mir wurde plötzlich bewußt, daß er die ganze Woche hier mit solchen Frauen zusammen war, ohne mich.

Eine riesige Terrine mit indonesischem Eintopf wurde mitten im Zimmer auf den Boden gestellt, und alle langten zu. »Ich laß mir meine Tamarinde aus London kommen«, sagte Phyllis, »und die Garnelenpaste auch.« Ich hatte nie zuvor außerhalb eines Restaurants so etwas gegessen und war beeindruckt. Es schmeckte so köstlich, daß ich gern mehr genommen hätte, aber es war nichts mehr da. »Ich koche leidenschaftlich gern.« Phyllis' unhübsches Gesicht strahlte. »Ich koche gern, und ich esse gern.« David schlief mit dem Kopf auf meinem Schoß ein. Jemand spielte Flöte.

»Du meldest dich doch mal wieder, nicht wahr, Gloria«, sagte Phyllis, als wir gingen.

Draußen begannen wir zu lachen. Es war drei Uhr morgens; marineblaue Wolken segelten an einem hell leuchtenden Mond vorüber. Eng aneinandergeschmiegt, ab und zu stolpernd, gingen wir schnell über das schlafende Gelände zu Davids Block.

»Bleib mal einen Moment stehen«, sagte er, und wir hielten an. Er legte einen Finger auf seine Lippen. »Pscht! Leise! Horch! Sei ganz still.« Wir standen eine Weile schweigend. Vor uns dehnte sich eine sanft abfallende Rasenfläche. »Soviel Kopfarbeit«, sagte er. »Soviel ernsthaftes Studium auf einer so kleinen Fläche konzentriert – es ist, als wäre die Atmosphäre damit aufgeladen, und nachts kann man es hören. Horch!«

Es war wahr, man konnte wirklich ein schwaches Om-ähnliches Summen in der Luft hören, ein fernes Rauschen, wie das Blut in den eigenen Ohren. »Das ist die Autobahn«, sagte ich.

Er lachte und versetzte mir einen Stoß. Dann umfaßte er meinen Kopf und küßte mich. »Ich liebe dich«, sagte er. »Ich liebe dich so sehr.«

Wir stiegen die Treppe zu seinem Zimmer hinauf. Er konnte seinen Schlüssel nicht finden, und ich schimpfte ihn aus, während ich alle seine Taschen gründlich durchsuchte, wobei er mit ausgebreiteten Armen dastand wie ein Verhafteter, der gefilzt wird.

»Du bist der einzige Mensch auf der Welt, der mich versteht«, sagte er.

Ich fand den Schlüssel und sperrte auf. »Lyriklesungen!« prustete er, während er sich die Kleider herunterriß und sie ins Chaos seines Zimmers schleuderte. Sein Rücken war schmal und knochig, und die Sehnenstränge an seinem Hals standen hervor. »So ein Blödsinn. Ich geh nie wieder zu einer, ich hasse diesen ganzen Mist.« Er warf sich ins Bett und hielt die Decke für mich aufgeschlagen, während ich mich auszog. »Das ist doch nichts als ein Haufen Pseudos. Alle außer mir. Hast du diese Schnulze von dem Blödmann gehört, der so gern ein Baum sein wollte? Also, wirklich!«

Er küßte mich, als ich zu ihm ins Bett kam. »Ich weiß nicht, was ich ohne dich anfangen würde«, sagte er. Ich machte das Licht aus. Wir waren zu betrunken, um uns zu umarmen. Es war still. Dann sagte er: »Neben dir zu liegen ist der Sinn meines Lebens.«

»Pscht«, sagte ich. »Du bist blau.«

Er hat sich verändert.

Seine Gedichte erscheinen jetzt in hochangesehenen literarischen Vierteljahresheften. Er ist in verschiedenen Besprechungen über den grünen Klee gelobt worden, einige seiner Gedichte sind in eine Anthologie aufgenommen worden.

Er ist der Mittelpunkt eines Klubs ohne Namen, eines engen kleinen Kreises wahnsinnig schicker Leute, männlicher und weiblicher, die dort ihre Spielchen spielen. Seine Rede ist zynisch und beißend, er ist zu jedem grausam aufrichtig, ob die Betreffenden es vertragen oder nicht, ob die Welt zuhört oder nicht. Und dennoch suchen die Leute seine Nähe.

Er ist sehr ermüdend.

Und wieder einmal stehe ich hier und mache mich sorgfältig zurecht, lege Lippenstift auf: Sieh mich an, sieh mich an, Mama, ich bin schön. Freitag abend. Unten höre ich Tina mit den Katzen schwatzen, während sie sie füttert. Ich werde gleich losfahren, um meinen wunderbaren, gutaussehenden, gescheiten Freund zu besuchen, den ich eine Ewigkeit nicht gesehen habe. Ich mußte mich um Kit und meinen Vater kümmern, weil meine Mutter im Krankenhaus lag, wo man ihr die Milz entfernt hatte. Sie sagt, es sei eine vorbeugende Maßnahme, scheint allerdings nicht zu wissen, wogegen. Aber jetzt ist sie erholt wieder zu Hause, und ich bin wieder frei, zumindest fürs erste.

Ich nehme den Zug, und er holt mich am Bahnhof ab, reißt mich in seine Arme und küßt mich so stürmisch, daß mir die

Luft wegbleibt. Wir fahren mit dem Bus zum Campus, gehen auf sein Zimmer, legen uns aufs Bett und reden und reden, bis es Zeit ist, sich auszuziehen und unter die Decke zu schlüpfen, warm aneinandergekuschelt, so wohlig und so vertraut. Am Morgen dreht er sich noch vor dem Erwachen herum und kommt in meine Arme. Seine Lider sind glatt und schwer, und er seufzt leise. Die ersten Geräusche werden vernehmbar. In einem anderen Zimmer legt jemand eine Platte auf, Stimmen und der Klang von Schritten dringen von dem Fußweg herauf, der unter dem Fenster vorbeiführt. Wir stehen auf und ziehen uns an, trinken Kaffee, gehen frühstücken. Sobald wir aus seinem Zimmer heraus sind, faßt er besitzergreifend nach meiner Hand und stiefelt mit langen Schritten großspurig die Straße hinunter, einen Ausdruck schmaläugiger Bedrohlichkeit im Gesicht, eine selbstgedrehte Zigarette zwischen den Lippen. In der Mensa sitzt er schief, eine Schulter höher als die andere, und schlingt gierig sein Essen hinunter.

Wir gehen auf irgend jemandes Zimmer. Es ist voller Leute. Jemand spielt Gitarre, und alle reden. In einer Ecke fängt jemand an zu lachen und steckt die anderen an, bis alle lachen, irgend jemand unter ihnen schrill und hysterisch. Worüber lachen sie? Ein Mädchen mit blondem Haar und einer Stupsnase liegt lässig da, die nackten Beine auf einer Stuhllehne. »Spielen wir ›Sag die Wahrheit‹«, schlägt sie vor. »Ihr könnt mich alles fragen, was ihr wollt, ich hab nichts dagegen.« Jemand stellt die Stereoanlage lauter. Lou Reed singt ›Waiting For The Man‹. »Ungebetene Gäste«, sagt das blonde Mädchen und streckt ihre Beine, die Zehen um die Kante des Heizkörpers gekrümmt, »beschissene Spießer, so gottverflucht oberflächlich«, und sie drückt ihre Hände auf ihr Gesicht und gähnt. Die Sonne scheint auf die glitzernden Blätter der Bäume vor dem Fenster. Im Zimmer ist es heiß und verraucht. David ist ganz schwarz gekleidet. Er bleibt reserviert, während die anderen ihr Spiel spielen. Jemand fragt den Jungen mit der Gitarre, warum er so ein netter Kerl ist. Alle lachen. »Netter Kerl« ist eine Beleidigung.

Jemand fragt das blonde Mädchen, mit wie vielen Männern sie schon geschlafen hat. Sie zählt sie bedächtig an den Fingern ab.

»Acht«, sagt sie schließlich.

Ich denke mir, daß ich da lieber spazierengehe, und stehe auf.

»Packst du das nicht?« fragt jemand.

»Das ist dir wohl zu heiß?« sagt ein anderer.

»Schnauze«, sagt David und steht auf, um mir zu folgen.

»Nicht zu heiß«, sage ich, »zu langweilig.«

Ich höre eine Salve lauten Gelächters aus dem Zimmer, als ich durch den Korridor gehe. Bei einer modernen Skulptur, einem unförmigen Klotz auf einem Betonsockel, holt David mich ein. Er nimmt mich bei der Hand, und wir laufen eine Weile herum, ehe wir in die Snack Bar im Gebäude des Universitätsclubs gehen, wo wir uns einen Kaffee kaufen. Sehr bald füllt sich der Laden. Klingeling bimmelt der Flipper, vor dem von einer Schar Gaffer umgeben ein großer zottelhaariger Junge steht. »Wow!« rufen die Zuschauer von Zeit zu Zeit. Eine andere Schar umringt die Tischfußballspieler, die, tief über das Spielfeld gebeugt, flink die Handgelenke drehen, mit Konzentration und Leidenschaft bei der Sache. Es herrscht ein ständiges Kommen und Gehen. An unseren Tisch setzen sich Leute, die David kennt, ich jedoch erst einmal flüchtig gesehen habe. Ein zierliches, nervöses Mädchen namens Faye sitzt uns gegenüber. Sie hat auch schon Gedichte im Magazin veröffentlicht.

»Hältst du es eigentlich für wichtig, in jeder einzelnen Zeile die betonten Silben zu zählen?« fragt sie David, unaufhörlich in ihrem Kaffee rührend. »Weil nämlich – jemand hat zu mir gesagt, weißt du, daß man wirklich in jeder Zeile die betonten Silben zählen muß, damit – aber ich tu das nie. Das heißt, nicht immer. Meinst du, daß solche Dinge wichtig sind?«

»Keine Ahnung«, antwortet David mit einem dünnen Lächeln.

»Ich mein, ich hab viele Gedichte geschrieben, während ich auf Acid war. Ich mein, wer denkt dran, in so einem Moment die betonten Silben zu zählen – Was meinst du, sind Gedichte, die unter Acid geschrieben sind, gültig?«

»Keine Ahnung«, sagt er wieder.

Faye zündet sich eine Zigarette an, schiebt sich das braune Haar aus dem kleinen, fragenden Gesicht, stützt sich schwer auf ihre Ellbogen und sagt: »Was hältst du eigentlich von meinen Gedichten?«

»Sie sind wie dein Gesicht«, antwortet er, »ganz hübsch, aber ohne Charakter.«

Stille. Faye weiß nicht, wie sie reagieren soll. Ihr Gesicht wird rot, die Muskeln um ihren Mund zucken. David lehnt sich zurück und knipst lässig sein Zippo-Feuerzeug an. Die Flamme züngelt seinen Daumen hoch, aber er scheint es nicht zu bemerken. Ich gehe, zurück in sein Zimmer, kalt vor Wut.

»Was ist eigentlich los mit dir?« schreie ich ihn an, sobald er kommt. »Sag mir das mal, was ist los mit dir? Wie kannst du so gemein zu dem armen Ding sein?«

»Du meinst Faye?« Er zieht seine Schuhe aus und streckt sich auf dem Bett aus. »Sie sollte nicht so dumme Fragen stellen. Außerdem ist sie scharf auf mich.«

»Du Schwein!« brülle ich. »Du Schwein.« Am liebsten würde ich ihm die Faust in das selbstzufriedene Gesicht donnern, aber statt dessen gehe ich zum Fenster und schaue hinunter zu den Typen, die auf dem Rasen Fußball spielen. Sie rennen grölend hin und her. Der große schwarz-weiße Ball fliegt durch die Luft. »Weißt du, was dein Problem ist, David«, sage ich schließlich, vom Fenster weggehend und vor ihm stehenbleibend, »du läßt dich zu leicht beeinflussen. Du hast es so dringend nötig, wie die anderen zu sein. Der Oberkonformist. Da hocken sie alle rum, die kleinen Schickies, und machen sich gegenseitig fertig und finden sich total cool dabei. Und weißt du was? Weißt du, was passiert? Man wird zum Ekel. Ich weiß nicht, warum du es so toll findest, knallhart zu sein. Nett ist bei euch ein dreckiges Wort. Einfach nett zu sein. Einfach ein netter Mensch zu sein. Ich finde das erbärmlich. Ihr seid jämmerliche Kindsköpfe, die nur den Ehrgeiz haben zu schockieren.«

David bläst Rauch zur Zimmerdecke hinauf. »Die Welt ist voll von netten Leuten«, sagt er ungerührt. »Nichtssagende Massen, die die Abflüsse verstopfen. Die morgens ihren Kaffee trinken. Zur Arbeit gehen. An Langeweile sterben.«

»Brillant«, sage ich. »Wahnsinnig originell.« Ich sehe ihn an und finde Erheiterung in seinem neuen, harten Blick. »Das bist doch nicht du«, sage ich. »Ich kenne dich. Du bist nicht hart. Das ist doch Theater.«

Er springt auf und sieht in den Spiegel. »Ich *bin* hart«, sagt er trotzig. »Ich *bin* hart. Mach dir keine Illusionen, Gloria. Ich bin hart. Ich fühle es. Ach, Mensch!« Mit dramatischer Geste, die Hand an der Stirn, wendet er sich zur Seite. Ich lache.

Er rennt aus dem Zimmer, ohne die Tür zuzumachen, und ich laufe ihm hinterher und schreie: »Werd endlich erwachsen, du blöder Kerl.«

Eine Stunde später kommt er leicht angetrunken zurück und legt seinen Kopf auf meine Knie. »Ganz gleich, was ich tue«, sagt er, »es ist nie meine Absicht, dir weh zu tun.«

»Du tust mir nicht weh«, entgegne ich, »aber am Ende wirst du dir selbst weh tun.« Ich weiß selbst nicht genau, was ich damit meine, aber es klingt weise.

»Massier mir den Rücken«, sagt er. »Komm schon, Glory.«

Er legt sich bäuchlings aufs Bett und zieht sein Hemd hoch. Seufzend setze ich mich neben ihn, massiere Hals und Schultern und die Knoten entlang seiner Wirbelsäule, bohre ihm meine Finger zwischen die Rippen, bringe ihn soweit, daß er sich windet wie ein Aal. Er hebt die Arme und legt sein Gesicht darauf. Nach einer Weile schläft er ein, und ich bleibe noch eine Zeitlang im dunkler werdenden Zimmer sitzen und ziehe meine Fingernägel locker seine Wirbelsäule hinauf und hinunter. Dann schiebe ich sein Hemd herunter, gähne, stehe energisch auf und gehe aus dem Zimmer. Ziellos streune ich über das Gelände, sehe zu, wie hinter den Gebäuden der naturwissenschaftlichen Fakultät die Sonne untergeht. Schattenhafte Gestalten bewegen sich hier und dort auf den Wegen und den Rasenflächen.

»Hallo, Gloria«, sagt jemand, und als ich mich herumdrehe, sehe ich Phyllis, ein Baguette wie einen Cricketschläger über der Schulter haltend. »Du irrst hier rum wie eine verlorene Seele. Alles in Ordnung? Du siehst aus, als würdest du halb schlafen.«

»Im Gegenteil. Im Augenblick würde ich am liebsten jemandem einen kräftigen Tritt in den Hintern geben.«

»David natürlich.« Sie geht neben mir her. Ich habe Phyllis eine Weile nicht gesehen, obwohl ich sie im letzten Semester näher kennengelernt habe. Ihre Füße in dem gediegenen Schuhwerk schreiten, nach auswärts gedreht, flott voran. »Na ja. Ein Wunder ist das nicht. Wenn man sich diese gemarterten Seelen antut.« Neben einem silbernen Wagen, der vor der Bibliothek geparkt ist, bleibt sie stehen und klimpert mit einem Schlüsselbund. »Hast du Lust, auf einen Kaffee zu mir zu kommen? Ich hab welchen aufgesetzt, bevor ich weg bin. Er müßte jetzt gerade durch sein.«

»Okay.« Ich lächle. »Warum nicht?« Ich steige ein und lehne mich an die Kopfstütze. Es ist ein geräumiger, komfortabler Wagen. »Schönes Auto«, sage ich.

»Hab ich zum Geburtstag bekommen.« Sie zündet sich eine Zigarette an und läßt sie beim Losfahren zwischen den Lippen hängen. »Ich kann ohne Auto nicht leben. Wo ist denn der große Mann?«

»Wer? Der verzogene Fratz, meinst du? Der schläft.« Ich zögere einen Augenblick, dann erzähle ich ihr von dem Zwischenfall mit Faye in der Snack Bar. Als ich zum Ende komme, haben sich meine Fingernägel tief in meine Handflächen gebohrt. Warum? Warum bin ich so zornig?

Sie scheint nicht überrascht zu sein. »Na ja«, sagt sie, ohne auch nur die Augenbrauen zu heben, die Hände ruhig und sicher am Steuer, »da hast du's. Davids werden leider immer Davids bleiben. Und dank solcher Dinge wie schönen Augen und Wortgewandtheit werden sie leider auch immer damit durchkommen. Natürlich war Faye auch selbst schuld. Sie ist ihm ja ins offene Messer gelaufen.«

»Darum geht's doch nicht.«

»Nein, natürlich nicht. Aber sie kennt ihn.« Sie bremst ab und parkst routiniert vor einem Hochhaus, das völlig fehl am Platz auf einem kleinen grünen Hügel steht. Wir sind keine zwei Minuten gefahren.

»Du gehst wohl kaum zu Fuß, hm?« bemerke ich.

»Ich bin die Faulheit in Person«, sagt sie, ohne die Zigarette aus dem Mund zu nehmen, und öffnet die Tür. »Hier auf dem Campus ist alles bequem zu Fuß zu erreichen, aber ich fahre eben lieber. Mit vierzig werd ich wahrscheinlich spickfett sein.« Wir gehen durch eine zweiflügelige Schwingtür in ein kühles Foyer. »Aber dafür muß ich fünf Treppen zu Fuß gehen«, sagt sie.

Ihr Zimmer ist ganz oben, mit einem schönen Blick über das Universitätsgelände. Es ist dunkel geworden. Ich blicke hinunter auf eine lavendelblaue Landschaft, die von gelben Lichterketten durchzogen ist. Darüber hängt wie ein silberner Ohrring ein schmaler Sichelmond.

»Ja«, sagt sie, als hätte ich eine Bemerkung gemacht, »ich hab wirklich Glück gehabt, daß ich dieses Zimmer bekommen habe. Es ist wie für mich gemacht. Ich wohne gern unter dem Himmel.« Es ist dämmrig beleuchtet und riecht nach Kaffee, eine Kopie ihres früheren Zimmers. Ich gehe umher, betrachte die japanischen Drucke und die Pflanzen und die langen Bücherreihen. Dann mache ich es mir auf einem der großen Sitzkissen bequem, die hier und dort hingeworfen sind.

»Sahne?« Sie steht am Schreibtisch mit der Kaffeekanne in der Hand.

»Ja, bitte.«

Sie gießt Kaffee ein, dann Sahne. »Ich kann ihn ohne Sahne nicht trinken«, erklärt sie. »Ich weiß, daß das furchtbar verschwenderisch ist, aber ohne mag ich ihn einfach nicht.« Mir zieht es bei dem bitteren Duft die Nasenflügel zusammen, als sie mir meine Tasse reicht. Richtiger Kaffee, sehr stark.

Phyllis hockt sich im Schneidersitz auf den Boden und redet. Ihr Gesicht lächelt gleichmütig, und ihre pinkfarbene Cordhose spannt über ihrem Bauch. Sie trägt einen braunen

Pullover und hat dünnes braunes Haar, das sie immer wieder hinter die Ohren streicht. Sie habe jetzt noch ein Jahr vor sich, sagt sie. Dann wolle sie nach London. Sie habe daran gedacht, Sozialarbeiterin zu werden, wisse aber ehrlich gesagt nicht, ob sie das aushalten könne – da sei soviel zu tun, und es erscheine einem so sinnlos, als versuche man, die Flut aufzuhalten – und dann würde man nur zornig, und das helfe niemandem. »Ich hoffe, daß ich, wenn schon nichts anderes, wenigstens realistisch bin. Ich kenne meine Grenzen.« Ich muß dauernd an Davids Gesicht denken, als er sein Feuerzeug anknipste und Faye in sich zusammenfiel. Phyllis zündet sich eine neue Zigarette an. Sie wird in die Wohnung ihres Vaters in Pimlico ziehen. Der Vater lebt in Philadelphia. Die Mutter in Reigate, kommt fast nie in die Stadt.

»Ich habe eine Freundin in London«, sage ich.

»Dann hast du bald zwei«, meint sie lächelnd.

»Sie ist Krankenschwester. Sie wohnt in Lewisham. Ich hab sie ein paarmal besucht, aber jetzt ist das nicht mehr so einfach, sie arbeitet oft an den Wochenenden. Ich wollte auch mal nach London. Wir wollten uns da zusammen eine Wohnung nehmen ...« Ich zucke die Achseln.

»Aber dann hast du David kennengelernt«, sagt Phyllis.

»Dann hab ich David kennengelernt.«

Sie geht einen Moment in einen grün-schummrigen Teil des Zimmers und kehrt mit einem abgegriffenen Hefter zurück, den sie mir leicht verlegen reicht. »Meine Fotografien«, sagt sie. Sie gießt nochmals Kaffee ein, während ich mir die Fotos ansehe. Sie sind sehr gut, glänzende Schwarzweiß-Aufnahmen von müllübersäten Straßen, Regen, Einfahrten, feindseligen Katzen und rotznasigen Kindern. Ich zeige Überraschung und Bewunderung.

»Alle von hier«, sagt sie. »Alles praktisch von meinem Fenster aus sichtbar.« Sie breitet sie auf dem Boden aus. »Eine Zeitlang wollte ich mal Fotografin werden, aber jetzt ist es eigentlich nur noch ein Hobby. Der hier, dieser kleine Junge – er war so – oh, so ein pfiffiger kleiner Bengel. So – so lustig.« Der kleine Junge ist in Großaufnahme eingefangen, vor einem Hintergrund der Trostlosigkeit.

»Die Armut ist entsetzlich«, sagt sie, setzt sich wieder nieder und rührt langsam ihren Kaffee um. Armer kleiner Kerl, denke ich, den Jungen betrachtend. Was diese Kinder wohl von ihr dachten? Feine Dame mit einer Kamera.

»Was ist mit deiner Tochter?« fragt sie mich. »Wie kommt sie mit David zurecht?«

»Ach, ganz gut«, antworte ich, schiebe die Bilder zusammen und lege sie weg. »Er hat sie nur zweimal gesehen, sehr kurz. Du weißt, daß sie bei meinen Eltern lebt?«

Sie nickt, blickt nachdenklich drein. »Es muß furchtbar gewesen sein für dich.«

»Was?«

»Als ihr Vater auf so tragische Weise ums Leben gekommen ist. So jung.«

»Oh. Ja.« Ich schaue weg und trinke meinen Kaffee aus. »Aber inzwischen bin ich drüber weg«, sage ich dümmlich.

»Hast du vor, sie später zu dir zu holen?«

»Das weiß ich noch nicht. Sie ist glücklich da, wo sie ist. Ich besuche sie morgen.«

»Hm«, macht sie mit einem leichten Stirnrunzeln. »Ich dachte nur, ich meine, wenn du dich entschließen solltest, sie zu dir zu holen – Blut ist schließlich dicker als Wasser, und die Verhältnisse ändern sich. Was meinst du, wie er reagieren würde?«

Ich mache eine Handbewegung, stelle Tasse und Untertasse auf den Boden.

»Wie der ideale Vater kommt er mir nicht vor«, sagt sie.

»Ich bin mir nicht sicher, ob er in irgendeiner Hinsicht ideal ist«, antworte ich. Dann stehe ich auf und sehe mich ein wenig in ihrem Zimmer um. Auf einem Bord stehen einige kleine Glastiere. Eines nach dem anderen nehme ich sie zur Hand und sehe sie mir an.

»Was ich sagen will«, erklärt sie, »ist, daß dein Kind wichtiger ist als ein Dichter mit einem hübschen Gesicht und einem aufgeblasenen Ego.«

Ich würde gern wissen, wieso sie sich einbildet, das ginge sie etwas an, aber ich sage nichts. Wortgewandt ist sie. So schlimm wie er. Wofür hält sie sich?

Sie seufzt. »Es fällt mir wirklich unglaublich schwer«, sagt sie, »und mir ist klar, wie gehässig es klingen muß, aber jemand muß es dir sagen.« Ich drehe mich nach ihr um. Sie sieht mir direkt ins Gesicht. Ich habe den Eindruck, daß sie diesen Moment, ihre Rechtschaffenheit, auf eine merkwürdige Weise genießt. »Er schläft herum«, sagt sie. »Sogar bei mir hat er's versucht.«

Ich empfinde gar nichts. Ich sage auch nichts. Ich sehe nur zu Phyllis hinunter, die mit ihrer dritten Tasse Kaffee mit Sahne auf dem Boden hockt.

»Natürlich hab ich ich ihm gesagt, er soll sich verpissen«, fährt sie fort. »Aber das stört ihn nicht. Ich weiß nicht, wie viele es waren. Ungefähr acht oder neun, soviel ich weiß. Faye ist eine davon. Ich glaube nicht, daß es ihm viel bedeutet, aber ich finde, du solltest es wissen.«

»Oh«, sage ich. »Oh. Danke für den Kaffee.«

Ich verabschiede mich, steige die fünf Treppen hinunter, gehe durch die Tür hinaus in den kühlen, dunklen Abend, über das Gelände, am Universitätsclub vorbei, wo kleine Strichmännchen sich im warmen Schein der Snack-Bar-Fenster bewegen. Ich fühle mich allein und desorientiert, und mir ist ein wenig übel von dem vielen starken, sahnigen Kaffee. Sex. Mehr ist es nicht. Er hätte es mir sagen müssen. Spielen wir »Sag die Wahrheit«: Mit wie vielen Frauen hast du geschlafen? Warte mal, da muß ich überlegen – Acht? Neun? Und du, Gloria?

Alle wissen es.

Ich hole mir aus dem Automaten hinter dem Club eine Tafel Schokolade und esse sie langsam, auf der Treppe vor der Bibliothek sitzend, während ich zum glanzlosen schwarzen, gestirnten Himmel hinaufschaue. Die Sterne bilden am ganzen Himmel Konstellationen wie Fragezeichen. Das ist mir schon früher aufgefallen, in jenen langen verrückten Nächten, als ich bis zum Morgengrauen herumzugeistern pflegte. Wie treffend.

Wie symbolisch. Das Leben ist manchmal wirklich so. Ein dünner Faden der Furcht entrollt sich in mir, wie eine Schlange zum Angriff bereit. Denn natürlich ist jetzt alles anders.

Er hätte es mir sagen müssen.

Als ich hereinkomme, sitzt er im Dunkeln im Bett und sieht fern. Das zuckende Licht spielt auf seiner hellen, unbehaarten Brust.

»Wieso bist du im Bett?« frage ich. »Es ist doch erst acht.«

»Ich bin müde«, antwortet er und streckt mir seine Hand entgegen. »Ich hab schon die ganze Zeit so ein komisches Gefühl in der Brust. Ich hab das früher schon gehabt, ich weiß nicht, was es ist. Anscheinend atme ich falsch. Außerdem ist es hier sowieso am gemütlichsten.«

Ich übersehe seine Hand und betrachte, die Hände zu meinem Haar erhoben, im flackernden bläulichen Licht mein dunkles Bild im Spiegel. Ich bin nicht besorgt. Er bildet sich ständig ein, daß ihm etwas fehlt. »Ich hab Phyllis getroffen«, sage ich.

»Hm – Unglaublich«, sagt er mit einer Bewegung zum Bildschirm. »Diese Kinder.«

Ich setze mich neben ihn aufs Bett. Schulter an Schulter verfolgen wir die wechselnden Bilder. Man serviert uns zur Unterhaltung die Straßenkinder von Südamerika. Mit nackten Füßen rennen sie über staubige Straßen; wie junge Tiere schlafen sie in Haufen auf Gitterrosten. Sie haben große dunkle Augen, die mich ansehen. »Hast du Phyllis' Bilder mal gesehen?« frage ich.

»Nein.« Er lehnt sich an mich, träumerisch und geistesabwesend.

Ich starre wie hypnotisiert auf den Bildschirm. Diese Augen! Man fragt sich, wie eine solche Kraft nach nur – was? – fünf Jahren vielleicht in Menschenaugen gelangen kann. »Ja«, sage ich, »sie lassen sich wirklich gut fotografieren.«

»Was?« sagt er. »Mich hat bestimmt ein Floh gebissen, den du aus deiner Menagerie von zu Hause mitgebracht hast.« Er kratzt sich mit gereiztem Gesicht. »Unhygienisch ist das.«

»Wie wär's, wenn ich Kit zu mir nehmen würde?« sage ich, ohne daran wirklich ernsthaft zu denken.

Sein Gesicht zeigt gleichmütiges Erstaunen. »Liegt ganz bei dir«, sagt er.

Danach sprechen wir bis zum Ende der Sendung nichts mehr. Eine Frau tritt auf und gibt bekannt, wohin man sein Geld schicken kann, wenn man den Straßenkindern helfen möchte. Ich greife nach einem Stift.

»Sei nicht blöd«, sagt er.

Der Stift schreibt nicht. »Ach, Mist«, sage ich. Die Adresse auf dem Bildschirm wird ausgeblendet. »Und nach der Werbepause«, fährt die Frau fort, »ein Blick auf Englands schönste Parks.«

»Was soll das heißen?« frage ich ärgerlich. »Von wegen sei nicht blöd. Was redest du da?«

Er verdreht die Augen. »Gloria und ihr weiches Herz. Es hilft doch sowieso nichts. Wahrscheinlich kommt's nicht mal an die richtige Stelle. Das einzige, was solche Spenden bewirken, ist, daß man selbst ein besseres Gewissen hat, aber denen hilft's überhaupt nicht. Sie werden morgen noch hier sein und übermorgen auch. Was willst du denn? Sämtliche Probleme der Welt lösen? Wenn sie es nicht sind, sind es andere. Wozu das Ganze? Am nächsten Tag kommt jemand daher und erzählt dir eine andere schreckliche Geschichte aus einem anderen Teil der Welt, und es ist alles ganz furchtbar, natürlich. Die ganze Welt ist ziemlich furchtbar. Ehrlich, mich berührt das alles gar nicht. Das heißt, doch, natürlich, auf eine abstrakte Weise, aber ich lebe in der Wirklichkeit –«

»Ach, tatsächlich?«

»Vielleicht würde ich anders empfinden, wenn es vor meiner Tür geschähe, aber das tut es nicht. Es hat nichts mit mir zu tun. Das hier ist mein Leben, und basta.«

Ich verschränke die Arme und bleibe stumm. Ich bin plötzlich sehr müde.

»Es ist genau wie mit diesen ganzen verdammten Katzen. Es streunen immer noch zehn Millionen rum, um die sich keiner kümmert. In Wirklichkeit beruhigst du nur dein Gewissen. Ein Almosen für die Armen.« Er dreht sich träge eine Zigarette. »Du bist einfach zu weichherzig.« Er steckt sie zwischen die Lippen und greift nach seinem Feuerzeug. »Im Grunde ist es doch allen scheißegal. Und wenn sie ehrlich wären, würden sie's zugeben.«

Mir tut innerlich alles weh. »Bist *du* denn so ehrlich?« frage ich.

Er zieht an seiner Zigarette. »Ehrlicher als die meisten.«

»Ich dachte, du hättest es auf der Brust.«

Er sagt nichts, betrachtet das Ende der Zigarette mit liebevollem Blick.

»Diese ganze Härte«, sage ich. »Ich weiß genau, was das ist. Du hast nur Angst vor Gefühlen.«

»Oho«, sagt er mit aufreizender Belustigung, »Gloria schürft in die Tiefe.«

Ich stehe auf und setze mich rüber an den Schreibtisch, die Hände zwischen den Knien gefaltet. »Du schläfst herum«, sage ich, ohne ihn anzusehen.

Ich höre, wie er sich im Bett bewegt, spüre seinen Blick. »Gloria«, sagt er leise. Ich reagiere nicht. »Gloria, bitte sieh mich an.«

Ich sehe mir statt dessen Englands schönste Parks an, riesige Azaleenhaine in Schwarzweiß. »Es macht mir nichts aus«, sage ich. »Es spielt keine Rolle, was du tust. Aber wo bleibt die Ehrlichkeit, David? Sag mir das mal, wo bleibt die Ehrlichkeit?«

Wir sind so fremd, als hätten wir einander eben erst kennengelernt. Die Kamera fährt über Zierteiche voller Seerosen.

»Ach, Gloria«, sagt er. »Ach, Gloria.«

Ich lache. »Es ist wirklich höchst angenehm, es von jemand anderem gesagt zu bekommen«, sage ich. »Voller Mitleid.«

»Was bildet die sich eigentlich ein?« schreit er, und ich drehe den Kopf, um ihn anzusehen. Er macht ein Gesicht, als hätte man ihm unverständlicherweise Unrecht getan. »Warte, bis die mir über den Weg läuft. Eine tolle Freundin!« Er hält seinen Kopf in beiden Händen und schnauft laut durch den Mund.

Dann sieht er mit gequältem Blick zu mir auf. »Das ändert nichts zwischen *uns*. Zwischen uns doch nicht, Glory. So ist das nicht zwischen uns. Es bedeutet überhaupt nichts. Gar nichts! Es ist reiner Sex, sonst nichts.«

»Es geht mir weniger darum, wo du deinen Schwanz reinsteckst«, sage ich kalt, und er beginnt mir leid zu tun. Schließlich wollte ich sowieso nie mit ihm schlafen. Das, was ich nicht ertragen kann, ist, daß er die ganze Zeit den Unschuldigen gespielt hat. »Es geht mir um die Ehrlichkeit. Und darum, daß alle außer mir es wissen. Wie muß ich da in den Augen der anderen dastehen? Wie eine Idiotin. Ach, die Arme! Die arme Gloria. Ihr Freund bumst alles, was ihm vor die Flinte kommt. Und alle wissen Bescheid.« Ich werde wütend. »Bei Phyllis hast du's doch auch probiert. Und bei Faye. Mein Gott, die muß wirklich total bescheuert sein. Erst schläft sie mit dir, und dann läßt sie sich von dir wie der letzte Dreck behandeln. Was ist los mit dir? Was fehlt dir? Wirst du langsam verrückt oder was? So behandelt man andere einfach nicht!«

»Hör auf zu schreien«, sagt er. »Ich halt's nicht aus, wenn du schreist.«

Ich lache laut und renne mit verschränkten Armen im Zimmer umher, nach den nächsten Worten suchend.

»Was willst du denn«, sagt er. Sein Gesicht wird leer, und er schaut auf den Bildschirm. »Ihr gefällt's. Faye, mein ich. Sie mag's, wenn man sie richtig durchbumst und dann wie Scheiße behandelt. So ist die nun mal gebaut.«

Eine Wut schießt in mir hoch, die mir Angst macht, mir die Luft nimmt, mir die Augen versengt, eine unsichtbare zerstörerische Kraft, die aus mir ausbricht und durch das Zimmer tobt, alles in Fetzen reißt, alles zertrümmert, ihm das Gesicht herunterreißt und in den Boden stampft. Aber das geschieht natürlich nicht wirklich. Vielmehr setze ich mich wieder an den Schreibtisch, steif wie ein Brett, innerlich zitternd.

Ich könnte töten.

»Du zählst nicht mehr«, sage ich. »Du zählst ganz einfach nicht.«

»Wie kannst du so was sagen? Wie kannst du das sagen?« Er springt auf und beginnt hastig, sich anzukleiden, wie zum Schutz.

»Und noch etwas«, sage ich. »Wer hat dir das Recht gegeben, über mich zu reden? Phyllis scheint alles über mich zu wissen, über Kits Vater –«

»Ich rede über dich«, sagt er von oben herab, »weil ich dich liebe und bewundere.«

Ich lache so laut und hart ich kann. »Ach nein, wie großartig!« schreie ich, springe auf und stoße ihn um, als er gerade in seine Jeans steigen will. Er stolpert fluchend. »Oh, wie großartig und nobel. Du bist ja so ein edler Ritter. Findet Faye das auch?«

»Verlang nicht, daß ich es dir erkläre«, sagt er, vollständig bekleidet jetzt und auf der Bettkante sitzend. »Verlang nicht, daß ich dir irgendwas erkläre, ich kann's nämlich nicht.« Er hat Tränen in den Augen.

»Ich habe kein Mitleid«, sage ich, und während ich hin und her laufe, äffe ich ihn spöttisch nach. »Ich bin hart. O ja, ich bin hart, hart, hart. Knallhart. So muß man nämlich sein.«

»Hör auf«, schreit er und schlägt die Hände vor sein Gesicht.

»Du bist viel zu weichherzig«, sage ich zum Abschluß, dann gehe ich aus dem Zimmer hinaus, durch den Korridor in die große leere Gemeinschaftsküche. Ich halte mich am Spülbecken fest und schaue zum offenen Fenster hinaus zu dem Wohnblock gegenüber. Irgendwo unten reden Leute, ihre Stimmen schallen klar durch die stille Abendluft. Ich starre auf meine Hände, die leicht zittern. Die Adern springen blau hervor, und an den Knöcheln ist die Haut straff gespannt. »Ich muß am Montag abgeben«, sagt jemand. »Ach, Blödsinn«, sagt ein anderer. »Erzähl ihnen doch einfach, du hättest ein absolut traumatisches Wochenende hinter dir.« Die Neonbeleuchtung flackert unangenehm. Ein schwacher, widerwärtiger Geruch liegt in der Luft, und der Tisch ist voller nasser Flecke. Allmählich entspannen sich meine Hände und werden ruhig. Zwei kleine Gestalten überqueren den viereckigen Hof.

Sie lachen. Jetzt bin ich wieder ruhig. Ich gehe durch den Korridor zurück in das Zimmer, wo David noch genauso dasitzt wie ich ihn verlassen habe. Aus der Glotze sprudeln fidele Werbeliedchen. Ich setze mich neben ihn, aber nicht nahe. Sein Atem pfeift.

»Ich fahr nach Hause«, sage ich. »Um halb elf geht ein Zug.«

»Warum?« fragt er.

»Das fragst du noch? Es ist alles anders geworden. *Du* bist anders geworden. Mehr möchte ich, glaub ich, nicht sagen.«

»Oh«, sagt er tonlos, »herzlichen Dank.« Er zündet sich die Zigarette wieder an, die im Aschenbecher ausgegangen ist. »Tja, dann machst du dich wohl am besten auf den Weg. Ich will dich nicht aufhalten.«

Aber als ich meinen Mantel vom Haken an der Tür nehme, packt er mich bei den Handgelenken und schlingt seine Arme um mich, röchelt mir ins Ohr, ich solle doch wenigstens bis zum Morgen bleiben, er habe Angst, in der Nacht zu sterben – wirklich. »Die Brust ist mir so eng. Ich kann kaum atmen. Gloria, ein letztes Mal, ein letztes Mal, für mich, bitte.«

Der Himmel weiß warum, aber ich bleibe. Bis zum Bahnhof ist es so ein langer, blöder Weg. Er ist so ein Dummkopf. So ein jämmerliches Kind. Ich werde den Frühzug nehmen, und dann Schluß und vorbei. Nie wieder. Ich verbringe also diese ganze letzte Nacht im Sessel und leiste ihm Gesellschaft, es ist wie eine Totenwache für alles, was uns einmal verbunden hat. Er ist die ganze Nacht wach, überzeugt, daß sein Herz gleich den letzten Schlag tun wird, macht sich Umschläge mit heißen Kartoffelschalen, weil er irgendwo gehört hat, daß das hilft. In den frühen Morgenstunden schläft er ein. Ich bin todmüde. Eine Stunde schlafe ich neben ihm auf der Decke, erwache, als er sich an mich drängt. Licht dringt durch die Vorhänge.

»Du kannst mich nicht verlassen«, sagt er. »Du darfst nicht. Ohne dich kann ich nie ein richtiges Leben führen.« Er beginnt zu weinen. Ich halte ihn in den Armen, schwindlig vor Müdigkeit, bis er wieder eingeschlafen ist. Dann stehe ich auf und mache mich leise fertig. Er schläft fest, atmet ruhig und regelmäßig. Auf dem Nachttisch steht ein Becher mit den Resten der Kartoffelschalen.

Auf dem Weg, der unter seinem Zimmer vorbeiführt, höre ich plötzlich ein Fenster hochgehen. »Gloria!« ruft er, weit hinausgebeugt, mit wirrem Haar und blassem Gesicht.

Ich bleibe stehen. »Was?«

Er lächelt. »Es ist nicht so einfach wie du glaubst«, sagt er. Dann verschwindet er, zieht das Fenster herunter, und ich gehe weiter, fröstelnd in der Frische des frühen Morgens.

9

Eines Abends ruft meine Mutter mich an. »Alles in Ordnung, Schatz?« Es klingt, als wäre sie weit, weit weg. »Wie geht es dir?«

»Gut«, antworte ich. »Und dir?«

»Ach«, sagt sie matt, aber gottergeben, »nicht gerade glänzend. Das ist auch der Grund, weshalb ich anrufe. Du könntest wohl nicht Kit ein paar Tage zu dir nehmen? Ich weiß, es paßt gerade jetzt schlecht, mit deinem neuen Job und allem, aber hier geht alles drunter und drüber. Ich hab wieder so eine schlechte Blutsenkung, und du kennst ja deinen Vater, er ist völlig hilflos mit Kit; ich meine, er hat sie ja wirklich lieb, er hängt schrecklich an ihr, aber...«

»Was ist denn los mit dir?« In meinem Kopf überschlägt sich alles: Ich werde mir freinehmen müssen, unbezahlt, und Kit einen Teil der Zeit bei Tina lassen müssen – was fehlt ihr denn überhaupt? Eigentlich sollte doch jetzt alles in Ordnung sein; das war doch der Sinn der Operation.

Beim Zähneputzen sehe ich durch das Badezimmerfenster, daß Neumond ist. Mir fallen die Bücher über Magie ein, die ich während meiner Schwangerschaft gelesen habe. Neumond – das ist die Zeit, wo aller Zauber am besten wirkt, wenn der

Mond langsam zunimmt. Wie schön es wäre, wenn man mit einem Zauberspruch alles in Ordnung bringen könnte – aber ich kann mich nicht an die Einzelheiten erinnern. Ich fühle mich so schwer, als läge ein Stein in mir, den ich nicht von der Stelle bewegen kann. Er ist am Abend beim Zubettgehen da und am Morgen beim Aufstehen, belastet mich die ganze Zeit, während ich an meinem Arbeitsplatz anrufe, dann aus dem Haus gehe, den Bus nehme und eine Haltestelle zu früh aussteige, um an einigen der Plätze vorüberzugehen, wo ich als Kind gespielt habe. Die Pilzwiese wird offensichtlich planiert. Die Baumstümpfe, die aussahen wie Torsi, sind verschwunden. Ich gehe einmal um das Gelände herum, am Afrikabaum vorbei, an dem neu hochgezogenen Stacheldraht entlang, der die Wiese von der neuen Wohnsiedlung trennt, die dort errichtet wird, wo früher das struppige Wäldchen war. Dann gehe ich in die Wiese hinein und pflücke Blumen, Klee und große, verzweigte Butterblumen; am Tor stelle ich mich auf Zehenspitzen, um ein paar Holunderblüten von dem alten Baum zu brechen, der in allen Gelenken ächzt, als ich behutsam den Zweig knicke. Mit einem buschigen, nickenden Blumenstrauß in der Hand gehe ich die Straße hinunter zum Haus meiner Eltern und strafe die neugierige Mrs. Eccles, die sich wie immer die Nase am Fenster plattdrückt, mit Nichtachtung.

Kit wartet am Gartentor. Sie steht ganz still und sieht mir entgegen, bis ich fast da bin. Dann läuft sie auf den Bürgersteig hinaus und versperrt mir lachend, die Beine gespreizt, den Weg. »Großmama liegt im Bett«, sagt sie. Ihr Haar steht in einem dicken Büschel von ihrem Hinterkopf ab.

»Ich weiß«, antworte ich. »Es geht ihr nicht sehr gut, nicht wahr?«

»Nimmst du mich mit?«

»Ja.«

Sie wird verlegen, umfaßt mit ihren beiden Händen meine Hand und schwingt sie kokett hin und her. »Wohn ich dann bei dir?«

»Ja. Meinst du, das wird dir gefallen?«

Sie lacht. Wir gehen ums Haus herum und durch die Hintertür in die Küche, wo mein Vater dabei ist, eine Scheibe Toast mit Butter zu bestreichen. »Oh, hallo«, sagt er. »Sie haben dir also in der Arbeit keine Schwierigkeiten gemacht?«

»Nein.«

»Wie gefällt dir denn der neue Job?«

»Gut. Er macht mir wirklich Spaß.«

»Was ist das für eine Einrichtung? So etwas wie eine Tierpension, wo die Leute ihre Haustiere abgeben, wenn sie verreisen?«

»Nein«, antworte ich. »Es ist ein Heim für streunende Katzen. Wir versuchen sie bei Privatleuten unterzubringen. Wir sorgen dafür, daß sie geimpft werden und was sonst so dazugehört.«

»Aha.« Er ist rundlich, das ganze Gewicht sitzt um die Mitte herum, wie bei einem Kreisel. »Deiner Mutter geht es nicht gut«, sagt er müde.

»Ich weiß. Wie schlimm ist es denn?«

»Na ja, sie liegt im Bett«, antwortet er, als erkläre das alles. »Sind die Blumen für sie? Bring sie ihr doch rauf. Das wird sie freuen; es ist ein bißchen trist da oben, müßte längst mal neu gemacht werden.«

Ich hole einen Krug für die Blumen heraus und fülle ihn mit Wasser. Ein Gefühl von *déjà vu* überkommt mich, während ich am Spülbecken stehe. Der Geruch hier, der Blick aus dem Fenster, die Spritzer auf den Fliesen. »Ich krieg diese Zündflamme einfach nicht an«, sagt mein Vater. »Ich muß immer wieder Streichhölzer nehmen.« Die Worte habe ich schon früher gehört, habe schon früher meine Finger die Blumen im Krug zurechtzupfen sehen.

Das Gefühl verschwindet erst, als ich mit dem Krug in der Hand nach oben laufe. Meine Mutter sieht entsetzlich schlecht aus. Sie sitzt in ein sehr sauberes buntgestreiftes Kissen zurückgelehnt, und ihr Gesicht wirkt dagegen schmutzig. Sie hat ihre Zähne herausgenommen, ihre Wangen sind eingefallen. Ich bin entsetzt, zeige es jedoch nicht, und bin beinahe erleichtert zu hören, daß es ihre Stimme ist, die da spricht, und nicht die eines Gespensts. »Oh, so gefällt mir dein Haar aber gar nicht«, sagt sie. »Es sieht ja aus wie Stroh.« Dann fällt ihr Blick auf die Blumen, und sie lächelt. »Man sollte nie Muttertod ins Haus bringen.«

»Was?« frage ich verwirrt. Deprimierend ist dieses Zimmer mit seinem alten schalen Geruch, so dick wie braune Soße, ein Geruch, den ich seit meiner Kindheit kenne. Nie habe ich ihn irgendwo anders wahrgenommen, und ich weiß nicht, was ihn hervorbringt. Die Wände sind mit Reihen eines verblichenen Musters bedeckt, einst goldene Blüten, jetzt völlig verwischt, und auf einer Seite steht eine riesige, kahle, braune Kommode, auf der nichts liegt als eine Dose Nivea und eine ungepflegte Haarbürste.

»Die weißen Blüten da«, sagt sie, als hätte es überhaupt nichts zu bedeuten. »Es soll Unglück bringen, wenn man die ins Haus bringt.«

Wie hatte ich das vergessen können? Früher einmal hatte ich es so sicher wie nur irgendwas gewußt. »Ach, mein Gott«, sage ich und stelle den Krug auf die staubige Kommode neben eine tote Motte. Auf dem Fensterbrett zappelt eine sterbende Fliege ohnmächtig mit den Beinen. Wie gelb und schmutzig die alten Spitzengardinen sind, genau wie das Gesicht meiner Mutter. Jesus und Michael blicken von der Wand herab.

»Das hat jedenfalls deine alte Großmutter Jukes immer gesagt«, fügt sie hinzu, den Blick auf mich gerichtet. »Ach, du brauchst sie doch nicht rauszuwerfen, Gloria, das ist doch Unsinn. So hab ich das nicht gemeint. Ach, hätte ich doch den Mund gehalten.«

Eine nach der anderen zupfe ich die Holunderblüten aus dem Krug. Die Butterblumen und der Klee sehen armselig aus ohne die weißen Schleier. »So«, sage ich, trete ans Fenster und werfe sie hinaus. »Wir wollen doch kein Risiko eingehen.« Ich erlöse die Fliege aus ihrem Elend.

»Ach, wie schade! Sie waren so schön. Jetzt liegen sie natürlich alle vor dem Haus.« Sie sinkt ins Kissen zurück, die eine

Hand, sehr runzlig und viel zu alt, ruht auf einem dicken, eselsohrigen Taschenbuch mit irgendeiner Horrorszene auf dem Umschlag. Plötzlich bin ich sehr zornig mit ihr.

»Was tust du eigentlich?« schimpfe ich. »Warum mußt du dich unbedingt ständig überfordern? Sie ist dir zuviel. Das ist doch absurd. Wann gibst du es endlich zu?«

»Schrei mich nicht an, Gloria.« Sie ist schwach und weinerlich, ganz das Opfer, und das macht mich noch zorniger.

»Du mußt endlich vernünftig werden«, sage ich. »Du sollst dir Ruhe gönnen. Was hat der Arzt gesagt?«

Sie ist eingeschnappt und ignoriert mich, und es tut mir leid, daß ich sie aufgeregt habe. Dieser Geruch, dieser Geruch aus der Kindheit, jetzt in der Nase eines anderen Kindes. Er ist erstickend.

»Mach dir um Kit keine Sorgen«, sage ich. »Ich werde mich gut um sie kümmern.« Ich küsse sie verlegen und gehe hinaus, hole Kits Koffer und trage ihn hinunter. Kein Kind hat das verdient, denke ich. Kit sitzt im hinteren Zimmer am Tisch mit Tee und Kuchen. Mein Vater sieht fern. Sie reden nicht miteinander.

»Wann fahren wir?« fragt sie.

»Wenn du deinen Tee ausgetrunken hast. Geh dann noch mal rauf und sag Großmama tschüs.«

Sie trinkt gehorsam ihren Tee, hält dabei die Tasse mit beiden Händen und schnauft laut bei jedem Schluck. Dann nimmt sie sich ein Stück Kuchen, einfaches Biskuit, so wie es aussieht, und stopft es sich wie einen Stöpsel in den Mund.

»Das ist zuviel«, sage ich. »Du wirst gleich dran ersticken.«

Sie macht ein verdutztes Gesicht, als ihr klar wird, daß das stimmt, versucht zu kauen, stellt fest, daß es nicht geht. Sie fängt an zu kichern, schüttelt sich vor Lachen, pausbäckig wie ein kleiner Hamster. Sie sieht mich mit lachenden Augen an, den Mund um die ungeheuren Kuchenmengen fest geschlossen, weil sie gelernt hat, daß es ungehörig ist, mit offenem Mund zu kauen. Nun muß auch ich lachen. Kit kaut und kämpft. Weiß der Himmel wie, aber sie würgt den Kuchen tatsächlich hinunter. Sie sieht mir fest in die Augen. Wir lachen zusammen, ohne einen Laut, hinter dem schütteren grauen Kopf, der sich vor dem Bildschirm abhebt.

Es ist wie Urlaub. Ich habe mir vier Tage freigenommen, und wir sind überall gewesen: im Zoo, im Museum, auf dem Markt, im Park bei den kleinen gelben Vögeln in der Voliere, bei den Karpfen im Teich, beim Springbrunnen. Ich habe ihr eine Plastiksonnenbrille gekauft, pink mit Glitzer, die sie ständig trägt. Bei jeder Gelegenheit schaut sie in den Spiegel. Nachts hat sie Angst vor dem Geist des Truthahns, ein Bild aus irgendeinem alten Lied. Jeden Morgen weckt sie mich um sechs, indem sie mich an der Schulter stubst. »Aufwachen«, befiehlt sie. »Du mußt mit mir aufs Klo gehen.« Sie traut sich nicht allein auf den Flur hinaus.

Sie lebt in ihrer eigenen Realität und wird leicht ungeduldig, wenn man ihr nicht folgen kann. Sie ist der Große Baba, eine Art Guru eines unsichtbaren Stammes von Zwergen, die ihr in einem Karren, vor den ein etwa fünfzehn Zentimeter langes Pferd gespannt ist, überallhin folgen. Wenn sie in einen Bus steigen muß oder so was, ziehen sie über eine Brücke aus Ananasstücken, die irgendwo in einer anderen Dimension verschwindet und genau an der Stelle, wo der Große Baba landet, wiedererscheint. Jedem Ding gibt sie einen Namen, nicht nur dem Hasen, den sie an seiner Nase herumträgt, sondern auch ihren Schuhen, ihrem Geldtäschchen, sogar ihren einzelnen Fingernägeln. Es sind keine ausgefallenen Namen. Das Geldtäschchen heißt Brian. Ich beobachte das alles wie Alice im Wunderland, auf Knien vor einer Tür, die so klein ist, daß ich niemals durch sie hindurchkäme.

Neulich abend habe ich zum erstenmal seit einer Ewigkeit wieder mein altes Spiel gespielt. Ich schloß die Augen und legte mich in den Elchschaufeln zur Ruhe. Ich schwöre, ich konnte ihr Schaukeln spüren. Früher mußte ich nie erst daran denken; sie waren einfach da und wiegten mich in den Schlaf. Ich roste wohl. Wenn ich häufiger übe, werden sie vielleicht leichter kommen. Wie dem auch sei, ich bin sicher, ich habe besser geschlafen.

Heute geht es mir richtig gut. Es ist ihr letzter Tag. Morgen bringe ich sie nach Hause. Wir machen einen Spaziergang, der uns zur Pausenzeit am Hof der hiesigen Schule vorbeiführt. Hinter der hohen Backsteinmauer hören wir die lärmenden Stimmen der Kinder. Ein Stück weiter ist ein hohes schwarzes Tor, durch das hindurch wir eine Ecke des Hofs sehen können und eine Gruppe Kinder, die um ein Gebilde aus gebogenen Metallteilen herumstehen.

»Hättest du nicht Lust, zur Schule zu gehen?« frage ich. »Wär das nicht schön? Die vielen anderen Kinder kennenzulernen?«

Augenblicklich verzieht sie weinerlich das Gesicht. »Nein!« ruft sie entsetzt. »Nein!«

»Ach, du meine Güte«, sage ich, halb lachend. »So schlimm ist es nun wirklich nicht.«

»Ich geh aber nicht. Ich brauch nicht. Großmama hat's gesagt.« Sie drückt beide Hände auf ihr Gesicht. »Ich hasse die Schule.«

Ich gehe vor ihr in die Knie. »Wie willst du das denn wissen? Du warst doch noch nie dort.«

»Ich weiß es aber. Ich weiß es.«

Im Schulhof fängt jemand laut zu weinen an. Genau der richtige Moment. Ich richte mich wieder auf und nehme sie bei der Hand, aber sie hält sich schreiend am Tor fest, als wolle ich sie auf der Stelle mit Gewalt in die Schule schleppen. »Du kannst mich nicht zwingen!« schluchzt sie. »Du kannst mich nicht zwingen. Bitte, bitte zwing mich nicht.«

Du lieber Gott, denke ich, was soll ich mit ihr anfangen. Ein paar Leute auf der anderen Straßenseite schauen schon herüber. »Kit«, sage ich mit Entschiedenheit, »niemand zwingt dich zu irgendwas. Komm, wir gehen jetzt. Siehst du? Hör endlich auf zu weinen.« Aber sie weint weiter, mit großer Dramatik, auch wenn sie sich von mir bei der Hand nehmen und wegführen läßt. Als ich etwas sagen will, weint sie nur noch lauter. »Ach, jetzt sei still!« sage ich. Wir gehen weiter. An der Bushaltestelle setzen wir uns auf eine Mauer. Ihre Nase läuft, und allmählich geht ihr der Dampf aus. Ich nehme sie auf den Schoß und wische ihr das Gesicht ab. »So«, sage ich. »Na also. Jetzt ist alles gut. Weißt du, was wir tun? Wir fahren heim und helfen Tina mit den kleinen Katzen.«

»Ich will nicht in die Schule!«

»Warum denn nicht? Willst du denn nicht mit anderen Kindern spielen?«

»Nein.«

»Warum nicht?«

»Weil die mich bestimmt nicht mögen«, antwortet sie.

Ich könnte weinen. »Aber natürlich mögen die dich. Die werden gar nicht anders können. Du bist doch so eine Süße.«

»Niemand mag mich«, sagt sie.

»Das stimmt doch nicht. Ich mag dich. Großmama und Großpapa mögen dich.«

»Nein«, sagt sie, »nein, niemand.«

Zu Hause hellt sich ihre Stimmung auf, und sie spielt ganz vergnügt mit den zwei neuesten jungen Katzen. Tina sagt, daß sie heute nachmittag geimpft werden müssen, darum bestellen wir später ein Taxi und fahren mit den Kätzchen in einem Korb zum Tierschutzverein; Kit spricht während der ganzen Fahrt mit ihnen. Mit ängstlichen grauäugigen Gesichtern spähen sie zwischen den Stäben hindurch und schreien zum Erbarmen.

Es ist schmutzig und heiß im Wartezimmer, voll von Menschen und Tieren. Tageslicht fällt durch ein schmales langes Fenster hoch oben unter der Decke. Ein Mädchen von ungefähr fünfzehn Jahren mit einem Hund an der Leine und einem Welpen auf dem Arm setzt sich neben uns. Der Hund, eine große braune Mischlingshündin mit aufgeblähtem Bauch und geschwollenen Zitzen, sitzt unbewegt wie ein Zinnsoldat und schaut sich mit schmalen alten Triefaugen gelassen im Raum um. Sie keucht, als wäre das ganze Leben eine einzige Anstrengung, ihre wulstigen Brauen zucken ab und zu. Der Welpe ist ein ungestümer brauner Frechdachs mit einem schelmischen Gesicht, der unaufhörlich versucht, die Schulter des Mädchens zu erklimmen.

»Was fehlt ihr?« fragt Tina.

»Sie hat einen Tumor«, antwortet das Mädchen. »Sie muß eingeschläfert werden.«

»Ist das ihr Junges?«

»Ja. Er muß auch eingeschläfert werden.« Sie zeigt keine Emotion, während sie den Kleinen zum hundertstenmal von ihrer Schulter zieht. »Das hat jedenfalls meine Mutter gesagt.«

»Wieso?« frage ich. »Er sieht doch ganz gesund aus.«

»Ich weiß auch nicht«, sagt sie. »Meine Mutter hat's gesagt.«

»Sie schläfern ihn nicht so einfach ein, weißt du. Ganz sicher nicht, wenn er gesund ist.«

»Du solltest ihn in ein Tierheim bringen«, meint Tina.

Das Mädchen schaut weg. Wir warten weiter. Alle warten. Es ist viel zu heiß hier. Die Kätzchen streichen ärgerlich miauend in ihrem Korb herum. Der junge Hund gibt plötzlich ein aufgeregtes Schnauben von sich, dreht den Kopf und sieht mich direkt an. Seine Augen sind glänzend schwarz, die Schnauze ist kantig, mit Barthaaren, die Stirn tief gerunzelt. Er hat zwei dicke schwarze Tupfen wie Augenbrauen über den Augen und kleine schneeweiße Milchzähne. Man könnte schwören, daß er lacht.

»Ich nehme den Kleinen«, sage ich.

Um Gottes willen, was habe ich da getan?

Jetzt halte ich ihn auf dem Schoß, und er bläst mir seinen leicht nach Zwiebel riechenden Atem ins Gesicht. Dann senkt er wie verschämt den Kopf und versucht, in meine Achselhöhle zu kriechen. Er hat Riesenpfoten. Kit, der es vor Entzücken die Sprache verschlagen hat, berührt mit einer Hand vorsichtig das weiche Fell.

»Den Klauen des Todes entrissen«, sagt Tina trocken. Die

Mutter des Kleinen dreht den Kopf und beobachtet uns mit hängender Zunge. Sie sieht zärtlich und müde aus.

Ich wollte gar keinen Hund.

Auf dem Heimweg im Taxi sage ich zu Kit: »Wie wollen wir ihn nennen?«

»Rex«, antwortet sie prompt und gibt ihm einen kleinen Puff. Er ist plötzlich ganz scheu, hockt zitternd auf meinem Schoß und vermeidet jeden Blickkontakt.

»Nicht so grob, er hat doch Angst. Rex ist ein Name für einen Schäferhund. Er ist kein Schäferhund.«

»Woher weißt du das?« fragt sie.

»Weil er nicht so aussieht. Eher wie ein Terrier. Überleg dir was anderes.«

»Bonzo«, sagt Tina. »Fido. Rover.«

»Rex«, sagt Kit unbeirrt. »Er heißt Rex.«

»Rex ist so abgedroschen«, sage ich, aber der Name bleibt ihm.

Ich bringe Kit so früh wie möglich zu Bett, gehe mit dem Hund hinaus, warte, bis er im Garten sein Häufchen gemacht hat, sitze dann den Rest des Abends vor der Glotze, während der Hund an meinen Fingern kaut. Er muß wegen der Katzen in meinem Zimmer schlafen. Gegen sechs wache ich vom Geruch nach Hundescheiße auf. Der Hund läuft tap-tap-tap winselnd umher. Er hat mir drei schöne flüssige Haufen Durchfall hingelegt, einen unter dem Fenster, sehr groß, keinen auf die Zeitung. Überall sind kleine braune Pfotenabdrücke. Stöhnend stehe ich auf. Der Hund bleibt still stehen, senkt den Kopf und erbricht etwas Festes, Rosafarbenes, das dampfend in einer kleinen gelben Pfütze liegt. Dann torkelt er auf zitternden Beinen davon.

Kit wacht auf. »Uuh!« sagt sie. »Was stinkt denn da so?«

»Paß auf, wo du deine Füße hinsetzt.«

Es wird ein fürchterlicher Morgen. Ich brauche ewig, um die ganze Kacke sauberzumachen und Kit immer wieder anzuschreien, sie solle gefälligst aufpassen. Der Hund ist offensichtlich krank. Mit leidendem Gesicht hockt er, halb kauernd, zitternd in einer Ecke. Wir fahren mit ihm in die Tierklinik und lassen ihn einige Tabletten schlucken, nehmen ihn dann wieder mit nach Hause, packen ihn warm ein und lassen ihn schlafen. Ich bin sicher, daß er sterben wird. Ich bitte Tina, ab und zu nach ihm zu sehen, und sause mit Kit zu meinen Eltern, wo ich sie mit einem flüchtigen Kuß zurücklasse. Ich hasse Abschiede. Meine Mutter sieht besser aus und sagt, es gehe ihr gut. Auch von ihr verabschiede ich mich sehr flüchtig.

»Ich will Rex mein rotes Band schenken.« Kit kommt mir nachgelaufen.

»Das zerkaut er doch nur«, sage ich, denke dann, ach was, er wird sowieso sterben. »Okay.« Ich nehme das Band. »Ich geb's ihm. Er wird's bestimmt wunderbar finden.« Ich stecke es ein und vergesse es, fahre, mit Raumsprays und Desinfektionsmittel bewaffnet, nach Hause, wo er noch genauso daliegt, wie ich ihn zurückgelassen habe, flach atmend, zu krank, zu reglos. »Er hat sich nicht gerührt«, sagt Tina.

Um Mitternacht liegt er immer noch leblos. Ich gehe zu Bett und schlafe ein, erwache in den frühen Morgenstunden. Das Licht der Nachtlampe fällt trübe auf seinen ausgestreckten Körper. Der Atem kommt und geht, kaum sichtbar. Armer Kleiner! Armer Kleiner! Wie furchtbar, da wird dieser kleine Kerl geboren, läuft sechs Wochen oder so munter durch die Weltgeschichte und landet dann in meinem Zimmer, um unter meinen Augen zu sterben. Warum? Ich fange an zu weinen, leise zuerst, weil die Nacht so still ist, dann lauter, von einer gnadenlosen Traurigkeit ergriffen.

Ich bin so einsam, so grauenvoll einsam.

Das Hündchen hebt den Kopf bei dem Geräusch, öffnet die Augen und sieht mich an. Ich traue kaum meinen Augen. Ich höre auf zu weinen, stehe auf und kraule es sachte. »Ist ja gut«, sage ich. »Armer kleiner Rex. Ist ja gut.« Er senkt wieder den Kopf und schläft weiter, und ich geh wieder zu Bett.

Am Morgen steht er wacklig auf und scheißt einen Riesenhaufen toter weißer Würmer, lang und ineinander verschlungen wie abgeschnittene Spaghetti. Dann beginnt er wieder herumzutappen.

Gegen Abend ruft Tina mich ans Telefon. Es ist mein Vater; das ist sehr ungewöhnlich. Er spricht langsam und ruhig. »Ich bin's, Gloria«, sagt er. »Kannst du kommen? Deiner Mutter geht es sehr schlecht. Sie haben sie ins Krankenhaus gebracht. Norma ist hier. Sie ist zu nichts zu gebrauchen.«

»Was ist es? Wie schlimm?«

»Tja, wer kann das sagen?« Er hält inne. Dann sagt er: »Sie sieht schrecklich aus. Sie sieht schrecklich aus, Gloria. Ganz schrecklich.« Ein Unterton der Panik liegt in seiner Stimme. Das habe ich noch nie bei ihm gehört.

»Ich komme«, sage ich. »Sofort. Soll ich? Soll ich kommen? Soll ich kommen?«

10

Drei Jahre sind vergangen, seit sie gestorben ist, meine großgewachsene, müde Mutter. Ich brachte Muttertod ins Haus, und es wirkte. Ich vermißte sie. Ich grollte ihr. Ich konnte es nicht ertragen, an ihre dünnen, nackten Beine zu denken, wenn sie an der Spüle in der Küche stand, an ihr gräßliches Lachen, ihren alten roten Mantel. Ich erfuhr all diese Gefühle wie Schuld und Wut, die zusammen den Schmerz ausmachen.

Eines Tages, als ich einen Teil ihrer Sachen durchsah, stieß ich auf ein altes Armkettchen, an dem, es war unglaublich, mein Fisch hing: mit den großen runden Augen, den silbernen Schuppen, dem Schwanz im Maul. Mein Herz tat einen kleinen Sprung wie ein zappelnder Fisch, es durchfuhr mich schmerzhaft und süß. Ich nahm den Fisch an mich und drehte ihn den ganzen Tag in meiner Tasche, fühlte mich unwirklich und doch wirklicher denn je, als wären meine Beine wieder dünn, mit zerschrammten Knubbelknien, die Füße in abgestoßenen roten Sandalen, deren Riemen vom Alter rauh und wellig geworden waren. Mein Herz wog so leicht, als wollte es wegfliegen, in die Irre gestoßen von jenem alten Elend, der Kindheit, verloren, um niemals zurückzukehren, und nun doch wiederkehrend wie ein fahler Geist an einem Fenster: *Laß mich herein, laß mich herein, weißt du nicht, daß ich dich nie verlassen habe?*

Mein Vater zog zu Tante Norma, und Kit kam zu mir. Wahrscheinlich hätte mir klarsein müssen, daß es eines Tages so kommen würde. Er gab mir fünfhundert Pfund für sie, wie eine Mitgift. Und dazu das Bild von Jesus und Michael, das ich haßte und sie liebte oder jedenfalls haben wollte.

Ich tauschte ein größeres Zimmer im Haus ein, um mehr Platz zu haben, teilte es mit einem Vorhang, so daß sie sich ihr eigenes Fleckchen schaffen konnte, was sie auch tat, mit Malbüchern und Spielsachen und diesem gräßlichen Bild an der Wand.

Manchmal weinte sie nach ihrer Großmutter. Manchmal sagte sie: »Ich will nach Hause«, und ich mußte ihr begreiflich machen, daß das nicht möglich war, daß dort jetzt andere Leute wohnten, daß das Haus für immer fort war.

Sie aß für zwei, und man konnte beinahe zusehen, wie sie wuchs. In meinem Hirn tickte die Sorge wie eine Uhr: Was kosten Kinderschuhe, was ein Kleid, ein neuer Mantel? Der Winter kommt. Sie tobte durchs Haus, treppauf, treppab, hinein in die Zimmer und wieder heraus; Rex wackelte ihr hinterher.

Ich durfte sie zur Arbeit mitnehmen, bis sie zur Schule kam. Sie lernte den Umgang mit Tieren. Zweimal in der Woche arbeitete ich in einem Pub am Ausschank. Ich hatte ein paar Freunde, aber nichts Ernstes. Das Leben lief gut. Es war immer jemand da, der auf sie aufpaßte.

Im September wurde sie eingeschult. Sie hatte keinerlei Scheu vor Erwachsenen, aber sie schrie vor Entsetzen bei dem Gedanken an eine Klasse voll kleiner Kinder, erklärte, sie fände alles ganz furchtbar, als ich ihr die Schule zeigte und sie mit der Lehrerin bekanntmachte, sagte, sie wolle überhaupt nicht mit anderen Kindern spielen und auch nicht lesen und schreiben lernen, sie wolle nicht malen und basteln und an dem Klettergerüst im Hof herumturnen; sie machte ein finsteres Gesicht und wich zurück, als die Lehrerin ihr den Arm um die Schultern legen wollte. Ich ging mir ihr nach Hause und sprach lange mit ihr, versuchte, sie mit einem Schulranzen und einem Pausentäschchen mit bunten Ballons und Clowns auf der Klappe umzustimmen. Aber sie wandte sich trotzig von mir ab und hockte sich auf ihr Bett, die Arme fest um Rex geschlungen, der strampelte und ihr begierig ins Gesicht starrte und die Tränen ableckte, die sich an ihrem Kinn sammelten.

Inzwischen hat sie sich an die Schule gewöhnt. Sie war tapfer, aber sie fing an, das Bett einzunässen. Sie hatte nächtliche Ängste. Jeden Abend vor dem Zubettgehen mußte sie sich vergewissern, daß alle Bücher zugeschlagen waren, weil sie fürchtete, die Figuren würden zwischen den Seiten herausspringen und sie holen. Dann hatte sie Alpträume von Michael, diesem gräßlichen, fetten Schweinchenengel, hatte Angst, er würde aus dem Bild herauskommen und sie mit sich fortnehmen. Daraufhin brachte ich das Bild eines Tages nach der Arbeit zu einem Flohmarkt und hinterließ es an einem Stand. Die Frau schien sehr erfreut und hängte es an die Wand. Jesus' Augen folgten mir vorwurfsvoll, als ich im Zimmer umherging, als wollten sie sagen: Wie kannst du mich verlassen? Wie kannst du deine Kindheit weggeben? Wie kannst du deinen Bruder verleugnen? Wie kannst du so auf den Gefühlen deiner toten Mutter herumtrampeln?

Als Kit sah, daß das Bild weg war, begann sie zu schluchzen.

»Aber es hat dir doch angst gemacht«, sagte ich. Sie weinte weiter. Die Tränen flossen wie aus einem Wasserhahn. Wie ich es mache, ist es verkehrt, dachte ich. Wie ich es mache, ist es verkehrt.

Wenn sie nicht in der Schule war, war sie stets an meiner Seite. Ich und Kit und Rex auf der Straße, im Park, im Haus.

Das Leben ging seinen Gang. Die Tage waren angefüllt. Abends ließ ich sie klein und still unter der Decke hinter dem Vorhang zurück, rief Rex und ging nach unten. In der Küche schaltete ich das Radio ein und ließ mich in einen Sessel fallen. Ich pflegte Rex zu mir zu rufen, weil sein weiches Fell und seine Anhänglichkeit so etwas Tröstliches hatten. Er enttäuschte mich nie. Mein Gott, dachte ich dann, was geht hier eigentlich ab? Ich habe dieses Kind. Diesen Hund. Ich wollte sie nicht haben, sie sind einfach so gekommen. Und ich sah meinem Hund in die arglosen Augen, als gäbe es dort eine Antwort, und streichelte seinen Kopf, der auf meinem Knie lag.

Er meint, ich wüßte alles. Er findet mich wunderbar.

Eines Abends im Frühling klopfte es überraschend. Ohne ankündigende Schritte auf der Treppe klopfte es an meiner Tür. Ich schreckte hoch. Noch einmal ertönte das Klopfen, begleitet von Füßescharren. Ich machte auf und fuhr ungläubig zurück. Es war David. Er hätte ein Geist sein können. Er war leichenblaß, tiefernst, eine hagere und exzentrische Gestalt, ganz in Schwarz gekleidet, die Augen von einem breitkrempigen Hut beschattet. Im ersten Moment sagte keiner etwas, und mir war kalt. Ich dachte: Mein Gott, er liegt irgendwo in der Ferne im Sterben und erscheint mir nun als Geist. Dann sah ich die Muskeln in seiner Wange zucken.

»Wer hat dich reingelassen?« fragte ich.

»Irgendeine Frau.«

Ich sah ihn nur an.

»Willst du mich nicht reinbitten?« fragte er und schob seinen Hut zurück, so daß ich seine Augen sehen konnte. Sie waren klar und ruhig und sehr schön.

»Warte«, sagte ich. »Kit schläft.« Ich schlich ins Zimmer zurück, um nach ihr zu sehen, dann ging ich hinaus und schloß leise die Tür. »Hier können wir nicht reden. Gehen wir in Tinas Zimmer.« Tina war nach Scarborough gefahren, um alte Freunde zu besuchen.

Ich führte ihn durch den Flur und dann noch eine Treppe hinauf, erzählte unterwegs, daß meine Mutter gestorben war und Kit nun bei mir lebte. Wir waren sehr förmlich. »Oh«, sagte er. »Es tut mir sehr leid, daß deine Mutter tot ist.«

In Tinas Zimmer setzte er sich auf das Bett, und ich nahm einen Sessel. Es kam mir vor, als führte ich ein Bewerbungsgespräch mit ihm. Es war kalt im Zimmer. Auf dem Boden lag ein alter Flickenteppich, ihre Kleider hingen an Nägeln an den Wänden, dazwischen Schautafeln wildlebender Tiere und ein Kalender zum Thema ›Schönes Irland‹.

»Was führt dich denn hierher?« fragte ich ihn durchaus freundlich, die Hände in meinem Schoß gefaltet.

»Ich fand, es wäre an der Zeit, mich mal bei dir sehen zu lassen«, antwortete er mit einem kurzen, kindlichen Lächeln, ehe er wegsah und schluckte. Ich sah seinen Adamsapfel hüpfen. »Ich wollte mich entschuldigen«, fuhr er fort. »Ich wollte eigentlich alles mögliche sagen.«

Er blickte auf seine Hände hinunter, und keiner von uns beiden sagte etwas. Ich suchte nach irgendeiner Bemerkung, aber mir fiel nichts ein. Ich fühlte mich fremd und unsicher, bewegt von seiner Vertrautheit. Wir waren so enge Freunde gewesen. Wir hatten so viele Nächte hindurch geredet. Wir hatten ganze Tage miteinander verbracht, und manchmal hatten wir überhaupt nicht reden müssen. Ich hatte damals geglaubt, zwischen unseren Seelen gäbe es eine unsichtbare Verbindung.

Er begann plötzlich nervös zu sprechen, sah dabei nicht mich an, sondern blickte mit befangenem, starrem Blick im Zimmer umher. Seine Nasenflügel waren angespannt. Er sagte, er hätte mich vermißt. Ganz furchtbar vermißt. Er hätte stundenlang dagelegen und zur Decke gestarrt und nur an mich gedacht. Er lachte verlegen. »Manchmal«, sagte er, »wird das ziemlich langweilig, dann drehe ich mich auf die Seite und starre die Wand an, während ich an dich denke.«

Dann sah er mich direkt an. Ich hatte vergessen, wie er aussah, wie gut ich ihn kannte. Es war, als sähe ich ein altes Bild von mir selbst und dächte dabei: Ja, so war es, so waren die Gefühle, nichts vergeht jemals, es ist alles noch da.

»Ich verdiene nicht, daß du mir glaubst«, sagte er, »aber ich schwör dir, jetzt ist alles anders. Ich lebe wie ein Mönch. Ich habe nach niemandem Verlangen.« Er nahm seinen Hut ab, und sein Haar stand in die Höhe. »Es tut mir leid. Es tut mir alles so leid.«

Er ist der Typ, der einem auf der Straße auffällt. Nach dem man den Kopf dreht, um ihm nachzuschauen, bis er außer Sicht ist, und sich zu fragen, wer er ist und was er tut. Ich kann ihn haben, wenn ich will.

Ich sah auf meine Uhr. »Es ist spät«, sagte ich. »Warum bist du so spät gekommen?«

»Was?« fragte er ungläubig. Er stand auf, schob die Finger durch sein Haar, während er im Zimmer umherging. »Was hat die Uhrzeit damit zu tun? Ich geh wieder, wenn du das willst. Willst du es?«

Ja, ich wollte es. Mir war gar nicht gut. Aber wenn er jetzt ginge, würde ich ihn nie wiedersehen. Immer würde ich mich fragen, was geschehen, wie mein Leben geworden wäre. Er war ein hoffnungsloser Fall, das sah ich ganz klar. Er war ein Kind, ein hochbegabter Narr. Aber er schenkte mir mehr Aufmerksamkeit als irgend jemand sonst, zeigte mir seine verletzlichen Stellen. Ich würde den Instinkt entscheiden lassen.

»Komm her«, sagte ich. »Hör auf, mit dramatischer Geste hier rumzulaufen und komm her.«

Er kam zu mir und kniete vor mir nieder, und ich fühlte mich sehr mächtig. Mein ergebener Diener. Niemals würde er mit mir so sprechen, wie er mit Faye gesprochen hatte. Vielmehr konnte ich zu ihm sagen, was ich wollte. Ich neigte mich zu ihm und roch sein Haar, das frisch und würzig wie Holz duftete, genau wie damals; es erinnerte mich an meine ersten Jahre fern von meinen Eltern, an kalte Sonntagsspaziergänge und schäbige Cafés, Befreiung aus meinem alten Leben. Ich und er unter der Bettdecke, sicher und geborgen in einem Kokon. Das eigenartige kleine Prickeln begann in meiner Brust, und ich dachte: Das ist

Begehren. »Ach, du Idiot«, sagte ich und legte meine Arme um seinen Hals. Er drückte sein Gesicht an mich und weinte.

Nach einer Weile legten wir uns auf Tinas Bett. Es war so kalt, daß wir unter die Decke krochen, dann kleideten wir uns aus und kuschelten uns aneinander. Immer wieder küßten wir uns verstohlen, wie Schulkinder, die sich heimlich an diesem fremden, kalten Ort getroffen hatten.

»Gloria? Wollen wir? Wollen wir, Gloria?« fragte er.

»Pscht«, sagte ich. Sein Mund war heiß, ein wenig süß und ein wenig schal. Ich wollte nicht reden. Sollte der Instinkt entscheiden.

Sein Rücken war warm. Langsam, ganz langsam drang er in mich ein, bis es wirklich geschah. Es war hektisch und verwirrend und enttäuschend, aber ein gewisser Trost war es, wie er die Kontrolle verlor, in schierem Begehren zitterte, und wie all seine Arroganz und sein Stolz aus ihm hinaus- und in mich hineinströmten. Seine Hüften waren so knochig, daß sie mir weh taten. Später glitt er aus mir hinaus, und das Laken wurde naß. Er lag mit hochgezogenen Beinen, die Lippen leicht geöffnet, die Wimpern naß. Und als er die Augen öffnete, lächelte er und sah sehr glücklich aus.

Wir lagen lange wach und redeten. Er mußte bald sein Abschlußexamen machen. Wenn alles gutginge, würde er im Oktober in London weiterstudieren, aber nur, weil ihm nichts Besseres einfiel. Auf diese Weise würde er für seine Gedichte Zeit haben.

Ich sollte mit ihm kommen. »Das klappt bestimmt«, sagte er, »wir beide zusammen in London.«

»Und Kit«, sagte ich.

»Ja, natürlich. Das versteht sich von selbst. Ich kann ohne dich nicht gehen. Wenn du nicht mitkommst, muß ich das alles sausen lassen und hier bleiben und ein Penner werden.«

»Ich werd's mir überlegen«, sagte ich.

Am Ende des Semesters besuchte ich ihn. Ich ließ Kit und Rex bei Tina und nahm den Zug. Er erwartete mich auf dem Bahnsteig.

»Ich hab ein *Summa cum laude* bekommen«, sagte er beiläufig, nachdem er mich geküßt hatte.

»Das hab ich mir gleich gedacht«, versetzte ich.

»Ich hoffe, du bist nicht beeindruckt.«

Ich lächelte. »Du müßtest mich doch kennen.«

Er hatte ein Privatzimmer in der Nähe des Campus. Wir fuhren mit einem Bus einen Hügel hinunter, vorbei an einer Kirche, an deren Fassade große rote missionarische Lettern durch den Sonnenschein schrien »Gott ist die Liebe«. Er lächelte die ganze Zeit, seinen Schenkel an den meinen gedrückt, zog oft meine Hand an seine Lippen, küßte mein Gesicht und sagte, wie wunderbar es sei, mich zu sehen. Er schreibe an einem epischen Gedicht, erzählte er, es sei das Beste, was er je geschrieben habe. Er fühle, daß es großartig sei. Er steigerte sich in Erregung hinein, sprach den ganzen Weg von der Bushaltestelle zu dem alten Reihenhaus am Ende einer Sackstraße von nichts andrem.

Sein Zimmer war bedrückend. Eine Kerze in einer leeren Tomatenbüchse, verdreckte Fenster, ein ungemachtes schmales Bett, ein Kamin voller Asche, ein Teelöffel und eine angeschlagene Tasse, zwei zerkratzte Schallplatten, eine von den Doors. Sie blieb dauernd hängen und spielte immer wieder das gleiche. »*This is the end, beautiful friend, the end, this is the end ...*« Wie traurig, dachte ich, daß er so leben muß, wie einsam dieses Zimmer, wie freudlos. Das mußte daran liegen, daß er ganz allein war. Mit mir würde sich alles ändern.

Wir hatten keine Lust, am Abend auf den Campus zum großen Besäufnis zu gehen. Wir kauften ein paar Flaschen Wein und betranken uns zu zweit, allein bei Kerzenlicht auf seinem Bett. Es war etwas Elementares und Beeindruckendes an seiner Erscheinung, und das begehrte ich. Die Neigung seines Kopfes auf seinen Schultern, die Haarlocke, die ihm in die Stirn fiel, die leicht geöffneten Lippen, die Linie seines Kinns, die dunkle Symmetrie seiner Augenbrauen, die tiefliegenden Augen. Es war mir gleich, was geschehen würde, ob es klug oder töricht war. Ich begehrte es einfach, wollte es für mich haben.

Wir machten Pläne. Er würde seine Seminare besuchen, und er würde schreiben. Der Erfolg würde sich einstellen. Wie nicht, bei jemandem seines Kalibers? Ich würde mir Zeit lassen, nachdenken, mich umsehen. Ich würde nachholen können, was ich infolge von Kits Geburt versäumt hatte. Ich war einmal die Beste in der Schule gewesen.

»Den Hund nehmen wir nicht mit«, sagte er.

Ich erklärte, daß ich ohne Rex nicht mitkommen würde.

»Ach ja?« sagte er. »Und wie sollen wir mit einem struppigen Mischlingshund im Schlepptau eine Wohnung finden? Wer soll jeden Tag mit ihm spazierengehen?«

»Ich natürlich. Ich tu's ja jetzt auch. Du hast damit nichts zu tun.« Ich war sehr glücklich. Ich wußte, ich würde siegen. Mit meinem Glas Wein in der Hand lehnte ich mich an die Wand zurück und beobachtete die Bewegungen seiner Hände, als er das Feuerzeug anknipste und sich eine Zigarette anzündete. Er würde sich schon an Rex gewöhnen und ihn liebgewinnen. Wie auch nicht? Rex mochte jeden und tat niemandem etwas zuleide.

Es wurde kühl. Wir machten Feuer, bliesen die Kerzen aus und starrten träumerisch in die zischenden, knisternden Flammen hinunter.

»Ich würde gern wissen, wie unser Leben verlaufen wird«, sagte er, »ich meine, wirklich.«

Ich war schon halb im Schlaf. »Es wird schön werden«, sagte ich. »Es liegt nur an uns. Wir werden es schön machen.« Ich verspürte prickelnde Erregung angesichts der Veränderungen, die bevorstanden.

»Eines weiß ich jedenfalls«, sagte er mit einem Unterton von Spannung in der Stimme. »Alltäglich darf es nicht sein. Langweilig. Mittelmäßig. Berechenbar. Da würde ich lieber sterben ...«

»Du bist doch ein richtiges Kind«, sagte ich, und er sah mich an. Der Feuerschein lag flackernd auf der straff gespannten

Haut seines Gesichts, und seine Augen waren tiefschwarz. Dann rückte er ins Licht, und flüchtig, nur für den unbewußten Bruchteil einer Sekunde, sah ich in seinen Augen einen seltsamen Ausdruck, beinahe so etwas wie vorgetäuschten Wahnsinn.

Dann lehnte er sich an mich. Das Feuer machte ein Geräusch wie das langsame Schlagen eines Segels. Wir krochen in sein Bett, liebten uns, lagen eingezwängt in seiner Enge dicht aneinander. Er schlief mit offenem Mund und sabberte in mein Haar. Ich konnte nicht schlafen. Mein Schoß begann sachte zu pulsieren, und Müdigkeit rann mir wie ein prickelnder Schauder durch die Glieder. Das Feuer war eine hitzige orangefarbene Wiese in der Dunkelheit. Ich schob ihn behutsam weg und lag lange mit offenen Augen da, den Feuerschein als eine schwache, hypnotische Wellenbewegung am Rande meines Gesichtsfelds wahrnehmend; so leicht wie ein sanfter Atem. Die Kohlen zerfielen mit einem Geräusch, als räusperte sich der Kamin in aller Gemächlichkeit.

Am Morgen erwachte ich mit einem heißen, wühlenden Schmerz, blieb eine Weile liegen, stand dann auf und torkelte noch halb im Schlaf ins Badezimmer. Der Raum war nur ein graues Loch, in dem die Farbe von den Wänden sprang. Ein dünnes Rinnsal hellroten Bluts befleckte mir die Finger, als ich mich im blassen Morgenlicht, das durch das bißchen Fenster hereinsickerte, untersuchte. Rotes Blut, weiße Finger. Schön. Ich betrachtete es fasziniert. Alles war sehr still, und das Trippeln von Vogelfüßen auf einem Dach war sehr laut. Ich bewegte mich wie im Traum. Eine Stelle aus einem alten Buch kam mir in den Kopf, und ich lächelte. Ich sah mich selbst, ein junges Mädchen, schwanger auf meinem Bett, in einem Buch über Magie lesend. Aha. Ja, dachte ich. Ich werde ihn binden. Wie einfach.

Ich weckte ihn mit einer Tasse Kaffee, die ein paar Tropfen meines Menstruationsbluts enthielt. Ich sah ihm zu, wie er trank, bis zum letzten Tropfen.

London gefiel mir. Wir hatten zwei Souterrainzimmer mit Zugang zu einem Garten, wo Kit spielen konnte. Ich übernahm Schreibarbeiten und arbeitete in einer Buchhandlung, besuchte Mary, die eine Busfahrt entfernt wohnte. Sie las mir die Tarotkarten, frisierte meine Haare, erzählte von ihren Patienten. Sie war zu einer großen, stattlichen Frau mit ungebärdigem rotem Haar geworden, kannte Hunderte von Leuten und tyrannisierte ihren Freund, einen dicklichen Nigerianer mit vorspringender Stirn und waidwundem Blick namens Jim. Sie hatte sich verändert. Sie schien mir weltgewandt und sicher geworden zu sein, als wäre sie ohne einen Blick zurück aus ihrer Kindheit hinausgeschritten und hätte auf dem Weg alle Hemmungen abgeworfen.

Ich nahm sie mit, als ich Phyllis besuchte, die sich bei mir gemeldet hatte, um mir zu erzählen, daß sie jetzt verheiratet sei und in der Wohnung ihres Vaters in Pimlico lebte. Ich müsse sie unbedingt besuchen, sagte sie. Auch sie hatte sich verändert. Sie sah aus, als hätte sie entschieden, daß der Zustand des mittleren Alters der wünschenswerteste sei, und lebte entsprechend. Sie lächelte viel und schnell mit wabbelndem Kinn und war insgesamt dicker geworden, aber das schrieb ich der Tatsache zu, daß sie schwanger war. Sie lag auf einer Couch unter dem Fenster in einem großen Raum mit Ledermöbeln, Topfpflanzen und gerahmten Bildern von preisgekrönten Windhunden und Pferden und einigen absurderen Exemplaren – grellen Farbaufnahmen in kostbaren Rahmen von einem indischen Guru, der, mit Blumen um den Hals und zu seinen Füßen, auf einem prächtigen Thron saß. Es hätte mich interessiert, welche ihre und welche die ihres Vaters waren.

Roy, ihr Mann, schüttelte uns kräftig die Hand, als wir hereinkamen, und hockte sich dann lässig auf den Boden. Er war ein dünner, höflicher, eifriger Mensch in einem knalligen Pullover, der auf einer Bank arbeitete und Gitarre spielte. Phyllis erzählte, sie hätte kaum ihre erste Stellung angetreten, da sei sie schwanger geworden, und nun sei sie ständig müde, so daß sie die Arbeit habe aufgeben müssen, um sich Ruhe zu gönnen.

Sie drückte ihre Zigarette in einem von mehreren schweren goldenen Aschenbechern aus. »Mach uns doch noch mal frischen Kaffee, Darling«, sagte sie. »Sei ein Schatz.«

Roy stand auf und ging in die Küche, wo er vergnügt pfeifend rumorte. Bald wehte der Duft starken, teuren Kaffees zu uns herüber.

»Für das Baby ist das aber nicht gut«, sagte Mary zu ihr. Wir hockten auf einem großen braunen Sofa, das bei jeder Bewegung quietschte, und stopften uns mit Pistazien voll. »Das Koffein ist schädlich. Das solltest du wirklich einschränken.«

»Moment mal«, sagte Phyllis energisch, während sie ihre Massen umherwälzte, um es sich bequem zu machen. »Ich hab schon die Zigaretten auf zehn pro Tag reduziert. Das ist heroisch. Beim Kaffee kommt das nicht in Frage. Da bin ich süchtig, das gebe ich gern zu. Ohne Kaffee werd ich verrückt.« Sie lehnte sich zurück und patschte seufzend auf ihren Bauch. »Diesem Kind ist eine Mutter mit gesundem Geist bestimmt lieber als eine mit schadstoffarmem Körper.«

Sie sagte, sie müßten an allem knapsen. Sie habe keine Ahnung, was sie ohne ihren guten alten Vater anfangen würden. Diese Wohnung sei vorläufig ganz in Ordnung, aber wenn das Kind komme, brauchten sie entschieden etwas Größeres.

»Ja«, sagte ich, »bei uns ist es auch ein bißchen eng.«

»Und was macht der große Mann?« fragte sie.

Ich sagte, der große Mann sei unzufrieden.

»Na so was«, meinte sie. »Das ist ja was ganz Neues. Wie läuft's mit seinem Studium?«

»Das hat er kurz nach Weihnachten geschmissen. Jetzt unterrichtet er. Englisch. An einer Schule in Hackney. Aber das macht ihm auch keinen Spaß.«

»Ist ja erstaunlich«, sagte sie. »Was macht ihm denn überhaupt Spaß?«

Ich wurde immer ärgerlicher, während ich da auf ihrem feudalen Sofa saß, mir das Salz von den Fingerspitzen leckte, die Spiegelungen in dem getönten polierten Glas des niedrigen Tischs betrachtete, wo eine chinesische Schale, wahrscheinlich echtes Ming, protzig neben einer kleinen antiken Lampe thronte. Roy brachte breit lächelnd den Kaffee herein. Wie kommt die mit ihren Elefantenbeinen und ihrem langweiligen Mann und ihrem vielen Geld dazu, über das, was ich habe, die Augenbrauen hochzuziehen, zu seufzen und spöttisch zu lachen? Ich war froh, daß Mary da war, die mit wippendem Fuß dasaß und sich ein Buch mit Cartoons anschaute. Sobald wir draußen waren, lachte sie laut heraus. »Knapsen!« sagte sie. »Knapsen, daß ich nicht lache!« Den ganzen Weg bis zur Bushaltestelle, wo wir uns trennten, zogen wir voller Neid Phyllis durch den Kakao.

Aber als ich im schaukelnden Bus stand und das Spiel der Blätter vor den Fenstern beobachtete, dachte ich: Sie hat recht, sie hat recht, er wird niemals glücklich und zufrieden sein. Was würde ihn glücklich machen? Anerkennung. Ruhm. Absolute Freiheit, das zu tun, was er tun will. Keine Verantwortung. Solange ich ihn kenne, hat er den Forderungen des Lebens nur Verachtung entgegengebracht. Er will nur Dichter sein. Wer kann davon leben? Er wird immer verbitterter, weil die Welt ihn nicht versteht, weil das gelegentliche Lob, das gelegentliche Gedicht auf der gedruckten Seite ihn nicht reich und glücklich und angesehen machen. Weil Talent allein nicht reicht. Manchmal könnte ich weinen, wenn ich ihn ansehe. Ich möchte, daß die Welt ihn anerkennt. Ich sage ihm, ja, du bist begabt, du bist wichtig. Er braucht mich, ihm das zu sagen.

Vor dem Fenster sah ich die Leute zur Heimfahrt an den Bushaltestellen anstehen, Frauen mit Einkaufstüten, Schulkinder in Uniform, die in lärmenden Gruppen schubsten und schrien. David unterrichtete Fünfzehnjährige. Er behauptete, er könne sich nicht als Lehrer fühlen, er fühle sich mehr wie einer der Schüler. Was helfe Chaucer einem armen Kerl aus einer beschissenen Sozialwohnung? Ich konnte ihn vor mir sehen, mit leidenschaftlichem Blick, die drei Ringe an seinen Fingern drehend. »Es ist grauenvoll«, sagte er. »Weißt du, was wir ihnen beibringen? Sich an einen Stundenplan zu halten. Ihren

Platz in der Gesellschaft zu kennen. Nichts zu erwarten. Mittelmäßig zu sein. Ich kollaboriere mit dem Feind.«

Er trug einen langen Mantel und abgestoßene Stiefel und tat sich etwas darauf zugute, nicht wie die anderen Lehrer auszusehen, die, wie er erklärte, allesamt langweilige Mittelklassespießer waren. Er nahm sich freie Tage, schrieb wie ein Rasender in dem kleinen Raum, der sein Arbeitszimmer und Kits Kinderzimmer war. Manchmal weigerte er sich, überhaupt herauszukommen.

Kit beschwerte sich. »Ich bin reingegangen, weil ich meine Farben holen wollte, und da hat er geschimpft, ich wäre zu laut. Es ist doch auch mein Zimmer. Oder nicht? Oder etwa nicht? Sag es ihm.« Das kleine Zimmer war die reinste Rumpelkammer, jeder Zentimeter Boden mit Spielsachen, Büchern, Malstiften, zerknüllten Blättern mit mißratenen Gedichtzeilen, Flusen und Staub bedeckt. Kit und David stritten die ganze Zeit wie zwei Kinder, meistens darüber, ob Rex ins Zimmer dürfe oder nicht.

Sie mochte ihn nicht. »Er ist blöd«, sagte sie. »Warum wohnt der überhaupt bei uns? *Das* esse ich bestimmt nicht. Das hat er gemacht.«

David wußte nicht, wie er sich verhalten sollte. Entweder sprach er mit ihr wie mit einer Erwachsenen, oder er ignorierte sie völlig. Hin und wieder raffte er sich zu einer großen Anstrengung auf und ging mit ihr auf einen Rummel oder in einen Park. Beim Heimkommen pflegte sie dann in den Garten hinauszugehen und in einem alten Autoreifen zu schaukeln, den er für sie aufgehängt hatte. Daumenlutschend beobachtete sie Rex, der durch das lange Gras streifte und Halme knabberte wie ein Schaf. Nie erzählte sie etwas.

»Sie hat Spaß gehabt«, pflegte er verärgert zu sagen. »Sie will es nur nicht zugeben. Ehrlich, ich hab keine Ahnung, was mit ihr los ist; sie hat die ganze Zeit gelacht und geplappert und meine Hand gehalten – kaum sind wir wieder hier, ist absolut Schluß. Sie zieht sich einfach zurück. Sie würde lieber sterben, als zugeben, daß sie Spaß gehabt hat.«

»Es wird schon werden«, sagte ich. »Warte, bis die Schule wieder anfängt. Sie braucht Kinder in ihrem Alter.«

Sie erklärte, sie würde nicht gehen, wenn sie nicht eine Katze bekäme.

»Das ist Erpressung«, sagte David. »Noch ein Tier in der Wohnung ist wirklich das letzte, was wir brauchen. Außerdem würde Rex sie auffressen.«

»Würde er nicht«, widersprach sie. »Er mag Katzen.«

Aber sie ging dann trotzdem und schien sich diesmal ohne viel Theater zurechtzufinden. Sie lernte schnell. Dann fing sie an, mitten in der Nacht wie ein kleines übellauniges Gespenst an unserem Bett zu erscheinen.

»Ich kann nicht schlafen«, sagte sie. »Mir ist so heiß.«

»Ich habe Hunger.«

»Mein Fenster macht so komische Geräusche.«

»Schau doch mal! Sein Mund steht offen. Igitt! Findest du ihn nicht eklig?«

»Ich mag das Zimmer nicht. Da spukt's. Er hat seine ganzen blöden Sachen da drinnen. Warum kann er nicht drüben schlafen, und ich schlaf bei dir?«

»Er stinkt.«

»Ich möchte nach Hause.«

»Ich möchte . . .«

»Kit!« Schlaftrunken, außer mir vor Wut, sprang ich eines Nachts aus dem Bett und weckte mit meinem Gebrüll David aus so tiefem Schlaf, daß er erschrocken aufschrie. »Es reicht! Ich habe es endgültig satt! Mach, daß du ins Bett kommst. Los, geh schon! Geh!« Mit ausgestrecktem Finger, wirrem Haar und wütendem Blick ging ich auf sie los. Kit brach in Tränen aus, rannte in ihr Zimmer und schlug die Tür zu.

»Herrgott noch mal!« sagte David. »Ich hab wie verrückt Herzklopfen.«

Ich ging in der Dunkelheit hin und her. »Was ist nur los mit ihr?« fragte ich. »Was soll ich tun?«

»Ach, es ist doch nicht so schlimm«, meinte er gähnend. »Wir müssen uns eben alle aneinander gewöhnen. Das braucht Zeit.«

Nebenan hörten wir Kit weinen. Ich hielt es nicht aus. Ich gähnte, daß es mich schüttelte, dann ging ich hinüber, setzte mich zu Kit aufs Bett und legte meine Hand auf ihre zuckende Schulter. Ihr Kopf lag dunkel und zerzaust auf dem helleren Kissen. »Es tut mir leid«, sagte ich. »Wirklich, Kit. Ich wollte dich nicht so einschüchtern. Es tut mir leid. Es tut mir so leid.« Ich saß so lange auf ihrem Bett, daß mir die Augen zufielen und die Zähne aufeinanderschlugen. Als sie still war, schlich ich mich ins Bett zurück.

David nahm mich in die Arme. »Das arme kleine Ding«, murmelte er. »Ich meine, wenn man sich's mal recht überlegt – diese vielen Veränderungen – alles fort, ihre Großmutter, ihr Zuhause, alles, was ihr vertraut war. Es ist bestimmt nicht leicht. Armes Wesen!«

Am nächsten Tag ging er nachmittags weg und kam zurück, als Kit gerade beim Abendessen saß. Mit einem eigenartigen Lächeln stellte er sich neben sie, die Hände in den Taschen. »Wie war's in der Schule?« fragte er, während Rex begierig an einer seiner Taschen schnupperte und wild mit dem Schwanz wedelte.

»Okay.« Sie stopfte sich ein Stück Brot in den Mund.

»Was habt ihr gemacht?«

»Nichts.«

»Ich hab was für dich«, sagte er und setzte sich zu ihr an den Tisch. »Hau ab, Rex.«

»Was?« Sie drehte den Kopf und richtete ihre ganze Aufmerksamkeit auf ihn, kalt und ostentativ.

Er zog ein struppiges schwarzweißes Kätzchen am Schlafittchen aus seiner Tasche und setzte es ihr auf den Schoß. Das Tier miaute heiser. Sie ergriff es mit beiden Händen, drückte es an sich und rannte zum Sofa. David sah froh und verlegen aus.

»Zeig mal«, sagte ich. »Zeig mal. Ach, das arme kleine Ding.« Es kratzte sie und sprang ihr vom Arm, machte einen Riesenbuckel. Rex sprang entzückt auf es los. »Rex! Rex!« rief ich. »Laß das Kleine.«

»Ist es ein Junge oder ein Mädchen?« fragte Kit.

»Ein Mädchen«, antwortete David.

Das Kätzchen flitzte unter den Tisch, und Kit kroch ihm hinterher.

»Willst du dich nicht bei David bedanken?« fragte ich.

»Danke«, sagte sie. Es bedeutete nichts. Das Kätzchen sauste unter dem Tisch hervor, um ihr zu entkommen. Rex versperrte ihm den Weg, und es gab ihm, ohne innezuhalten, einen Schlag auf die Nase. Er winselte und kam zu mir gelaufen.

»Wie willst du es nennen?« fragte David.

Sie beachtete ihn gar nicht, ganz damit beschäftigt, auf allen vieren dem Kätzchen hinterherzukriechen. Es hatte ein hinreißendes kleines Gesicht und wirkte so zart, als könnte man es mit leichter Faust zerquetschen.

»Nenn es doch Katze«, schlug David vor.

»So was Blödes«, sagte sie verächtlich.

»Untersteh dich, so frech zu sein!« sagte ich zu ihr. »Sei einmal dankbar.«

Sie packte das Kätzchen und drückte es einen Moment mit Gewalt an sich, ehe es sich ihr entwand und hinter das Sofa rannte.

»Esmeralda«, sagte ich. Ich hatte mir am Abend zuvor im Fernsehen ›Der Glöckner von Notre-Dame‹ angeschaut.

»Soll das ein Witz sein?« fragte David. »Das ist ein scheußlicher Name.«

»Au ja!« schrie sie. »Esmeralda! Esmeralda! Esmeralda!«

»Ich verstehe«, sagte David trocken. »Ich verstehe.«

»Ach, sei du doch still«, sagte sie.

»Kit! Ich warne dich!« Aber sie stürmte in den Garten hinaus, ehe ich mehr sagen konnte.

»Sie muß ihren Mantel anziehen«, sagte David. »Es ist eiskalt da draußen.« Er ging ins andere Zimmer und schloß die Tür.

Es war still. Ich fühlte mich müde. Ich setzte mich und schloß einen Moment die Augen, machte sie wieder auf, als ich merkte, wie Rex eifersüchtig auf meinen Schoß kroch und mir seinen Kopf gegen das Kinn rammte. »Braver Hund, braver Hund«, sagte ich immer wieder und kraulte ihn, bis er sich als

174

beineschlenkerndes Bündel auf den Rücken rollte und mir gegen die Brust stieß. »Ach, du Armer«, sagte ich, seinen herabhängenden Kopf streichelnd. »Ach, du Armer.«

Das Kätzchen wagte sich unter dem Sofa hervor und beobachtete ihn mit großen, empörten Augen.

»Brave Mieze«, sagte ich. »Brave Mieze.«

Eines Tages kam David in heller Aufregung nach Hause und erzählte, er habe sich mit jemandem unterhalten, den er von der Universität kannte, und dieser Bekannte habe ihm von einem Cottage im Seendistrikt erzählt, das eine Zeitlang gehütet werden müsse. Die Eigentümer wollten für ein Jahr nach Australien und suchten jemanden, der sich während ihrer Abwesenheit um das Haus kümmerte. Seine Augen glänzten. Er nahm das ganze Bücherregal auseinander auf der Suche nach dem Atlas, der verkehrt eingeordnet war, und setzte sich strahlend darüber, um Straßen und Flüsse mit dem Finger nachzuzeichnen.

»Überleg«, sagte er, »überleg doch mal, Glory. Überleg doch mal, wie wir leben. Wir rennen doch nur im Kreis herum. Das hat keinen Sinn, es führt zu nichts. Wohin gehen wir denn? Nein, wirklich, wohin gehen wir?«

Wohin? Wohin?

Was für ein Bild er malte!

Freiheit, Schönheit, Seen und Moore, Berge – denk an Kit, denk an diese armen Tiere; denk an die Großstadt, Vergewaltigungen, Überfälle, Dreck in der Lunge – dort würde er wieder arbeiten können, wirklich arbeiten, er wußte es. Geld? Wen kümmerte Geld? Wir könnten ja zeitweise arbeiten. Man durfte sein Leben nicht vom Geld regieren lassen.

Immer schien es irgendwo ein Zuhause gegeben zu haben, dem ich entgegenreiste. Vielleicht war es diesmal das richtige. Ich sah Kit endlich glücklich in einer Dorfschule. Ich sah rote Kletterrosen sich in Fülle über eine graue Steinmauer ergießen. Ich sah mich und Rex auf langen Wanderungen. Ich sah mich malen lernen, Dinge herstellen, die Zeit dazu zu haben. Ich sah den Himmel, bei Nacht eine weite, gestirnte Kuppel. Ich sah Fingerhut und Stockrosen. Ich sah das Kätzchen auf einem Gartenweg in der Sonne liegen, Bienen in einem Beet wildwachsender Blumen summen. Ich sah David arbeiten, in einem Zimmer mit weißgetünchten Wänden. Ich sah ihn glücklich, sah Schecks mit der Post kommen.

Auf dem Boden sitzend, umgeben von Kits Spielsachen, begann er, alle seine alten Gedichte auszusortieren.

»Hättest du Lust , auf dem Land zu leben?« fragte ich Kit am folgenden Tag, als ich sie zusammen mit dem neben mir trottenden Rex zur Schule brachte.

»Ja«, antwortete sie einfach.

11

Es war, als befände ich mich ständig im freien Fall. Nichts war von Dauer. Niemals gab es eine Zeit, da ich vorausschauen und sagen konnte, ja, heute in einem Jahr werde ich ... weil ich es niemals wußte.

Wir lebten in London, Cumberland, Scarborough, Hull, Shepton Mallet, London.

Kit liebte das Land. Dort entfaltete sie sich, wurde braun und wild und kräftig, gab den Ton an, schloß Freundschaft mit den Einheimischen, kannte jeden Schleichweg. Auf Mauern balancierend ging sie allein zur Schule und kam pfeifend nach Hause, marschierte in ihren regenbogenfarbenen Gummistiefeln mit großen Schritten durch das klapprige alte Tor. In ihrer Tasche hatte sie Eier vom Bauernhof, Süßigkeiten, einen Laib Brot, einen Kopf Salat. Sie bekam immer etwas geschenkt.

In Cumberland malte ich langweilige kleine Aquarelle von hübschen Landschaften der Umgebung und verkaufte auch einige an eine Galerie. Aber wir waren arm. Das während Davids

Lehrtätigkeit gesparte Geld war bald aufgebraucht. Er schrieb viel, aber es wurde nichts veröffentlicht. Er ging angeln, aber er fing nichts.

In der Gegend von Scarborough machte ich mit Rex lange Spaziergänge am Meer, hoch oben auf den Felsen und auf schmalen Straßen zwischen mannshohen Hecken. Bei Mondschein zog es mich immer wieder zu den Wiesen oberhalb des Strands, wo ich trotzig nach einem schwarzgewandeten beinernen Reiter Ausschau hielt. Du machst mir keine Angst, sagte ich zu ihm. Versuch's doch! Ich setzte mich mit dem Rücken zum Land und spielte auf meiner Okarina, gegen den Wind, so daß niemand etwas hören konnte. Das Blinken der silbernen Sichel über dem Meer verzauberte mich, ich fiel in einen Traum und erwachte plötzlich mit der Gewißheit, daß etwas an meiner Schulter war. Aber wenn ich mich herumdrehte, sah ich nichts, nur meinen Hund, der im dämmrigen Licht graste. Und ich war beinahe enttäuscht, daß ich nichts sah.

Dann ertappte ich mich dabei, daß ich mich immer häufiger an die Zeit erinnerte, als ich verrückt war, das fremdartige Gefühl, das wie Nebel herabzusinken pflegte, die Stimmen, das nächtliche Gelächter – all dies fiel mir mit staunender Verwunderung wieder ein. Das war vergangen, ein Traum, den ich einst hatte. Manchmal war die Erinnerung so real wie ein Schlag gegen die Brust. Es war Wirklichkeit. Es *war* Wirklichkeit. Es war.

Damals war ich Wirklichkeit. Was war ich jetzt?

Ich pflegte über die Wiese zurückzugehen, hin und wieder anzuhalten, um eventuell das unheilvolle Sausen einer Sense zu hören. Aber ich hörte nichts. Wohlbehalten pflegte ich in dem Haus anzukommen, in dem David war, durch die Hintertür hineinzuschlüpfen und ihn dabei anzutreffen, wie er vor dem Spiegel stand und sich in die Augen starrte. Er tat das stundenlang. Er war im Begriff, ein anderer zu werden, und ich beobachtete ihn dabei und fragte mich, was ich tun sollte, fragte mich, warum, fragte mich, ob sich das alles nicht vielleicht nur in meiner Phantasie abspielte. Ich beobachtete, wie er sich selbst neu erschuf – was würde als nächstes kommen, nach dem sanften, liebenswürdigen Jungen, der den Geruch alter Bücher liebte, nach dem hochfahrenden Studenten? Er wurde sich selbst so schnell langweilig. Er trank, war aber nie betrunken. Er arbeitete an einer Reihe von Gedichten, die als Zyklus veröffentlicht werden sollten. Die Worte, die einst so mühelos geflossen waren, kamen jetzt in harten, bitteren Brocken, die er in stummer Qual hervorbrachte.

Und wir waren hier und dort und woanders und wieder da, wo wir zuvor waren, bis wir erneut hier in London landeten. Durch Lisa, die Freundin einer Freundin von Tina, fanden wir eine Wohnung im obersten Stockwerk eines uralten klapprigen Hauses, wo sich in den Ecken das Chaos häuft und es bei Tag und Nacht zugeht wie in einem Taubenschlag.

Wir halten nun schon seit acht Monaten durch, gehen den neunten an. Es ist in Ordnung. David arbeitet in einer Bibliothek, und ich habe einen Job in einem Blumengeschäft. Ich kann Sträuße binden.

Kit ist in jeder Hinsicht gewachsen, nicht nur an Körpergröße, sondern auch in der Art, wie sie geht und spricht und sich benimmt. Sie ist ein vernünftiges Kind. Sie behandelt David mit Nachsicht, beinahe liebevoll, als wäre sie die Erwachsene und er das Kind. Neue Schulen, neue Umgebungen können sie nicht mehr aus dem Gleichgewicht werfen. Und manchmal verhält sie sich wie ein kleines Kind, zieht Rex auf ihren Schoß, steckt das große geduldige Tier in Mütze und Schal und wiegt es hin und her, wobei sie ihm leise ins Ohr summt. Er sieht aus wie der als Großmutter verkleidete Wolf in Rotkäppchen.

Ich glaube, Lisa ist in David verliebt. Sie ist eine große, ausgemergelte Frau von ungefähr vierzig und haust unten in einem Zimmer, das aussieht wie einer dieser billigen Trödelläden, die man in den Gassen der ärmeren Gegenden findet: überladene Tische in allen Formen und Größen, staubige Bücherstapel, ein ungemachtes Bett, auf dem künstliche Blumen, lose Münzen, Schlüssel, Uhren, Schuhe herumliegen. Ein rostiges Xylophon ist in den Türspalt geklemmt, damit Luft ins Zimmer kommt, und in dem kleinen offenen Kamin häufen sich alte Asche, verrottete Apfelbutzen und Berge von Zigarettenkippen und abgebrannten Streichhölzern.

Lisa ist umgänglich, lethargisch in Ton und Bewegung. Sie legt einem die Hand auf den Arm, wenn sie mit einem spricht, und sieht einem intensiv in die Augen; ihre Hand ist mager, klauenähnlich, sehr blaß, mit überdimensionalen Knöcheln. Sie war einmal sehr schön, das verrät der Knochenbau ihres Gesichts, und wäre es vielleicht immer noch, wenn sie nicht so ausgelaugt und schmutzig wäre. Sie besitzt eine stolze Eleganz, die in merkwürdigem Gegensatz zu dem Dreck steht, den sie hinterläßt, wo sie geht und steht: die Schmutzränder in der Badewanne, die Fitzelchen von Speiseresten aus ihren Zähnen im Waschbecken, die Essensspritzer überall in der Küche.

Lisa schneidet mir das Haar, wenn es wieder mal an der Zeit ist, belehrt Kit über die Weltreligionen, hört sich mit ernster Aufmerksamkeit Davids Gedichte an, wenn er hinuntergeht und ihr, auf dem abgetretenen Vorleger vor dem Kamin stehend, vorliest. »Dein Mann«, sagt sie zu mir, »ist das Schönste, was ich je gesehen habe.«

»Sie hält mich für ein Genie«, sagt er selbstzufrieden. »Was ich natürlich auch bin.«

»Weißt du eigentlich, wie viele Kinder ich habe?« sagt sie eines Tages zu mir. Sie steht, eine Hüfte an das Spülbecken gelehnt, in der Küche, die wir uns alle teilen. »Bei der letzten Zählung waren es fünf. Zwei in Schottland, eines in Leeds, und bei den beiden anderen bin ich nicht sicher, wo sie im Moment sind. Das älteste ist dreiundzwanzig, das jüngste sechs. Ich bin dafür, Kindern ihre Freiheit zu lassen. Man bringt sie zur Welt, und dann läßt man sie laufen: Sie sind eigenständige Menschen. Ich finde es furchtbar, wenn Eltern ihre Kinder *formen* wollen. Ich würde eher sagen, sie stecken sie in Zwangsjacken. Dieses ganze Brimborium von der Heiligkeit der Mutter-Kind-Beziehung ist nichts als ein Haufen Scheiße.« Und dann beginnt sie ganz unbefangen und sehr hübsch zu singen, während sie den Hahn aufdreht und Wasser ins Spülbecken laufen läßt. Sie hat langes dunkles Haar, das an den Wurzel grau ist, sehr kleine Brüste mit großen Brustwarzen, die man durch ihr schmutziges gelbes T-Shirt sieht, und einen schiefen Hängepopo in hautengen hellen Jeans.

Lisa bringt ihn auf die Idee mit Schottland.

»Da ist dieses Riesenhaus«, erzählt er mir, »in Schottland. Früher mal war es eine Schule. Außen ist es ganz mit Efeu bewachsen, und hinten gibt es einen Krähenhorst. Es steht auf halber Höhe an einem Berghang mit Blick auf einen See. Lisas Ex-Mann wohnt da mit zwei ihrer Kinder, und es ist so groß, daß sie sich darin praktisch verlaufen. Er hat es vor Jahren für fünfhundert Pfund gekauft und hergerichtet. Früher haben da auch irgendwelche anderen Leute gewohnt, aber die sind nach Spanien gegangen, und jetzt sucht er neue Mitbewohner. Da ist soviel Platz. Wir könnten jeder ein eigenes Zimmer haben und würden uns nicht mehr dauernd auf die Nerven fallen. Überleg doch mal, wie schön es für Kit wäre, ihr eigenes Zimmer zu haben, jetzt, wo sie größer wird. Und du könntest ein Atelier haben, wenn du wolltest. Sie haben ein Pony, Kit könnte reiten lernen. Und es ist wunderschön dort, wirklich wunderschön; es gibt einen hohen Berg und ein paar alte Erdwälle, und man sieht Adler und Wild. Lisa sagt, im Sommer ist es dort wie im Paradies. Sie sagt, wenn man hinten aus dem Fenster schaut, sieht man –«

»Nein«, sage ich. »Ich nehme Kit nicht schon wieder aus der Schule.«

Er bekommt Depressionen. Sagt, er könne nicht schreiben. Sagt, die Stadt bringe ihn langsam um. »Sie ist gefährlich«, erklärt er. »Jedesmal, wenn du weggehst, bin ich fast krank vor Sorge um dich, man hört ja dauernd so fürchterliche Dinge. Da kann alles mögliche passieren. Ich würde den Verstand verlieren, wenn dir etwas zustieße, Gloria.«

Er wird krank, liegt laut röchelnd auf dem Sofa, eine Hand auf der Brust, als versuchte er, das Leben darunter zu spüren.

Seine Augen tränen. Ihm läuft ständig die Nase. Er sagt, es sind die Abgase – Gott weiß, was sie uns für Schaden antun.

Tja, wir werden wohl wieder einmal umziehen. Vielleicht werden wir diesmal bleiben.

Manchmal denke ich, die Schönheit des Orts allein ist genug. Ich denke: Ja, das ist es, ich bin glücklich hier, nichts könnte je besser sein. Rinder ziehen morgens und abends am Tor vorüber. Zwei runde Hügel, wie Brüste, erheben sich, von Wolken umhüllt, in der Ferne. Die Straße zwischen den Hecken ist schmal und steil, schraubt sich in Windungen über dem grauen, glitzernden See in die Höhe, wird dort, wo das Gelände jäh nach links abfällt, zu einem matschigen, von tiefen Furchen durchzogenen Weg voller Kuhmist. Eine Abzweigung führt schließlich durch das hohe Holztor, das niemals geschlossen ist, gar nicht geschlossen werden kann, weil es tief in der Erde steckt, in unseren Hof, wo die Hühner vor der Halbtür des grauen Giebelhauses herumstolzieren. Hinten zieht sich ein Wiesenhang zu dem Hügelkamm hinauf, wo drei uralte Grabhügel liegen, überschattet von einer glatten grauen Felswand, die wie eine gewaltige Tür in der Flanke des Bergs aussieht. Der Berg wechselt die Farben, morgens glasblau, stechend rosarot am Abend, rötlich lila, wenn die Heide blüht, rostrot im Winter. An seinen Hängen sind schwellende Wiesen mit Millionen verschiedener Gräser und wilden Blumen. Wir sitzen in einer fruchtbaren Mulde; nach dem Regen schwitzt sie Düfte wie ein brünftiges Tier. Im Sommer gibt es Massen von Glockenblumen, so üppig, so anmutig, daß man meint, sie müßten sich gleich zu Reihen formieren und eine würdevolle Pavane tanzen. Und es gibt Zeiten, wenn das Tal mit Nebel gefüllt ist, da wähnt man sich in Avalon – Tag und Abend ineinander verschwimmend, perlgraue Himmel, Stille und ein weißes Nebelmeer, aus dem Felseninseln aufragen. Alles ist taufeucht und duftgeschwängert, atmet spürbar.

Nie haben wir in so einer Wildnis gelebt.

Das Haus ist heruntergekommen, mit Böden aus großen Steinplatten. Es hat grüne Türen und gelbe Fenster, eine riesige geflieste Küche mit wurmigen Eichenbalken, Binsenteppichen, einem schwarzen gußeisernen Herd, einem gewaltigen offenen Kamin, in dessen dunklen höhlenartigen Tiefen Schöpfkellen und Töpfe an großen Haken hängen; eine Wendeltreppe mit einem Buntglasfenster auf halber Höhe, auf dem Joseph und seine Brüder abgebildet sind. Es gibt mehrere Nebengebäude, angefüllt mit Autoteilen und Seilrollen, Pferdegeschirren, leeren Kisten und wilden Katzen mit gehetztem Blick; es gibt einen Gemüsegarten, ein dickes rotes Pony namens Sally, eine graue Ziege, die Babe heißt.

Die Küche ist der Mittelpunkt des Hauses, wo alle sich versammeln: ich und David und Kit, Alastair und Tim und Sylvia. Alastair ist Maler, aber ich habe ihn nie malen sehen. Er ist fünfzig Jahre alt, verträumt und ruhig, mit Geld, das von irgendwoher kommt, und einer tiefen Angst vor der Außenwelt. Er ist den ganzen Tag damit beschäftigt, Wein zu machen, in den Nebengebäuden herumzubasteln und mit seinen drei großen, langbeinigen Hunden auf dem Berg zu wandern. Er nennt jeden Schatz. Manchmal, wenn er betrunken ist, wird er sentimental, und sein Benehmen ist peinlich; manchmal schweigt er tagelang, verschwindet im Nebel, erscheint plötzlich am Ende eines Korridors wie ein Geist, immer lächelnd.

Tim und Sylvia sind seine Kinder von Lisa. Tim ist zwölf, und Sylvia ist acht. Beide sind schöne Kinder mit glänzendem braunem Haar und schwellenden Mündern und großen dunklen Augen. Beide haben etwas Ungezähmtes, Unkindliches an sich. Sie können weder lesen noch schreiben, obwohl das Haus voller Bücher ist; aber sie können Gräben ausheben, Dächer reparieren, ohne Sattel reiten, die Ziegen melken, ein Kaninchen häuten und ausnehmen, eine aufdringliche Krähe abschießen.

Ich erinnere mich an meinen zweiten Abend hier, an Alastairs Zimmer unter dem Dach, ein Ort wie ein Schiff auf hoher See, vom Sturm umtost. Ich saß auf einer umgedrehten

Kiste und trank Kakao, er saß auf dem Bett, einer spartanischen, soldatisch anmutenden Pritsche ohne ein Fältchen. Ein Druck von Picassos ›Weinender Frau‹ hing an der Wand. Ein großer Hund saß an seine Beine gelehnt.

»Gott sei Dank, daß ihr gekommen seid«, sagte er, »im Winter kann es hier furchtbar sein. Im Sommer ist immer was los. Im Winter ziehen sie alle ab. Da könnte man ebensogut auf dem Mond sein. Dem Herrn sei Dank für menschliche Gesellschaft.« Sein Gesicht war mager und ausgemergelt, ein angenehmes Gesicht mit milden Augen unter dunklem, unordentlichem Haar. Sein Overall war so alt und dreckig, daß er schon wieder faszinierend war.

»Du hast doch Kinder«, sagte ich.

»Die sind nicht menschlich. Die Hunde sind's vielleicht. Aber nicht die Kinder.« Er lächelte, um mir zu verstehen zu geben, daß er das nicht ernst meinte, legte eine knorrige braune Hand auf den Kopf des Hundes und drehte den Kopf zum Fenster, sein Gesicht im Profil scharf umrissen, lang und dramatisch. »Schau es dir an. Schwarze Nacht, Hagel, ein Sturm, der heult wie eine Schar Teufel, Geister und Gespenster und unheimliche Tiere. So ist das hier. Seit zwölf Jahren lebe ich hier. Der Zauber verblaßt rasch.«

»Warum bleibst du dann?« fragte ich.

Er legte sich auf den Rücken und blies, immer noch lächelnd, Rauch zur nikotinverfärbten Decke hinauf. »Das ist etwas, das ich immer noch zu ergründen versuche«, sagte er. Dann drehte er den Kopf und sah mich an, seine Augen freundlich und naiv. »Du bist eine nette Frau, nicht?« sagte er. »Ich bin froh, daß du hier bist. Ich mag nette Menschen. Du kannst meine Freundin sein.«

Anfangs schreckte es mich ab, wenn er so sprach. Ich hielt ihn für einen lächerlichen alten Poseur, der irgendwelche Spielchen spielte. Aber ich habe mich an Alastair gewöhnt. Wir alle haben uns an ihn gewöhnt. Er ist ein fünfzigjähriges Kind, das nette Freunde haben möchte.

Mit Lisa kann ich ihn mir weiß Gott nicht vorstellen, aber eigentlich kann ich ihn mir überhaupt nicht mit einer Frau vorstellen. Er hat mir einiges von ihr erzählt: Sie hat früher bei einer Bank gearbeitet, sie ist knallhart, hat ein ellenlanges Vorstrafenregister, war zweimal in Holloway, war eine Zeitlang Catcherin, hat einmal Drogen aus der Türkei geschmuggelt, kam 1976 wegen Körperverletzung ins Gefängnis, stammt aus einer ziemlich vornehmen Familie, hatte einmal einen Job, bei dem sie Schweine kastrierte. Er zeigte mir ein Bild von ihr, als sie ungefähr fünfundzwanzig war. Sie sitzt auf einem umgedrehten Faß wie Marlene Dietrich in ›Der blaue Engel‹: lange Beine, hohe Absätze, schwarze Strumpfbänder, die kleinen Brüste nackt, der Kopf zurückgeworfen, mit bunten Luftschlangen im dicken, welligen Haar, das ihr bis über die Hüften herabfällt. Ihr Gesicht ist fein und glatt, die Lippen und Augen sind von dramatischer Schwärze. Ihr Ausdruck ist ironisch, eine Augenbraue hochgezogen.

David kam herein und sah mir über die Schulter. »Wau!« sagte er und nahm es mir aus der Hand, um es näher zu betrachten. »Wau!«

»Damals war sie Go-go-Tänzerin«, sagte Alastair.

Kit ist glücklich hier: tollt mit den Hunden herum, reitet das Pony, melkt die Ziege, kocht unglaubliche Eintöpfe, geht im Tal zur Schule, liest Sylvia ›The Borrowers‹ vor. Manchmal hört auch Tim zu. Ich beobachte sie, wie sie mit einem Hexenbesen den Schnee vor dem Haus wegfegt. Der Wind zupft an ihrem Rock, sie hat ein Kopftuch auf, ihre Beine sind dünn in den großen Gummistiefeln, die sie anhat. Mein Gott, denke ich, sie wird mir bald bis zur Schulter reichen. Sie ist kaum noch ein Kind. In ihrer Stimme liegt Selbstvertrauen, und sie drückt sich gut aus. Ihr Gesicht ist sanft und unscheinbar und rund, die Haut hell und sommersprossig; sie hat hellbraune Augen, eine Stupsnase, einen sehr blaßrosa Mund. Sie lächelt viel.

David kommt mit zerzaustem Haar in die Küche, reibt sich die Augen und seufzt. »Ah«, brummt er, »Suppe«, holt sich eine

Suppenschale und nimmt sich eine ansehnliche Portion. Er setzt sich an den Tisch, bricht Brot, wirft die Stücke in die Suppe und zermatscht sie mit seinem Löffel. Esmeralda streicht ihm im Vorbeikommen um die Beine, und er zuckt gereizt zurück. Seit er seinen Gedichtzyklus vollendet hat, ist er ständig gereizt. Er hat ihn vor Weihnachten weggeschickt, erhielt vor drei Wochen eine Ablehnung, schimpfte einen Tag lang und schickte das Manuskript dann woanders hin. Wir sagen ihm immer wieder, daß es noch zu früh für eine Antwort ist, aber er hält trotzdem jeden Tag nach dem Postwagen Ausschau und sinkt niedergeschlagen in sich zusammen, wenn nichts für ihn kommt.

»Morgen«, sagt er mit einem Blick zum dunklen, nassen Fenster, »wenn das Wetter ein bißchen besser wird, gehe ich mit dem Hund los und fang uns ein Kaninchen oder so.«

»Mit welchem Hund? Mit Rex?«

Rex hört seinen Namen und beobachtet uns scharf. Gespannt fliegt sein Blick von einem zum anderen.

»Mit wem sonst?« fragt David. »Dieser dumme, faule Kerl. Soll sich sein Futter gefälligst selbst verdienen. Er ist doch nur ein Schmarotzer. Die Katze fängt wenigstens ab und zu mal eine Maus. Aber was tut er? Wer weiß, vielleicht erwischt er sogar ein Reh, Spuren genug sind ja da.«

»Oh, das wäre nichts für mich«, sage ich. Ich sehe David vor mir, wie er, sich dunkel vom Schnee abhebend, nach Hause zurückkehrt, über der Schulter ein junges Reh, dem Blut aus der samtigen Nase tropft.

»Ians Dad hat mal ein Reh geschossen«, sagt Sylvia. »Er hat's eingefroren. Uns hat er auch was davon abgegeben. Weißt du noch, Tim?«

»Rex kann vielleicht ein Karnickel fangen«, erklärt Tim altklug. »Aber ein Reh bestimmt nicht.« Er lacht bei der Vorstellung.

»Nein, natürlich nicht«, sagt David. »Das weiß ich. Ich hab gemeint, daß *ich* vielleicht ein Reh erwische, wenn ich das Gewehr mitnehme.«

Das Gewehr ist ein altes Luftgewehr, mit dem Alastair Krähen schießt.

»Du willst doch nur den Jäger und Sammler spielen«, sage ich. »Wir haben genug zu essen. Was soll der Quatsch?«

»Das ist kein Quatsch«, widerspricht David. »Rund um uns herum gibt's Wild im Überfluß, und dieser blöde große Hund liegt am Feuer und schnarcht.«

Rex wedelt töricht mit dem Schwanz, als würde er gelobt.

»Nimm einen von den anderen mit«, meint Alastair. »Da hast du bessere Chancen.«

Aber David bleibt dabei. Rex muß sich sein Futter verdienen.

Der nächste Morgen ist klar und hell. Im Hof liegt hoher Schnee, festgetrampelt, durchzogen von den Fußspuren von Menschen und Hunden. Alastair und die Kinder sind irgendwo draußen. Die Hintertür steht offen. Ich hole mir eine Tasse Kaffee, schaue, mir die Hände an ihr wärmend, hinaus und lausche dem Tropfen von den Dachtraufen. Ich höre einen lauten Ruf. Rex kommt um das Haus herum, gönnt mir eine kurze, feuchte Begrüßung und saust in die Küche, wo er sich auf dem Rücken wälzt und mich dabei mit glänzenden Augen anstarrt. Er ist ganz naß und zottig. Dann erscheint David, zögert, als er mich sieht, und blickt über die Schulter zurück zu einem der Ställe, als überlegte er einen Moment. Er lächelt nicht. »Sieh zu, daß der Hund im Haus bleibt«, sagt er. »Mach die Tür zu.« Er wendet sich zum Gehen.

»Warum?« frage ich.

»Ich hab zu tun«, antwortet er. »Ich sag's dir später.«

Ich trinke meinen Kaffee aus, steige in meine Gummistiefel und gehe hinaus in die Kälte. Leise schließe ich die Tür hinter mir. An der Stalltür bleibe ich stehen und lausche, höre nichts, gehe hinein. Es ist düster hier drinnen, und im ersten Moment sehe ich gar nichts, rieche nur Stroh und höre David sagen: »Ich hab dir doch gesagt, daß ich zu tun hab. Jetzt wirst du dich nur aufregen.« Dann kann ich es sehen. Einer der Hunde, Janey, liegt seitlich im Stroh und leckt unablässig einen blinden, hin und her rutschenden Welpen mit glänzendem schwarzem

Fell. Er sieht aus wie ein Maulwurf. Drüben bei der Wand hockt David neben einem Eimer, auf dem ein Stück Linoleum liegt, das mit einem Ziegelstein beschwert ist.

»Warum?« sage ich. »Was tust du da?« Ich trete einen Schritt näher an Janey heran. Sie wedelt mit dem Schwanz, verdreht ein Auge nach mir, hört aber keinen Moment auf, laut schmatzend das schwarze Fell des Kleinen zu lecken, den sie mit der Schnauze hin und her schiebt. Er quietscht wie eine Maus, robbt dann auf dem Bauch zu einer ihrer angeschwollenen, übervollen Zitzen und beginnt zu saugen. Seine Beine spreizen sich nach außen, kleine Pfoten mit rosigen Nägeln, der Schwanz ist ein spitzer Stummel.

Ich gehe zu David und kauere mich neben ihm nieder. »Das kann doch nicht sein«, sage ich. »Du ertränkst sie doch nicht! Ich kann sie in die Stadt bringen. Ich finde schon Plätzchen für sie.«

»Es ist schon passiert«, sagt er.

Ich hebe den Ziegelstein und das Linoleum hoch. »Nicht«, sagt er. Ich muß es sehen. »Nicht«, sagt er wieder.

Drei von ihnen liegen tot auf dem Grund. Das vierte lebt noch, ich sehe, daß es sich bewegt. Ich tauche meine Hand in das lauwarme Wasser und hole es heraus.

»Nicht«, sagt er wieder.

Es ist dick und warm und regt sich schwach in meiner Hand. Als ich es an die Luft hole, wendet es mir sein Gesicht zu, das schwarz ist, mit einem weißen Fleck über der kleinen rosigen Nase. Die Barthaare sind tropfnaß. Natürlich ist es blind, aber mir scheint, daß es voller Angst die Augen zukneift. Was tun diese Ungeheuer, diese Ungeheuer? Was ist das für eine Qual, was ist das Leben andres als Ungeheuerlichkeit? Und dann reißt es das kleine Maul auf und schreit ohne einen Laut, mir direkt ins Gesicht, und ich fange an zu weinen, daß die Tränen mich blenden. Ich halte das klatschnasse Wesen an meine Brust gedrückt und weine .

»Na bitte«, sagt David. »Ich hab dir doch gesagt, du sollst es lassen. Gloria! Gloria! Bitte, hör auf. Glaubst du denn, mir macht das Spaß?«

Es hechelt an meiner Brust, weich und naß. Ich sehe nichts. Dann stirbt es. Wasser tropft von seinen Pfoten, von den spitzen rosigen Krallen. Ich mache die Augen auf und sehe in sein Gesicht mit dem aufgerissenen Mäulchen, den breiten, knochigen Wangen und den kleinen Ohren. David nimmt es mir behutsam ab und legt es wieder ins Wasser.

Ich hocke mich auf die Fersen zurück. Janey leckt, schnaubt, schmatzt. Ihr Kleines trinkt.

»Ihr geht's gut«, sagt er. »Ich hab ihr eines gelassen.« Er stöhnt. »Ach, Scheiße, ich wollte nicht, daß du das siehst. Wirklich. Vergiß es jetzt. Vergiß es einfach. Es ist nicht geschehen. Okay?«

»Aber warum? Warum? Sie ist doch nicht mal dein Hund.«

»Ach, Gloria«, sagt er nachsichtig. »Was spielt es für eine Rolle, wem sie gehört? Besser, man tut es gleich, ohne sie erst rumlaufen zu lassen. Wenn Alastair hier gewesen wäre, hätte er es getan, das weißt du doch. Oder Tim. Oder auch Sylvia. Es war reiner Zufall, daß ich derjenige war.« Er nimmt meine Hand und küßt sie. »Es muß getan werden. Sie fühlen ja nichts. Ehrlich, Gloria, es ist besser so. Es gibt sowieso schon zu viele Hunde auf der Welt und keinen Platz für sie. Es macht ihnen nichts – raus und postwendend wieder rein.«

»Du brauchtest es nicht vor ihr zu tun.«

Er seufzt und wendet sich mit einer hilflosen Geste ab. »Sie ist ein Hund! Das ist doch ganz was andres. Bitte, stell mich jetzt nicht als gemeinen Sadisten hin. Ich hab nur zugepackt, wo's nötig war.«

Ich sehe das kleine Gesicht des schreienden Welpen vor mir, ich blicke in die komplex gebildete Höhle seines hellen, frisch geschaffenen kleinen Mauls, glänzend und rosig. »Erzähl mir nicht, daß sie nichts fühlen«, sage ich. Dann stehe ich auf und gehe hinaus.

Ich setze mich in die Küche und trinke Kaffee. Er kommt wenig später nach und setzt sich zu mir, bedrückt versucht er, sich zu rechtfertigen, möchte von mir hören, daß es ganz in Ordnung war. Er redet und redet, bis er am Ende nur noch dasitzt und sich seufzend den Kopf hält. Ich mache frischen Kaffee.

»Herrgott noch mal!« platzt er heraus. »Wir sind hier auf dem Land. Da ist das Leben so! Glaubst du vielleicht, die Bauern weinen und klagen jedesmal, wenn sie so was tun müssen? Sie würden wahrscheinlich lachen, wenn sie deine Reaktion sähen. So ist das Leben hier. Nun komm schon, Gloria.«

»Ist ja schon gut«, fahre ich ihn an. »Es ist erledigt. Ich sag ja gar nichts. Erwarte nur nicht, daß es mir gefällt.«

Er setzt seinen zerbeulten schwarzen Hut auf, zieht einen alten Mantel an, wirft sich einen Sack über die Schulter und geht zur Tür. »Komm, Rex! Rex!«

Rex springt begeistert auf und rennt zur Tür.

»Komm, wir fangen uns ein Karnickel«, sagt David.

Ich sehe ihnen nach, wie sie sich einen gewundenen Weg über den Fuß des weißen Bergs bahnen. David geht mit festem, gleichmäßigem Schritt, Rex springt voraus, rennt zurück, tänzelt aufgeregt um ihn herum. Nach einer Weile sehe ich nach Janey, bringe ihr Futter und Milch. Der Eimer ist weg. Janeys Kleines trinkt.

Ich hole Babe aus ihrem Pferch, führe sie in einen anderen Stall, wo an Haken in der Wand Plastikeimer hängen, und melke sie. Heu kauend, drückt sie sich an mich und dreht ab und zu den Kopf, um mich mit ihrem sanften Gesicht mit dem seidigen Bart anzusehen. Sie hat einen Mund, der immer lächelt, und eigenartige gelbe Augen mit schmalen burgunderfarbenen Pupillen. Ich rede mit ihr, während ich sie melke, größtenteils Unsinn. Ihr Körper ist heiß und hat eine starke Ausdünstung, und sie sieht sehr weise aus. Ihre Milch spritzt warm und sprudelnd in gleichmäßigem Rhythmus aus dem Euter und sammelt sich schäumend im Eimer. »Ach, Babe«, sage ich und beginne wieder zu weinen, so daß ihre Flanke ganz naß wird. Sie sieht mich mit ruhigem Blick an, kauend und lächelnd. »Ach, Babe«, sage ich. Als meine Augen wieder klar sind, betrachte ich das von der Tür umrahmte Bild mit dem schneebedeckten Berg, der seinen gewaltigen Kopf zum Himmel aufwirft. Wie oft habe ich genau hier gesessen, an meiner Seite die Ziege, die sich an mich lehnt, zu meinen Füßen den Eimer, in dem die frische Milch langsam höher steigt. Meine Finger sind sicher. Die Szene vor der Tür verändert sich, macht schöne und schlechte Tage durch, Sonne, Regen, Schnee, Nebel. Ich habe diese Arbeit immer geliebt. Bald werde ich wieder ruhig.

12

Das Frühjahr kommt langsam und sachte und mit viel Nebel. David arbeitet auf einem Hof in der Nähe, wird sehnig und braun. Ich lerne Alastairs alten roten Escort-Lieferwagen fahren und zuckle mit Rex hintendrauf die steilen, gewundenen Wege hinauf und hinunter. An bestimmten Stellen halten wir an und laufen endlos durch den wogenden Nebel. Er rennt wie ein Wilder, wie besessen, schlägt mit seinen großen Pfoten kleine silberne Fontänen aus dem feuchten Boden, wenn er losprescht, hinein in die Nebelwand und wieder heraus aus der Nebelwand, die vor uns hermarschiert. Mauern und Gräben überfliegt er. Seine Nase glänzt. Zu Hause liegt er gern im Hof an seinem Lieblingsplatz, unter den Zweigen eines großen alten Baums, der über die Mauer schaut. David nimmt ihn immer noch auf Kaninchenjagd mit, aber er fängt nie etwas. Er hat gelernt, diese Ausflüge zu fürchten, der arme Kerl, und sieht mich immer hilfeflehend an, wenn er mit eingeklemmtem Schwanz widerwillig zur Tür trottet. »Ach, laß ihn doch hier«, sage ich, aber David ist unerbittlich.

»Er wird es schon lernen«, sagt er. »Ich mach schon noch einen richtigen Hund aus ihm.« Und damit gehen sie los. Ich sollte ein Machtwort sprechen und Rex diese Tortur ersparen, aber es ist so nervig, wenn David den ganzen Tag schlechtgelaunt im Haus herumhängt. Er ist in letzter Zeit sowieso so launisch. Ich wünschte, das Manuskript würde endlich zurückkommen.

Morgens und abends ziehen, geisterhaft im Nebel, kleine junge Stiere am Tor vorüber, rehäugige, feuchtnasige Tiere mit klobigen Knien, die ihre schönen, zum Tode verurteilten Köpfe zur Seite drehen, Tauperlen auf der Stirn, und mit passivem Interesse hereinschauen. Ein kleiner Brauner ist unter ihnen, der sich eines Tages in den Hof verirrte, in Panik geriet und eine halbe Stunde lang im Hof herumgaloppierte, ehe ich ihn hinaustreiben konnte; jetzt kommt er herein, wann immer möglich. Ich habe das Tor mit Holzbrettern verrammelt, aber er schafft es trotzdem hereinzukommen. Es scheint ihm hier zu gefallen. Er ist neugierig, läßt mich nie zu nahe an sich heran, kommt aber und bleibt stehen und starrt mich an und scheint auf mich zu hören, wenn ich spreche. Er ist kaum höher als mein Knie. Das Haar auf seiner Stirn ist schneeweiß, weich und lockig. Die rosigen Ringe um seine Augen sind sauber und glatt. Diese Geschöpfe wachsen zu kräftigen, schmutzigen Tieren heran, die dreck- und mistbespritzt eng zusammengedrängt im Stall stehen und zwischen den Gitterstangen herausschauen. Ihr heiseres Brüllen ist meilenweit zu hören. Die meisten der männlichen Tiere werden geschlachtet, vermute ich. Immer wieder muß ich diesen kleinen Stier hinauswerfen, immer wieder das Tor verrammeln. Dennoch kommt er in den Hof, fixiert mich mit seinen glänzenden braunen Augen und beobachtet mich geduldig, als warte er auf etwas.

Der Nebel bleibt über Wochen, alle Grenzen verwischend und alle Geräusche dämpfend. Dann ist er eines Tages plötzlich fort, und die Welt ist wieder da, mit Blumen und Vögeln und weitem blauem Himmel. Habichte kreisen über der Wiese hinter dem Haus. Hasen spielen auf den Hügeln verrückt. Babe grast mit ihren zwei weißen Zicklein, seltsamen, elfenhaften Geschöpfen mit klugen schmalen Gesichtern und sanften Augen, an den unteren Hängen des Berges. Zu dritt stehen sie scharf umrissen hoch auf einem Felsen, während der Himmel hinter ihnen sich rötlich färbt. Und wenn ich rufe, kommen sie.

Im Sommer kommt viel Besuch, manche Leute bleiben eine Woche, manche einen Monat, manche länger. Das Haus ist voller Kinder, eine kleine verlorene Schar, die zu niemandem zu gehören scheint. Ich steige nie ganz dahinter. Alastair versucht, es mir zu erklären. »Das da drüben ist eine Tochter von Lisa, aber sie lebt jetzt in Leeds bei Annie und Jo. Die sind in Amerika. Wendy und Tom sind Annies Kinder aus ihrer Beziehung mit Paul. Siehst du die drei, die da auf dem Hügel spielen? Der eine hat früher bei Jos Ex gelebt, die anderen sind aus Irland hierhergekommen, weil ihre Mutter krank ist. Bei der großen da bin ich mir nicht sicher, ich glaube, sie zieht einfach so rum. Ich würde schätzen, sie ist ungefähr vierzehn. Sandys Mutter lebt in Peckham und schiebt sie gern mal eine Weile ab. Sie ist allein, da braucht sie ab und zu eine Verschnaufpause. Und der da, der sich dauernd in der Nase bohrt, ist ein Sohn von Paul und irgendeiner Frau in Cornwall.«

Man könnte sie aufreihen wie die Orgelpfeifen. Sie sind überall. Kit findet es herrlich. Sie ist ständig auf Achse, um Nasen und Münder zu putzen, zu schimpfen und zu belehren, hier ein Kind aufzuheben, dort eines sauberzumachen. Mit den älteren spielt sie Monopoly, nimmt sie mit auf den Hof und in ihr Zimmer. Manchmal scharen sie sich alle um mich, kleine schüchterne und große dreiste, weil sie Essen oder Geld oder Aufmerksamkeit wollen. Ich werde bestimmt keine Kinder mehr bekommen, mir reichen die der anderen Leute, denke ich, während ich das seidenfeine Haar eines kleinen Mädchens bürste, das mir erklärt, daß ich ihr Zöpfe flechten soll, weil ihre Mami ihr auch immer welche gemacht hat.

Nachrichten von draußen erreichen uns. Mary ist schwanger. Sie hat vor, Jim zu verlassen. Phyllis schreibt auf ausgefallenem vielfarbigem Papier mit einem Pfau am Rand: Sie ist ebenfalls schwanger; sie hat soeben einen wunderbaren Urlaub in Tunesien verbracht; sie hat den Guru in Amerika besucht. »Bleib zentriert in der Gnade«, schließt sie.

Tina kommt zu Besuch. Sie bringt eine alte Mandoline mit und sitzt den ganzen Tag draußen, um sich mit Hilfe eines Buchs mit ›Alten Weisen‹ das Spielen beizubringen. Sie hat vor, nach London zu gehen, um etwas Geld zu verdienen, und sich dann für den Rest ihres Lebens aufs Land zurückzuziehen. Sie sagt, Städte seien beschissen.

In einem Kasten in Alastairs Zimmer entdecke ich ein Buch über Wildblumen und verbringe Stunden mit ihm am Berg und auf den Hügeln. Eines ruhigen Tages sehe ich, daß Kit ganz allein auf dem Hof einen Stein herumkickt. Sylvia hockt rittlings auf der Mauer und Tim reitet auf Sally, dem dicken Pony, im Kreis auf der Wiese herum.

»Wo sind denn alle?« frage ich.

»In die Stadt gefahren«, sagt Sylvia beinebaumelnd und schlägt nach den Fliegen, die um ihren Kopf summen. »Alastair hat ein paar mitgenommen, und die anderen sind mit der Mandolinenfrau gefahren.«

»Für uns war kein Platz mehr«, erklärt Kit. »Alastair hat gesagt, wir wären schon oft genug in der Stadt gewesen, drum müßten wir hierbleiben.«

Es ist ein schöner Tag, klar und still, mit einem schwachen warmen Lüftchen. Wir planen nichts, es ergibt sich ganz von selbst, daß wir durch den hinteren Garten hinausgehen, über den Zauntritt in die Wiese hinunterklettern, ein wogendes Meer wilder Gräser und Blumen in Rosa, Weiß, Blau und Gelb mit bunten Schmetterlingen und dicken pelzigen Bienen. Kit versinkt darin fast bis zur Brust, und von Rex, der uns vorausläuft, ist nur der aufgestellte Schwanz zu sehen. Überall summt und surrt es, und der graue Fels glänzt wie poliertes Zinn. Wir marschieren bis zum Kamm hinauf und legen uns dort zwischen den drei Grabhügeln auf die Bäuche. Tim läßt Sally unten weiden und kommt uns nach.

»Überlegt mal«, sage ich, »viele Menschen in der Stadt haben nicht mal einen Garten, und wir haben das alles. Haben wir nicht ein Glück? Das macht doch irgendwie alles wieder wett.«

»Was macht es wieder wett?« fragt Kit.

»Ich weiß auch nicht. Alles eben.« Die vielen Male, in denen ich die Grausamkeit hier gehaßt habe. Dies ist das Land. Hier ist es eben so.

»Alastair hat gesagt, daß hier drunter Tote liegen«, sagt Sylvia.

»Stimmt. Hier haben sie früher Menschen begraben.«

»Würdest du dich trauen, nachts hier raufzukommen?« fragt Kit.

»Ich war schon oft hier«, sagt Tim. »Mir macht das nichts aus. Sind doch nur ein paar alte Leichen. Wenn man tot ist, ist man tot.«

Kit legt sich platt auf die Erde und ruft: »Kommt mal mit euren Köpfen hier runter! Schaut mal von hier. Schaut doch. Alles schaut ganz komisch aus.«

Wir legen uns flach auf den Boden und sehen einen dichten, hohen Urwald voll fremdartiger Geschöpfe jeglicher Farbe, glänzend und matt, die an Blättern und Halmen hängen, auf der Erde umherhuschen, Beine und Fühler schwenken, Flügel ausbreiten, mit ihren unsichtbaren, unergründlichen Augen in unsere großen, runden, rotgeäderten starren. Plötzlich bemerke ich auf einem schlanken Grashalm, völlig reglos, einen geflügelten schwarzen Fleck mit Beinen und Augen und dem Neptunszeichen in Silber auf dem Rücken. Ich beobachte das Tier, bis Kit eine Bewegung macht und es wegfliegt. Wir schauen uns durch das hohe Gras an und fangen an zu lachen, dann setzen wir uns einer nach dem anderen wieder auf, Kolosse, die sich aus der Erde erheben. Sylvia rollt den Hang hinunter, läuft hinauf, rollt wieder hinunter, läuft wieder hinauf. Rex hechelt laut und versprüht mit hängender Zunge Speichel. In der Ferne brüllen Rinder.

Das ist es, denke ich. Das ist es. Jetzt bin ich glücklich. Alles ist gut. Alles war gut und wird immer gut sein.

Als ich ins Haus zurückkomme, sind alle wieder da. Tina sitzt an der Hintertür und müht sich auf der Mandoline mit ›You Are My Honeysuckle‹ ab. Sie sitzt immer im Schatten, sie hat eine sehr weiße Haut. »Ich glaube, du solltest mal nach David sehen«, sagt sie am Ende einer Tonfolge. »Er ist oben in eurem Zimmer. Der Briefträger war hier und hat ihm ein Paket gebracht.« Sie spielt weiter.

Mir sinkt der Mut. »Wie hat er gewirkt?«

Sie schüttelt den Kopf, dann sagt sie: »Ernst.«

Ich setze mich eine Weile neben sie, beobachte Kit und die anderen auf der Wiese, lausche dem Geplapper in der Küche.

»Was ist aus dem Wunderknaben geworden?« fragt sie, während sie immer wieder die gleichen vier Töne spielt. »Wieso wird sein Zeug zuerst überall gedruckt und jetzt überhaupt nicht mehr? Was hat sich geändert?«

Ich überlege eine Zeitlang. »Er ist nicht bereit, Kompromisse einzugehen. Er behauptet, alles, was er früher geschrieben hätte, wäre Mist gewesen. Das, was er jetzt schreibt, wäre das Wahre. Nur will keiner es lesen. Er ist der einzige, der auf der Höhe der Zeit ist, alle anderen sind Idioten.«

»Und was meinst du? Ist es gut?«

»Ich weiß es nicht.« Ich habe es alles so satt. »Ich kann nichts damit anfangen.«

Ich gehe nach oben. Im Haus müssen sich meine Augen erst an das Dämmerlicht gewöhnen. David liegt auf dem Bett, das Gesicht ins Kissen gedrückt, einen Arm zum Boden herabhängend, der mit zerknüllten Papierfetzen bedeckt ist, die anmutig um sich selbst gedreht sind, um Wörter, um Wortfragmente, um Stiefelabdrücke. Seine sämtlichen Gedichte. Er spürt meine Anwesenheit und wendet mir sein erhitztes Gesicht zu. »Sie haben sie abgelehnt«, sagt er. »Lauter Idioten. Das wär's dann. Das wär's. Das ist das Ende.«

Mir graut vor dieser Szene. Ich hätte sie gerne schon hinter mir. Ich setze mich zu ihm aufs Bett wie eine Mutter zu einem kranken Kind. »Es erscheint dir jetzt schlimmer, als es ist«, sage ich. »In ein, zwei Tagen hast du mehr Abstand. Ich weiß, du hast von allem Kopien. Du versuchst es einfach noch mal. Zwei Ablehnungen sind doch gar nichts. Sechs sind gar nichts. Auch zehn nicht. Du mußt das einstecken können.«

Mit einem Ruck wendet er sich ab. »Sei still! Ich mein's ernst. Sag kein Wort. Wie willst du das verstehen? Es ist *mein* Leben. Jetzt ist Schluß. Ich mein's ernst. Schluß. Schluß. Kapier das endlich und halt den Mund.« Er schnauft laut in das Kissen.

Plötzlich würde ich ihn am liebsten prügeln, ihn schütteln, daß die Knochen klappern, ihm ins Gesicht schlagen und schreien: Bildest du dir ein, du wärst was Besonderes, weil du Gedichte schreibst? Wen interessiert das schon? Wir haben alle Probleme, nicht nur du allein, der große Mann, der große Mann. Was ist mit mir? Aber statt dessen stehe ich auf und gehe zur Tür.

»Gloria!« ruft er.

Ich zögere. Ich glaube, er weint. Ich gehe zu ihm. Sein Gesicht ist feucht und zerknittert, seine Lippen sind trocken, in seinen Augenwinkeln ist Schmutz.

»Gloria«, sagt er, wischt sich die Nase und die nasse Oberlippe. Ich lege mich neben ihn, nehme ihn in die Arme und tröste ihn. Sein Kopf in der Mulde meines Halses bringt mir keinen Trost. Sein Atem ist sauer: das und seine glänzende rote Haut widern mich ein wenig an.

Alastair macht Wein. Er und David betrinken sich jeden Abend.

David trottet lustlos durch den Sommer, trottet lustlos auf dem Berg umher, trottet lustlos durch das Haus, kickt im Hof Steine durch die Gegend, starrt ins Feuer, starrt in den Spiegel. Manchmal bleibt er bis drei im Bett. Er kämmt sein Haar nicht mehr, seine Kleider stinken, seine Jeans hängt schlotternd um seinen Hintern und seine Knie. Er hat stets einen spöttischen Zug um den Mund. Ich rede mit ihm, ignoriere ihn, schimpfe, argumentiere, verwöhne ihn, versuche, ihn bei Laune zu halten.

»Laß mich in Ruhe«, sagt er.

Er furzt beim Essen, terrorisiert die Tiere, lacht laut und grölend über idiotische Comedy-Programme im Radio. Seine Augen haben manchmal einen Ausdruck, als stünde er unter Schock. Nachts liegt er wach neben mir und wickelt unentwegt sein Haar um seinen Finger. Wir berühren einander nicht.

»Du wirst mich doch nie verlassen, oder?« sagt er. »Das würdest du doch nicht tun? Ich würde das nicht überleben. Das weißt du, nicht wahr?«

»Nein, ich werde dich nicht verlassen«, sage ich. »Mach dir keine Sorgen.«

Wie kann ich ihn so verlassen?

Der Regen kommt. Er setzt Anfang September ein und dauert an wie ein endloser Dämmerzustand, wispernd, rauschend, plätschernd bei Tag und Nacht.

Eines Tages zieht Rex mit David los und kommt nicht zurück. Ein Sturm tobt über dem Haus. David sitzt am Feuer und ißt Suppe. »Der Hund ist weg, dieser Mistkerl. Er ist einem Hasen oder irgendeinem anderen Tier nachgerannt und wollte ums Verrecken nicht zurückkommen.«

Kit und ich stapfen unter einem grollenden, brodelnden Himmel den Berg hinauf, schreien und rufen vergeblich, durchnäßt, blind und taub.

»Es hat keinen Sinn«, schreie ich ihr ins Ohr. »Wir müssen umkehren.« Ihr Gesicht fällt in sich zusammen, häßlich wie das des häßlichen Säuglings, der sie einmal war. Wir nehmen einander in die Arme und weinen um Rex, der irgendwo in diesem Toben verloren ist.

Ich weine um meinen grünen Stock, meinen Glücksfisch, meine Mutter, meinen Hund. Ich bin Picassos ›Weinende Frau‹.

»Es gibt noch andere Hunde«, sagt David. »Nimm's doch bitte nicht so schwer. Ich fühl mich entsetzlich, wenn du weinst. Ehrlich, ich konnte nichts tun.« Dann rauft er sich mit den Fingern die Haare und sieht sich mit diesem etwas irren Blick um, den er in letzter Zeit hat. »Mein Gott, man kann sich doch hier sowieso kaum bewegen vor lauter Hunden.«

»Ich hasse ihn«, sagt Kit. »Es ist seine Schuld. Er hat Rex verloren.«

»Keiner ist schuld«, sage ich. Es ist so sehr meine Schuld wie die jedes anderen. Ich hätte schon vor Monaten ein Machtwort sprechen und sagen können, laß das arme Tier in Frieden. Ich hätte dafür sorgen können, daß es dabei bleibt.

»Ich hasse ihn«, sagt sie mit einer neuen Härte.

»Aber nein, das tust du nicht.«

»Doch. Doch, ich hasse ihn. Du hast keine Ahnung, wie ich hassen kann. Du sagst dauernd, ich kann's nicht, aber ich kann's. Du weißt gar nichts von mir.«

Ich sehe sie an – sprachlos, müde, überwältigt von ihrer Präsenz. Ich kenne dieses ernste, zornige Kind nicht, das so zwingend spricht. Sie macht mir angst. Sie hat recht. Ich kann ihr nicht vorschreiben, wie sie zu empfinden hat. Sie hat ein Recht zu hassen, wenn sie das will. Was kann ich denn auch dagegen tun? Manchmal verhält sie sich David gegenüber so, als existiere er nicht, manchmal ist sie offen beleidigend zu ihm, manchmal kämpfen sie miteinander; sie tun das in Form von albernen Spielen, bei denen sie einander zu übertrumpfen suchen wie zwei boshafte Kinder. Wer kann dem Blick des anderen am längsten standhalten? Wer kann am weitesten spucken? Wer kann den größten Bissen aus einem Apfel beißen? Natürlich gewinnt immer er. Dann geht er davon und hängt irgendwo in der Pose des schönen und verdammten Dichters herum, zieht diese ganz blödsinnige Nummer ab, die er noch so gut drauf hat, während sie wütet und schäumt, ein kleines Mädchen, das wieder einmal verloren hat.

»Benimm dich doch nicht so kindisch«, sage ich zu ihm. »Hältst du das etwa für eine Heldentat? Mit einem Kind zu konkurrieren? Du weißt doch genau, daß du gewinnen wirst. Laß sie in Ruhe.«

»Sie fängt an«, sagt er.

Manchmal kommt sie und klebt an meinen Fersen, als wolle sie mir etwas sagen, könne aber die Worte nicht finden. Eines Tages erscheint sie im Stall, während ich gerade das Hühnerfutter rühre, und sagt leise etwas, das ich nicht verstehe. Ich bin mit meinen Gedanken woanders, bei einem alten roten Kleid, das ich früher oft getragen habe, erinnere mich, wie ich darin ausgesehen habe, und denke, wie leid ich diese alten Klamotten hier bin, wie gern ich mich zurechtmachen und in die Stadt fahren würde. Ich sehe das Kleid vergessen in meinem Schrank hängen.

»Was?« sage ich.

Sie murmelt wieder etwas.

»Was?«

»Du magst mich gar nicht, stimmt's?«

»Was!«

»Du magst mich gar nicht.«

»Aber natürlich mag ich dich.« Ich lege den Rührlöffel weg und sehe ihr in das ausdruckslose Gesicht. »Wie kannst du so was Schreckliches sagen!«

»Weißt du, was ich gestern getan hab?« Sie lächelt und senkt den Blick.

»Was denn?«

Sie kichert. »Wie ich ihm das Essen raufgebracht hab, hab ich reingespuckt. Ich hab reingespuckt und einen toten Wurm reingelegt. Ich hab ihn ganz klein geschnitten, damit er's nicht merkt. Geschieht ihm ganz recht. Ich hasse ihn.«

»Kit! Bist du verrückt geworden? Ich kann es nicht glauben.« Aber ich glaube es, ich glaube es. Was geht hier vor? Mir wird eiskalt.

»Doch, ich hab's getan, ich hab's getan.«

Ich weiß nicht, was ich tun soll, ich weiß nicht, was ich sagen soll. Einen Moment lang hasse ich sie beide, würde ihnen am liebsten die Köpfe aneinanderschlagen, bis die harten Schädel brechen.

»Untersteh dich ja nicht, so was noch mal zu tun. Ich kann es nicht glauben. So was Scheußliches –«

»Du magst mich nicht, stimmt's?«

»Ach, red keinen Unsinn.«

»Aber es stimmt doch, du magst mich nicht. Ich weiß es, weil du neulich was gesagt hast. Ich sag dir nicht, was es war, aber es ist der Beweis.«

»Ich hab was gesagt? Was denn?«

»Das sag ich dir nicht.«

»O Gott, ich hab's satt. Ich weiß nicht, was du von mir hören willst.«

»Es geht nicht darum, was du sagst, es geht darum, was du tust!«

»Meinetwegen, ich weiß nicht, was ich deiner Meinung nach tun soll.«

»Ich finde es furchtbar, daß du mich nicht magst.«

»Aber ich mag dich doch.«

»Du hast neulich was gesagt.«

»Was denn?«

»Das sag ich dir nicht.«

Ich fange an zu weinen. Sie beugt sich vor und beobachtet mich aufmerksam und leidenschaftslos. Genau das wollte sie. »Du kommst schon zurecht«, sagt sie kalt und geht hinaus. Ich weine in die Schüssel mit dem Hühnerfutter und denke an mein altes rotes Kleid.

Ich füttere die Hühner und mache dann im feinen Nieselregen einen Spaziergang die unteren Hänge des Bergs entlang. Ich mache eine lange Wanderung, durchwate kleine Bäche, steige durch Gräben hindurch, klettere über Zäune, springe von Grasbüschel zu Grasbüschel, schlage Bögen um sumpfige Stellen. Dunstschwaden drehen sich um mich, befeuchten mein Gesicht, benetzen die Ginsterbüsche mit Girlanden winziger Tröpfchen, dämpfen alle Farben zu Pastelltönen. Hier und dort weiden Rinder, die die Köpfe heben und mich ansehen. Die Felsen glänzen.

In einer flachen Mulde schließlich, die von einem Entwässerungsgraben und einem Zaun begrenzt ist, sehe ich von weitem etwas wie eine alte braune Decke, die zu lange im Regen gelegen hat. Ja, denke ich und gehe darauf zu, ich wußte immer, daß ich dies eines Tages würde sehen müssen. Dicht davor bleibe ich stehen und blicke zu dem verwesten Kadaver hinunter: augenlos, abgenagt, so daß die schmutzig-weißen Rippen hervorstehen. Er liegt auf den nassen Steinen des Grabens, den Kopf unter dem Zaun hindurchgeschoben, das Halsband im Stacheldraht verfangen. Hier ist er gestorben, in einer Falle, wenn nicht von der Gewalt des Sturms getötet, dann langsam – an Hunger und Unterkühlung verendet. Er ist immer vor mir hergelaufen, hat sich umgedreht, um nach mir zu sehen, hat sich auf der Höhe eines Anstiegs an mich gedrückt. Ich knie nieder und streichle die spärlichen verfilzten Überreste seines Fells trotz des Gestanks und der Nässe, die an meiner Hand klebt. Ich erinnere mich an jene furchtbare Nacht und stelle mir vor, wie er seine Augen vor dem Regen schloß, der gnadenlos auf seine weichbehaarte Stirn geprasselt sein muß.

Nach einer Weile nehme ich das Halsband ab und nehme es mit mir nach Hause. Ich werde es nie jemandem erzählen. Ich werde nie wieder diesen Weg gehen.

Der Winter kommt. Ich werde mein altes rotes Kleid ausgraben, denke ich eines Tages, als ich vom Dorf nach Hause fahre. Ist ja egal, wenn ich hier keine Gelegenheit habe, es zu tragen. Ich trage es einfach für mich, in meinem Zimmer. Dann denke ich auf einmal: Ich will nicht noch einen Winter hier erleben. Ich bin erstaunt über die Plötzlichkeit dieses Entschlusses. Ich gähne, mit kalten Händen das Lenkrad umfassend, todmüde, alles leid, David, Kit, diesen Ort, den ewigen Geldmangel, den Nebel, den Regen, mich selbst. Zu Hause, in der Küche, ist es warm und gemütlich, Tina wärmt sich die Füße am Feuer, Alastair rührt irgend etwas in einem Topf, Sylvia füttert die Hunde. David ist nirgends zu sehen.

»Ach, gut, daß du wieder da bist«, sagt Alastair. »Könntest du die Bretter vors Tor legen, Schatz?«

Ich gehe hinaus und sichere unser Tor mit dem Gitterwerk aus Brettern, während draußen gemächlich die Rinder vorbeitrotten, schattenhafte, massige Tiere, die Qualmwolken atmen und nach Mist und Regen und den winterlichen Wiesen riechen. Alles tropft. Der kleine Stier schert aus der Herde aus und sieht mich durch eine Lücke in den Brettern mit seinen milden, müden Augen an. Eine Falte in seiner weichen rosigen Nase ist ganz neu, als hätte jemand sie gerade hineingebügelt. Ein paar abgebrochene Zweige liegen rund um das Tor, an der Stelle der Mauer, an der Rex immer gelegen hat. Es wird dunkel.

»Du kannst hier nicht rein«, sage ich.

Er senkt den Kopf und malmt mit leisem Schnauben.

»Ist ja gut«, sage ich dümmlich.

Er läßt sich flüchtig die beinharte Stirn streicheln, dann bekommt er es mit der Angst und springt auf die Seite, kommt aber augenblicklich zurück und wartet geduldig auf Einlaß, während er mich mit seinen unergründlichen Augen ansieht.

»Ich kann dich nicht reinlassen«, sage ich. »Das geht nicht.«

Seine Zunge schnellt heraus, lang und blau. Er ist so schön, daß ich weinen könnte. Es ist jetzt Nacht zwischen den Hecken. Ich schicke ihn fort in die Dunkelheit. Ich verrammle das Tor, gehe durch den dunklen Hof in den verlassenen Gemüsegarten, wo ein paar feuchte T-Shirts und eine blaue Strumpfhose schlaff an der Leine hängen. Ich nehme sie ab und bleibe eine Zeitlang mit den Klammern in der Hand stehen, leicht an die Leine gelehnt, versonnen. Eine schreckliche Traurigkeit überfällt mich, als wäre ein Licht, das den ganzen Abend geflackert hat, plötzlich ausgegangen und hätte nichts zurückgelassen als Finsternis. Ich fahre in die Höhe und laufe den Lichtern des Hauses entgegen. Ich kann hier nicht bleiben. Ich kann nicht. Wohin soll ich gehen? Ach Gott, schon wieder etwas Neues, schon wieder etwas Neues. Mut, mein Herz. Laß mich diesmal nicht im Stich.

Ich werde mein altes rotes Kleid rauskramen, ja, das werde ich tun. Ich gehe in das warme Haus, durch die Küche zu meinem Zimmer hinauf, ziehe die Vorhänge zu, tauche in den Kleiderschrank.

Die Motten haben Löcher in mein altes rotes Kleid gefressen.

Na und?

Ich gehe früh zu Bett, liege in der Dunkelheit und lausche dem stetigen Tropfen von Feuchtigkeit draußen, höre das gedämpfte Murmeln des Radios und der Leute in der Küche. Ich schließe die Augen. Oberflächlich, schuldbewußt, spreche ich schnell ein Gebet mit der Bitte um eine Jeans, die paßt, einen

Mantel, den ich in der Stadt tragen könnte, weiche, knöchelhohe Stiefel, eine scharlachrote Schärpe, Socken ohne Löcher. Fern wie die Dünen Arabiens verblassen sie. Ich träume. Ich gehe die Treppe hinunter. Alles schläft. Ich trete in die niedrige, hübsche Küche. Das Licht brennt, aber das Feuer ist ausgegangen. Ich stehe mitten in der Nacht mitten in der Küche und sage: Ich liebe dieses Haus. Warum bleibe ich nicht hier? Und bemerke beim Sprechen ein feines Geräusch wie Vogelgezwitscher – vielleicht kommt es aus dem Kamin oder von der Giebelwand. Dann sehe ich sie, drei kleine aufgeplusterte blaue Vögel, die in einer Reihe auf einer Leiste über dem Kamin sitzen, klein wie Spielzeuge, mit niedlichen, ängstlichen Gesichtern. Sie scheinen zahm zu sein. Langsam gehe ich auf sie zu und strecke eine Hand aus. Vielleicht, denke ich, wird einer von ihnen auf meinen Finger hüpfen. Aber sie flattern alle drei wütend auf, schrill kreischend und mörderisch, und stürzen sich auf mein Gesicht und meine Hände, die ich vor meine Augen geschlagen habe, aus Angst, sie könnten sie mir aushacken. Ich falle rückwärts, falle und falle und falle.

Ich falle immer weiter. Ich erwache nicht einmal. Ich weiß nicht, wo das enden wird.

13

Wir sind nach London zurückgekehrt, aber Kit hat sich geweigert mitzukommen.

Anfangs rief sie mich jeden Tag per R-Gespräch an. Ich konnte nicht glauben, daß ihre Stimme aus diesem lang verlorenen Haus am Fuß des Berges kam, so dunkel und romantisch wie eine alte Sepiapostkarte. Sie hätte in einer Zeitkapsel sein oder in einer fliegenden Untertasse durch das Universum wirbeln können. Und dann rief sie mich schließlich an, um mir zu sagen, sie hätte sich entschlossen; sie käme nicht zurück, ich brauche mir nichts zu denken, Alastair habe gesagt, sie könne bleiben, wenn es mir recht sei, und es sei mir doch recht, nicht wahr? Es ist dir doch in Wirklichkeit ganz recht, Mami. In mir setzte etwas aus. Das ist meine Tochter, noch nicht dreizehn Jahre alt.

Sie will mich verlassen.

Ich sagte nein.

»Aber das ist doch bescheuert«, schrie sie. »Ich hasse London. Was soll das? Du weißt, daß ich es hasse. Alle meine Freunde sind hier.« Sie begann zu weinen. »Hier ist mein Zuhause. Mein *Zuhause*. Sei nicht so gemein und grausam zu mir.«

»Du bist erst zwölf«, sagte ich. Meine Stimme klang fremd.

»Ich geh auch immer zur Schule«, sagte sie. »Ich versprech's dir. Mir gefällt die Schule hier. Ich werd brav sein, ich versprech's dir, ich werd brav sein.« Dann fügte sie hinzu: »Komm du doch rauf. Verlaß ihn und komm hierher. Er ist doch sowieso so ein blöder Idiot.«

»Nein. Sag du mir nicht, was ich zu tun habe, Kit.«

»Ich hasse dich, Mami.« Damit legte sie auf.

Wir telefonierten und stritten fast eine Woche lang. Alastair schaltete sich ein. »Sie ist in Ordnung«, sagte er. »Sie schlägt nicht über die Stränge und macht keine Dummheiten. Ich werde dafür sorgen, daß sie regelmäßig zur Schule geht, wenn es das ist, was dir Sorgen macht. Ich glaube, es kann jetzt niemand mehr sie zu etwas zwingen, was sie nicht will. Sie ist sehr vernünftig für ihr Alter ...«

Ist sie das?

Ich glaubte nicht mehr an das Haus in Schottland. Die Wirklichkeit war das Geräusch eines anfahrenden Busses auf der Straße, meine tropfende Wäsche auf dem Balkon. Das Gespräch mit Alastair war wie ein Gespräch mit einer Romanfigur. Kit trat verblassend in die Seiten eines Buches zurück. Das Schicksal wollte, daß sie kam, nun will das Schicksal, daß sie geht. Natürlich. Ich habe sie nur ein Stück Wegs begleitet.

Es ist, als bilde sich eine kleine Wolke um alles, sobald es gelebt wird. Manchmal bauscht sie sich bis in die Gegenwart hinein und senkt sich über mich, wenn ich durch die Straße gehe, in einem Bus sitze, fliegt wie ein von der Sehne geschnellter Pfeil aus der nebelhaften Vergangenheit in die Lichter Londons.

Eines Nachmittags sehe ich auf dem Heimweg von der Arbeit David und Lisa, die vor dem Fenster eines Ausstellungsraums stehen und sich irgendwelche blitzenden Motorräder anschauen. Sie ist in voller Kriegsbemalung. Sie stelzt in einer Lederjacke und Flickenjeans die Straße hinunter, eine Zigarette zwischen den Lippen, eine alternde Gangsterbraut, Vampirin, weiße Haut und schwarzes Haar und blutrote Fingernägel. Stilvoll.

Ich stehe eine ganze Weile unbemerkt auf der anderen Straßenseite und beobachte sie. Ich weiß es. Ich weiß es einfach. Sie berühren einander nicht, tun gar nichts; so einfach ist das nicht. Sie brauchen keine Worte oder Blicke zu tauschen – sie brauchen gar nichts zu tun; es ist die Art, wie sie stehen und gehen, gemeinsam, locker, im Gleichschritt, langes Bein an langem Bein, sie in ihrer knallengen Jeans, er mit seinem alten schwarzen Hut. Wie er an den Dingen festhält. An dem alten schwarzen Hut. Dem Zippo-Feuerzeug. An mir. Am Bordstein bleiben sie stehen. Sie berührt seinen Ellbogen. Er berührt ihre Schulter. Sie gehen über die Straße. Wohin gehen wir? Wohin? Fort von meinem Zuhause, fort von ihrem. Auf was für einer geheimnisvollen Reise befinden wir uns?

Ich gehe heim und lege mich aufs Bett, ziehe die Knie hoch und reibe sachte meinen Bauch. Es wird dunkel im Zimmer, dunkel draußen, das Neonlicht blinkt, an, aus, an, aus. Die Uhr tickt. Es ist mir egal, es ist mir wirklich egal. Ausgelassene Kinder toben unten auf der Straße.

Es war einmal ein kleines Mädchen, das in einem unermeßlichen Urwald lebte und in den moosgepolsterten Riesenschaufeln eines Elchs ritt. Es war einmal ein kleines Mädchen namens Gloria, das auf der Pilzwiese spielte. Sie wurde groß und hatte einen Mann und eine Tochter. Nun sind sie fort. Nun hat sie blinkendes Neonlicht und einen Balkon und eine kleine Wolke.

Ich stehe zu schnell auf und stolpere benommen in die Küche, hole mir etwas zu essen und mache es mir mit Esmeralda, mittlerweile ein massiges, streitsüchtiges Tier mit dickem Kopf, auf dem Sofa bequem. Ich habe es satt, arm zu sein. Ich habe Angst, daß mir das wenige, was ich noch habe, genommen wird. Ich habe Angst um die Schuhe an meinen Füßen und die Wärme in meinem Körper und das Essen in meinem Mund. Am Rand zu leben, immer am Rand, ach, wie das die Seele ermattet.

Ich wollte, Kit wäre hier. Sie wäre von der Schule heimgekommen, hätte sich auf den nächsten Stuhl fallenlassen und ihre Schuhe weggeschleudert; ich hätte Wasser aufgesetzt und ihr etwas zu essen gemacht. Wie war's? hätte ich gesagt, und sie hätte ein Gesicht gezogen. Jetzt wäre sie im Bett, Knie hochgezogen, Esmeralda auf ihrer Decke, würde Platten hören oder fernsehen, das glatte Haar zurückwerfen und mir zurufen, Mami, rat mal, was ich heut gelesen hab!

Aber sie ist nicht hier, sie ist dort. Hier kann ich nicht bleiben; und dorthin möchte ich nicht.

Eine Stunde später kommt David und sagt: »Hast du den Moralischen? Meine arme Glory. Soll ich dir eine Tasse Tee machen?« Er geht in die Küche und klappert herum, kommt mit zwei Henkelbechern zurück, schaltet dann den Fernseher ein und sieht sich eine *comedy show* an. Distanziert, analytisch beobachte ich ihn beim Zuschauen, sein lachendes Profil, das in das Licht vom Bildschirm getaucht ist. Er sieht älter aus als achtundzwanzig: Die Fältchen an seinem Augenwinkel ziehen sich in mehrfachen Halbkreisen zu seiner Wange hinunter, die wie mit einer Schöpfkelle ausgehöhlt erscheint. Auf der Seite fehlt ihm ein Zahn. Sein Haar ist schmutzig, sein Kragen ist schmutzig. Ich kenne ihn seit einer Ewigkeit. Irgendwo in ihm steckt der, der er früher war. Ich sehe ihn nie mehr. Es ist wie der Tod – nein, wie ein Koma; er ist in ein Koma gefallen, und man hat ihn in diesen Sarg gelegt, sein neues Selbst. Es macht mir nichts aus, den neuen zu verlieren, aber wenn der fort ist, dann ist auch der alte nicht mehr da. Schließlich für immer fort.

Und dann bin ich ganz allein.

Ich muß neue Menschen kennenlernen.

Es muß etwas geschehen. Ich arbeite hart, und trotzdem ist nie genug Geld da, und sein neues Buch wird niemals fertig werden, und wenn doch, na, wenn schon! Keine Kapitulation! Er wird der bleiben, der er ist, und die ganze Welt kann zum Teufel gehen. Er erwartet nichts. Sie werden sein Genie niemals erkennen. Scheiß auf sie alle. Diese Idioten.

Er sitzt in einer Ecke und schreibt wie wild. Ich will ihn nicht mehr sehen.

Manchmal kommt er und drückt sich an mich. Sein Blick ist irr, seine Lippen sind spröde und aufgesprungen. Er bekommt Sulfat von Lisa. Er behauptet, es sei gut für seine Arbeit. Immer riecht in letzter Zeit sein Atem ein wenig. Warum sucht er soviel meine Nähe? Täusche ich mich in bezug auf Lisa? Sein Kopf ist ein schweißfeuchter Ballon unter meinem Kinn. »O Gott, o Gott, Gloria! Halt mich fest. Ich kann nicht mehr schreiben. Weshalb sollte ich auch? Weshalb sollte ich? Aber was kann ich denn sonst tun? Was *kann* ich denn sonst tun?«

Im Bett drängt er sich im Schlaf an mich, wirft einen schweren Arm über mich, atmet mir ins Gesicht, zerrt mich an den Haaren, schwitzt und wälzt und wirft sich endlos herum.

»Laß mir mehr Platz«, sage ich.

Im Schlaf runzelt er die Stirn und wendet sich beleidigt ab. Eine halbe Stunde später beginnt es von neuem.

»Laß mir Platz«, sage ich tausendmal und gebe auf und schlafe an der Bettkante.

Ich muß etwas tun. Ich bin in einer Wolke. Halb im Schlaf. Aus der Wolke schießen Blitze intensiver Klarheit, Momente, wahllos.

Ich stehe auf dem Balkon und hänge meine Wäsche auf. Unten ist ein langer Hof mit einem Tor und Unkraut, gegenüber die Rückfront einer Häuserreihe. Was für eine Idee, meine Kleider so rauszuhängen, daß alle Welt das schlaffe, tropfende, abgetragene Zeug sehen kann: Seht her, das bin ich. Diese Sachen trage ich. Schaut her, schaut euch die Lumpen an, mit denen ich mich bekleide. Pfützen bilden sich auf dem Balkon. Mein Atem bildet Wölkchen.

Ich gehe wieder hinein und setze mich an den Tisch und überlege, was ich tun soll. Es ist Samstag. Ich fühle mich fremd: hier fällt es wieder auf mich herab, das alte fremdartige Gefühl, wie Träumerei. Ich blicke auf meine Nägel hinunter und denke, daß sie aussehen wie Augen an den Spitzen meiner Finger. Etwas in mir macht es sich bequem, findet seinen Platz, läßt sich häuslich nieder. Mein Herz klopft sehr schnell. Es gehört *mir*, *mir*, ich will nicht geheilt werden. Die liebe, vertraute Fremdheit; die Fremdheit und die vorübergehende Fremdheit; ich streife sie über wie einen alten Handschuh, sie paßt wie angegossen. Ich krümme meine Hand. Wie sie haftet, wie sie sich dehnt, eine zweite Haut. Ich werde jetzt einfach hier sitzenbleiben und Erinnerungen an die Zeit nachhängen, als ich verrückt war, so wie die alten Leute mit Wehmut auf die gute alte Kriegszeit zurückblicken. Ja, damals hatten wir noch Mumm. Stimmt das nicht? Ich muß zu Tina gehen und mit ihr darüber reden. Wo ist sie? In Yorkshire. Was hilft mir das? Wie kann sie es wagen, in Yorkshire zu sein! Weißt du noch, wie wir dem alten Knacker eins auf die Nase gegeben haben? Oh, Freude! Oh, Macht!

Draußen klopft es. Ich fahre zusammen. Ich erwarte niemanden. Da ist es wieder, amtlich, poch, poch, poch. Ich stehe auf und gehe zur Tür. Eine unerklärliche begierige Erwartung erwacht in mir. Es wird ein alter Freund sein, ich weiß es – der Sensenmann wird hier auf meinem heimeligen Balkon mitten in der Stadt stehen, die glänzende Sense über seiner Schulter, und mich mit seinem breiten augenlosen Grinsen ansehen. Er hat extra den weiten Weg gemacht, um mich zu sehen. Aber als ich hinausschaue, steht da nur ein ungepflegter Mann mit einer Wollmütze und einer Brille mit sehr dicken Gläsern mitten unter meiner tropfenden Wäsche. Vielleicht ist es eine Verkleidung. Seine massige, knotige Hand hält ein Messer, dessen Spitze auf mich gerichtet ist. Auch dies gehört zu der Fremdheit. Ich habe keine Angst. Ich kann seine Augen nicht sehen, die Brillengläser sind zu dick.

»Ich will zu Dave«, sagt er aggressiv.

»Der ist nicht da«, sage ich und bin so gänzlich ohne Furcht, daß er mich neugierig mustert, bevor er wieder spricht. Ich sollte versuchen, wirklich versuchen, Angst zu haben.

»Na schön«, sagt er, »richten Sie ihm einfach aus, daß ich – nein, ich weiß was Besseres, ich komm rein und warte auf ihn.« Er macht Anstalten hereinzukommen.

»Ach, hauen Sie ab«, sage ich und mache die Tür zu. Kichernd lehne ich mich dagegen. Ha! Dem hab ich's gezeigt.

Er klappert am Briefkasten. »Mensch, Schätzchen«, ruft er durch den Schlitz. »Ich wollt Sie doch nicht erschrecken.«

»Hauen Sie ab!« rufe ich vergnügt.

Ich höre ihn herumstapfen, schwer atmend und vor sich hinbrummend.

»Ich ruf gleich die Polizei«, schreie ich durch den Briefkasten. Na, gefallen Ihnen meine Schlüpfer? Die Strumpfhose mit den Löchern drin? Das ausgeleierte T-Shirt? Mann, verpissen Sie sich.

»Schätzchen«, ruft er, »ich will zu Ihrem Alten. Sagen Sie ihm, daß Larry hier war. Dann weiß er schon. Sagen Sie ihm, er soll seine Schulden bezahlen, okay? Er soll seine Schulden bezahlen, dann gibt's keinen Ärger. In Ordnung?«

Dann geht er.

Als David gegen Mitternacht heimkommt, sitze ich da und esse Chips. Er steht am Feuer, in seinem langen Mantel und dem großen Hut, die Augen im Schatten, die Lippen leicht geöffnet, schmollend.

»Ein Mann mit einem Messer war hier und hat dich gesucht«, berichte ich, als wäre das gar nichts. »Larry. Er sagt, du sollst deine Schulden zahlen, sonst passiert was.«

Ruckartig, mit erschrockenem Blick, hebt er den Kopf. Er fällt vor mir auf die Knie und faßt mich bei den Schultern. »Hat er dich bedroht?« fragt er. Sein Gesicht ist ganz kalt vom Heimweg.

»Nein.« Ich schüttle gereizt seine Hände ab. »*Ich* schulde ihm ja kein Geld.« Ich lache. »Er hat mich Schätzchen genannt und sich dafür entschuldigt, daß er mir angst gemacht hat. Aber ich hatte keine Angst. Er war ein ziemlich armseliger Messerstecher.«

Einen Moment sieht er mich scharf an, unsicher. »Gloria«, sagt er, »irgendwas an dir ist sonderbar ...«

Ich lache und greife nach seinem Gesicht, kneife ihn bösartig in die Wangen, schüttle seinen Kopf, plötzlich von einem wilden Verlangen ergriffen, sein Fleisch mit meinen Fingernägeln aufzureißen. Er fährt erschrocken zurück, dann umfaßt er meine Hände und hält sie fest, so daß sie keinen Schaden anrichten können. Ich hasse seine Stärke.

»Laß meine Hände los!« schreie ich mit schrecklicher Stimme.

Er läßt sie fallen und weicht hastig zurück, verzieht sich auf die andere Seite des Zimmers. »Es tut mir leid«, sagt er. »Es tut mir leid, daß du Angst hattest ...«

»Ich hatte keine Angst.«

»Dieses Schwein! Hierher zu kommen! Ich bring ihn um, wenn ich ihn sehe ...«

»Das Messer hat *er*«, sage ich aufspringend und sehe mit Genugtuung, wie er bei meiner Bewegung erstarrt. Natürlich, denke ich, das ist neu für ihn. Das erstemal hat er mich ja nicht erlebt. »Was hat das zu bedeuten, David? Was hast du getrieben? Mit wem hast du dich eingelassen, daß plötzlich Männer mit Messern an der Tür erscheinen? Wieviel schuldest du ihm?«

Er zuckt betreten die Achseln. »Ach, nicht viel, er macht nur ein Riesentheater, der blöde Kerl.«

»Wieviel?«

»Ungefähr sechzig Pfund.«

»Mein Gott, David«, stöhne ich. »Kannst du mir sagen, woher wir sechzig Pfund nehmen sollen? Du kannst doch nicht einfach Schulden machen ...«

»Ich krieg das Geld schon«, fährt er mich gereizt an. »Ich krieg es schon. Das ist nicht dein Problem. Du brauchst dir kein Kopfzerbrechen darüber zu machen.«

»Und wer ist der Kerl überhaupt? Wieso schuldest du ihm Geld?«

»Das geht dich nun wirklich nichts an«, antwortet er.

Da brennt bei mir endgültig die Sicherung durch. Ich schreie und brülle zitternd vor Wut, schleudere die Teekanne an die Wand, wo der lauwarme Inhalt einen großen braunen Fleck hinterläßt, schreie ihm ins Gesicht, daß er ein dummer, abscheulicher, arroganter, egoistischer, prätentiöser, schwacher, haltloser, erbärmlicher, unbegabter Scheißkerl ist und ich ihn satt habe, satt, satt bis obenhin, ihn und sein blödes, häßliches Gesicht. Er steht stocksteif, leichenblaß, auf jede unerwartete Bewegung gefaßt. Ich renne ins Schlafzimmer, knalle die Tür zu, werfe mich aufs Bett und bleibe dort zitternd und mit klopfendem Herzen liegen. An der Wand blinkt das Neonlicht. Ich höre Musik.

Armselig, denke ich. In meinen Glanzzeiten hätte ich das besser hingekriegt. Laß mir Zeit. Laß mir Zeit.

Eine halbe Stunde später kommt er herein, macht Licht und setzt sich auf die Bettkante. Wir sehen einander an. Er versucht es mit einem schwachen Lächeln, aber ich erwidere es nicht. Da gibt er auf. »Hallo«, sagt er sarkastisch, »meine Schwester, meine Braut.« Ich wende mich ab.

Nach einer Weile legt er sich neben mich aufs Bett und starrt zur Decke hinauf. »Es tut mir leid«, sagt er leise. »Wirklich. Es tut mir leid, Gloria. Ich bin dumm, du hast recht. Ich weiß nicht, wie du es mit mir aushältst.« Dann dreht er sich herum und drückt sich an mich. Starr sieht er mir ins Gesicht.

»Gloria!« sagt er drängend. »Bitte. Hör auf damit. Ich dreh sonst durch.«

Plötzlich bin ich so müde, daß mir alles egal ist. Ich seufze. »Ach, schlafen wir«, sage ich und schließe die Augen.

Er sagt nichts. Als ich meine Augen wieder öffne, hat er die seinen geschlossen. Die langen, schönen Wimpern sind naß. »Ich brauche Trost«, sagt er. Langsam kleidet er sich aus und legt sich nackt auf die Bettdecke, drückt sich an mich und streichelt meine Schulter.

»Nein«, sage ich.

»Gloria!« sagt er.

»Nein.«

Er ist nichts weiter als ein Stück Fleisch, leicht angegangen.

Er scheint mich nicht zu hören, schiebt behutsam die Decke von meiner Brust. Ich ziehe sie wieder hoch. Dann greife ich mit einer Hand nach seinem harten Schwanz. »Wenn du dir einbildest, ich laß mir dieses Ding reinstecken, nachdem es zuvor in Lisa war«, sage ich, »bist du gewaltig auf dem Holzweg.« Ich schnippe hart mit dem Fingernagel dagegen und sehe, wie es schrumpft. Als ich ihm in die Augen sehe, ist mir klar, daß es wahr ist.

»Was?« flüstert er ungläubig, der schlechteste Lügner der Welt. »*Lisa*? Das glaubst du?«

Ich drehe mich um. »Ich schlafe jetzt«, sage ich.

Als er es dabei bewenden läßt, sich damit begnügt, zwinkernd und schluckend und dumm zur Decke hinaufstarrend dazuliegen, weiß ich es mit noch größerer Sicherheit. Ich schließe die Augen. Schlaf, Gloria. Bleib in der Wolke. Schlaf. Bald wirst du wissen, was du zu tun hast. Lange liegt er ganz still, dann macht er das Licht aus und klettert so vorsichtig ins Bett, als wäre ich eine scharfe Bombe. Ich glaube, er weint.

Ich dachte, ich könnte schlafen, aber ich kann nicht. Es ist zu traurig, zu traurig, es bricht die Welt in Stücke. Er war so schön. Ich hätte ihn stundenlang ansehen können. Jetzt ist er so. War ich es, die David zerstört hat? Wenn ja, dann wollte ich es nicht. Aber ich war so lange mit ihm zusammen, ich muß etwas damit zu tun haben. Es tut mir leid. Es tut mir leid. Weine jetzt nicht.

Ich suche die Schaufeln des Elchs. Sie kommen nicht. Sie kommen nie mehr in letzter Zeit.

Mai.

Ich hau alle meine alten Klamotten raus und hinterlasse einen Zettel unter der Uhr: Bin nach Schottland gefahren. Ich nehme nur meine Okarina und meinen Glücksfisch mit. Mit einem Nachtbus fahre ich nach Schottland zu Kits dreizehntem Geburtstag. Im Morgengrauen durchquere ich das dunstige Flachland, steige in Glasgow um, gehe im Busbahnhof auf die Toilette und sehe im Spiegel, daß meine Augen bläulich umschattet sind vom Schlafmangel, mein Blick starr und glasig ist. Ich gehe hinaus, um zu telefonieren.

»Ja?« sagt eine verschlafene Stimme.

»Ich bin's, Gloria«, sage ich. »Ich bin in Glasgow. Könnt ihr mich vom Bus abholen? Er kommt gegen Mittag an ...«

»Gloria! Gloria!« Alastair ist hellwach. »Oh, Gloria! Das ist ja phantastisch. Ist David auch dabei?«

»Nein. Ich bin allein.«

»Wunderbar. Gloria allein. Klingt wie ein Buchtitel, nicht?« Es hört sich an, als lächle er. »Also, ich bin echt von den Socken. Ich freu mich wahnsinnig. Du bist unser erster Besuch und der beste. Mensch, das ist Grund zu feiern. Darauf müssen wir einen trinken. Du warst viel zu lange weg, weißt du das?«

»Sag Kit Bescheid«, sage ich. »Ich muß jetzt Schluß machen. Bis bald.«

»Du hast uns gefehlt, Gloria«, sagt er.

Seine Stimme hat mich melancholisch gemacht. Traurig spiele ich auf meiner Okarina, während ich auf den Bus warte. Die Leute werfen mir schräge Blicke zu. Ich erwidere die Blicke. Na und, ihr blöden Spießer. Es läßt mich kalt. Der Bus kommt, und ich steige ein. Die schlafenden Straßen ziehen unter meinem gebannten Blick vorüber. Ich sehe einen alten Mann in einem langen Mantel, der einer Schar Tauben Brot hinwirft. Dann sehe ich schmale, heckengesäumte Straßen und Bäume, dann einen Fluß, tauende Felder und Wiesen, Berge, einige mit Schnee auf den Gipfeln und in ein paar Mulden hier und dort. Ich sehe Kaninchen auf einem Feld. Ich sehe Menschen, die in kleinen Dörfern ihren Geschäften nachgehen. Ich sehe Rinder, schwergehörnte Highland-Kühe mit ihren Kälbern. Ich sehe einen Hund, der sich schüttelt. Ich sehe Leute in Wanderkluft. Mein Gott, denke ich, ich bin in Schottland. Was tue ich hier? Und schließlich sehe ich unseren alten roten Escort-Lieferwagen und Alastair und Kit und Sylvia und Tim.

Sie umarmen und küssen mich im plötzlichen strahlenden Sonnenlicht, das mich blendet. Was sie nicht wissen, ist, daß ich in meiner Wolke bin. Ich bin rundherum wie in Watte gepackt, die mir manchmal in die Ohren dringt, so daß ich nicht richtig hören kann, manchmal in den Hals, so daß ich nicht atmen kann. Ich bilde mir ein, die Menschen müßten diese geisterhafte Aura sehen können, die mich überall begleitet, aber nein, sie greifen durch sie hindurch, um mich zu berühren, ohne etwas zu bemerken, lachend und fröhlich. Sie hinterläßt keine Feuchtigkeit auf ihren Händen.

»Wo ist dein Koffer?« fragt Alastair. Ich habe keinen. Sie scheinen verwundert.

Ich fahre mit ihnen, vorn, neben Alastair, der am Steuer sitzt, die Kinder hinten, und alle reden zur gleichen Zeit. Die Kinder sind natürlich unglaublich gewachsen. Alastairs Haar hängt in einem langen, verfilzten dicken Büschel seinen Rücken hinunter. Er ist alt, so alt, faltig und grau. Kit ist beinahe so groß wie ich; am Körper hat sie abgenommen, aber nicht im Gesicht, das unverändert ist, wenn auch jetzt sommersprossig. Das Haar fällt ihr in die Augen. Sie beugt sich über meine Schulter, während der Wagen sich zum Haus hinaufschlängelt, und weist mich auf besondere Dinge hin wie eine Fremdenführerin, als wäre ich nie zuvor hier gewesen, kennte nicht jede Biegung der Straße. Ihre Hände sind größer als meine.

Es ist eine Qual. Hier pflegte ich haltzumachen und, meine Hand auf Rex' Kopf, zum See hinunterzuschauen. Seine Ohren zuckten bei jedem Geräusch, seine Brauen bei jeder fernen Bewegung. Hier ist die Stelle, wo das Schöllkraut wächst. Dort habe ich mir den Knöchel verstaucht, als ich über die Mauer kletterte. Nichts hat sich verändert. Wir biegen in den Hof ein. Wie seltsam, daß ich dachte, dies alles wäre ein Traum, wo es doch die ganze Zeit real war und ich der Traum. Ich war diejenige in der Wolke. Hühner flattern im Hof. Der Anstrich blättert. Ach Gott, da ist Babe, die mit ihren neuen Zicklein am Berghang weidet. Ich halte es nicht aus.

»Komm, Mami«, sagt Kit. Sie nimmt mich bei der Hand und zieht mich ins Haus. Dort hat David die neugeborenen Hündchen in einem Eimer ertränkt. Ich hasse ihn. Die Hunde springen an mir hoch, um mich mit ihren feuchten langen Zungen und glänzenden Augen zu begrüßen. Sie führt mich an der Hand durch dieses Haus, das mir das Herz abdrückt wie ein Folterinstrument, zeigt mir alles so stolz wie eine neue Eigentümerin. Joseph und seine zwölf Brüder blicken zur Treppe hinunter. Sonnenstrahlen flirren im Flur. Auf dem Herd kocht etwas, und der Geruch ist nach oben gestiegen. Im oberen Treppenflur steht ein elektrischer Wasserkochtopf, noch eingesteckt.

Das wird mich umbringen. Ich wollte nie hierher kommen; warum bin ich hergekommen? Ich war auf der Suche nach einem Zuhause, schon wieder, schon wieder; aber hier ist es auch nicht. Gott helfe mir, ich habe kein Zuhause.

»Das sind meine Bilder, Mama, schau!« Alle Wände damit vollgepflastert in diesem Jungmädchenzimmer, Abstrakte in Silber und Schwarz, Popstars, Star Charts. Und Fotografien. Ich. Ihre Großmutter und ihr Großvater. Sie sieht meinen Blick. »Als ich klein war«, sagt sie, »dachte ich, alle Kinder leben bei ihren Großeltern und die Mutter käme immer nur zu Besuch. Ich dachte, so wäre das einfach. Ich weiß noch, daß ich total überrascht war, als ich sah, daß es bei andern Leuten anders war. Aber schau –«

Wir gehen über den Flur.

»– hier sind noch Sachen von dir, du kannst dein altes Zimmer wiederhaben, wenn du willst.«

Das Zimmer, wo David und ich geschlafen haben. Ein Mausoleum. Niemand, so scheint es, hat diese geheiligte Schwelle seit Jahren übertreten. Alles ist mit Staub überzogen. Schwarze Spinnweben wachsen an den Balken. Bestimmt heben in den Schränken Skelette ihre schauerlichen Schädel.

Sie steht lächelnd an der Tür. »Und wie geht's dem großen Dichter, dieser Nervensäge?« fragt sie.

»Immer noch eine Nervensäge«, antworte ich.

Sie kichert. »Eigentlich hasse ich ihn gar nicht«, erklärt sie hochherzig. »Ich finde ihn nur dumm. Im Grund tut er mir leid. Ich meine, wenn ich nicht mit ihm zusammenleben muß, hab ich ihn in gewisser Weise sogar ganz gern.«

Es geht ihr besser, sie ist weicher geworden. Sie hat recht gehabt, hier zu bleiben. Sie hat ein Zuhause. Wenigstens hat sie das. Ich kann jetzt aufhören, mich um sie zu sorgen.

Ich ziehe eine Schublade auf. Alte Erinnerungen treffen mich – schmerzhaft. Kits altes rotes Haarband, verblaßt. Der Tag, an dem wir beinahe im Salzsumpf umgekommen wären. Was ist das da hinten? Ein schmutziges, altes braunes Ding, die Silbernägel rostig. Das Halsband von Rex.

»Ich hab da unten richtig gute Freunde«, erzählt Kit. »Aus der Schule. Komm doch am Montag mit mir in die Stadt. Wie lange bleibst du?«

»Ich weiß noch nicht.« Ich nehme das Band zur Hand. So hübsch. Es liegt über meinen Fingern. Ich nehme das Halsband, setze mich auf mein altes Bett und drücke sie beide an diesen Schmerz in mir, der mich zu zerreißen droht.

Ganz plötzlich beginne ich zu weinen, erschrecke mich selbst. Kit läuft zu mir und drückt mich fest. »Ist doch alles gut, Mami«, sagt sie, »ist alles gut, ist alles gut, ehrlich, alles ist gut.« Ich kann nicht aufhören. »Dir geht's nicht gut«, sagt sie. »Komm, leg dich in meinem Zimmer hin. Komm, bitte.«

»Ich bin in einer Wolke«, sage ich weinend. »Ich bin in einer Wolke, Kit. Ich bin in einer Wolke.«

Sie führt mich aus dem Zimmer in ihr eigenes, und ich muß mich auf dem Bett niederlegen. »So«, sagt sie und deckt mich zu. »Ich bring dir gleich eine schöne Tasse heiße Schokolade und dann kannst du schlafen. Schlaf dich richtig aus. Du brauchst nicht zu weinen, Mami. Es ist alles gut.« Und sie läuft die Treppe hinunter.

Ich rolle mich zusammen und weine, das Band und das Halsband an mein Gesicht gedrückt. Sie riechen nach früher. Sie fangen meine Tränen auf.

Die Wolke hebt sich mit der Zeit. Es ist gut hier, wo die reale Welt nicht eindringt: Ich kann die Frage vergessen, wohin ich gehe, ich kann mich treibenlassen, ich kann auf der Wiese wandern, auf den Hügeln liegen, an der Tür sitzen und die Wolkenschatten beobachten, die über den Berg ziehen. Niemand hält mich für verrückt.

Anfangs ruft David mich jeden Tag an. Er weint und lügt und redet unzusammenhängendes Zeug.

»Ich brauche Ruhe«, sage ich.

Für immer. Sag's ihm. Los schon, sag's ihm.

»Es ist furchtbar«, sagt er. »Ich krieg irgendwie nichts auf die Reihe, wenn du nicht hier bist.« In der Leitung knistert es. »Ich habe keinen Schlag gearbeitet.«

»Ich brauche Ruhe. Du wirst schon zurechtkommen.« Frag nach Kit. Komm schon. Nur eine Frage. Red mal von irgendwas andrem als dir selbst.

»Was tust du mir an?« schreit er wütend. Eine kleine Stimme von einem anderen Planeten.

Zwei Wochen später ruft er wieder an. »Das ist doch bescheuert«, sagt er. »Ich weiß nicht, was für ein blödes Spiel das sein soll. Wann kommst du zurück?«

Sag es ihm. Na los. Wozu? Je länger die Trennung, desto leichter der Bruch. »Vorläufig nicht«, antworte ich. »Ich bleibe mindestens den Sommer über.«

»Du bist verrückt«, schreit er.

Die Juniblumen beginnen zu blühen. Ich melke Babe, sie drückt sich an mich, wir atmen im Gleichklang. Ich klettere sehr hoch hinauf und sehe Rehe in weiter Entfernung. Die meisten Abende betrinke ich mich zusammen mit Alastair. Sein Wein schmeckt wie Nektar. Manchmal regnet es, in langen, gleichmäßigen, ruhigen Schnüren, die zischen, wenn sie auf die Steinplatten im Hof aufschlagen.

Die Juliblumen beginnen zu blühen. Ich sitze an der Hintertür. Alastair bürstet mir behutsam das Haar, läßt seine Finger ein wenig zu oft über meine Wange streifen. Manchmal, spät in der Nacht, wenn wir betrunken sind, weinen wir zusammen am Feuer. Das ist in Ordnung. Er ist auch verrückt.

»Manchmal wird mir so einsam«, sagt er.

»Mir auch«, sage ich und wische ihm das Gesicht. Die Tränen sammeln sich in tiefen Rinnen unter seinen Augen.

»Du bist eine schöne Frau«, sagt er.

»Alastair«, sage ich, »das wird es nie geben.« Mir schwimmt der Kopf, das Feuer seufzt.

»Ich weiß«, sagt er lächelnd. »Ich weiß das alles. Keine Sorge.«

Wir lehnen uns aneinander und lachen wie zwei Trunkenbolde. Wir halten uns bei den Händen und blicken in die Flammen. Die Wolke hüllt uns beide ein. »Das ist schön so, nicht?« sagt er. »Das Leben sollte immer so schön sein.«

»Alastair«, sage ich, »du hättest schon vor langer Zeit hier weggehen sollen. Du hast dich vergeudet. Warum bist du nicht weggegangen?«

Er lächelt. »Das«, sagt er, »ist etwas, das ich immer noch zu ergründen versuche.«

Und ich denke: Das könnte auch ich sein: alt werden allein auf einem Berg mit meinen Hunden und meinem Wein und abends ins Feuer weinen.

Die Augustblumen beginnen zu blühen.

Ich sitze mit Babe und ihren Zicklein auf dem mittleren Hügel. Die Geräusche sind vertraut, das ferne Bellen eines Hundes, das Summen der Insekten, das Schnalzen des Grases, das die Ziegen ausrupfen, das schwache Rascheln der Halme, wenn sie es durchstreifen und dabei Samenkörner in ihrem langen Fell davontragen. Mein Atem. In all dies dringt ganz allmählich ein anderes, schärferes Geräusch ein, Pfeifen und Keuchen, das immer lauter wird, das Geräusch eines lärmenden, ratternden Autos. Dann sehe ich es, blau und dreckbespritzt. Es biegt in unseren Hof ein. Besuch. Von hier aus kann ich unbemerkt alles beobachten, ob Freund oder Feind, und mich an den Gedanken gewöhnen, ehe ich wieder hinuntergehe. Die Hunde toben bellend im Hof herum. Sylvia rennt über den Hof und beugt sich mit einem Lächeln, das Vertrautheit ausdrückt, zum Mitfahrerfenster des Wagens hinunter. Freunde. Dann steigen die Leute aus dem Wagen, kleine Gestalten ohne Gesichtszüge, aber an typischen Bewegungen und Eigenheiten augenblicklich zu erkennen. Mein Herz legt einen höheren Gang ein und beginnt zu schnell zu klopfen. David und Lisa, vollbepackt mit Taschen und Schlafsäcken, gehen ins Haus. Gut gerüstet für einen langen Aufenthalt.

»O Gott«, sage ich unterdrückt und strecke die Hand nach Babe aus. »O Gott.«

Babe meckert leise, und die Kleinen nehmen den Ruf auf und schicken ihre einsamen, fragenden Stimmen über die Wiese. Ich bleibe mindestens noch eine Stunde draußen auf dem Hügel. Ich sehe David und Lisa zwischen Haus und Auto hin- und hergehen; ich sehe Alastair kommen und gehen, Tim, Sylvia und Kit und die Hunde. Sie sind alle unten. Nur ich fehle. Was werden wir doch für eine glückliche Familie sein.

Die Schatten werden länger. Ich kann jetzt ebensogut hinuntergehen.

Blind, benebelt bleibe ich an der Tür stehen, während in der dampfgeschwängerten Küche dunkle Formen sich entfalten. Lärm und Durcheinander, ein Hund, der sich streckt. Dampf aus dem Schnabel der Teekanne. Dann erscheint in der Düsternis vor mir David, lächelnd wie ein Besessener. Er erscheint mir verrückt. Seine Zähne sind schmutzig, das ist das erste, was mir auffällt. Ein Augenlid hängt weiter herab als das andere. Ungestüm drückt er mich an sich, am ganzen Körper zitternd vor Spannung, und schnauft mir laut ins Ohr. Dann läßt er mich los und tritt ein wenig zurück, nimmt mein Gesicht in beide Hände und starrt hinein. Er scheint so glücklich, mich zu sehen. Er sieht wohl aus. Was soll ich sagen? Was soll ich tun? Ich sehe mich um. Tim und Alastair sitzen am Tisch und trinken Tee, als wäre nichts. Sylvia und Kit sehe ich nicht.

Lisa sitzt am Feuer, langgliedrig und graziös, stark geschminkt, ein Bein über das andere geschlagen. Sie ist fehl am Platz. »Hallo, Glory«, sagt sie kehlig. Glory. So gut freund, daß sich mich Glory nennt.

»Hallo«, sage ich. Ich bin schüchtern und verwirrt wie ein kleines Mädchen. Ich ziehe meine Wolke um mich wie einen warmen Umhang.

Wieder umarmt er mich, drückt mich, immer wieder, wie unter Zwang, als könnte er nicht glauben, daß es mich gibt. Ich stehe da wie eine Puppe und lasse mich umarmen. Er zieht mich in den Flur hinaus und durch das Haus zu einem sonnigen Fleckchen vor der Haustür, wo eine Bank steht und Bienen in einem Blumenbüschel summen. Wir setzen uns auf die Bank.

»Du hast mir so gefehlt«, sagt er immer wieder. »Du hast mir so gefehlt.« Ich bin anderswo. Das hier ist eine andere Gloria, die das alles mitmacht.

Er hat die Wohnung in London aufgegeben. Die Katze ist bei Mary. Er braucht wieder die Landluft für seine Arbeit. Warum sich zeitlich festlegen? Wer weiß? Er wird bleiben, solange er sich hier wohl fühlt, und er fühlt sich hier wohl, o ja, er fühlt sich wohl hier, so wohl. Diese Luft! So rein, daß man high davon wird. Lisa braucht auch Erholung. »Lisa ist eine verdammt gute Freundin, eine verdammt gute Freundin, Glory. Auch dir eine verdammt gute Freundin. Du hast doch jetzt diesen ganzen paranoiden Mist hoffentlich ausgeschwitzt, oder? Dafür mußte ich dir ein bißchen Zeit lassen. Ist ja gut, ich versteh's. Dieser verrückte Quatsch über Lisa und mich. Denn was andres war's nicht; du weißt doch tief im Innern ganz genau, daß ich niemals was tun würde, was unsere Beziehung gefährden könnte. Guter Gott, du bist ein Teil meiner Jugend! Lisa hat dich sehr gern. Und überhaupt, selbst wenn was gewesen

wäre, würde das keine Rolle spielen. Du und ich. Das ist das
Einzige, was zählt.«

Warum bist du gekommen? Warum störst du schon wieder
meinen Frieden? Ich möchte dich ausradieren wie eine schlechte
Zeichnung, an der ich unentwegt rumverbessert habe und die
ich doch nicht hinkriege.

14

Er ist so vernünftig. Ich verstehe es nicht. Es ist ein Glück, daß
ich so weit weg bin. Aber eines ist sonderbar: Er sieht es, er ist
der einzige, der es sieht. Er kniet vor mir nieder, nimmt meine
Hände und küßt sie mit flatternden Lidern. »Wo bist du?« fragt
er. »Du bist so weit fort. Ich kann dich zurückholen. Ich liebe
dich. Das ist das einzige auf der Welt, worauf du dich verlassen
kannst.«

Und ich denke: Ja, das ist komisch; wieso sehen es die anderen nicht? Wieso sagt sonst niemand, Gloria, wo bist du? Warum ist zwischen dir und uns ein Vorhang? Vielleicht ist doch
etwas da.

Er glaubt, er sei hergekommen, um mich zu retten.

Er möchte in mein Zimmer einziehen. »Nein«, sage ich,
ohne ihm in die Augen zu sehen. »Es gehört mir.«

Er sieht mich an, verletzt und langmütig. »Es tut mir so
leid«, sagt er, »daß du so empfindest. Es ist meine Schuld. Das
Zusammenleben mit mir war nie leicht. Aber das hat sich jetzt
geändert, du wirst schon sehen. Es ist mir ernst, Gloria. Du
hast mich all die Jahre unterschätzt. Du hast meine Fähigkeit
zur Veränderung unterschätzt. Ich habe in diesen Monaten
ohne dich lange und gründlich nachgedacht. Ich werde es beweisen. Ich habe Zeit. Zeit ist das einzige, was wir hier haben,
und Zeit ist das einzige, was wir brauchen. Du wirst sehen. Du
wirst sehen.«

Dann zieht er mit Lisa zusammen in eines der Nebengebäude. Sie kichern und albern herum wie die Kinder, während sie es ausfegen, die Wände streichen, bei alten Freunden von Lisa unten im Tal und aus vergessenen Ecken des Hauses Möbel holen, Bilder aufhängen, ein Elektrokabel von der Küche herüberziehen.

»Du darfst jetzt deswegen nicht glauben, daß zwischen ihr und mir was läuft«, sagt er. »Schließlich warst du hier ja auch die ganze Zeit mit Alastair allein, und ich war nie mißtrauisch.« Er lädt mich zur Besichtigung ein, um mir zu zeigen, daß zwei Matratzen daliegen, jede an einer anderen Wand. Es riecht feucht und verschwitzt. Überall stehen tröpfelnde weiße Kerzen herum.

Lisa kniet auf ihrer Matratze und kämmt sich. Eine große, prallgefüllte Leinentasche liegt offen neben ihr. Schminkzeug und Schere, Stoffzipfel, zerlesene Bücher, zusammengeknüllte Papiertaschentücher quellen daraus hervor.

»Hallo, Glory«, sagt sie ruhig und herzlich und lächelt mich an, als sei ich eine liebe, liebe Freundin, die Schweres durchgemacht und sanfte Behandlung nötig hat. Er ist neunundzwanzig. Sie ist fünfundvierzig und sieht bei näherem Hinschauen älter aus. Ihre Zähne sind verfault, und ihr Hals ist alt. Ich verstehe, was er in ihr sieht. Etwas, das sie hat, und das keine andere Frau hat: Glauben an ihn. Ich habe den vor langer Zeit verloren.

Lisa und Alastair sprechen nicht miteinander. Die Kinder behandeln sie, als wäre sie ein Gast wie jeder andere und nicht ihre Mutter. Sie schwebt in dreckigen Kleidern durchs Haus und stochert sich mit einer Nagelfeile zwischen den Zähnen herum. Abend für Abend sitzen sie am Feuer bis in die frühen Morgenstunden, Lisa und David, und trinken im roten Flammenschein Wein. Alastair fällt gegen neun in ein Koma; die Beine rutschen ihm weg, das Glas mit dem leuchtenden Wein kippt in seiner Hand, seine Augen werden glasig. Er spricht kaum ein Wort. Gegen eins kommt Sylvia im Schlafanzug herunter, schimpft ihn aus und bugsiert ihn ins Bett; sie ist ein ruhiges, frisches junges Mädchen mit einem lieben Gesicht und Haaren, die ihren Kopf wie eine Wolke umgeben. Danach gehe ich. Ich liege im Bett und höre die beiden da unten, wie sie lachen und ihre Witze reißen, manchmal bis es hell wird. Sie schlafen immer bis in den Nachmittag. Die kleinen gelben Vorhänge an den Fenstern sind so fest zugezogen, daß keine Ritze bleibt.

»Warum läßt du dich von ihm lächerlich machen?« fragt Kit, an meiner Zimmertür stehend.

Sie ist jetzt die meiste Zeit unten im Tal, in einem großen blauen Haus im Dorf, wo ihre beste Schulfreundin wohnt. Ich gehe manchmal daran vorüber, wenn ich einkaufe, und wenn sie mich sieht, kommt sie heraus und stellt sich ans Gartentor, um mit mir zu reden, oder begleitet mich eine Weile, bis es für mich Zeit ist, zu Alastair und dem Wagen zurückzukehren und nach Hause zu fahren. »Kommst du mit?« frage ich.

Sie schüttelt den Kopf. »Noch nicht. Ich komme später. Delias Mutter hat gesagt, ich kann zum Abendessen bleiben. Es macht dir doch nichts aus, oder?«

Sie lebt jetzt praktisch in dem blauen Haus. Delia ist ein nettes, rundliches, vergnügtes Mädchen. Sie hat ältere Schwestern und eine Tante und eine energische, freundliche Mutter mit krausem braunem Haar und einer Bifokalbrille, die mich jetzt auf der Straße wie eine gute Bekannte grüßt. Ich bin froh, daß Kit eine Freundin hat. Ich denke an mich und Mary in diesem Alter.

»Ist dir klar, wie das aussieht?« Die Hände in die Hüften gestemmt, pflanzt Kit sich vor mir auf. »Weißt du, was die Leute sagen? Ein seltsames Arrangement, das sagen sie.«

»Ist doch egal«, sage ich. »Sobald es hier kalt wird, fahren sie sowieso ab. Achte nicht drauf. Das ist doch jetzt sowieso alles vorbei.«

»Vorbei?« schreit sie, als wollte sie mich schütteln. »Vorbei? Was ist vorbei?«

»Du weißt schon. Das mit David und mir.«

Sie lacht bitter. »Ach, ja!« sagt sie. »Sieht genau so aus. *Ihm* sollte das mal jemand sagen.« Sie zieht empört ab.

Seufzend hebe ich eine unschlüssige Hand zum Kopf, als wollte ich den Nebel aufhalten, der meine Stirn hinabzieht, wie er an jenen eigenartigen stillen Tagen die Berghänge hinabzieht, sehe mich um und denke: Ja, ja, ich weiß, was sie meint.

Es ist ein ziemlich großes, luftiges Zimmer. Meine Bücher stehen an der Wand zwischen den Fenstern, ich habe einen kleinen Tisch mit einem Krug Wiesenblumen, einen Schreibtisch mit einer Schwenklampe, ein welliges grünes Sofa und zwei alte Sessel. David besucht mich hier jeden Tag. In letzter Zeit hält er sich immer häufiger hier auf. In letzter Zeit klopft er auch nicht mehr. In letzter Zeit geschieht es, daß ich hereinkomme und ihn bereits hier vorfinde. Gestern schlief er auf meinem Bett. Lücken klaffen zwischen meinen Büchern, die nun torkelnd aneinanderlehnen, so wie immer, wenn er am Regal war; aufgeschlagen, mit dem Gesicht nach unten, fliegen sie überall im Zimmer herum. Sein Jackett hängt über einer Sessellehne, zwei schmutzige T-Shirts liegen hingeworfen auf dem Fußende des Betts. Der Schreibtisch ist mit seinen Papieren bedeckt – er steckt mitten in der Arbeit. Er behauptet, es sei unmöglich, bei der Beleuchtung im Nebengebäude zu arbeiten. Es mache mir doch nichts aus, nicht wahr, wenn er sich ab und zu hierhersetze – natürlich nur, wenn ich nicht da bin, um keinen Preis würde er mich stören wollen – und an meinem Schreibtisch arbeite?

Ich habe Kopfschmerzen. Ich lege mich aufs Bett. Ich hasse mich für diese Müdigkeit, diese Lethargie, die mich niederdrückt wie eine Krankheit, die mir schwer auf der Zunge liegt, die dauernd sagt: Ach, laß doch, sitz es aus, laß es laufen, laß es einfach laufen. Sie werden ja bald wieder weg sein. Ich schlafe ein und erwache, als David ins Zimmer kommt. Durch dumpfe Schichten tiefen Schlafs tauche ich auf: Ich sag's ihm, ich sag's ihm jetzt: nimm deine Sachen, räum deinen Krempel hier weg. Aber er kommt lächelnd durch das dämmrige Zimmer, die Lippen auseinandergezogen und glatt, der Blick wieder aufrichtig und jung, wie er früher einmal war. Er bringt den Geruch der

Kälte von draußen mit. Er trägt einen stolzen, üppigen Strauß gelber und violetter Blumen und hält ihn mir mit einer anmutigen Neigung des Kopfes, bei der ihm eine weiche Haarsträhne in die Stirn fällt, hin.

»Für dich«, sagt er.

Ich breche in Tränen aus. Er legt die Blumen nieder und nimmt mich wortlos in die Arme, und während er mich hin und her wiegt, redet er zärtlich auf mich ein: »Na, na, na, ist ja gut. Ach, mein Liebes, Süßes, ich bin ja hier; es ist alles gut.« Ich versuche, mich ihm zu entwinden. Ich kann es nicht.

»Mir fehlt nichts«, sage ich. »Mir fehlt nichts. Mir fehlt nichts.« Ich blicke über seine Schulter. Die Sonne an der Wand ist am Erlöschen.

Er lockert seine Umarmung und küßt mich feucht auf den Mund. Ich will das nicht. Er küßt mich wieder, versucht, den Kuß auszudehnen, aber ich wende mein Gesicht ab. Er setzt sich auf und sammelt die Blumen behutsam mit seinen langen, beweglichen Fingern auf. Sein Gesicht ist im Schatten. »Ist schon gut«, sagt er leise. »Laß dir Zeit. Ich bin da, wenn du soweit bist.« Dann steht er auf und geht mit den Blumen weg. Ich höre ihn am Ende des Korridors, wo er Wasser laufen läßt.

Mit den Blumen in einem sonnenblumengelben Krug kommt er zurück. Er stellt sie auf den Schreibtisch zwischen seine Papiere und legt sich neben mir aufs Bett. Ich bleibe sitzen. Er faltet die Hände unter seinem Kopf und betrachtet mich unverwandt mit einem liebevollen kleinen Lächeln.

»Ich kenne dich«, sagt er nach einer Weile. »Ich kenne dich besser als mich selbst. Ich weiß, daß wir harte Zeiten hatten, ich weiß, wie unglücklich du warst; ich weiß alles. Aber damit ist es jetzt vorbei. Du brauchst nur die Augen aufzumachen, um es zu sehen. Wenn du wüßtest, wie sehr ich dich wirklich liebe. Ich habe dich schon geliebt, bevor du geboren warst.«

Dann setzt er sich mit plötzlichem Eifer auf und neigt sich zu mir. »Komm, kriechen wir unter die Decke«, sagt er vergnügt, wie ein Kind, mit blitzenden Augen. »Kriechen wir unter die Decke wie früher und stellen uns vor, wir wären im Mutterleib.«

»Nein«, sage ich schaudernd, mit Gänsehaut auf den Armen.

Der Winter kommt, nistet sich ein, eine einzige lange Nacht ohne Ende. Kit kommt abends gern mit ihren Hausaufgaben und ihrem tragbaren Fernsehapparat in mein Zimmer. Sie kommt nicht, weil sie gern bei mir ist; sie kommt, um David zu ärgern.

Ich male Bilder, sitze in meiner Wolke, die von Tag zu Tag dichter wird. Ihre Stimmen babbeln; sie rennen türenknallend raus und rein. Ich warte nur auf ein Zeichen, das mir sagt, daß der Moment für meinen Weggang gekommen ist.

»Du hast es versprochen«, sagt sie. »Du hast gesagt, er würde gehen. Aber er geht gar nicht. Oder?«

Dauernd faßt er mich an, meine Schulter, meinen Kopf, meinen Rücken, mit einer Zwanghaftigkeit, als müßte er sich überzeugen, daß es mich noch gibt. Er bringt mir wieder Blumen, gelbe Tulpen aus irgendeinem steifen zarten Stoff, steckt sie in den gelben Krug und sieht mich begehrlich an. »Sie sind hübsch«, sage ich. Er drückt sich so fest an mich, daß es weh tut. Er ist zappelig und rennt hin und her.

»Ich kann nicht schreiben«, sagt er mit brüchiger Stimme. »Du treibst mich in den Wahnsinn, und ich kann nicht schreiben. O Gott, aus mir wird nie was werden. Ich verschwinde bald. Ich werde mich dir nicht länger aufdrängen.« Er schlägt die Hände vor sein Gesicht, stößt tiefe Seufzer aus, haßt mich mit Blicken.

»Du trägst die Verantwortung«, sagt er. »Ganz gleich, was aus mir wird, du trägst die Verantwortung. Vergiß das nie.«

Eines Abends dann gibt es Regen. Kalt prasselt er an das schwarze Fenster, das in seinem Rahmen leise scheppert. Kit hat den ganzen Abend herumgenörgelt. Mir geht es nicht sehr gut, ich habe einen stetig ziehenden Schmerz in meinem linken Arm und der linken Schulter, und in meinen Fingerspitzen kribbelt es. Sie hat ihren Fernsehapparat mitgebracht und sich mit einem Beutel Chips, die sie unablässig knirschend knabbert, davor ausgebreitet. Das Herz, denke ich mit einer Art distanzierter Besorgnis, als ich meine Finger bewege und feststelle, daß sie taub sind. Ich blicke über den Bildschirm, auf dem gerade eine Frau erstochen wird, auf die schönen, niemals welkenden Köpfe der gelben Tulpen. Das Zimmer ist ein einziges Chaos, alles ist wild verstreut. Auf dem Teppich vor mir liegt mein neuestes Bild, der Garten und die Nebengebäude, das sich an den Rändern leicht rollt. Der Schmerz bohrt und bohrt, Kit bohrt und bohrt.

»Du weißt es doch, oder?« sagt sie. »Du weißt es. Genau in diesem Moment treibt er's mit diesem ausgezutzelten Suppenhuhn.«

Es ist mir egal. »Red nicht so, Kit«, sage ich. »Du bist zu jung, um so zu reden.« Ich möchte nur ganz still dasitzen und ruhig bleiben, damit mein Herz nicht aufhört zu schlagen. Ich möchte gern schlafen.

»Wann schmeißt du ihn endlich raus? Er ist doch zu nichts nütze. Ein Dichter, der? Ha, ha! Und du! Du bist so unglaublich passiv und armselig. Ich halt dieses ganze stumme Märtyrertum einfach nicht mehr aus –«

»Sei endlich still, ich bin müde.«

»Was hab ich eigentlich getan?« sagt sie bitter, während sie den Chipsbeutel zusammenknüllt und einfach auf den Boden fallen läßt, mitten in die allgemeine Unordnung. »Was hab ich getan, um dich als Mutter zu verdienen? Und ihn dazu!«

Ich schließe meine Augen und blende alles aus, Kit und die Autos, die auf dem Bildschirm quietschend durch San Francisco rasen. Die Tür geht auf, meine Augen gehen auf. David steht im fahlen Licht der Flurlampe, eindrucksvoll und skeletthaft, in seinen Augen ist etwas Verzweifeltes, und sein Mund bewegt sich, als forsche er unablässig seiner eigenen Trockenheit nach.

»Ah, da kommt er«, sagt Kit. »Der Oberarsch! Der Playboy der Westlichen Welt, ha, ha!«

Er kommt herein und schließt die Tür. »Kannst du deiner Tochter nicht mal ihr loses Mundwerk verbieten?« sagt er. Er setzt sich zu mir aufs Sofa und reicht mir eine braune Papiertüte, auf einer Seite mit nassen Flecken, oben zusammengedrückt.

Ich schaue hinein und entdecke eine kleine, frische Traube dicker grüner Weinbeeren. »Danke«, sage ich. Er hat sie den ganzen Tag mit sich herumgeschleppt. Ich sehe ihn vor mir, im Dorf, wie er die Straße entlanggeht, in den Laden tritt und nach Weintrauben fragt, für mich.

»Mein Gott, war das ein Tag. War das ein Tag«, sagt er gähnend. Dann steht er auf und stolpert im Zimmer umher, verschlimmert noch den Verhau, ehe er sich mit einem Haufen alter Pappe von einem seiner Kartons wie ein Kind auf den Boden hockt. Er beginnt, die Pappe in alle möglichen und unmöglichen Formen zu drehen und zu falten. Er wird jetzt den ganzen Abend spielen, wie ein braver Junge. Kit verzieht höhnisch das Gesicht und wendet sich ab. Sie verschränkt die Arme und hängt ihre Beine über die Armlehne ihres Sessels.

Ich drifte weg. Der Schmerz in meinem Arm ist ziemlich intensiv. Ich lausche auf mein Herz.

»Mach mir ein Tasse Tee«, sagt David zu Kit.

»Mach sie dir selbst«, entgegnet sie.

Ich starre die Blumen an und denke, daß ich vielleicht sterben werde. Ich finde das ganz interessant, hoffe aber, es wird nicht geschehen. So absurd und traurig, nach all diesen Jahren neben einem Strauß künstlicher gelber Tulpen in diesem armen alten verwüsteten Zimmer zu sterben.

»Mach mir eine Tasse Tee«, sagt er noch einmal und knipst sein Zippo-Feuerzeug an. »Mach schon. Ich hab einen beschissenen Tag hinter mir. Ich mußte zweimal den ganzen Berg rauf laufen. Da könntest du wenigstens so anständig sein, mir eine Tasse Tee zu machen.«

»Ach, verpiß dich«, sagt Kit.

»Du hast vielleicht ein Mundwerk.« Sein Gesicht verfinstert sich.

»Hey, ihr beiden«, sage ich, »fangt jetzt nicht wieder an.«

»Wer fängt an?« Gekränkt sieht er auf. »Sie ist doch nicht normal!«

»Für dich tu ich gar nichts«, sagt Kit. »Du gehst mich nichts an, also brauch ich auch nichts für dich zu tun.«

»Ganz schön egoistisch, deine Tochter«, sagt er.

Ich springe auf. »Herrgott noch mal, dann mach ich eben den verdammten Tee.«

»Nein!« schreit sie.

Er zuckt zusammen. »Brüll nicht so!«

Ich hasse sie beide. Kit springt auf, stößt mich aufs Bett zurück und läuft wütend, ohne die Tür zuzumachen, auf den Flur hinaus, um den elektrischen Wassertopf einzustecken.

»Laß sie doch in Ruhe«, sage ich.

»*Ich* soll *sie* in Ruhe lassen!« schreit er. »Das ist gut. Das ist wirklich gut. Ha-ha-ha-ha!«

»Du bist erwachsen«, sage ich. »Benimm dich entsprechend.«

»Ja, Mama«, antwortet er sarkastisch. »Nein, Mama. Natürlich, Mama. Du behandelst mich wie ein Kind, also benehm ich mich auch so.«

»Ach, hör schon auf«, sage ich. »Das ist ja langweilig.«

Kit kommt mit dem Wassertopf, aus dessen Schnabel weißer Dampf zischt.

»Das ganze Leben ist langweilig«, sagt er.

»Dann mach es nicht noch langweiliger.«

»Tu ich nicht.«

Ich reibe meinen Arm. Ich bin so müde, alles bedrängt mich. »Bitte«, sage ich, »muß es denn jedesmal eine Szene geben, wenn ihr zwei im selben Raum seid?«

»Sieht ganz so aus«, sagt er achtlos.

Schock und Entsetzen im Gesicht, stürzt Kit mit dem dampfenden Topf vorwärts. Mit einer eigentümlich behutsamen Bewegung kippt sie ihn von hinten über David, der auf dem Boden zwischen seinen Pappgebilden hockt. Der Deckel fällt nach vorn, Dampf entweicht explosionsartig und verbrennt ihr die Hand, so daß sie die ganze Bescherung auf ihn hinunterfallen läßt: Topf, Deckel, kochendes Wasser. Er schreit auf, es ist ein grauenhafter, gellender, abgehackter Schrei, fällt vornüber, rollt sich erst zusammen und streckt sich dann wie in einem Krampf. Seine Augen sind fest zugekniffen, seine Zähne entblößt. Vergeblich grapscht er nach seinem dampfenden Pullover, er bekommt ihn nicht zu fassen. Kit springt zurück, stößt gegen den Krug mit den Tulpen, der zu Boden fällt. Alter grüner Schleim ergießt sich aus seinen Tiefen in einem Klumpen auf mein Bild vom Garten.

Das ist mein Zeichen.

Ich werfe mich neben ihm auf die Knie. Er weint und wimmert, den Mund an den Teppich gedrückt, und sein Gesicht ist weiß und schweißnaß. Ich reiße den Pullover von seinem Rücken, verbrenne mir die Hände dabei, dann sein Hemd, das dampfend und durchweicht an seiner Haut klebt. Irgendwie kriege ich es herunter. Aus seiner Kehle dringen erstickte Geräusche, er ringt keuchend nach Atem, faßt meine Hand und hält sie umklammert, als gelte es sein Leben. Sein Rücken ist vom Nacken bis zur Taille krebsrot und feucht. Bald werden sich Blasen bilden. Mir zittern die Hände.

»Schnell«, sage ich ruhig. »Ruf das Krankenhaus an. Das ist wirklich schlimm.« Ich schaue auf. Kit steht weinend da, die Finger im Mund. Der Fernseher plärrt.

»Ist was passiert?« ertönt Lisas Stimme leicht angetrunken vom Fuß der Treppe.

Kit steht nur da und weint. Ihr Gesicht ist so jung und niedergeschlagen und entsetzt, daß ich zu ihr gehen und sie in die Arme nehmen möchte. Aber dafür ist jetzt keine Zeit.

»Kaltes Wasser«, sage ich. »Schnell.« Ich versuche, meine Hand aus seiner todesstarren Umklammerung zu befreien. »Schnell, Kit.«

Sie sagt, »Nein.« Hört auf zu weinen. »Nein, nein, nein, nein.« Sie rennt aus dem Zimmer.

Ich laufe ins Bad, tauche ein Handtuch in kaltes Wasser, laufe zurück und lege es ihm auf den wunden Rücken. Ich küsse seinen Kopf, versichere ihm, daß alles gut wird, laufe nach unten, wo Lisa mit emporgewandtem Gesicht steht. »David hat sich verbrüht«, sage ich. »Nimm kaltes Wasser mit rauf und kümmre dich um ihn.« Ich greife zum Telefon im Flur und wähle.

Tim erscheint. »David hat sich verbrüht«, sage ich. Eine Stimme meldet sich am Telefon, und ich spreche. Was für ein Drama. Es hat nichts mit mir zu tun. Tim steht einen Moment lauschend da, dann geht er in die Küche, um es den anderen zu sagen. Das Haus brodelt vor Aufregung.

Ich hole Eis aus dem Kühlschrank, beantworte Fragen, laufe wieder nach oben, knie neben Lisa nieder, die sich mit weißem Gesicht über David beugt. »Bitte«, sagt sie, »bitte versuch, das zu trinken.« Sie hält ihm ein Glas Wasser an die Lippen. Im Fernseher singt jemand. Ich schalte ihn aus.

»Eis«, sage ich.

»Mein Gott«, sagt sie.

»Hör zu«, sage ich. Meine Stimme ist förmlich und kurz, wie eine Telefonansage. »Gleich kommt ein Rettungswagen. Wenn sie dich im Krankenhaus fragen, was passiert ist, sagst du folgendes: Du hast dich gebückt, um den Stecker rauszuziehen, da hat sich das Kabel verheddert, und der Topf ist vom Schrank gefallen. Es war ein Unfall.« Ich sehe Lisa scharf an. »Es war ein Unfall. Sie ist gestolpert. Es geht ihr so schon schlecht genug. Ich möchte nicht, daß irgend jemand ihr deswegen auch noch die Hölle heiß macht. Verstanden?«

Lisa sagt nichts, ihr Mund ist hart.

»Es war ein Unfall, David. Verstehst du mich?«

Sein offenes Auge ist auf den Teppich gerichtet, sein Mund verzerrt. Er atmet unnatürlich.

»Gleich wird es wieder gut, Baby«, sagt Lisa. »Vielleicht sollten wir ihn selbst hinfahren«, sagt sie zu mir.

»Nein. Er hat einen Schock. Warten wir.«

Ich gehe in Kits Zimmer. Sie ist fort. Ihre Schultasche ist weg, der Schrank steht offen, die Schubladen sind ausgeräumt. Ich kann sie förmlich sehen, wie sie in der Dunkelheit die schmale gewundene Straße hinunterläuft, die Kapuze auf dem

Kopf gegen den Regen. Was jetzt? Was für ein Ende zieht da herauf? Im Hinunterlaufen reiße ich meinen Mantel vom Haken im Flur. Aus der Küche höre ich Radiomusik, alberne Schlager, heimelig und alltäglich. Musik aus einer anderen Welt. Sie hat die Taschenlampe mitgenommen. Draußen ist es schwarz und bitterkalt. Ich nehme den Lieferwagen, begegne am Fuß der Straße dem Rettungswagen und fahre weiter zum Dorf, ständig nach einem schwankenden Licht, einer eilenden Gestalt am Straßenrand Ausschau haltend. Aber an einem solchen Abend ist kein Mensch unterwegs. Die Hecken glitzern im Licht der Scheinwerfer, das Dorf krümmt den Rücken wie ein buckliger Troll. Das Gartentor des blauen Hauses steht offen, das vordere Fenster leuchtet gelb.

Delias Mutter kommt an die Tür. »Sie ist hier«, sagt sie, noch ehe ich frage. »Kommen Sie rein.« Und sie tritt zurück, eine nette, handfeste Frau in brauner Hose und altem Pulli, mit irgend etwas im Mund, an dem sie lutscht, das krause Haar zurückgesteckt. Sie hat einen teilnehmenden, vernünftigen Blick, der mich dennoch taxiert. Du armes Ding, sagen ihre Augen. Wie ihr da oben lebt. Arme Kit. Ich hätte gleich sagen können, daß es mit Tränen enden würde.

Sie führt mich in ein Zimmer mit einer geblümten Couchgarnitur und einem Klavier, macht ein elektrisches Feuer an und geht hinaus, um Tee zu kochen, den Kit ein paar Minuten später hereinbringt und zusammen mit einem Teller Ingwerplätzchen vor mich hinstellt.

Kit setzt sich mir gegenüber, mit rotem Gesicht und feuchtem Haar und einem nervösen Lächeln. »Muß ich jetzt ins Gefängnis?« fragt sie. »Es tut mir nicht leid. Echt nicht. Aber ich will nicht ins Gefängnis.« Sie spricht trotzig, mit zitternder Stimme. Ihre Augen sind feucht und ängstlich unter einem Schimmer hilfloser Erheiterung.

»Nein, natürlich mußt du nicht ins Gefängnis«, sage ich. »Es war ein Unfall.«

»Nein«, entgegnet sie und schüttelt den Kopf. »Es war wirklich schrecklich, nicht? Mir ist erst klargeworden, was ich da tu, als es schon passiert war. Aber es tut mir nicht leid. Und ich komme nicht zurück.« Sie bricht plötzlich ab, als hätte ihr jemand eine Faust in den Mund gerammt, dann lacht sie, hoch, eine Spur hysterisch.

»Kit«, sage ich, »es wird nichts passieren. Er wird wieder gesund. Es war ein Unfall.« Ich beuge mich vor und fasse sie bei den Händen. »Es war ein Unfall.« Wenn ich es oft genug sage, wird es wahr. Sie sieht mich noch immer mit diesem nervösen Lächeln an und schüttelt wieder den Kopf. »Ich fahre morgen nach London zurück«, sage ich und überrasche mich selbst damit. »Du kannst mitkommen. Wir könnten die ersten Tage bei Mary wohnen. Kein David mehr. Ich verspreche es.«

Aber sie schüttelt weiter den Kopf. »Nein. Ich zieh nicht mehr rum. Matratzenlager bei Mary, wieder der alte Trott. Das mach ich nicht mehr mit, mir reicht's. Das hat für mich schon vor einem Jahr festgestanden. Aber du und er, ihr könnt mich einfach nicht in Ruhe lassen, ihr kommt mir immer nach. Du und er, ihr könnt tun, was ihr wollt, aber ich zieh nicht mehr um. Delias Mutter hat gesagt, daß ich bei ihnen bleiben kann, solang ich will. Ich bleib, bis er weg ist – und sie auch –, die werden sowieso nicht mehr lange bleiben, wenn du weg bist, die bleiben ja nirgends lange. Dann geh ich wieder nach Hause. Du kannst mir's glauben. Nie wieder gehe ich irgendwohin, wo ich gar nicht hin will, nur weil andre es für richtig halten. Ich komm schon zurecht. Ich brauche niemanden, der auf mich aufpaßt.«

Sie ist erwachsen. Ich habe es geschafft, ich habe es geschafft, ich bin sie endlich alle los. Uns an den Händen haltend, sitzen wir nur da und sehen einander an.

»Ich hab nicht gewußt, daß der Deckel runterfallen würde«, sagt sie. Die Tränen schießen ihr in die Augen.

Ich kehre in mein verwüstetes Zimmer zurück, stehe da und schaue mich um. David und Lisa sind im Krankenhaus, die anderen im Bett. Ich sehe verbogene Pappe, ausgeschüttete gelbe Tulpen, mein Bild vom Garten mit grünem Schleim verschmiert, eine durchfeuchtete Tüte mit Weintrauben. Wenn er zurückkommt, wird er diese Dinge sehen und an mich denken. Ich stehe so lange rum, bis der Himmel hinter dem Fenster von Schwarz nach Blau wechselt und der Regen aufhört. Dann merke ich, daß mir der Arm nicht mehr weh tut. Diesmal werde ich noch nicht sterben. Die Wolke lichtet sich, und ich zucke zusammen, als hätte mir eben jemand ein Pflaster von einer Wunde gerissen.

Wegzugehen wird niemals leichter sein als jetzt.

Ich nehme eine kleine Tasche mit etwas Geld, meiner Okarina, meinem Glücksfisch, Rex' Halsband und Kits roter Haarschleife, schleiche an Joseph und seinen Brüdern vorbei die Treppe hinunter und mache mich auf den Weg, zu Fuß durch die Morgendämmerung den Berg hinunter, hellwach und mit klopfendem Herzen. Der See glitzert, am Himmel jagen die Wolken dahin, die sich in den Pfützen auf meinem Weg spiegeln. Das Gras ist naß und frisch, die Halme stehen in zitternden Reihen. Ich fühle mich rein und klar; die Wahrheit fließt durch mich hindurch.

Es ist wahr. Es ist wahr. Ich bin ganz allein. War es immer. Keine Angst.

TEIL 3

15

Selbst nach zwei Jahren kann ich mein Glück kaum fassen. Ich bin in Sicherheit. Ich stehe fest wie ein Baum: Meine Wurzeln sind die Dinge auf den Regalen, in den Schränken, in den Schubladen. Niemand wird mir diese Dinge nehmen. Ich habe ein Telefon. Ich habe einen Erker voll Pflanzen, grüne Blätter fallen in Kaskaden um mich herab. Manchmal sitze ich alleine hier und bin glücklich. Niemand schreibt mir vor, wann ich essen oder schlafen soll, in welcher Farbe ich meine Wände streichen soll, was ich mir im Fernsehen anhören oder ansehen darf. Niemand nörgelt an mir herum, außer Esmeralda, wenn sie meint, es sei Zeit für ihr Futter. Ich gehe im Park spazieren, treffe mich mit meinen Freunden, gehe auf Partys, male Bilder, nehme Schreibarbeiten an, arbeite drei Tage in der Woche. Manchmal fahre ich nach Schottland. Ich bin eine reiche Frau. Ich habe eine Stereoanlage und schöne Teppiche auf dem Boden, ich trinke oft Wein, und ich esse gut. Ich habe eben doch Glück gehabt.

Und dennoch überfällt mich manchmal mit einer heimtückischen Plötzlichkeit heftiges Selbstmitleid, wie ein Schleier fällt es über mich und macht das ganze Zimmer und alles in ihm zu einer gefühllosen Präsenz in meinem Rücken. Dann laufe ich ziellos durch die Wohnung, und die Spannung hockt mir im Nacken, während ich in die Schränke schaue, unters Bett, hinter das Sofa. Ich weiß nicht, wonach ich suche. Ich stehe ganz still und lausche. Mein Magen ist zusammengekrampft. An der Stelle, wo mein Herz ist, wirbelt es wie in einem Strudel, der alles in die Tiefe zieht. Die Härchen auf meinen Armen richten sich zitternd auf, angezogen von etwas Unsichtbarem, etwas, das nach so langer Zeit wiederkommt. Dann ist es vorbei, und ich setze mich hin und denke darüber nach. Ich weiß nicht, wie ich es nennen soll, nenne es ein fremdartiges Gefühl wie zuvor – nach einer Weile fange ich an zu lachen und sage mir, macht nichts, Gloria ist nur wieder mal durchgeknallt. Und das Leben geht weiter.

Es ist mir nie besser gegangen. Ich habe mich nie stärker gefühlt, nie stolzer, wenn ich durch die Straßen gehe. Ich weiß jetzt, wie ich aussehe. Ich habe rotes Haar, das mich wie eine große Medusawolke umgibt, scharlachrote Lippen, ein blasses Gesicht, dunkle, umschattete Augen. Vom Hals aufwärts bin ich eine schwindsüchtige viktorianische Schönheit, aber ich trage gern derbe Sachen, und die sind immer mit Katzenhaaren gesprenkelt. Oder aber etwas irre Elegantes, kommt ganz drauf an, wie ich mich gerade fühle. Es macht mir Spaß, mich aufzutakeln und mich herausfordernd zu bewegen. Ich bin sehr selbstsicher.

Und das heißt, daß ich alles tun kann, was ich will. Jeden Tag jetzt kann es passieren, daß ich mit meiner langen, klebrigen Zunge nach Christian schnappe und ihn tödlich verwunde. Recht wird ihm geschehen, was mußte er auch einfach aus heiterem Himmel hier aufkreuzen und das Gleichmaß durchbrechen! Denn in meinem sicheren Kokon ist selbst Liebe eine Störung – die alten Freunde, die mal Lust auf eine schnelle Nummer haben, oder die Besoffenen, die mich nach einer Party heimbringen und hinten im Taxi mit mir rumknutschen wollen, zähl ich nicht. Der hier ist anders. Der hier ist der einzige Mensch aus Fleisch und Blut in einer Welt, die von Karikaturen bevölkert ist.

Ich war am Nachmittag von der Arbeit nach Hause gekommen. Es war sehr heiß. Ich trank Orangensaft mit Eis und machte alle Türen und Fenster auf, goß die Pflanzen, holte mir eine große Honigmelone, ein Messer und einen Teller aus der Küche und setzte mich auf den Balkon in den Schatten. Die Melone tropfte alles voll, als ich sie aufschnitt. Esmeralda räkelte sich, mit weit gespreizten Hinterbeinen, im Gras an der Treppe, die zum Rasen hinunterführt. Der Himmel war hart und blau und ohne Makel. Ich lehnte mich an die Mauer und schloß die Augen, und als ich sie wieder aufmachte, stand auf der Eisentreppe unter mir so ein junger Typ. Aus irgendeinem Grund war ich nicht überrascht. Ein Träger war mir von der rechten Schulter gerutscht, und ich schob ihn hoch. Schau her, so lässig bin ich. Er machte ein unsicheres Gesicht, aber dann lächelte er, ein breites Lächeln mit schmalen Lippen und großen Zähnen. »Ich habe Ihre Adresse von einem Bekannten«, sagte er. »Sie machen doch Schreibarbeiten.«

Ich sah, daß er einen gelben Hefter bei sich hatte. »Ja, stimmt«, sagte ich.

»Ich hab hier was, das getippt werden muß. Es ist nicht sehr viel, ungefähr achttausend Wörter. Können Sie das für mich machen?«

Eine Kleinigkeit. Kaum der Mühe wert. »Ja, kann ich«, sagte ich. »Aber erst nach dem Wochenende.«

»Das reicht mir.« Er wechselte die Haltung, nahm den Hefter in die andere Hand und sah auf ihn hinunter. Seine Gesichtszüge bekamen etwas Grobes, Kindliches, eine Spur Neandertalhaftes, das sofort verschwand, als er aufsah. »Ich würde nur gern ein, zwei Dinge mit Ihnen besprechen, die vielleicht nicht ganz klar sind ... haben Sie jetzt einen Moment Zeit?«

Ich zögerte, nicht aus Zweifel, sondern weil mein blöder Körper all die Zicken machte, die er immer macht, wenn er auf jemanden scharf ist – da tat sich was in meiner Kehle, in meiner Brust, das so angenehm war, daß ich einfach sitzenbleiben und es genießen wollte –, aber er faßte es wohl als Verärgerung auf.

»Tut mir leid«, sagte er. »Ich hätte vorher anrufen sollen.«

»Nein, nein, ist schon in Ordnung«, widersprach ich und lächelte. Es war ein angenehmes Gefühl, er da unten, zu mir aufschauend, ich oben auf dem Balkon wie die Raupe auf dem

Champignon. »Kommen Sie hoch damit. Warten Sie, ich mach Ihnen auf.«

Ich ließ ihn rein und holte noch ein Sitzkissen, und wir setzten uns mit der Melone zwischen uns auf den Balkon. Ein leichter Wind strich durch die Blätter des alten Holunderstrauches am Ende des Gartens. Esmeralda sprang auf und stolzierte hochmütig an uns vorbei. Meine Haare kitzelten meine Arme, ich spürte es und sah es aus den Augenwinkeln heraus.

Er nahm einen dünnen Packen DIN-A4-Seiten aus dem Hefter und begann sie durchzublättern. Ich sah, daß er eine fürchterliche Krakelschrift hatte. »Hier, das da«, sagte er und deutete auf irgendein Gekritzel am Rand. »Das gehört da rauf, nicht dahin, wo der erste Pfeil hinzeigt. Sehen Sie? Ich hab noch einen Pfeil gemacht, aber es ist etwas verwirrend.«

Er hatte eine weiche, leise Stimme.

»Okay«, sagte ich mit einem angenehmen Gefühl von Schüchternheit. Er zog einen grünen Stift heraus und begann, vor sich hinmurmelnd, etwas auf den oberen Rand des Blatts zu schreiben. Ich betrachtete ihn. Ich konnte ihn auf einem alten Holzschnitt hinter einem Pflug gehen sehen. Sein Gesicht hatte etwas Kantiges, wie ein Bauerngesicht: das Haar glatt und gelb; die Augen blau und verträumt; der Nasenrücken hoch, an einer Stelle etwas heller durch eine leichte Narbe. Er mochte so um die fünfundzwanzig sein. Er schrieb schnell, mit glatter, gebräunter Hand; er trug einen schweren goldenen Ring und eine protzige goldene Uhr, obwohl seine Kleidung nichts Besonderes war. Dann sah er mich mit einem klaren, freimütigen Blick an, um gleich wieder wegzusehen und leise zu lächeln.

Zwischen uns war dieses verwirrende, undefinierbare Etwas und Nichts, und ich war plötzlich ganz entspannt, sehr glücklich, gar nicht fähig, eine falsche Bewegung zu machen oder ein falsches Wort zu sagen, obwohl in meiner Brust immer noch dieses komische Gefühl von Leichtigkeit war. Ich bot ihm eine Scheibe Melone an, und er nahm sie, aß sehr ordentlich, fast ganz ohne zu tröpfeln. Ungefähr zehn Minuten saßen wir beisammen und redeten miteinander. Er wedelte mit einer Hand über die angeschmuddelten Papiere und sagte, das sei ein Artikel, den er geschrieben habe und an eine psychologische Fachzeitschrift schicken wolle. Er hatte gerade einen Kurs in Sozialpsychologie abgeschlossen. Mit seinen wuchtigen Schultern, den großen Händen und Füßen, hätte er eigentlich schwerfällig sein müssen, aber seine Haltung besaß eine gewisse Anmut: die Hände locker, der Kopf geneigt, der Rumpf ein wenig schief.

»Und was tut ein Sozialpsychologe?« fragte ich, und er lachte.

»Oliven pflücken«, antwortete er. Dann sagte er, er hätte noch ein Stück Studium vor sich, aber nicht jetzt gleich. Den Sommer wollte er in London verbringen, dann nach Südfrankreich gehen, wo seine Schwester ein Lokal hatte, dort eine Weile in der Kneipe arbeiten, dies und das tun, und im folgenden Herbst in Paris Kurse belegen. Ja, die Sprache beherrsche er. Seine Mutter sei Französin. Er sei halb dort, halb hier aufgewachsen. Die Hand mit dem schweren goldenen Ring streichelte Esmeralda mit langen, gründlichen Strichen, die bei ihr wohlige Schauder hervorriefen.

Ich sagte ihm, er solle mich am folgenden Dienstag oder Mittwoch anrufen, bis dahin müßte ich es fertighaben; und führte ihn nach drinnen, wo unsere Augen sich erst an das Dunkel gewöhnen mußten. Verlegen standen wir da.

»Ich habe Ihre Nummer«, sagte er. Dann holte er einen kleinen Block aus seiner Tasche, riß ein Blatt ab und beugte sich über den Tisch, um etwas zu schreiben. »Falls Sie mit irgend etwas Schwierigkeiten haben«, sagte er. Und dann ging er.

Ich las seinen Namen, seine Adresse und Telefonnummer. Christian Hooper. Wohnte gleich auf der anderen Seite des Parks, keine zehn Minuten zu Fuß von mir entfernt. Warum nicht? dachte ich. Ich lächelte und wanderte ziellos in der Wohnung herum. »Ja, ja«, sagte ich zu Esmeralda. »Was sagt man dazu, hm?«

Eine Abwechslung. Es ist lange her, seit ich eine hatte, die der Mühe wert gewesen wäre. Merkwürdig, wie man plötzlich auf einen Menschen aufmerksam wird. Er muß die ganze Zeit schon in der Gegend gewesen sein, aber ich habe ihn nie gesehen. Jetzt sehe ich ihn überall. In jener Woche sah ich ihn dreimal. Zuerst im Spirituosenladen, wo er eine Flasche Rotwein kaufte. Wir unterhielten uns eine Weile über nichts und wieder nichts, bevor er los mußte, weil jemand auf ihn wartete. Dann im Park, wo er in einem ausgeleierten grauen T-Shirt mit Schweißflecken unter den Armen mit ein paar großen Jungen Fußball spielte. Dann auf der Straße, als er mir mit gesenktem Kopf, das Kleingeld auf seiner offenen Hand zählend, entgegenkam. Er hat etwas angenehm Sanftes.

Ich tippte seinen Artikel, der gut war, aber ziemlich trocken, rief ihn an und sagte ihm, daß ich fertig sei. Eine Stunde später war er da, stand schüchtern vor meiner Tür. Wir tranken zusammen Kaffee und redeten über Politik und die Presse. Er sah sich meine Bücher an, lieh sich eines aus und fragte dann, ob ich Lust hätte, etwas mit ihm trinken zu gehen. Wir gingen ins »Dog and Gun« gleich um die Ecke und setzten uns in den Biergarten an einen wackligen weißen Tisch. Wie kompakt er ist, dachte ich, fest umrissen vor den Rosenbüschen und der Gartenmauer.

»Wie sind Sie zu der Narbe auf der Nase gekommen?« fragte ich.

Er sagte, da sei er mit fünfzehn mal vom Fahrrad gefallen.

Dann fiel uns nichts mehr ein. Besser, ich trink mir einen an, dachte ich. Also tat ich das und bekam auf einmal Angst – an hundert kleinen Zeichen konnte ich erkennen, an einer gewissen Wärme in seinen Augen, an der Art, wie seine Kiefermuskeln sich bewegten, wenn er trank, an der Art, wie er seine Beine übereinanderschlug und an seinen Fingernägeln zupfte, daß dieser Mann mir alles nehmen würde, was ich mir im Lauf der letzten zwei Jahre geschaffen hatte, wenn ich nicht vorsichtig war. Er würde seine Sachen in meiner Wohnung liegenlassen, mir neue Gewohnheiten beibringen und andere Erwartungen. Ein Teil von mir wollte dies, ein anderer sträubte sich dagegen.

Wir sprachen über ihn. Er war in Portsmouth und Troyes, in der Nähe von Paris, aufgewachsen. Sein Vater war bei der Marine gewesen. Ich erzählte ihm, daß ich in Schottland eine sechzehnjährige Tochter hatte. Er sagte nicht, ich sähe viel zu jung aus, um eine sechzehnjährige Tochter zu haben; er nickte nur, als hätte er nichts anderes erwartet.

»Was tut sie in Schottland?« fragte er.

»Ich habe früher dort gelebt. Als ich nach London zurückgegangen bin, wollte sie lieber bleiben.«

»Bei ihrem Vater?«

Ich schüttelte den Kopf. »Ihr Vater ist tot.« Und ich kramte die alte Geschichte wieder aus: Vater, Motorradunfall, vor vielen Jahren. Dann erzählte ich ihm von Schottland. Meine Stimme sprach, und meine Gedanken rasten. Wenn der erst mal in meinem Bett ist, krieg ich ihn nie wieder raus. Das dachte ich und geriet in Panik, während ich zusah, wie der Himmel dunkel wurde hinter seinem großen, schweren Kopf und der großen, schweren Faust, die den großen, schweren Bierkrug zu seinen Lippen führte. Er trank, und sein Gesicht bekam wieder diesen unschuldig kindlichen Neandertalerzug. Er würde seine dreckigen Socken auf meinem Sofa liegen lassen und immer im falschen Moment den Fernseher einschalten. Ich konnte ihn nicht aufhalten, ich konnte es nicht, das wußte ich. Er sah mich an und lächelte, und da wurde er praktisch sichtbar, dieser kleine Strahl zwischen Venus und Mars, grell pulsierendes Neon. Ich lächelte mit Panik im Herzen.

»Tja«, sagte ich kühl und nüchtern mit einem Blick auf meine Uhr. »Ich muß gehen.«

Er war überrascht und enttäuscht und sagte, er würde mich begleiten.

»Nein, nein, das ist nicht nötig«, wehrte ich ab. »Bleiben Sie ruhig und trinken Sie in Ruhe Ihr Bier aus. Es wäre ein Umweg für Sie. Also, viel Glück mit dem Artikel. Bis bald mal.« Damit ging ich und ließ ihn allein und unsicher an dem wackligen weißen Tisch zurück. Wahrscheinlich fragte er sich, wieso er die Signale alle falsch gelesen und ob er etwas Dummes gesagt hatte.

Ich rannte fast nach Hause – betrunken, wütend auf mich selbst oder sonst was, von dem ich nicht wußte, was es war; lag abends um neun mit dröhnendem Schädel schlechtgelaunt auf dem Sofa. Wie blöd. Unfair, warum kann ich mich nicht einfach amüsieren wie alle anderen? Jetzt hör auf, Gloria, sagte die andere Stimme, du weißt genau, daß du das alles in Wirklichkeit gar nicht willst. Du bist eine selbständige Frau. Glaubst du vielleicht, der würde sich mit leeren Versprechungen abspeisen lassen? Der würde alles wollen.

Zornig schlief ich ein und erwachte ruhig. Was soll das ganze Theater? Du meine Güte, er ist nichts weiter als irgendein junger Kerl, mit dem du ein Glas getrunken hast. Willst du da vielleicht eine große Geschichte draus machen? Außerdem geht er im Herbst sowieso weg. Was soll dir da schon groß passieren? Und als ich mich gewaschen und gefrühstückt hatte und durch den Park gegangen war, um mir eine Zeitung und einen Liter frische Milch zu besorgen, wußte ich wieder, daß ich stark und mächtig war und alles haben konnte, was ich wollte, und soviel, wie ich wollte. Also werd ich's mir holen, wenn ich will.

Heute arbeite ich bis drei im »Red Hous«, einer netten, sonnigen Bar mit Restaurant, mit Gartenstühlen und runden Tischen, jeder mit einer Vase frischer Blumen. Ich tue meinen Dienst in der Küche, bereite schwitzend in Hitze und Dampf Maissalat zu, Reissalat, Pizza, Gulasch mit viel Thymian, frischen Obstsalat, Bananensplit, nasche hier und dort und höre Radio. Dann gehe ich hinaus und lehne mich an den glatten dunklen Tresen, trinke Eiswasser und unterhalte mich mit Toshinari, der auf einem Hocker vor der Tafel mit den Tagesgerichten sitzt und den ›Daily Mirror‹ liest. Tosh kommt aus Tokio. Er wollte eigentlich studieren, aber er hat das Studium geschmissen. Er wirkt sehr sauber in der fleckenlosen blauweiß gestreiften Schürze und dem gelben T-Shirt. Seine mageren Schulterblätter stehen wie Flügelspitzen hervor.

»Deine Freundin war hier«, sagt er, »die mit der Mandoline. Sie hat gesagt, sie kommt noch mal vorbei.«

Ich nicke. Außer einem Kaffee und einem Käsetoast mit Perrier ist hier draußen nichts los. Die Tür zur Straße steht offen. Hitze flirrt auf dem grellweißen Bürgersteig.

Tosh faltet seine Zeitung zusammen und kommt zu mir. »Mach mir meine Nägel«, sagt er. Das ist ein richtiger Zwang bei ihm, und im Laufe des letzten Jahres hat sich zwischen uns so was wie ein Ritual entwickelt. Ich hole ein kleines Necessaire unter dem Tresen hervor und mache völlig sinnlos an seinen bereits makellosen Fingernägeln herum, während er sich zurücklehnt und in den sinnlichsten Tönen seufzt. Er drückt seinen Kopf an meine Brust und schließt die schwerlidrigen Augen. »Mami«, sagt er mit einem schwachen Lächeln.

»Söhnchen«, sage ich.

Das ist ein Spiel von uns. Wir lachen leise.

Nach dem Hochbetrieb in der Mittagszeit kreuzt Tina wieder auf. Sie bestellt Kaffee und einen Karottenkuchen und setzt sich, ihre Mandoline neben sich an die Wand gelehnt, an einen Tisch bei der Tür. Sie ist seit sechs Monaten wieder in London und fest entschlossen, genug Geld zu verdienen, um zusammen mit ein paar Leuten, die sie kennt, ein Haus in Northumberland zu kaufen. Sie sagt, daß sie London haßt. Sieben Tage in der Woche singt und spielt sie auf den Straßen, morgens um sieben fängt sie an und hört manchmal erst spätabends auf. Jetzt macht sie gerade ihre Kaffeepause. Sie trägt ihr Geld gewissenhaft auf eine Bausparkasse und verdient an einem guten Tag bis zu dreißig Pfund mit alten Schnulzen wie ›Honeysuckle Rose‹, ›Captain Pugwash's Song‹, ›Show Me The Way To Go Home‹, ›Always‹, ›I'm Forever Blowing Bubbles‹. Unter ihren bedächtigen, dünnen Fingern werden sie alle hochmelancholisch; anders kann sie sie nicht spielen. Man hört ihr Spiel, wenn man durch die Tunnel und Unterführungen geht, es hat einen verzweifelt wehmütigen Klang, ein Pathos wie das Wimmern einer Mundharmonika an einem einsamen Lagerfeuer.

Ich hole mir einen Kaffee und setzte mich zu ihr. Sie trägt eine Lederjacke und Jeans; ihr Haar ist immer noch kurz und stachelig, ihr Gesicht klein und weiß. Sie schwitzt nie, wenn es heiß ist. Bei Tina ändert sich nichts. Man würde nie glauben, daß sie dreiunddreißig ist.

»Rate mal, wen ich neulich gesehen hab?« sagt sie. »Deinen Ex-Freund und Lisa.« Sie lacht. »Es bleibt doch immer alles beim alten, hm?«

Ich lache mit ihr. Eine Fliege schwirrt zur Tür herein und schwirrt wieder hinaus. Tosh steht vor einem glitzernden Sortiment von Flaschen und spült Gläser. »Wo hast du sie gesehen?«

»Auf dem Bahnsteig im U-Bahnhof. Er mit einer riesigen schwarzen Brille, sie in einem uralten Pulli, der ihr bis zu den Knien ging. Und beide *total* verdreckt, wirklich total verdreckt. Die Art, wie die beiden gehen! Ungefähr als wollten sie sagen: Hey, schaut mich an, schaut mich an, ich bin was Besonderes. Sie sind bis zum Ende vom Bahnsteig gegangen, und da haben sie sich hingehockt, mitten in den ganzen Dreck, und haben ihr Zigarettenpapier und ihren Tabak rausgeholt und sich eine gedreht. Und dabei haben sie sich die ganze Zeit so hochnäsig umgeschaut, du weißt schon, so nach dem Motto, was gafft ihr denn alle so blöd. Sie haben mich nicht gesehen.«

Sie sind aus Schottland weg, dann eine Weile rumgezogen und schließlich wieder in London gelandet, in einem Wohnsilo mit dem Namen Aristotle Point. Hin und wieder sehe ich sie. Lisa trinkt zuviel, und dann ist kein vernünftiges Wort mehr mit ihr zu reden. Wir sind jetzt ganz die guten alten Freunde, keiner trägt dem andern was nach, schließlich haben wir drei einiges erlebt, sind jetzt reife Menschen, so in der Art etwa. Er trägt jetzt immer eine alte schwarze lederne Schildmütze und sieht verwegen und auffallend mit ihr aus, schreibt keine Gedichte mehr, oder wenn doch, bekommt keiner sie zu sehen.

»Kit droht immer noch damit, hierherzukommen«, sage ich.

»Das versteh ich nicht«, meint sie. »Sie hat doch London nie gemocht.«

Ich zucke die Achseln. »Man verändert sich, wenn man älter wird.« Ich schaue aus dem Fenster und spiele mit meinen Haaren. »Ich weiß nicht«, sage ich, »mir graust's bei der Vorstellung, nach so langer Zeit wieder mit einem anderen Menschen unter einem Dach leben zu müssen, auch wenn es Kit ist. Überall in der Bude fremde Sachen. Wenn man heimkommt, ist nichts so, wie man's verlassen hat. Gemeinsame Mahlzeiten. Man kann sich nicht mal eine Tasse Tee machen, ohne fragen zu müssen, ob der andere auch eine will. Sag mal, bin ich unnatürlich?«

»Nein«, antwortet sie einfach. »Sag ihr doch, daß sie nicht kommen kann, wenn du es wirklich nicht willst. Es ist doch noch nichts entschieden, oder? Außerdem dachte ich, sie hätte da oben einen Job.«

»Nur den Sommer über. In einem Café.«

»Na also ...«

Meine eigene Tochter. Ich müßte sie bei mir haben wollen. »Bin ich unnatürlich?« frage ich wieder.

Sie lächelt, ohne zu antworten.

»Ich hab richtige Angst vor Störenfrieden. Manchmal, wenn ich heimkomme, bleibe ich einen Moment draußen vor der Tür stehen, weil ich mir einbilde, es wär jemand drinnen. Ich weiß selbst nicht, was ich meine. Ich stell mir vor, ich mach die Tür auf und alle meine Sachen sind weg, oder es ist alles voll mit fremden Sachen. Als hätte jemand von meiner Wohnung Besitz ergriffen. Manchmal hab ich Angst, in den Spiegel zu schauen, weil ich fürchte, daß mich dann ein anderes Gesicht anschaut.«

Sie greift über den Tisch, nimmt meine Hand und drückt sie. Wir haben einen langen gemeinsamen Weg hinter uns.

Um drei gehe ich mit ihr bis zur U-Bahn, dort umarmen wir uns und trennen uns. Wir umarmen uns jetzt immer, zwei Überlebende einer langen, sonderbaren Reise. Ich glaube, es überrascht uns, daß wir erwachsen sind, und wir nehmen uns zum Trost gegenseitig in den Arm.

Ich gehe weiter, gebe einen Brief an Kit auf, komme nach Hause, füttere Esmeralda, schalte den Fernseher ein und laß ihn im Hintergrund brabbeln, während ich mir die gespaltenen Haarspitzen abschneide, zum Fenster rausschaue, rumlaufe, ein Buch zur Hand nehme, wieder weglege, gähne, mich strecke, meine Kleider ausziehe, weil es so wahnsinnig heiß ist, mich nackt aufs Sofa lege und mir irgendwelchen Quatsch in der Glotze ansehe. Ich kratze mich mit Wohlbehagen von oben bis unten. Das Fernsehen ödet echt an, also fang ich an, es mir selber zu machen. So gut wie ich kann's keiner. Erst drücke und streichle ich nur, dann mache ich richtig Druck da unten, nie zu viel oder zu wenig, absolut einfühlsam, jeden meiner Wünsche vorausahnend. Lange halte ich so die Spannung, bevor ich es zur Entladung kommen lasse. Dann schlinge ich meine Arme fest um meinen Körper und drücke ihn liebevoll. Dann bin ich lange, lange schläfrig und still, und die Glotze sondert nur Mist aus, bis ich aufstehe und sie ausdrehe.

Ich liege träumend in den Schaufeln des Elchs.

Das Telefon schreckt mich hoch.

Ich lasse mich zum Boden runterrollen und bleibe dort mit dem Hörer in der Hand liegen. Es ist ein R-Gespräch aus Schottland. Kit. Sie tut das ständig, meine Telefonrechnungen sind irre hoch. »Hör endlich auf damit, mich dauernd per R-Gespräch anzurufen«, fahre ich sie an, noch ehe sie ein Wort sagen kann. »Wofür hältst du mich eigentlich? Glaubst du, ich schwimme im Geld? Soll ich dir mal sagen, wie hoch meine letzte Telefonrechnung war?«

»Tut mir leid, Mami«, erwidert sie.

Sofort habe ich ein schlechtes Gewissen und sage ihr, sie solle sich nicht den Kopf zerbrechen, ich wisse ja, daß sie nicht viel Geld habe. Kit gegenüber habe ich ständig ein schlechtes Gewissen. »Ich hab dir gerade geschrieben«, füge ich hinzu, »im Moment den Brief eingesteckt.«

»Ach, das ist gut«, sagt sie, und dann holt sie tief Atem.

»Also«, beginnt sie in gewichtigem Ton. »Ich hab entschieden.«

»Was?«

»Ende des Sommers komme ich nach London. Diesmal wirklich,«

»Oh.« Ich bin schreckensbleich. »Bist du sicher? Du hast immer wieder gesagt …«

»Ja, ich weiß, ich weiß.« Sie spricht schnell, ihre Stimme ist bald laut, bald leise, als stünde sie hinter einem Mikrofon mit Wackelkontakt. »Ich hab's mir alle fünf Minuten anders überlegt. Aber diesmal bin ich wirklich entschlossen. Ich mein, ich weiß ja, daß du nur eine kleine Wohnung hast und ich da nicht lange bleiben kann, aber du brauchst dir keine Sorgen zu machen, Delia kommt auch mit, und wir nehmen uns zusammen eine eigene Wohnung; wenn wir nur eine kleine Weile bei dir bleiben können, nur bis wir wissen, wohin. Ich mein, du hast recht, du hast völlig recht, ich bin wirklich glücklich hier, aber ich brauch mal eine Veränderung; die brauchen wir alle beide, und jetzt sind wir fest entschlossen, nicht in die Schule zurückzugehen …«

»Kit …«

»Alastair findet die Idee gut. ›Leb ein bißchen‹, hat er gesagt. ›Damit es dir nicht so ergeht wie mir – es ist viel zu leicht, hier Wurzeln zu schlagen.‹ Ich weiß, was ich will, Mami, viel besser als *du* je gewußt hast, was du willst. Glaubst du mir nicht? Ich geh hier die Wände hoch. Sylvia ist in Edinburgh. – Tim? Ach, Tim ist gräßlich geworden. Er hat eine fürchterliche Freundin, die die ganze Zeit hier ist. Du weißt doch am besten, wie es ist, manchmal muß man einfach weg …«

»Kit, hör mir zu«, unterbreche ich. »Ich sage ja nicht, daß du nicht kommen sollst. Ich sage nur, du sollst es dir überlegen.«

»Du willst überhaupt nicht, daß ich komme, oder? Du willst mich nicht sehen.«

Ich knirsche mit den Zähnen und seufze. »Fang jetzt nicht wieder mit dem alten Spiel an, Kit. Natürlich möchte ich dich sehen – ich möchte nur, daß du wirklich weißt, was du tust. Du bist sechzehn, du schmeißt einfach die Schule hin, weil du dir Großstadtluft um die Nase wehen lassen willst – was soll ich denn da sagen?«

Sie lacht, nicht belustigt. »Ach, die besorgte Mutter«, sagt sie. »Das ist echt gut!«

»Kit«, sage ich traurig, »du kannst jederzeit kommen. Aber komm allein, ohne Delia. Bleib eine Weile, genieß die Abwechslung, und dann . . .«

»Allein!« unterbricht sie. »Das macht doch überhaupt keinen Spaß. Delia ist meine beste Freundin. Ich hab's ihr versprochen. Ich kann sie nicht im Stich lassen.«

»Was sagt denn überhaupt ihre Mutter zu euren Plänen?«

»Die findet sie total gut.«

Das glaube ich nicht. »Na ja«, sage ich, »wir haben ja noch viel Zeit. Wir können alle noch mal nachdenken. Natürlich bist du hier willkommen, aber wir müssen realistisch sein. Das ist alles.«

Wir schließen also einen Waffenstillstand und reden von anderen Dingen, der Hitze, irgendeiner Katastrophe in den Nachrichten, Alastairs Gesundheit. Ich sehe den alten Hof, wie er einst war, für immer dahin.

»Also, dann mach ich jetzt Schluß«, sagt sie. »Ich freu mich schon auf deinen Brief.«

»Okay. Paß gut auf dich auf, Kit. Grüß alle von mir. Tschüs.«

»Tschüs, Mami.«

Ich lege auf und setze mich mit hochgezogenen Knien aufs Sofa. Ich sehe sie, wie ich sie zuletzt gesehen habe, im Hof, beim Spiel mit einem kleinen Hund. Sie sah kräftig und gesund aus, groß. Sie hatte ein offenes, frisches Gesicht, eine hohe, vernünftige Stimme. Ihr Haar war hell, gesträhnt, zerzaust, sie trug rotes Leder und eine Rippenstrumpfhose und Doc-Marten-Stiefel. Meine Tochter. Ich will nicht, daß sie herkommt. Dann wird sich alles verändern. Sie wird bleiben und bleiben. Ich werde nicht mehr so nackt herumsitzen können.

Ich springe auf und laufe im Zimmer herum. Die Pflanzen, mein Urwald, bilden eine Kulisse der Ungezähmtheit. Es ist

Viertel vor fünf. Ich ziehe mich an, sehe in meiner Tasche nach, ob ich Geld, Schlüssel und Glücksfisch bei mir habe, und stürze beinahe Hals über Kopf aus dem Haus zur U-Bahn. Ich fahre sechs Stationen, steige aus und gehe durch den milden Sommernachmittag zum Aristotle Point. Ich weiß nicht, warum ich hier bin, vielleicht einfach, weil ich mit jemandem reden will, der sie gut kennt, der dabei war – im übrigen schulden sie mir ja Geld. Ich fahre mit dem Aufzug in den zehnten Stock hinauf, läute und warte, läute noch einmal und rufe durch den Briefkastenschlitz, daß ich es bin. Sie sind beide ziemlich paranoid.

Er wirkt wie unter Schock, als er endlich aufmacht; sieht aus wie ein ausgezehrter alter Habicht, bleich und hager, die dünnen Lippen über die Maßen alt, die Wangen eingefallen. Sein Haar hängt unordentlich unter der unvermeidlichen Ledermütze hervor.

»Gloria!« ruft er dramatisch. »Komm rein, komm rein! So eine Überraschung!« Seine oberen Zähne fehlen.

Er geht mir voraus durch den Flur, in dem es nach Katzenpisse riecht. Der Gestank kommt aus der offenen Tür der Toilette, wo das Katzenklo steht. Er rennt gegen eine Tür und stößt sie krachend auf. Wir treten in ein Wohnzimmer. Durch das große Fenster sehe ich blauen Himmel und bauschige weiße Wolken. Hinter einer Trennwand mit einer Durchreiche ist die Küche. Das Zimmer sieht aus wie in wilder Bewegung, als hätte jemand hier eine Ladung Sperrmüll abgeworfen und die einzelnen Gegenstände einfach stehen und liegen lassen, wo sie gelandet waren. Ein Fernsehapparat dröhnt. Der scheußliche Teppich ist voller Krümel und Flusen, mit einem gelegentlichen abgebrannten Streichholz oder Zigarettenpapier dazwischen. David und Lisa lieben einander, weil sie beide so gern im Chaos leben.

»Warte einen Moment«, sagt er, geht ins Schlafzimmer und kommt mit den oberen Zähnen im Mund wieder. »Lisa ist nicht da. Setz dich, Gloria, setz dich.«

Seufzend betrachte ich ihn. Am liebsten würde ich ihn am Genick packen und schütteln, bis ihm sämtliche Knochen klappern. Ich weiß nicht, was er nimmt. Ich frage schon lange nicht mehr. Drogen natürlich, das versteht sich von selbst bei Lisas Geschäften, aber es muß noch mehr sein.

Er geht hinter die Trennwand, und ich beobachte die Bewegungen seines Oberkörpers, während er Kaffee macht. Er fängt an, mir von den schmerzenden Drüsen in seinem Hals zu erzählen. Die tun ihm schon ewig weh. Er war beim Arzt. »Die wissen aber nicht, was los ist«, berichtet er stolz, während er einen Keks kaut. »Die sagen, es sind die Nerven. So ein Quatsch. Das sagen die doch immer, wenn sie nicht wissen, was es ist.« Er senkt den Kopf und sieht mich durch die Durchreiche mit diesen verängstigten hellen Augen an, dem allzu ernsten Gesicht, das ich nicht ernst nehmen kann. Sein Mund ist naß und voller Kekskrümel.

»Wisch dir den Mund ab«, sage ich.

Er gehorcht. Er bringt den Kaffee in schmutzigen Bechern, und wir trinken.

»Kit kommt her«, sage ich. »Sie will bei mir wohnen.«

Er prustet in seinen Becher. »Besser bei dir als bei mir.«

»Ist das alles, was du dazu zu sagen hast?«

»Na ja – mich betrifft das doch nicht. Sie wird sich hier ja wohl kaum blicken lassen. Ich meine, sie ist nicht gerade ein Fan von mir.« Er schickt sich an, eine neue Zigarette zu drehen, und lacht leise. »Sie ist in Ordnung. Ich hab im Grunde nichts gegen die Kleine. Nur im Zusammenleben ist sie verdammt schwierig.«

Wie tolerant wir jetzt sind, wie gereift. Es ist ja alles so lange her.

»Du machst mich wirklich wütend«, sage ich rundheraus, während ich mich zurücklehne und über seinen Kopf hinweg zum Himmel hinausschaue. »Nicht mal drüber reden kann ich mit dir. Ich wollte nur drüber reden, wie das für mich ist, daß sie zurückkommt, aber nicht mal das ist möglich. Du kannst immer nur von dir selbst reden.«

Er schüttelt mit müder Bewegung das Streichholz aus und hüllt sich in eine blaue Wolke. »Gloria«, sagt er, »ich übernehme keinerlei Verantwortung für Kit. Ich fühle mich nicht mal verpflichtet, über sie zu sprechen. Sie ist nicht mein Kind und war es nie. Ich fühle mich nicht im geringsten verantwortlich.«

»Nein, das hast du nie getan«, versetze ich. Und genau so ist es. Es bedeutet jetzt nichts mehr, überhaupt nichts.

»Tut mir leid«, sagt er, »aber es ist wahr. Ich habe mich nie für sie verantwortlich gefühlt. Sie war immer nur etwas, das ich hinnehmen mußte, um mit dir zusammensein zu können.«

Wir trinken unseren Kaffee. Ich frage nach den sechs Pfund, die ich ihm vor ungefähr einem Monat geliehen habe, und er sagt, nächste Woche, sie haben ein großes Geschäft in Aussicht, Lisa kümmert sich im Augenblick gerade darum. »Mein ganzer Rücken ist verspannt«, fährt er fort. »Oben im Nacken, ich spür's richtig.« Er dreht den Kopf hin und her, reibt sich mit gereizter Miene den Nacken. »Massier mich, Gloria. Du bist die einzige, die es richtig kann. Komm schon.«

»Hör auf«, sage ich müde.

»Ach, komm schon«, beharrt er stirnrunzelnd. »Sei nicht so kleinlich. Zwei Minuten. Laß doch deinen Ärger nicht an mir aus; es ist nicht meine Schuld. Komm, na los. Fang jetzt nicht an, die Vergangenheit aufzuwühlen. Was soll ich denn tun?«

»Manchmal hasse ich dich«, sage ich und seufze. »Du bist ein Schwein, David. Ich weiß nicht, wie's Lisa mit dir aushält.«

Er lächelt und schließt die Augen. Ich stehe auf und stelle mich hinter ihn, knete seinen Nacken und seine Schultern und die Höcker seiner Wirbelsäule. Er räkelt sich unter meinen Fingern und kichert, wenn ich zu hart zugreife. Ich stelle mir vor, wie ich meine Finger um seinen Hals schließe, seinen Adamsapfel zerquetsche, ihn erdroßle. Sehr bald wird mir langweilig, und ich mache nicht weiter.

Lisa kommt. »Hallo, Gloria«, sagt sie und packt an der Durchreiche ihre Einkäufe aus: Brot, Kekse, Teebeutel. Ihre Jeans ist sehr schmutzig, ihr Gesicht, halb versteckt hinter einer dunklen Brille, gebräunt und schmal, aber schlaff um den

Mund. Sie hat sich kürzlich das Haar gefärbt, es ist sehr schwarz. »Na, wie läuft's?«

»Kit kommt her«, sage ich. »Sie will eine Weile bei mir wohnen.«

»Ach, wie schön!« sagt sie. Sie nimmt ihre Brille ab und läßt sich in einen Sessel fallen, schwingt die Beine über die Armlehne und kramt in dem Durcheinander auf dem Beistelltisch.

»Red nicht so einen Quatsch«, sagt David. »Das ist überhaupt nicht schön. Gloria scheißt sich fast in die Hose, weil sie nicht will, daß die Kleine kommt.«

»Ist gar nicht wahr!«

»O doch!«

»Na, dann sag ihr doch einfach, daß es nicht geht«, meint Lisa. »Sag ihr, daß es dir nicht paßt. Sie müssen so was lernen.«

Ich weiß nicht, warum ich hierhergekommen bin.

»Also«, sage ich, »ich muß jetzt los«, und gehe in die Küche, um meinen Becher zu spülen. Der Freßnapf der Katze sieht widerlich aus und riecht entsprechend. Das Spülbecken ist zur Hälfte mit schmutziggrauem Wasser gefüllt, auf dem orangefarbene Fettaugen und schleimige Gemüsereste schwimmen.

David geht mit mir in den Flur. »Warte einen Moment«, sagt er. »Ich komme mit, ich brauch eine Ladung frische Erde.« Dann läßt er mich ewig warten, während er das ganze alte Katzenklo und Klumpen pisseverklebter Erde in den Müllsack kippt. Der Gestank wird dadurch noch stärker.

»O Gott, David«, sage ich und halte mir Mund und Nase zu, »das ist ja ekelhaft! Wirklich ekelhaft.«

Er feixt, holt von irgendwoher eine Handschaufel und ist endlich bereit zu gehen. Draußen im Treppenhaus schiebt er den Plastiksack in den Müllschlucker. Wir warten eine Weile auf den Aufzug, dann geben wir auf und gehen zu Fuß die Treppe hinunter. Unten bleiben wir neben einem Fleckchen Erde, an dem er gleich mit seiner Schaufel graben wird, noch einen Moment in der Sonne stehen und reden. Er hält den Katzenkasten vor sich wie eine Opfergabe; der weiße Kunststoff, auf dem zahllose Ladungen Erde und Katzenkot unauslöschliche Spuren hinterlassen haben, sieht aus wie gescheckt. Dann kauert er sich hin und beginnt Erde in den Katzenkasten zu schaufeln. Auf den Fersen wippend, stochert er behutsam in der Erde herum, dreht und wendet sie mit großer Sorgfalt.

»Die kleinen Dinger da«, sagt er. »Unglaublich.«

»Was meinst du?«

»Na, die kleinen Dinger, die unter der Erde hausen.« Er richtet sich auf und hält mir eine gekrümmte Hand hin. »Man muß echt aufpassen«, sagt er, »sonst hat man sie alle mit im Kasten.« Ein dickes, graues Ding ringelt sich abgeschnitten auf seiner Handfläche.

»Das ist eine Schnakenlarve«, sage ich.

»Ach, tatsächlich?« Er wendet sich ab und geht wieder in die Hocke, um die Larve sachte in die Erde zurückzulegen. Eine tiefe Vertrautheit verbindet mich mit ihm, einer Art unauslöschlicher Zuneigung gleich, die man beinahe Liebe nennen könnte. Aber sie ist sehr müde. Ich gehe, nehme den Bus statt der U-Bahn. Er fährt durch seine Straße, am Aristotle Point vorbei, und ich sehe ihn dort in der Sonne hocken und mit einem Lächeln im Gesicht die bedächtige Untersuchung des Erdreichs fortsetzen.

An meiner Haltestelle steige ich aus und gehe an niedrigen Mauern und kleinen Gärten und Höfen vorbei. Aus einem Fenster dröhnen mir afrikanische Rhythmen entgegen und verebben in dem Maß, in dem ich mich entferne. Ich gehe durch den Park zu meiner Straße, auf einmal verschwimmt mir alles, und ich bleibe an einem kleinen Weiher stehen und lasse mich von der späten Sonne auf dem Wasser hypnotisieren. Ich spüre, wie ich in andere Räume treibe, und reiße mich zurück, treibe, reiße mich zurück, treibe, reiße mich zurück, treibe. Schließlich setze ich mich auf den Boden und lasse mich einfach treiben. Ein Moorhuhn stolziert an mir vorbei, süßes Geschöpf. Ich bin ein Kind und sitze im Schlamm am Ufer des Teichs, wo ich früher gelebt habe. Die Moorhühner bauen ihre Nester auf kleinen büscheligen Inseln. Nebelschwaden wehen umher. Die alte Holzbrücke klappert. Eine Frau geht ihrer Hinrichtung entgegen.

»Hallo«, sagt jemand.

Natürlich. Es muß Schicksal sein, daß ich in diesem Moment hier bin und er auch. Und wer bin ich schon, um mich gegen das Schicksal aufzulehnen? Ich hebe den Kopf. »Hallo, Christian«, sage ich. Willst du nicht in mein kleines Knusperhäuschen kommen? Ich bin gefährlich. Ich stehe auf und lächle, wir reden miteinander. Er trägt einen Sack, er habe gerade seine Wäsche gewaschen, sagt er mit einem törichten Lachen. Dann gehen wir zusammen weiter, sehr langsam, die Blicke voneinander abgewandt, ohne zu sprechen. Ich schwitze. Verstohlen wische ich mir die Oberlippe. Zwei Jungen auf Skateboards donnern an uns vorbei den Weg hinunter. Wir kommen zu einer Stelle, wo ein schöner alter Baum umgestürzt ist. Seine mächtigen, dichtbelaubten Äste bilden grüne Höhlen, in denen manchmal Kinder spielen. Hier setzen wir uns auf den Stamm und hören dem Geräusch der Bälle zu, die auf den Tennisplätzen hin- und hergeschlagen werden.

Ich nehm ihn mir, ja, das tu ich. Es ist mir egal. Ich weiß, daß ich es kann. Die Sehnenstränge an seinem Hals sind lang und kräftig, seine Schenkel sind gespreizt. Es ist mir egal. Mich kümmern weder Timing noch Finesse noch Spielregeln. Wir schweigen so lange, daß die Stille sich zu einer Spannung zwischen unseren Körpern aufbaut. Seine Unterlippe wölbt sich weich, trocken, fein gekerbt nach vorn. Hitze entsteht zwischen meinen Beinen. Plötzlich muß ich lächeln, sehr glücklich und erregt. Der heutige Tag war so öde, und jetzt ist er es nicht mehr. Ich nehm ihn mir.

Eine schwarz-gelb gestreifte Raupe kriecht auf einem Ast über seinem Kopf dahin. Ich beobachte sie fasziniert. Sie erinnert mich an die Pilzwiese. Ich hebe den Arm, meine feuchte, bloße Brust gleitet dicht vor seinen Augen aufwärts, als ich mich über ihn hinwegstrecke, die Raupe aus ihrem Spaziergang reiße und auf meine Handfläche setze, bevor ich mich wieder auf dem Baumstamm niederlasse. Die Raupe kitzelt auf meiner Hand. Ich bin die Hand Gottes. Ich habe genau das Richtige getan. Alles, was ich tue, ist richtig. Er sieht mich an, und ich kann in seinem Gesicht lesen. Ich habe ihn, ich habe ihn gepflückt wie die Hand Gottes.

»Das ist ein Erlenspinner«, sagt er.

Die Spannung verfliegt.

»Tatsächlich?« frage ich. »Woher wissen Sie das?«

Er zuckt die Achseln. »Ich kenn mich mit Insekten ein bißchen aus«, antwortet er. »Er heißt Erlenspinner, aber er frißt auch Eichenblätter. Und hier gibt's ja Eichen genug.«

Ich lächle. »Sie waren doch nicht einer von diesen schrecklichen kleinen Jungen, die Schmetterlinge aufspießen?«

»O nein«, sagt er sofort. »Ich habe mir alles nur gern angesehen. Ich hatte ein großes Insektenbuch. Und ich hatte ein paar Käfer und so in Marmeladengläsern, aber die hab ich gut versorgt. Ich liebe Insekten.« Lebhaft geworden, beugt er sich vor und erzählt mir von einer Raupe, die einen roten Schwanz hat und ein furchterregendes Gesicht, von einem grünen Käfer, der rot wird, wenn man ihn anfaßt, von einem gelben Marienkäfer. Ich vergesse die Raupe auf meiner Hand, bis er sie vorsichtig hochhebt und wieder in den Baum setzt. »Ich glaube, da fühlt sie sich wohler«, sagt er.

Ich finde ihn hinreißend.

Ich erzähle ihm von dem kleinen schwarzen Insekt auf dem Hügel hinter unserem Haus in Schottland, dem mit dem Neptunszeichen auf dem Rücken. »Was war das für ein Tier?« frage ich.

Er zuckt die Achseln. Er tut das häufig. Es könnte irgendein Käfer gewesen sein, meint er. Ich lache. »Das hätte ich Ihnen auch sagen können«, erwidere ich. Dann höre ich auf zu denken, neige mich vorwärts, dem Geruch seines Gesichts und seines Haars entgegen und küsse ihn auf die Lippen, die lächeln, als meine sich nähern, und sich öffnen, um mich einzulassen. Er geht im Herbst weg. Es ist mir egal. Jetzt werde ich erst mal ein bißchen Spaß haben. Er schiebt eine Hand hinter meinen Kopf, seine süße Zunge gleitet in meinen Mund, meine eigene süße Zunge gleitet in seinen Mund, die Lider schließen sich über seinen Augen, und die Wimpern beben leicht. Er ist warm, und er schmeckt gut. Ein paar kleine Härchen ringeln sich vor seinem Ohr. Wir rücken näher zusammen, bis meine Brüste flachgedrückt an seinem Oberkörper liegen, halten einander umfangen und ruhen Kopf an Kopf, jeder über die Schulter des anderen hinwegblickend. Wir atmen tief und langsam, ein Heben und Senken im Gleichklang. Er streichelt liebevoll meinen Rücken, ich streichle den seinen.

»Jetzt müssen wir einander näher kennenlernen«, sagt er.

Plötzlich sehe ich Esmeralda mitten auf dem Weg daherkommen, zielstrebig und ruhig marschiert sie in Richtung Tor, und ich höre das Knallen der Tennisbälle. Eine große Müdigkeit fließt in mich hinein. Ich will ihn nicht näher kennenlernen. Ich will ihn in die Lippen beißen, die Hitze schüren, seinen Rücken streicheln, mich an ihm reiben wie ein Stock am anderen, um Feuer zu schlagen. Einmal bin ich schon gehäutet worden. Muß ich wirklich noch einmal in eine andere Haut schlüpfen, zaghaft, Stück für Stück, bis sie unsichtbar an mir haftet, direkt auf meiner eigenen Haut? Nur, um Stück für Stück von neuem gehäutet, blutig und wund geschunden zu werden?

Was habe ich getan?

Wir entfernen uns voneinander und sehen einander an. Er lächelt. Dann zieht er die Augenbrauen zusammen und sagt: »Was ist los?«

Ich weiß nicht, was er in meinem Gesicht gesehen hat. Zum erstenmal fällt mir auf, wie ausdrucksvoll seine Stirn ist.

»Nichts.« Mir ist ein wenig schwindlig.

Er hält meine Hände fest, dann hebt er sie hoch und küßt sie mit galanter Geste.

»Was wollen wir tun?« fragt er. »Ich möchte mit dir nach Haus kommen und die ganze Nacht bleiben. Aber ich kann nicht. Ich hab eine Besprechung. Soll ich später kommen?«

Meine Ohren sind in Watte gepackt. »Morgen«, sage ich.

»Morgen. Wann?«

»Morgen abend. Ich bin zu Hause.«

Er lächelt und zieht mich an sich, drückt mich stürmisch und küßt mich wieder. Ich kann es nicht abschütteln, ich kann es nicht abschütteln, die Watte drückt immer fester auf meine Ohren, mein Gesicht, meinen ganzen Kopf. Ich kann nicht atmen. Ich küsse ihn mit geschlossenen Augen, verstecke das alles. Und ich werde doch Spaß haben.

»Morgen«, sage ich und löse mich von ihm. »Ich muß jetzt gehen.« Ich stehe auf.

»Gloria«, sagt er.

»Ja?«

»Morgen abend«, sagt er.

Ich gehe. Was war das schon? Eine kleine Knutscherei im Park. Ich gehe nach Hause, benebelt, schlage mir mit der Hand gegen den Kopf, um ihn klarzubekommen. Esmeralda ist schon da, hockt miauend unter der Eisentreppe. Eine Besprechung, denke ich. Was für eine Besprechung? Was für Leute gehen zu Besprechungen? Morgen abend. Spaß.

Beim Eintreten in meine Wohnung überfällt mich ein schreckliches Gefühl, nur eine Sekunde lang. Es ist beinahe Panik. Als überraschte ich eine andere. Ach, mach daß du wegkommst, Gefühl, was auch immer du bist, ich hab jetzt keinen Bock auf dich. Ich hab genug um die Ohren. Ich hasse das, ich werde ihn nicht dulden, diesen Wurm der Angst. Gefühle, die sich von hinten anschleichen und einen heimtückisch im Nacken streifen wie eine Klaue.

Ich sehe im Kleiderschrank nach, in den Küchenschränken, in der Küche, unter dem Bett. Alles ist ganz normal.

16

Nach der Arbeit gehe ich am South Bank in der Sonne spazieren. Die Hitze brennt auf meinen Armen. Ich kaufe mir ein Eis, das wie rosa-weißer Durchfall aus einer Maschine schießt, eine kannelierte Spirale mit einer Spitze oben drauf. Ich tauche im Strom der Touristen unter, die am Fluß entlang flanieren, sommerlich gekleidet, mit Sonnenbrillen, Fotoapparaten, dicken Bäuchen, Sandalen, Eis in der Hand. Ich setze mich auf eine Bank und lasse sie vorüberziehen, während ich an Christian denke. Ich habe inzwischen dreimal mit ihm geschlafen. Morgens bringt er mir den Tee ans Bett und küßt mir die Zehen. Ich sehe ihn erst am Wochenende wieder. Wir sind sehr vernünftig. Ich habe ihm gesagt, daß ich nicht bereit bin, mich zu tief einzulassen, und er sagt okay, hat ja keine Eile, wir haben beide eine Menge zu tun. Er geht zum Lernen in die Bibliothek, und an zwei Tagen in der Woche arbeitet er in einem großen Heim für verhaltensgestörte Kinder, verbringt manchmal auch die Nacht dort. Ich sehe ihn im Park beim Fußballspiel mit ihnen.

Ich mag Christian. Ich denke viel an ihn, und es endet immer damit, daß ich töricht vor mich hinlächle.

Ich gehe weiter. Auf der Hungerford Brücke spielt ein dicker Schwarzer auf einem Saxophon ›Stormy Weather‹. Ping! macht es, wenn ab und zu sich jemand hinunterbeugt und eine Münze in die Mütze fallen läßt, die vor ihm auf dem Boden liegt. Ich bleibe stehen und schaue zum Fluß hinunter. Es muß die Hitze sein, plötzlich wird mir ganz komisch, ich bin wie benebelt, abgelöst von allem – dem silbernen Glitzern des Wassers, dem Kielwasser eines Vergnügungsdampfers auf der Fahrt nach Greenwich, den schmachtenden Tönen des Saxophons, der Sommerluft. Ping! Ping! klingeln die Münzen. Nichts ist so melancholisch wie der Klang eines Saxophons. Der Silberglanz des Wassers blendet mich. Gleich werde ich ohnmächtig. Hör auf! Hör auf. Ich bin wie ein Punkt, der immer kleiner wird, und ich kann nichts dagegen tun. Aber ich falle nicht, ich verflüchtige mich einfach, und mein entleerter Körper steht erstaunt da und blickt in die Themse, ohne daß ihm etwas sagt, was er tun soll, und die Welt rauscht vorbei wie ein tödlicher gleichgültiger Strom.

Ich komme zurück. Es singt in meinen Ohren. Gleich, denke ich, werde ich wie eine Seifenblase davonschweben über die

Dächer, weit fort in die schreckliche Leere des Himmels, und ich klammere mich an das Geländer und lasse alles wieder ein, das Ping, Ping, das Saxophon, die fremden Laute schnatternder Zungen, die Lautsprecherstimme vom Vergnügungsdampfer. Ich frage mich, ob bei mir etwas nicht stimmt, in meinem Gehirn vielleicht. Ich mache kehrt und gehe weg vom Fluß, gehe und gehe und nehme dann einen Bus nach Hause. Auf dem Weg durch meine Straße sehe ich Esmeralda aus dem Park kommen. Sobald sie mich entdeckt, kommt sie tolpatschig angelaufen, schaut zu mir auf und miaut lautlos. »Hallo, Süße«, sage ich, »hallo, meine kleine Mieze. Na, wo warst du denn, meine Schöne?« Wie ein Hund trottet sie an meiner Seite nach Hause, dort angekommen zischt sie ab und verschwindet im hohen Gras im Schatten unter dem Holunder, der schwer ist von Muttertod. Am blaßblauen Himmel geht der Vollmond auf. Von irgendwoher weht ein leises Lüftchen. Es wird Regen geben, denke ich und freue mich.

Ich gehe hinein, öffne das Fenster, um die Wohlgerüche des Gartens hereinzulassen, mache mir ein Omelett und Salat dazu und setze mich zum Essen an meinen Tisch am Fenster. Ich sitze da und sehe zu, wie die Nacht heraufzieht. Christian arbeitet heute abend. Was ist da auf der Brücke passiert? War die Hitze schuld, oder war es etwas andres? Nein, nein, nichts andres. Ich bin kerngesund. Der Himmel färbt sich tiefer. Ein kleiner Schatten, meine geliebte Esmeralda, huscht unter dem Holunder am Ende des Gartens hervor, bringt das Gras in Bewegung und springt, anmutig trotz ihrer Massigkeit, auf die Mauer. Ihre Silhouette vor dem tiefblauen Himmel erinnert in ihrer vollkommenen Symmetrie an die Katzen in Bilderbüchern. Ich hole meine Okarina und spiele etwas Kurzes, Klagendes, wiederhole es immer wieder, bis alles in einer Mischung aus Klang und Abendlicht untergeht, fürchte mich plötzlich und breche ab. Mein Gott, denke ich, was geschieht hier? Die Stille ist unnatürlich für die Stadt, eine Illusion, eine Taubheit. Voll Unbehagen sehe ich mich um. Draußen ist es jetzt ganz dunkel. Der Mond hängt riesengroß am Himmel.

Ich rufe Esmeralda herein und mache das Fenster zu. Der Garten ist bläulich im Mondlicht, das die Bäume umreißt und den schönen Zweig, der sich mir entgegenstreckt, als wollte er mir etwas schenken; es beleuchtet die fernen Gesichter klagender Männer und Frauen auf den Backsteinen der hohen Mauer hinten im Garten. Darüber ist der stumpfe, sternenlose Himmel. Der Mond wirft Stille auf mich. Ich spüre eine Spannung in der sanften blauen Landschaft. Die zwei kleinen Stufen zum Rasen hinunter sind der Zugang zu einer leeren Bühne, ich bin das Publikum. Das Auftreten der Schauspieler steht unmittelbar bevor. Hinter den Kulissen ein lautloses Lachen. Ich warte wie versteinert. Es ist so still, daß ich das schwache Zischen einer Million leerer Meilen hören kann, die in meinem Kopf zusammenlaufen. Dann beginnt sehr sachte der Regen, Lichttröpfchen auf dem Fenster, die ein feines Geräusch machen wie Hunderte sich öffnender Münder. Etwas Kaltes, wie eine Klaue, berührt mich in der Mulde über meinem Nacken.

Angst.

Hier kommt sie wieder.

Sobald ich mich abwende, wird etwas in den Garten eindringen, etwas, von dem ich nichts wissen will. Dennoch reiße ich mich los, ziehe die Vorhänge zu, wende mich ab, sage, Blödsinn, hör auf, reiß dich gefälligst zusammen. Das sind doch alles Hirngespinste.

Ich gehe nach oben ins Bad und spritze mir kaltes Wasser ins Gesicht und über die Schultern. Auf dem Rückweg bemerke ich, daß die Tür, die zur oberen Wohnung führt, offensteht, und als ich hinausspähe, sehe ich eine schlanke Frau in einem langen silbernen Kleid im Dunkeln die breite Treppe hinaufsteigen. Das Mondlicht, das durch das Fenster im oberen Treppenflur fällt, ist so hell, daß man sie sehen kann. Ich schließe die Tür und gehe wieder in mein Zimmer und setze mich in den Sessel am Feuer.

Ich beginne zu zittern. Esmeralda hört auf, sich zu putzen, und schaut mich an, als hätte ich mich irgendwie verändert. Ich zittere am ganzen Körper, blicke verwundert auf mein Zittern herab. In meinen Ohren ist ein Dröhnen wie von einem donnernd lauten Klang, den aber meine Sinne nicht zu erfassen vermögen.

Ich kriege den Gedanken nicht aus dem Kopf, daß ich einen Geist gesehen habe.

Das Telefon läutet. Ich greife nach dem Hörer und halte ihn an mein Ohr.

»Hallo, Mami«, sagt Kit. »Na, ist das eine Überraschung? Daß ich den Anruf selbst bezahle, mein ich.«

Das Zittern läßt nach und hört auf. »Hallo, Kit.«

Sie ist in strahlender Stimmung. Sie kann es kaum erwarten, mich zu sehen. Sie wird in einem Frisiersalon arbeiten, wenn sie herkommt, Delia kennt ein Mädchen, das eine Freundin hat, die in einem erstklassigen Salon arbeitet und überzeugt ist, sie dort als Lehrling unterbringen zu können.

»Es ist ja schön hier«, sagt sie, »aber Delia und ich, wir müssen einfach mal raus. Man kann schließlich nicht sein ganzes Leben an einem einzigen Ort verbringen. Du hast das doch auch nicht getan.«

Sie werden sich irgendwo eine Wohnung nehmen, in Pimlico zum Beispiel. Pimlico ist eine nette Gegend. Ja, natürlich weiß sie, daß das nicht so einfach ist, aber wer nichts wagt … man muß eben positiv denken, das ist der ganze Witz. Es wird schon klappen. Sie freut sich echt auf die Großstadt. Sie ist jetzt soweit. Dann ist sie so plötzlich weg, wie sie da war, als hätte jemand das Radio voll aufgedreht und gleich wieder ausgestellt.

Ich lehne mich zurück und atme tief durch. Sie kommt, das steht fest. Und wenn sie kommt, dann besser zu mir. Ich sehe mich um. Das Zimmer ist schlicht und alltäglich, normal. Ich war heute irgendwie daneben, in Panikstimmung. Ich muß einfach weitermachen, als wäre nichts gewesen. Ich schalte den Fernseher ein und schaue mir irgendein schrilles, banales Stück an, bis es Zeit ist, zu Bett zu gehen. Hinten aus der Schublade krame ich eine Nachtlampe hervor. Ich habe seit Ewigkeiten keine mehr benutzt, aber heute nacht werde ich sie einschalten. Nicht weil irgendwas los ist. Es ist nichts los. Es ist vorüber, was immer es war. Die Leute oben haben Besuch, das ist nichts Merkwürdiges. Ich lege mich nieder und lasse mich treiben, und dann denke ich an Christian. Ich überlege, ob er drüben in dem großen Haus voll jugendlicher Straffälliger schon schläft oder ob er wachliegt und an mich denkt. Ich drehe und wälze mich, erinnere mich, wie wir beide in diesem Bett geschwitzt und gerungen haben, was für ein Gefühl es war, meine Finger in sein Fleisch zu graben, meine Zunge in sein Ohr zu schieben und zu spüren, wie er sich unter dem Kitzel krümmte, wie es war, die Berührung seiner sanft forschenden Finger zu spüren.

Lange Zeit liege ich in den Schaufeln des Elchs. Ich vergesse die Fremdheit und die vorübergehende Fremdheit. Der Wald wölbt sich über mir wie eine Kathedrale, das Moos ist weich, das mächtige Tier schreitet die langen überwucherten Pfade entlang, wo selbst die Schatten grün sind. Zum gleichmäßig schwankenden Rhythmus seiner Schritte schlafe ich ein.

Ich sitze vor dem Spiegel, um mich zum Ausgehen fertigzumachen. Ich will mit Christian zu einer Party gehen, die irgendwelche Freunde von Tina geben. Ein feiner Schweißfilm bedeckt mein Gesicht. Ich überlege, wie ich mich zurechtmachen soll. Ich reinige mein Gesicht, lege rund um meine müden, ziemlich blutunterlaufenen Augen die Schminke besonders dick auf und denke dabei an die vergangene Woche, als ich bei der Beerdigung meines Vaters war.

Viel empfunden habe ich nicht. Ich erinnerte mich, wie er immer mit seinen falschen Zähnen geklappert hat, wie ich mit ihm auf dem Felsweg über dem Meer gewandert bin, wie ich sein Moped gehaßt habe, ihm sein Abendessen gebracht habe, während er vor dem Fernseher saß. Ich erinnerte mich, daß er mich immer Heulsuse nannte. Als der Sarg in die Grube hinuntergelassen wurde, mußte ich plötzlich daran denken, wie er Pearly die Maus durch die Käfigstangen angelacht hat. Die Kirchenglocke läutete, ein Echo aus der Kindheit. Hinterher setzten wir uns bei Tee, Brötchen und Wein zusammen. Und dann ging ich mit Erleichterung, vorbei an unserem alten Haus mit seinen Fenstern, hinter denen jetzt fremde Leute wohnen, und der Hecke, unter der ich damals Pearlys Käfig versteckte, vorbei am Teich und einem schmalen Streifen Niemandsland neben einer modernen Wohnsiedlung, dem einzigen, was von der Pilzwiese geblieben ist. Um niemals zurückzukehren.

Er hat mir zehntausend Pfund hinterlassen, Kit nichts. Ich hatte keine Ahnung, daß er soviel hatte. Ich werde ihr tausend davon schenken, einen Teil, wenn sie kommt, einen Teil, wenn sie älter ist. Natürlich kommt sie. Natürlich wird sie bleiben, solange sie will. Das mindestens schulde ich ihr.

Ich gehe durch den Sommerabend zu Christian und bleibe vor der Haustür stehen. Mein Kleid klebt mir am Körper. Er wohnt unter dem Dach eines alten Reihenhauses mit einem Klingelbrett, von dessen Holz die Farbe abblättert, in einem Zimmer voller Bücher- und Papierstapel, die sich vom Boden auftürmen wie eine Wolkenkratzerlandschaft. Er ruft mir aus einem Fenster zu, ich solle warten, dann kommt er herunter, und wir gehen Hand in Hand bis zur High Street. Dort nehmen wir ein Taxi und fahren zu einem Wohnblock, wo Lichter und Lärm einer Party in einen Hof strömen. Auf der Fete wimmelt es von gepiercten Nasen, vielfach beringten Ohren und schwarzem Leder. Tina ist da. Wir stehen an einem Kaminsims voller Nüsse und Partybrezeln und anderem Knabberzeug herum, und ich frage mich, warum ich hergekommen bin. Ich habe Partys noch nie gemocht. Eine Tür steht offen, vom Balkon weht eine kühle Brise herein.

Immer wieder habe ich den Eindruck, in dem Partygemurmel jemanden meinen Namen rufen zu hören, aber es ist nie wirklich so. Ich bin jetzt klüger. Ich nenne es nicht Hirngespinst oder Einbildung. Ich weiß, daß es eine Stimme ist, die mir gilt, aber ich weiß nicht, was sie mir sagen will. Ich begnüge mich also damit, von Zeit zu Zeit mit meinem Plastikbecher in die winzige Küche zu gehen, die so vollgestopft ist wie ein Aufzug bei Büroschluß, und fülle ihn aus einer

Schüssel mit einer rötlichen Bowle, die niemals weniger wird und jedesmal, wenn ich wiederkomme, einen anderen Rotton hat.

Christian gehört zu den Menschen, die man überallhin mitnehmen kann; er besitzt eine Unbefangenheit, die jedem vertraut und nicht wertet. Er ist zu Hause. Daher kommt es, daß jeder, der ihm begegnet, sofort das Gefühl hat, ihn bereits zu kennen. Ich beobachte ihn, wie er sich auf der anderen Seite des Zimmers mit jemandem unterhält, und bewundere ihn, weil dies etwas ist, das mir immer abgehen wird. Das Licht, das auf sein großes, offenes Gesicht fällt, läßt ihn ein wenig unirdisch wirken: die schnabelartige Krümmung seiner Nase, der steile Aufwärtsschwung seines Mundes. Seine Augen sind sehr blau. Er hat etwas sehr Reales, das mir einen kleinen Schock versetzt, einen innerlichen Stoß, meinen Herzschlag leicht ansteigen läßt. Er ist an mich gebunden wie ein anderes Selbst, eine Projektion. Ich weiß stets, wo er ist, selbst wenn ich ihn nicht sehe. Ich empfinde mich als eine Gefahr, als wäre ich die Felswand, von der er gleich abstürzen wird, aber was soll ich tun? Was *kann* die Felswand tun? Ich bin einfach da.

Als er aufblickt und mich in der Ferne sieht, lächelt er und läßt seine Augen auf mir ruhen. Sie sind von einer tiefen, starken Freude erfüllt. Ich kann mich nicht erinnern, wann das letztemal ein solcher Blick auf mich gerichtet war.

Jemand sagt, es regnet, ist das zu glauben? Die Leute tanzen. Die Leute trommeln. Ich weiß längst nicht mehr, wie viele Becher Bowle ich getrunken habe.

»Gloria«, sagt jemand und berührt leicht meine Schulter. Als ich mich herumdrehe, ist niemand da.

Das Zimmer ist orangerot, eine Palme streckt sich zur Decke hinauf. Eine Frau in zwei weißen Spitzenfetzchen, die über ihrem Magen mit einem Kreuz und Quer von Schnüren zusammengehalten werden, stolziert auf hochhackigen goldenen Schuhen an mir vorbei. Ein paar Leute lachen brüllend. Die Musik fließt dahin, sinkt ab, schwillt an. Christian bindet den Vorhang am Fenster hoch, den jemand im Suff heruntergerissen hat. Christians Finger arbeiten mit viel Gefühl, seine Hände sind behutsam. Ich gehe nach draußen.

Tina steht an die Mauer gelehnt auf dem Balkon und blickt durch den feinen Sprühregen zu den Lichtern hinunter, die im feuchten Hof glänzen. Ich stelle mich neben sie, und eine Weile schweigen wir nur. Ihr Gesicht ist schmal und klar, die kleinen Haarbüschel über ihrer Stirn bewegen sich leicht im nächtlichen Windhauch.

Aus irgendeinem Grund fange ich an, ihr von Pearly der Maus zu erzählen, wie sie verhungert ist, weil ich vergaß, sie zu füttern, wie sie zu einem Haufen Würmer wurde, der auf dem Boden des Käfigs wogte, wie ich sie hinaustrug mit revoltierendem Magen, den Käfig tief unter die Hecke schob und nie wieder dorthin zurückkehrte. Dann schweige ich und denke nur noch an Pearly die Maus und die schreckliche Einsamkeit ihres Lebens. Ich denke an die feinen bläulichen Äderchen in ihren vollendet geformten papierdünnen Ohren.

»Ach, Gott«, sagt Tina. »Ach, Gloria, wie furchtbar.«

Ich habe nie zuvor darüber nachgedacht, wie es gewesen sein muß.

Ich stelle mir die arme kleine Maus vor, wie sie in ihrem stinkenden Käfig umherrannte, auf ihre eigene Pisse pißte, auf ihre eigene Scheiße schiß, die gute kleine reinlichkeitsliebende Maus, wie sie die letzten Reste ihrer brav angesammelten Vorräte fraß und mit ihrem winzigen kleinen Gehirn nicht begreifen konnte, warum das große, mondgesichtige Ding nicht wie vorher kam und sie beäugte und ihr Futter und frisches Wasser brachte. Das Wasser wurde schleimig und trocknete aus. Sie muß verzweifelt hin und her gerannt sein, in dieser Hölle aus Metallstäben, vom Nest zum Rad und zu den leeren Näpfen, vom Nest zum Rad und zu den leeren Näpfen; und ganz allein gelassen, muß sie immer schwächer geworden, langsamer gelaufen sein, sich auf ihren zerbrechlichen rosigen Füßchen an den Gitterstäben aufgerichtet haben, um mit schmaler zuckender Nase verzweifelt ins Jenseits zu spähen. Kennt eine Maus Hoffnung? Kann sie die Hoffnung verlieren?

Und manchmal muß sie in der Ferne das große Mondgesicht vorübergehen gesehen haben, satt, blind und ahnungslos.

Ich sehe den sehr schwachen schokoladenbraunen Fleck an Pearlys Flanke. So ein winziges Detail, und es hat mich all die Jahre niemals losgelassen.

Ich bin so schuldig wie Hitler.

Ich hoffe, in meinem nächsten Leben werde ich verhungern und von Ratten gefressen werden. Alle mir anvertrauten Geschöpfe lasse ich im Stich. Der Hof unten verschwimmt in glitzerndem Glanz. Meine Augen weiten sich, dann schließe ich sie und weine, weine. Der Hals tut mir weh von der Anstrengung, keinen Laut nach außen dringen zu lassen von diesem schmerzlichen, tiefen, gewaltsam unterdrückten Weinen, das aus mir herausquillt wie Gift nach einem Nadelstich. Ich bemühe mich, es zu verbergen, aber dann gebe ich auf und lasse mich einfach gehen.

»Ach, Gloria«, sagt Tina. »Es war doch nicht deine Schuld. Man sollte Kindern keine Tiere schenken.«

Ich weine so heftig, daß ich auf dem Balkon in die Knie gehe und das Bewußtsein verliere, in meinen Kopf hineinkrieche, wo es dunkel wirbelt und irgend jemand mich auslacht. Bißchen spät, findest du nicht? sagt sie schadenfroh. Sie hat die Stimme eines Kindes, die Strenge eines Vaters.

Dann komme ich wieder zu mir. Christian sieht mir scharf ins Gesicht. »Na also«, sagt er. »Na also. Es ist wieder gut.« Er tätschelt mir liebevoll die Hand und lächelt, dann reicht er mir ein Papiertaschentuch. Die Backsteine hinter ihm sind rot und glänzend. Tina steht da und schaut. Ihr Gesicht ist so schmal, weil sie, das sehe ich jetzt, älter ist. Mein Gott, denke ich töricht, wir werden alle älter. Ja, wirklich, wir werden älter.

»Ach, wie blöd«, sage ich. Meine Zähne schlagen aufeinander. »Ich weiß gar nicht, wie das passiert ist. Ich weiß nicht, wo das plötzlich hergekommen ist.« Ich lache. Und sie lachen auch, erleichtert.

»Wieviel von dem Zeug hast du getrunken?« Tina deutet auf den Becher Bowle, den ich noch in der Hand halte.

»Zuviel«, antworte ich und lache wieder.

Christian nimmt mich in den Arm und drückt mich, er behandelt mich wie ein Kind. »Wollen wir nach Hause gehen?« fragt er.

Ich nicke. Ich stehe auf, mir zittern die Knie. Wir gehen hinein, und ich richte mir in irgend jemandes Schlafzimmer vor dem Spiegel das Gesicht. Zwei Frauen sitzen schwatzend auf dem Bett, nehmen keine Notiz von mir. Wie dünn und weiß und geisterhaft meine Hände aussehen, wie sie da in meinem Haar spielen. Ich finde sie schön, wie kleine weiße Vögel, und lasse sie darum eine Weile im Dunkeln vor meinem Gesicht spielen. Sie fliegen aufeinander zu und schnappen nacheinander wie zornige kleine Gesellen. Die zwei Frauen schauen mir jetzt zu. Ich drehe mich herum und sehe sie an, um sie wissen zu lassen, daß ich ihr Gaffen unhöflich finde, und sie tun so, als hätten sie überhaupt nicht hergesehen, und kehren zu ihrem Gespräch zurück.

Ich trete in den Flur hinaus, wo er wartet, und wir gehen hinunter, zur Straße hinaus, und gleiten durch schläfrige, trunkene, nachmitternächtliche Stille an geschlossenen Pubs, vergitterten Läden, alten Mietskasernen aus rotem Backstein vorüber. Der Regen fällt sanft, die Luft scheint frisch und mild wie Landluft. Ich bin hellwach, lebendig, die Nerven aufs Äußerste gespannt. Auf der Hauptstraße lassen die Räder ihr kaltes Zischen vernehmen, ein paar Lokale haben noch geöffnet, Leute warten an Bushaltestellen. Wir nehmen einen Nachtbus, der voller ausgelassener, angetrunkener Menschen ist, dann einen anderen, der fast leer ist. Ich schaue zum Fenster hinaus und denke, daß alles da draußen eine einzige große Ausstellung für mich allein ist – Licht, Gesichter, Fenster, Schilder über Geschäften. Ich lehne mich an ihn, und er drückt sein Gesicht an mein Haar. Dann hebe ich den Kopf und küsse ihn auf den Mund. Wir sitzen eng aneinander und ganz still, bis wir aussteigen müssen.

Es hat aufgehört zu regnen. Vor uns entrollt sich eine lange schwarze Straße wie eine glänzende Lakritzschlange. Wir biegen von ihr ab und gehen an den duftenden, geheimnisvollen Schatten des Parks vorbei nach Hause. Wir sind heute abend anders. Wir reden nicht.

Esmeralda ist wütend, weil ich sie bei diesem Regen ausgesperrt habe. Von ihrem Platz unter der Eisentreppe schreit sie mir mit langgezogenem Jammerlaut entgegen, als sie mich sieht, folgt uns dann ins Innere und streicht eine Weile knurrend im Zimmer umher, ehe sie es sich klatschnaß auf ihrem Lieblingssessel bequem macht, um sich zu putzen.

Christian steht groß und verlegen herum, als wäre er das erstemal hier. Ich betrachte ihn und sehe einen Schatten in seinem Gesicht und denke: Wie eigenartig, wie eigenartig, mit allen anderen ist er so ungezwungen, und jetzt weiß er nicht, was er reden soll. Aber dann fängt er doch an zu reden, schnell und monoton, was bedeutet, daß er nervös ist. Er sagt, die Sache sei ihm sehr wichtig; es sei nicht irgendwas Beliebiges, und er wolle gar nicht erst anfangen, wenn er nicht sicher sein könne, daß es von Dauer sein wird. Er würde lieber gleich nach Hause gehen, wenn es mir nicht ernst wäre. Also, wie ist es? Wie ist es? Er würde es gern wissen. Er verlangt Unmögliches. Ich darf ihn nicht belügen, aber ich habe auch nicht die Kraft, ihn gehen zu lassen. Ich gehe darum auf ihn zu, lege ihm die Arme um den Hals und küsse ihn.

»Wie lange kennen wir uns, Christian?« frage ich.

Er rechnet nach, während er seine Arme um mich schlingt. »Sechs Wochen«, antwortet er. »Glaub ich jedenfalls.«

»Sechs Wochen, und was willst du? Versprechungen? Ich kenne die Zukunft nicht.« Wieder küsse ich ihn, mitten zwischen die ernsten Augen, aber er weicht zurück und blickt mir ins Gesicht.

»Ich will nichts Beiläufiges«, sagt er.

Ich sehe ihn nur an. Ich weiß nicht, was ich tun soll. Er kommt heute nacht hier nicht raus, das jedenfalls weiß ich. Dann wird mir klar, daß es für ihn schon zu spät ist – es ist ganz gleich, was ich tue; ich entspanne mich, lasse mich weich an ihn sinken und sage die Wahrheit. »Ich weiß es nicht. Das ist die

Wahrheit. Ich möchte, daß du heute nacht hier bei mir bleibst, das ist das einzige, was ich weiß.«

Und mehr braucht es nicht. Wir gehen ins Schlafzimmer und legen uns hin, die Gesichter einander zugewandt. Unsere Schuhe fallen zu Boden, mein feuchtes Haar fällt mir in Ringeln ins Gesicht. Wir kleiden uns aus und legen uns zueinander. Seine Schenkel sind lang, seine Knochen hart, seine Haut glatt wie Seide. Ich möchte ihn beißen, drücken, bis seine Knochen brechen. Wir umschlingen einander mit Armen und Beinen und spielen lange aneinander herum, streicheln, drücken, lecken und küssen uns, bis ich ihn einlasse und in mir halte. So machen wir weiter, immer weiter, die Körper heiß und klebrig, den Blick im Gesicht des anderen.

Am Ende sind wir naß und verschwitzt und müde und gesättigt und liegen, an den Lenden friedlich vereint wie siamesische Zwillinge, mit immer noch sachte wiegenden Hüften da. Zärtliches Lächeln und zärtliche Beruhigung der Gesichter. Dann kriechen wir unter die Decke und kuscheln uns aneinander, und er küßt meine Augen und streicht mir fürsorglich Strähne um Strähne das Haar aus der Stirn.

»Geht es dir jetzt gut?« fragt er. »Es ist doch alles gut, nicht wahr?«

Beim Morgengrauen erwache ich und betrachte ihn im Schlaf. Seine Lippen sind trocken und spröde, die untere wölbt sich kindlich. Ich mustere ihn neugierig, die Härchen in seiner Nase, die Male auf seiner Haut, den Wuchs seiner Augenbrauen. Von Zeit zu Zeit zuckt sein Hals. Was hat das zu bedeuten? Was tue ich? Ich schlüpfe in eine Haut, schlüpfe schon wieder in eine andere Haut. Ich habe Angst. Ich küsse ihn, um mich zu trösten, aber er erwacht nicht. Ich schlafe ein, wache wieder auf, sehe ihn immer noch schlafen, mir zugewandt, die Hand mit dem schweren goldenen Ring an der Wange gekrümmt, die Decke über den Hals hochgezogen. Der Geruch seines Atems erregt mich. Ich küsse ihn wieder und mache weiter, bis er erwacht und sich an mich drängt, und es beginnt von neuem und geht den ganzen Morgen weiter, schlafen und wachen, bis die Sonne hoch am Himmel steht und ich mit einem Ruck aus dem leichten Dämmerschlaf hochfahre, allein.

Er kommt nicht wieder. Plötzlich in Panik und voller Angst, stehe ich auf, renne wie eine Idiotin in der Wohnung herum, nehme bald hier, bald dort was zur Hand und lege es wieder weg. Wenn er nach alledem ohne ein Wort auf und davon gehen konnte, verstehe ich die Welt nicht mehr. Dann muß ich ihn völlig falsch verstanden haben. Er kommt nicht zurück, er kommt nicht zurück. Ich schnappe mir Esmeralda und drücke sie heftig, und sie kratzt mich. Tränen kratzen in meiner Kehle. Ich gehe zum Spiegel. Ich sehe grauenhaft aus – o Gott –, ich zerre an meinen Haaren, fummle an der Haut unter meinen Augen herum, fletsche meine Zähne und inspiziere sie. Ich bin neun Jahre älter als er. Ich laufe wieder herum, bleibe am Fenster stehen, schaue in den Garten hinaus. Ich habe Schmerzen, fühle mich alt, uralt, müde und krank. Ich gehe ins Schlafzimmer, lege mich in das Bett, in den Geruch unserer Körper, die befleckten Laken.

Die Tür geht auf.

»Die Milch war sauer«, sagt er, eine Plastiktüte in den Armen. »Ich hoffe, du nimmst es nicht übel – ich hab die Tür nicht abgesperrt. Ich wollte dich nicht wecken.« Er wirft mir eine Zeitung zu und geht in die Küche, um Tee zu machen.

Ich fühle mich wie früher, als Kind, wenn ich schulfrei hatte; ich möchte lachen und ausgelassen herumhopsen. Zuerst lese ich im Bett die Zeitung, dann stehe ich auf und setze mich zu ihm an den runden Tisch mit Blick zum Garten, um zu frühstücken. Dies ist ein Spiel, ein herrliches Spiel.

Wir gehen hinaus und setzen uns auf den Balkon, dicht nebeneinander, lächelnd und töricht, und reden von uns selbst. Er will alles wissen, alles über mich, sagt er. Ich lächle geheimnisvoll. Wie soll er alles wissen können? Was erzähle ich ihm? Ich kann ihm ein Bild malen, das eine darin lassen, das andere heraus. Es ist ganz mir überlassen. Er möchte wissen, warum ich geweint habe, und ich erzähle ihm von Pearly und Rex, und dann zeige ich ihm meinen Glücksfisch und meine Okarina.

»Spiel was«, sagt er, und ich tu's. Er lacht und schlingt seine Arme um mich.

»Ich bin dir schon verfallen«, sagt er. »Mit Haut und Haar, ich kann's nicht ändern. Ich sage immer alles zu früh. Komm mit mir im Oktober, alles, was du hier tust, kannst du dort auch tun. Hast du einen Paß?«

»Ja.«

»Gut. Dann ist es kein Problem. Du kommst einfach mit.«

»Ich kann nicht«, sage ich, mich von ihm lösend. »Meine Tochter kommt.«

Eine Weile sagt er gar nichts, dann: »Kann ich dein Haar bürsten?«

Wir gehen hinein. Ich setze mich auf den Boden und lehne mich an ihn, während er langsam und gründlich bürstet, geduldig mit den Fingern entwirrt, mir das Haar im Nacken von den Wurzeln aufwärts streicht, so daß kleine Wonnepfeile mir wie Feuer durch den Kopf schießen. Ab und zu beugt er sich zu mir herunter und küßt mich auf den Mund, in den sanften blauen Augen eine Mischung aus Güte und Verlangen. Er erscheint mir ganz und gar wunderbar, fremd, anders als alles, was ich je gekannt habe. Ich schließe die Augen. In einem anderen Leben hätte er mein Vater sein können, der mir vor dem Schlafengehen am Feuer das Haar bürstet. Kindheit hätte Wärme bedeuten können. Ich könnte weinen. Die Bürste gleitet durch mein Haar, und rund um meinen Kopf fliegen die Haare elektrisiert unter ihr auf.

Er erzählt mir von der Kneipe, die seine Schwester führt, daß wir dort gut wohnen könnten; sie hat Gästezimmer, aber um diese Jahreszeit wird genug frei sein. Wegen des Geldes mach dir keine Sorgen, sagt er. Darum kümmert er sich. O ja, mach dir deswegen keine Sorgen. Er hat genug und kann jederzeit mehr bekommen, seine Eltern sind vermögend. Es ist ganz in der Nähe von Avignon, sagt er. An der Rhone. Dort gibt es Olivenhaine und Weingärten. Und danach gehen wir nach Paris. Er wird mir die Sprache beibringen. Wir können uns ein Auto mieten, sobald wir drüben sind. Hast du einen Führerschein?

Gut, aber die Zugverbindungen sind dort auch gut, anders als hier...

»Christian!« Ich drehe mich herum und nehme ihm die Bürste aus der Hand. »Christian, meine Tochter kommt. Hast du mich nicht gehört?«

»Deine Tochter«, sagt er mit feierlichem Ernst. »Wie lange lebt ihr schon getrennt?«

»Vier Jahre.«

»Vier Jahre. Und jetzt *mußt* du plötzlich für sie da sein. Ihr steht euch doch gar nicht nahe. Das hast du mir selbst gesagt. Du willst überhaupt nicht, daß sie hierher kommt.« Er sieht weg, macht seine Augen leer. »Du benützt deine Tochter als Vorwand, um nicht mit mir nach Frankreich zu gehen.«

Ganz plötzlich bin ich wütend. Ich springe auf. »Es ist zu früh«, schreie ich ihn an. »Laß mich in Ruhe! Was soll ich denn tun? Meine Tochter aufgeben? Mein Zuhause? Alles? Ich hab dich gerade erst kennengelernt. Ich hab's dir gesagt, ich hab's dir doch gesagt, ich komme nicht mit, und wenn doch, dann ist es *meine* Entscheidung, nicht deine. Laß mich in Ruhe!« Ich renne ins Schlafzimmer und bleibe dort wutentbrannt stehen. Er wird mir nicht sagen, was ich zu tun habe.

Einen Augenblick später steht er an der Tür. »Es tut mir leid«, sagt er.

»Versuch nicht, über mich zu bestimmen, Christian«, sage ich. »Versuch ja nicht, über mich zu bestimmen.« Erschöpft setze ich mich aufs Bett.

Er kommt zu mir und nimmt mich bei den Händen. »Du hast ja recht«, sagt er. »Ich habe kein Recht, dich zu beeinflussen. Es tut mir leid.«

Tag für Tag sind wir zusammen. Ich lebe unter einem Glücksstern; jemand ist auf meiner Seite. Manchmal, wenn er weg ist und ich allein in der Wohnung bin, halte ich inne, bleibe still stehen und lache laut. Dann bekomme ich Angst.

Ich kaufe ein neues Kleid, lang und schmal, mit seidigem Glanz in den Farben von Herbstlaub. Wenn ich es trage, fühle ich mich verrucht und elegant zugleich. Wir machen einen

Spaziergang im Park, inmitten flammender Blumenbeete, ich in meinem neuen Kleid; setzen uns auf eine Bank und sehen den zahmen Eichhörnchen unter den Bäumen zu. Ich lehne mich an ihn, hebe die Hand und berühre sein sonnenwarmes Haar. Wir sagen einander süße Worte. Ich gehe zur Arbeit, tippe, treffe mich mit meinen Freunden. »Ich bin mir nicht sicher«, sage ich. »Ich weiß nicht, was ich tun soll ... Kit kommt.«

Christian möchte, daß ich mit ihm nach Frankreich gehe. Alle geben mir gute Ratschläge.

Ich sitze in der Küche im »Red House«. Tosh knetet den Pastetenteig, die knochigen braunen Arme mit Mehl bestäubt. »Ich verstehe nicht, warum du dir alles so schwer machen mußt«, sagt er. »Bleib bei diesem Christian, der behandelt dich gut – tut euch zusammen, kriegt ein paar Kinder. Es wäre anders als mit Kit, da warst du noch viel zu jung. Du bist eine nette Frau, Gloria, du solltest einen Mann haben. Du verdienst ein gutes Leben.«

Tina sagt: »Wozu die Eile? Laß dich von ihm bloß nicht in irgendwas reindrängen. Du schuldest keinem was, auch nicht Kit, keinem. Also ich – ich gerate nie in diese Situationen.«

Mary behauptet, ich wolle keinen Mann, sondern ein Kind: Ich täuschte mich in meinen Gefühlen. Die Männer entpuppten sich immer alle gleich. »Werd schwanger, aber sag's ihm nicht«, rät sie mir. »Er geht sowieso weg, da braucht er's nie zu erfahren. Schau, ich komm mit Josie gut zurecht. Wir könnten uns zusammentun, gegenseitige Unterstützung, darum geht's doch.«

Christian ist ein rücksichtsvoller Schläfer, läßt mir Platz. Sein Gesicht verändert sich, wie das Gesichter so an sich haben, wenn sie einem vertraut werden. Er sagt, daß er mich liebt. Was heißt das? Was genau liebt er? Ist es mein neues Kleid, die Sonnenbräune dieses Sommers, die Art, wie ich Kaffee mache oder mich morgens auf ihn lege? Ist es mein Gesicht? Was, wenn ich mein Gesicht abnähme, die Fassade herunterrisse, meine Zähne schwärzte, mein Haar absengte? Wer würde

Gloria lieben, wenn sie häßlich wäre? Wer würde eine kranke, alte, müde, schwache Gloria lieben?

Ich weiß nicht, was er meint.

Eines Tages überfällt mich Panik. Ich sehe mich um: Seine Sachen liegen im ganzen Schlafzimmer herum, seine Bücher machen sich auf den Regalen breit, sein Geruch hängt im Badezimmer, im Kühlschrank liegen die Dinge, die er mag. Wer ist er? Er schaltet morgens den Fernseher ein. Das tue ich nie. Er liegt auf dem Sofa und schläft, den Kopf zurückgeworfen, ein Arm zum Boden herabhängend. Ein Speichelfaden kriecht aus seinem schlaffen Mundwinkel. Wenn er erwacht und mich anlächelt, sieht er verschlafen aus wie ein Kind, und sein Haar ist ganz zerzaust.

»Christian«, sage ich, »ich brauche etwas Zeit für mich allein.«

Er überlegt. »Bin ich besitzergreifend?« fragt er.

Er widerspricht nicht. »Laß mir ein paar Tage«, sage ich. »Man könnte ja meinen, wir leben zusammen.«

Am nächsten Morgen geht er und hinterläßt Stille, die ich, mit geschlossenen Augen liegenbleibend, genieße wie ein heißes Bad. Ich höre das schwache Ticken der Uhr, das routinierte Schnalzen von Esmeraldas Zunge bei ihrer Morgentoilette. Ich beschließe, den Tag wie eine Katze zu verbringen, mit Träumen und Dösen und Vor-mich-hin-Meditieren. Ich befinde mich auf einem Plateau. Nichts kümmert mich. Ich phantasiere, daß Christian und ich glücklich bis an unser seliges Ende zusammenleben, erzähle mir das wie eine Geschichte, die immer weitergeht und nirgends endet. Später stehe ich auf, esse etwas, wasche ein paar Sachen für die Arbeit am nächsten Tag, hänge sie auf die Leine und sehe zu, wie das Wasser ins hohe Gras tropft. Ich tippe ein Manuskript. Es ist so langweilig, daß ich einen Haufen Fehler mache, gähne, meine Oberschenkel aneinanderreibe, immer wieder aufhöre und an den vergangenen Abend denke: Christian, Pearly und Rex;

Kit, die sagt: »Ich hasse dich, Mama«; David, der sagt: »Du bist verantwortlich. Ganz gleich, was aus mir wird, du bist dafür verantwortlich. Vergiß das nie.« Dann erinnere ich mich an David, wie er siebzehn war und in dem Antiquariat die alten Bücher beschnupperte. »Wenn ich mal reich bin«, sagte er, »werd ich eine ganze Bibliothek voll alter Bücher haben. Ich werde sie nicht lesen. Ich werd nur ab und zu reingehen und an ihnen riechen.«

Ich lehne mich auf die Schreibmaschine und starre mit Tränen in den Augen zum Fenster hinaus. Ich kann das nicht noch einmal alles durchmachen, ich kann nicht. Wenn ich den Teil, der fühlt, aus mir herausschneiden könnte...

Ich nehme mich zusammen und tippe weiter, meine Finger tanzen. Klapperdiklapp machen die Tasten der Maschine, und die Sonnenflecken an der Wand wandern weiter, während der Tag fortschreitet.

Jemand klopft an die innere Wohnungstür. Das ist sehr ungewöhnlich. Ich stehe auf und öffne, aber es ist niemand da. Der Flur ist von einem stumpfen Braun, die Treppe führt hinunter zum Badezimmer. »Geh weg«, sage ich laut und lausche.

Und einen Moment später spricht sie, genau wie ich es erwartet habe. Die Stimme, die ich auf der Party gehört habe, die Kindfrau. Ich weiß, daß sie es ist, weil sie an zwei Orten zugleich spricht, hier in meinem Kopf und draußen im unteren Flur.

Kommst du? sagt sie, und dann lacht sie auf die ihr eigene Art, beherrscht und ziemlich müde.

Sie kann mich nicht täuschen. Ich weiß, wer sie ist. Die kleine Gloria. Sie will einfach nicht sterben. Ich hasse sie. Ich bin zornig und ungeduldig, möchte sie von Angesicht zu Angesicht sehen, das kleine Ekel, sie packen und schütteln, bis sie nur noch ein verschwommener Fleck ist, bis ihre Zähne klappern und ihre Knochen brechen, bis sie weg ist. Ich werde sie schon noch kriegen.

Ich laufe aus dem Zimmer, die Treppe hinunter, stoße die

Tür auf, die in den Hauptteil des Hauses führt, und trete in den Flur. Er ist leer, und das Haus knarrt friedlich. Ein paar Fliegen summen an den Scheiben der Haustür. Die Tür geht auf. Die gertenschlanke Sekretärin von oben kommt mit einer Einkaufstüte von Debenham's herein. Sie ist sehr schick und gebräunt und zu dick geschminkt, so daß sie älter aussieht als sie wirklich ist. Sie lächelt, verwundert, was ich hier tue.

»Hallo«, sage ich und komme mir ziemlich blöd vor. Ich tue so, als schaute ich auf dem Tisch im Flur nach Post, obwohl jeder weiß, daß ich meine Post direkt an meine Tür, die hinten hinaus liegt, geliefert bekomme.

»Es ist so angenehm kühl hier«, bemerke ich lahm.

»Ja«, antwortet sie und erzählt mir von dem Betrieb in der Stadt.

Ich gehe hinauf und setze mich in mein Zimmer und lausche. Esmeralda kommt, macht es sich schnurrend auf der Armlehne meines Sessels bequem und starrt mich mit einem Ausdruck an, den ich gern als liebevoll verstehe. Ich werde ganz steif vor lauter angespanntem Lauschen, aber es rührt sich nichts, und am Ende fange ich vor Überreiztheit zu weinen an. Esmeralda macht eine kleine Bewegung, als überlegte sie, näher an mich heranzurücken, und besänne sich dann eines anderen, gibt einen leisen kehligen Laut von sich, ohne auch nur einen Moment ihren Blick von mir zu wenden. So sitzen wir beieinander, bis die Sonne untergeht. Dann springe ich auf, werde wieder geschäftig, esse, sehe fern, sortiere meine Kleider, füttere Esmeralda, gieße den Garten und meine Pflanzen.

Draußen ist ein Holpern und Stolpern zu hören, kurz darauf läutet es Sturm.

»Wer ist da?« rufe ich durch die Tür.

»Ich!« ertönt Davids Stimme, und Lisa kichert.

»Scheiße«, flüstere ich und öffne die Tür. Sie stolpern in meine Wohnung, schrill und aufdringlich wie eine schlechte Fernsehkomödie, total betrunken, stinkend, laut lachend. Davids Mütze sitzt schief, sein Gesicht ist schmutzig, und er hat ein blaues Auge. Lisa hat einen schrecklichen alten Pelz an, der wie ein nasses Tier riecht.

»Glory! Glory!« schreit David laut. Er wirft sich an mich und versucht, mich auf den Mund zu küssen.

Ich weiche zurück. »O Gott!«

»Hoppla!« Kreischend und lachend läßt Lisa sich in einen Sessel fallen und zieht, unablässig weiter lachend, grell, dünn, hemmungslos, eine Flasche Scotch aus ihrer Handtasche.

»Jetzt sei doch nicht so!« schreit David mir ins Ohr. »Ach, Mensch, komm schon, Glory, sei nicht so.« Er läuft zu Lisa hinüber und schüttelt sie am Arm, als wolle er sie aufwecken. »Sie freut sich überhaupt nicht, uns zu sehen«, sagt er. »Da kommen wir extra her, um sie zu besuchen, und sie freut sich überhaupt nicht.«

Lisa findet das sehr komisch, krümmt sich vor Lachen. »Wo sind die Gläser?« fragt sie. »Komm, hol sie raus.«

Beide schreien. Esmeralda flüchtet durch das Fenster.

»Ich hole euch keine Gläser«, sage ich kalt. »Ich will nichts trinken. Ich will euch in diesem Zustand hier nicht haben, betrunken und kindisch. Was wollt ihr hier überhaupt?«

»Na schön«, sagt Lisa und schraubt die Flasche auf. »Auch gut. Ich bin mir nicht zu fein, um aus der Flasche zu trinken.« Sie nimmt einen Zug und gibt die Flasche an David weiter, der mich scharf beobachtet. Die Haut unter seinen Augen hat einen bläulichen, irisierenden Glanz wie der Rücken eines Insekts.

»Manchmal bist du wirklich eine richtige Miesmacherin«, sagt er. »Eine gottverdammte Miesmacherin.«

»Ach, hör auf, ich bin nicht in Stimmung«, sage ich. »Was wollt ihr?«

Sie kommen immer nur, wenn sie etwas wollen.

»Dich, meine Schöne.« Lisa springt auf und geht langbeinig und graziös zum Plattenspieler. »Wir wollten unsere alte Freundin Gloria mal wieder sehen. Unsere liebe kleine Gloria.« Sie legt eine Platte auf und dreht den Apparat auf volle Lautstärke.

»Mach das leise!« sage ich.

Sie beachtet mich gar nicht, sondern tanzt betrunken durch das Zimmer. Ihr Lippenstift ist in die Fältchen über ihrem Mund gefranst. Ich drehe die Musik leise. Sie kichert und dreht sie wieder auf.

»Nein, Lisa.« Ich stelle die Musik wieder leise. Sie versucht, ein Spiel daraus zu machen, bei dem sie aufdreht und ich herunterdrehe. Ihr Gesicht ist verzerrt vor Lachen.

»Nein!« brülle ich sie an.

»Ach, du langweilige alte Kuh!« Sie wirft sich wieder in den Sessel.

»Halt die Klappe, Lisa«, fährt David sie an. Er setzt sich zu mir aufs Sofa und hält mir die Flasche hin.

»Was hat du mit deinem Auge gemacht?« frage ich, die Flasche zurückweisend.

»*Ich* hab gar nichts damit gemacht«, antwortet er verdrossen. »Das war ein Kerl. Ein echter Kleiderschrank.« Er wischt sich das Gesicht mit der Hand und beginnt, mir eine weitschweifige Geschichte zu erzählen, daß er jemandem Geld schulde, dieser Kerl ihn geprügelt habe, er in echter Gefahr gewesen sei, ehrlich, ich mein, der Typ hatte ein Messer... Er wird wütend und muffig und schaut auf seine Füße hinunter.

»Es ist wahr, wirklich«, sagt Lisa, nach der Flasche greifend. »Er hätte tot sein können. Mein Engel hätte tot sein können. Ich würde sterben, ehrlich, ohne meinen Engel würd ich sterben. Weißt du, ich würd mich hassen, wenn ich du wär, Gloria. Gib her, du Mistkerl«, brüllt sie David an, der die Flasche nicht aus der Hand gibt.

»Halt's Maul«, sagt er. »Du hast sowieso mehr gehabt als ich.«

»Nein, gar nicht wahr! Gar nicht wahr!«

»Herrgott noch mal, seid doch still!« schreie ich.

Sie springt auf und pflanzt sich mit geballten Fäusten vor mir auf.

»Mensch, gib's auf, Lisa«, sagt David. Mit einer Hand versetzt er ihr einen so heftigen Stoß in den Magen, daß sie nach rückwärts taumelt und zu Boden fällt. Sie bleibt auf dem Rücken liegen, die Knie in der Luft, und lacht. »Sie ist total blau«, sagt er.

»Ach was«, entgegne ich.

»Ich bin Geld schuldig«, erklärt er mir von neuem. »Ich hab Angst, auf die Straße zu gehen. Das hier«, sagt er und deutet mit dramatischer Geste auf den Bluterguß unter seinem Auge, »ist noch gar nichts. Bloß eine Warnung. Ich mein, ich hab echt Schiß. Nächstes Mal könnt's eine Kugel geben. Oder ein Messer in den Bauch. Oder ins Gesicht. Ich mein, diese Leute scherzen nicht, denen ist es ernst ... Gloria, verstehst du, was ich sage? Verstehst du?«

Ich bin müde. »Was willst du?« frage ich.

»Leih uns zwanzig Pfund«, antwortet er.

»Aber du schuldest mir schon –«

»Bitte! Bitte, Gloria. Du rettest mir vielleicht das Leben.«

»Warum?« frage ich. »Was ist mit dem großen Geschäft? Nehmt's doch davon.«

»Erklär's ihr«, sagt er zu Lisa. »Erklär's ihr, verdammt noch mal.«

Lisa, die immer noch auf dem Teppich liegt, dreht den Kopf und lächelt mich an. »Die Geschäfte gehen schlecht«, sagt sie einfach.

»Na so was«, versetze ich trocken, »das ist aber eine Überraschung. Ich dachte, du würdest als Geschäftsfrau des Jahres gehandelt.« Ich äffe sie nach. »O ja, ich geh gut mit meinen Kunden um. Ich leg die nicht rein. Die kennen mich. Eine Hand wäscht die andre. Das ist ein gutes Geschäft, verstehst du, wenn man den richtigen Riecher hat. Nächstes Jahr um diese Zeit haben wir genug Kohle für einen Superurlaub. Du solltest mitmachen, Gloria, statt deine Zeit mit der langweiligen Tipperei zu vertun ...«

»Der Markt ist trocken«, sagt sie von oben herab. »Überall. Das würdest du wissen, wenn du auf die Nachrichten achten würdest. Im Moment sind alle in Deckung gegangen.«

»Gloria«, sagt David, »bitte. *Willst* du denn, daß sie mich umbringen? Darum geht's hier nämlich. Liest du keine Zeitung? Heutzutage genügt den Leuten schon der geringste Anlaß, um den andern umzubringen. Die ganze Szene ist außer Rand und Band. Du hast es doch. Bitte. Bitte. Es ist ja nur für zwei Wochen.«

»Und wie willst du's mir zurückzahlen?«

»Lisa zahlt's«, antwortet er. »Aus den Geschäftseinnahmen.«

»Aber das Geschäft läuft ja nicht.«

»Ach, in ein paar Wochen geht's bestimmt wieder aufwärts«, sagt sie. »Das ist immer so.«

David fängt an zu weinen. »Wie *kannst* du nur?« schreit er. »Du kannst nicht so sein. Was ist aus dir geworden? Du warst mal so wunderbar. Das Geld ist es, das Geld. Geld verdirbt den Charakter. Du hast Tausende von Pfund auf der Bank, und wir haben nichts, und auf den Straßen verhungern die Menschen und schlafen in Pappkartons, und du hockst hier in deiner schicken kleinen Bude und hältst dich für so verdammt überlegen...« Er springt auf, rennt durch das Zimmer, um Lisa herum, die wieder angefangen hat zu lachen, dieses fürchterliche schrille, schwache, endlose Lachen. »... aber das bist nicht du, o nein, du bist dumm und blind, und du hast deine Seele verloren. Wir haben nichts, und du hast alles, aber ich würde nie mit dir tauschen wollen. Ich weiß nämlich, wer ich bin, woraus ich gemacht bin, und es ist was Besseres als du... Du würdest lieber eiskalt zuschauen, wie ein alter Freund, jemand, den du angeblich liebst, umgebracht wird, statt dich auch nur von einem einzigen Penny zu trennen, du egoistisches Luder. Aber ich sag's dir, ich würde lieber sterben, als dein dreckiges Geld nehmen, und ich hoffe, du wirst stolz sein, wenn du hörst, daß ich irgendwo tot mit einem Messer im Bauch aufgefunden worden bin; ein Haufen Scheiße bist du, nichts als ein alter Haufen Scheiße...«

Lisa springt auf, schlägt ihm ins Gesicht, er schlägt zurück und wendet sich dann ab, die Hände vor seinem Gesicht. »Du bist ja hysterisch!« schreit sie ihn an.

»Raus! Macht daß ihr rauskommt, alle beide!« schreie ich aufspringend. »Ich hab genug.« Ich laufe ins Schlafzimmer, ziehe eine Schublade auf, nehme eine Zwanzig-Pfund-Note, laufe zurück und werfe sie ihm hin. »Nimm!« schreie ich ihn an. »Nimm das Geld und verschwinde und komm mir nie wieder in die Nähe.«

Er nimmt das Geld mit blassem, beschämtem Gesicht, hält mit hängendem Kopf den Schein vorsichtig zwischen zwei Fingern. »Ich zahl's dir zurück«, sagt er. »Bis auf den letzten Penny. Zwei Wochen. Zwei Wochen höchstens. Ich schwör's bei allem, was mir heilig ist, ich geb's dir zurück.«

»Na also«, sagt Lisa. »Jetzt sind wir wieder Freunde.«

Ich lasse mich aufs Sofa fallen. »Haut ab«, sage ich gepreßt. »Los, geht schon.«

David setzt sich neben mich. »Es tut mir leid.« Er starrt mir ins Gesicht. »Es tut mir wirklich leid.«

»Bussi, Bussi, Bussi«, sagt Lisa.

Er schiebt seine Hand meinen Rücken hinauf und krault mich. Ich fahre schaudernd zusammen. »Untersteh dich!« zische ich und rücke von ihm ab.

»Wieso?« fragt er und tut es wieder. Ich springe auf und stelle mich an die Tür.

»Ich hab gesagt, ihr sollt gehen. Los! Es ist mir ernst, David.«

»Es ist ihr ernst, David«, sagt Lisa mit baumelnden Beinen.

»Heißt das, daß wir gehen müssen?« fragt er trübe.

Sie kreischt vor Gelächter.

Ich mache die Tür auf. »Raus«, sage ich. »Los, raus!«

»Raus!« schreit Lisa theatralisch und wirft sich in Pose, eine Hand mit dem Rücken an der Stirn. »Raus! Raus! Raus!«

David rührt sich nicht. Sie tänzelt mit trunkener Anmut auf ihn zu, nimmt ihn in die Arme und drückt ihn lachend, zieht ihn mit sich zur Tür. An der Tür bleiben sie schwankend stehen. Eine Pfote hängt irgendwo in der Halsregion von ihrem gräßlichen Pelz herab. Sie schwingt bei jeder Bewegung Lisas hin und her, schlaff und traurig.

»Wann kommt Kit?« fragt Lisa.

»Das weiß ich nicht.«

»Sie ist unser kleines Mädchen«, sagt David sentimental, »ganz gleich, was sie getan hat. Sie ist unser kleines Mädchen.«

»Genau, genau, mein's auch«, sagt Lisa. »Ich hab sie aufwachsen sehen . . .«

»– und wir müssen unser Bestes für sie tun. Denk dran, Gloria. Enttäusche sie nicht.«

»Du wirst glücklich sein«, sagt Lisa. »Sie wiederzuhaben, mein ich. Ich weiß es. Ein Blut, verstehst du.«

Aber klar, denke ich, und was ist mit dir? Was ist mit deiner eigenen in alle Winde zerstreuten Nachkommenschaft?

»Ich werd dir das nie vergessen«, ruft David dramatisch vom Fuß der Treppe. Er hält den Geldschein hoch. »Niemals. Du hast mir das Leben gerettet. Zwei Wochen. Zwei Wochen allerhöchstens. Ich schwör's. Ich schwör's.«

»Mensch, hör auf damit rumzuwedeln.« Lisa führt ihn in die Dunkelheit hinaus.

Ich schließe die Tür und sperre ab, schalte den Plattenspieler aus und lege mich aufs Sofa. Mein Herz rast, und mir brennen die Augen. Gleich werde ich anfangen zu weinen. Nein, werde ich nicht, von diesen beiden lasse ich mich bestimmt nicht zum Weinen bringen. Lange Zeit liege ich still mit geschlossenen Augen und atme tief.

Der Friede kehrt wieder.

Ich stehe auf und rufe Esmeralda herein, schließe das Fenster und die Vorhänge und gehe zu Bett. Ich versuche, die Elchschaufeln herbeizuholen, aber sie kommen nicht. Manchmal kommen sie einfach nicht.

Voller Angst erwache ich in der Finsternis, greife nach der Lichtschnur und finde sie natürlich nicht, gerate in blinde Panik, suche und grapsche, bekomme nichts als Dunkelheit zu fassen, ehe ich sie endlich finde und das Zimmer mit Licht überflute. Da ist mein Zimmer, alltäglich und nüchtern. Ich schlafe wieder ein, erwache mit dem ersten Licht, das am Fenster heraufkriecht, bleibe, angenehm dahindämmernd, auf dem Rücken liegen. Auf der Wand bildet das Licht ein leuchtendes Schwert, das sich mit den leisen Bewegungen der Vorhänge in der Morgenluft dreht und verkürzt.

Und von einer Stelle aus, die sich vielleicht drei, vier Zentimeter über dem Teppich in der Mitte des Zimmers befindet, spricht eine Stimme, die bestürzend real ist. Hilf mir! ruft die kleine Gloria schrill und in Todesangst.

Das Schwert bläht sich, massig und blendend hell. Sie röchelt in Panik, dem Ersticken nahe. Ihre Stimme wird kräftiger und spröder, schneller, höher, scheppernd wie die klapprigen Wirbel im Rückgrat eines Skeletts, durchdrungen von Luft und Feuchtigkeit. Sie steigt von der Stelle über dem Teppich aufwärts und rast mir entgegen wie eine nahende Sirene, bis sie eine Stelle auf dem Kopfkissen unmittelbar über meinem Kopf erreicht und dort zum Crescendo anschwillt, grauenvolle Schreie ausstößt, die über mein emporgewandtes Gesicht hinwegziehen.

Dann ist sie fort.

Ich liege da und starre zur Decke hinauf, lecke mir den trockenen Mund mit trockener Zunge. Ich weiß nicht, wie lange ich so liege. Ich kann mich nicht bewegen. In mir regt sich etwas wie ein Berg, der seine Wurzeln in der Erde verschiebt, etwas, das viel gewaltiger und tiefgehender ist als das vertraute kleine Samenkorn, als das ich mein Selbst gewöhnlich sehe. Das Samenkorn erzittert. Der Berg blickt herab. Dies war keine Stimme wie meine anderen Stimmen. Dies war keine Glocke, die in meinem Gehirn vibriert. Dies war außerhalb von mir.

Der Morgen zieht herauf, rein, klar und hell. Ich bin erlöst. Ich stehe auf und öffne die Vorhänge. Es geht mir gut. Ich meine, ich habe nicht das Gefühl, wahnsinnig zu sein oder so etwas. Ich weiß nichts. Absolut nichts. Unter meinen Füßen ist der Salzsumpf und bei jedem Schritt die Möglichkeit von Treibsand. Die Flut schließt mich in ihre unausweichlichen Arme.

17

Der Herbst, der lang vergessene, kehrt zurück.

Christian reist übermorgen ab. Wir gehen durch den warmen, klaren Abend und folgen dem langgezogenen eleganten Bogen der halbmondförmig angelegten Straße, in der Phyllis und Roy wohnen.

Sie hat mich letzte Woche angerufen und uns zum Essen eingeladen. »Wir müssen wirklich mal Nägel mit Köpfen machen«, sagte sie. »Ich bekomme dich ja überhaupt nicht mehr zu Gesicht. Neulich habe ich Mary getroffen. Du weißt wohl, daß Sam auf dieselbe Schule geht wie Josie, er ist eine Klasse über ihr. Sie hat mir erzählt, daß du einen neuen Mann hast.« Sie möchte ihn sich näher ansehen. Höchste Zeit, meint sie.

Die Luft ist schwül vom Duft nächtlicher Blumen. In der Magnolie vor dem Haus singt ein Vogel. Sie haben das Haus beige gestrichen. Im Fenster ist ein Schild, das besagt, daß es bewacht wird, vor der Haustür ist ein Eisengitter, die unteren Fenster sind ebenfalls vergittert.

Phyllis macht uns auf. »Kommt rein, kommt rein«, trällert sie und führt uns in ein meergrünes Vestibül. Aus der Küche im hinteren Teil des Hauses weht uns Bratenduft entgegen. »Es ist so ein schöner Abend«, sagt sie. »Wir sitzen im Garten.« Durch eine lange, helle Küche mit viel Holz und kräftigen Farben, in der Radio 4 Selbstgespräche hält, führt sie uns hinaus. Der Garten ist lang und wohlgepflegt. Auf einer Terrasse in der Nähe einer Trauerweide, deren Zweige in tragischer Schönheit zum Boden herabhängen, stehen Gartenstühle und ein Klapptisch mit Weingläsern und einer offenen Flasche Beaujolais.

Roy steht auf, um uns zu begrüßen, rosig glänzend und smart, mit mehr Bauch als früher, strahlend. »Gloria!« sagt er, drückt meine Schultern und küßt mich auf die Wange.

»Hallo, Roy.«

Er tauscht einen Händedruck mit Christian. »Oh, wunderbar, wunderbar«, sagt er, als wir ihm eine Flasche Wein über-reichen. »Möchtet ihr gleich etwas trinken?«

»Aber natürlich möchten sie«, erklärt Phyllis, läßt sich rund und schwer in einen Sessel fallen und zündet sich eine Ziga-rette an. »Ihr habt doch nichts dagegen, wenn ich rauche? Wenn ja, habt ihr Pech. Sagt nichts. Ich hab's versucht und schaff's nicht.« Sie trägt ein loses Kleid mit Blumenmuster und große, flache Sandalen. Ihre nackten Beine sind braun, mit lan-gen hellen Haaren bedeckt.

Wir setzen uns, trinken Wein und reden. Roy erzählt uns von seiner New-York-Reise. Er saß sechs Stunden am Flugha-fen fest, weil sein Kollege sich verspätet hatte. Er sagt, New York sei eine tolle Stadt.

»Waren Sie auch mit?« fragt Christian Phyllis.

»O nein«, antwortet sie. »Mein großes Abenteuer ist die Türkei.«

Wir unterhalten uns über Reisen, die Regierung, Filme und Fernsehen, und wie schwer es die Kinder heutzutage haben im Vergleich mit früher, als wir selbst jung waren und alles so viel einfacher war.

Dann steht Phyllis auf und watschelt in die Küche, und ich nehme mein Glas und folge ihr. »Kann ich dir was helfen?« frage ich, in die Hitze eintretend.

»Nein, nein«, antwortet sie lächelnd und geschäftig, »es ist alles fertig.« Sie dreht das Radio aus, öffnet das Backrohr, zieht eine brutzelnde Keule heraus und begießt sie. Ich setze mich an den Tisch aus Kiefernholz und schnuppere an einem hübschen Strauß roter und gelber Blumen in einer Vase. Mein Wein schmeckt bitter.

»Er ist nett«, bemerkt sie. »Knackiger Junge. Und du hast kein Wort verlauten lassen, du alte Heimlichtuerin.«

Ich lächle und gehe zum Kühlschrank, um nach Fruchtsaft oder Mineralwasser zu suchen, mit dem ich meinen Wein mi-schen kann. Die Tür ist mit Mr.-Men-Aufklebern und bunten Magnetbuchstaben bepflastert. Drinnen stehen Schalen und Schüsseln mit Tarama, grünen Oliven, kalten Kartoffeln, kaltem Pudding, kalter Suppe, alles mit Klarsichtfolie zugedeckt. Die Kälte ist köstlich auf meiner heißen Haut. Ich seufze übertrieben. »Da könnte ich mich glatt reinlegen«, sage ich und öffne die Tiefkühltruhe. »Du lieber Gott, wie viele Tonnen Eis vertilgt ihr denn pro Jahr in diesem Haus?«

Sie lacht. »Das ist für die Kinder.«

Ich greife nach einem Karton Orangensaft, und im selben Moment springt in meinem Kopf ein Geräusch an wie von atmosphärischen Störungen. S-s-sch-sch-ch! macht es, immer lauter werdend.

Und aus dem Geräusch spricht irgendwo rechts, hinter meinem Kopf, die kleine Gloria. *Gloria!* sagt sie, *Gloria!* Als hätte sie mir Wunderbares zu bieten. Ich erstarre. Ich fühle mich wie ein zum Bersten gefülltes Gefäß.

Phyllis, die am Tisch sitzt und eine Avocado schneidet, redet. »Es hat sich aber gelohnt«, sagt sie. »Ein Riesendurcheinander, aber es hat sich gelohnt.«

»Was?« frage ich schwach.

»Die Terrasse.«

Ein wenig benommen drehe ich mich herum. Ich dachte, sie hätte sich für immer verzogen, das kleine Ekel, aber sie ist wie ein Virus, das nicht totzukriegen ist: Du denkst, sie ist weg, und schon ist sie wieder da.

»Meine Güte«, ruft Phyllis. »Siehst du blaß aus! Was ist denn? Du hast recht, es ist wirklich heiß hier drinnen. Komm, setz dich.« Sie springt auf und zieht einen Stuhl heraus. Ich setze mich. »Was hast du gesucht?« fragt sie. »Hast du's nicht gefunden? Gloria?«

»Orangensaft.«

Sie bringt mir den Orangensaft und gießt ihn in ein Glas. Dann gibt sie Eis dazu. »Hier«, sagt sie. »Es ist wirklich heiß.« Sie erzählt von der Hitze in der Türkei, von der Terrasse, einem Sommerhaus, das ihnen vorschwebt. Es hat etwas rührend Naives, wie sie dahinplappert. Sie ist eine Außerirdische. Das Fleisch riecht stark und ruft unter meiner Zunge einen bitteren Schmerz hervor.

Weißt du es denn nicht? sagt die kleine Gloria. *Weißt du es nicht? Mach dich bereit. Ich sag dir, wenn es soweit ist.*

Ich kippe den Orangensaft hinunter, Eiswürfel schlagen klirrend gegen meine Zähne. Phyllis beobachtet mich scharf.

»Was ist los?« fragt sie. »Das Sommerhaus interessiert dich nicht im geringsten. Was ist, Gloria – was ist?«

Ich kann nicht sprechen.

»Du weißt doch«, fährt sie fort, »du weißt doch, daß du jederzeit zu mir kommen kannst, wenn du Probleme hast.«

Eine Träne löst sich zu meiner Überraschung aus meinem Auge.

»Aber, aber«, sagt sie leise und energisch, »es ist nie so schlimm wie es scheint.« Sie tätschelt mir verlegen die Schulter. »Ist es wegen Christian? Weil er weggeht? Er geht doch nicht ans Ende der Welt, Gloria.«

Ich schüttle den Kopf. Ich muß etwas sagen. »Es ist wegen Kit«, erkläre ich. »Ich bin mir nicht sicher, ob ich mit ihr zusammenleben kann.«

»Wann kommt sie denn?«

»Ach, weiß der Himmel. Bald.« Es erstaunt mich, wie normal meine Stimme klingt. »Sie kann jederzeit vor der Tür stehen. Ich kenne sie nicht mehr. Vielleicht gibt sie mir nicht mal vorher Bescheid. Sie wollte mit einer Freundin kommen. Ich habe die schlimmsten Vorstellungen – wie sich meine Wohnung in ein Matratzenlager für Kit und ihre Freunde verwandelt.«

»Ach, wenn sie erst mal da ist, geht bestimmt alles gut«, meint Phyllis. »Du wirst sehen. Die Phantasien sind immer viel schlimmer als die Realität. Und es ist doch auch nicht für immer.« Sie lehnt sich seufzend zurück. »Kinder sind eine Plage. Ihretwegen muß man dauernd die Vernünftige und Stabile spielen, ich tu's ständig. Und in Wirklichkeit bin ich die meiste Zeit ein zitterndes Nervenbündel.« Sie steht auf und verschwindet aus meinem Blickfeld.

Neulich erst hat Kit angerufen. »Christian!« sagte sie schneidend. »Christian! So ein hochgestochener Name.«

»Er ist Franzose«, sagte ich. »Zur Hälfte jedenfalls . . .«

Sie ahmte spöttelnd einen französischen Akzent nach. »Vergreifst du dich jetzt an kleinen Jungs, Mama? Du wirst doch nicht so dumm sein, mit ihm wegzugehen, oder? Hättest du nicht Angst, daß er dir mit einer Jüngeren abhaut, wenn ihr erst mal drüben seid? Was würdest du tun, ganz allein in einem fremden Land?«

Später sagte sie: »Ich hab ständig das Gefühl, du willst überhaupt nicht, daß ich komme.«

»Doch, natürlich«, log ich.

Phyllis kommt mit einem runden Metalltablett mit vielen verschiedenen Dips zurück: blaßgrün, cremefarben, lachsrosa, weiß, lila. »Versuch den mal«, sagt sie und stellt mir einen Teller mit geschnittenem Pitabrot hin, »mmh, köstlich.« Ich esse gehorsam. Das Essen ist wirklich köstlich.

»Nicht zuviel«, sagt sie. »Sonst verdirbst du dir den Appetit.«

Aber ich esse und esse; ich habe das Gefühl, unaufhörlich essen zu können, ohne je satt zu werden. Sie sitzt am Kopfende des Tischs, die Beine weit gespreizt über dem indischen Teppich, den Kopf zurückgeworfen, und fingert an irgendwas in einer Schüssel herum.

»Du solltest nicht unzufrieden sein mit deinem Los«, sagt sie. »So schlimm ist es doch gar nicht. Was willst du, Gloria? Was willst du wirklich?«

»Ich möchte normal sein«, antworte ich, während ich einen Löffel Krabbendip auf das dünne Brot gebe und es in den Mund schiebe.

»Normal!« Sie lacht. »Normal! Was ist denn normal? Schau dich doch mal an. Du siehst irgendwie – irgendwie – ich weiß auch nicht, ein bißchen anders aus, eine Spur, darf ich sagen, verrückt? Die Leute schauen dir nach. Bei mir zuckt keiner auch nur mit der Wimper, wenn ich die Straße runtergehe. Wer ist normal? Ich oder du? Ich weiß es nicht. Ich weiß, daß ich nichts andres sein kann als das, was ich bin, und du genauso wenig. Man kann auch zuviel zweifeln. Du glaubst, *du* hast Probleme.«

Sie lacht. »Meinst du, nur weil ich einen schönen Garten habe und ein nettes kleines Auto, in dem ich herumkutschieren kann, wäre ich auf Rosen gebettet? Hm?« Sie springt lachend auf und untermalt beim Sprechen ihre Worte mit Gesten. »Manchmal habe ich das Gefühl, unsichtbar zu sein. Ich sitze am Tisch, Roy sitzt da, wo du jetzt sitzt, die Kinder, die kleinen Herzchen, sitzen zu beiden Seiten. Und ich spreche, ich artikuliere, ich bitte, ich reihe Substantive, Verben, Adjektive, ganze Sätze aneinander – sinnvolle Sätze sogar. Aber ich schwör's dir, alle meine Worte fließen schnurstracks in den Weltraum hinaus, wo sie vom Mond abprallen und in ein riesiges schwarzes Loch irgendwo gelenkt werden, um nie wieder zum Vorschein zu kommen. So ist das. So kommuniziere ich mit meinen Lieben – meinem Ehemann und meinen Kindern. Es ist wahr.«

Unsere Blicke treffen sich, und wir lachen.

»Du konntest immer schon gut mit Worten umgehen«, sage ich.

»Ja, hm.« Sie setzt sich wieder.

»Als ich dich damals kennenlernte, warst du Redakteurin beim Lyrik-Magazin. Du hast geschrieben. Aber du hast aufgehört.«

»Ja – na ja.«

»Und du hast fotografiert.«

»Stimmt«, sagt sie und sieht lächelnd zu der großen Lampe hinauf, die über dem Tisch hängt. »Ich hab fotografiert. Ich hab die Fotos noch. Warte mal.« Sie saust davon und kommt mit einem großen braunen Umschlag wieder, breitet auf dem Tisch vor mir Bilder aus. Slums, Regen, Straßenjungen. Große Augen starren mich an.

Die Armen sind immer bei uns, flüstert die kleine Gloria. Ihr eisiger Atem streift die feinen Härchen hinter meinem rechten Ohr. Fünfzehn Jahre schnurzen zurück wie ein Gummiband.

»Weißt du noch«, sagt Phyllis wehmütig, »wie ich David damals in der Kneipe das Bier über den Kopf gekippt habe?« Sie lacht. »Weswegen eigentlich? Ich weiß es gar nicht mehr. Na ja, ich bin sicher, er hatte es verdient.«

Ich ziehe ein Gesicht. »Er hat mich angerufen.«

»Wann?«

»Ach, vor ungefähr zwei Wochen.

›Gloria! Gloria!‹ Davids nervöse Stimme.

›Wer sonst?‹ sagte ich.

Ich hab nicht kapiert, worum es eigentlich ging, nur daß er in Riesenschwierigkeiten war – er hatte jemanden über den Tisch gezogen, oder irgend jemand hatte ihn über den Tisch gezogen, ich weiß nicht, auf jeden Fall sagte er, sie wären hinter ihm her und er wäre unschuldig…

›Soll das heißen, daß du deine Schulden bei mir nicht bezahlen kannst?‹ sagte ich. ›Sag's einfach, David, das ganze Theater ist völlig überflüssig.‹

›Bitte, red jetzt nicht davon, bitte, verstehst du denn nicht? Diese Leute sind völlig irre. Die knallen jeden ab…‹

›Das kommt mir sehr bekannt vor‹, sagte ich.

Er stöhnte. ›O Gott, ich weiß nicht, was ich tun soll, ich bin in einem schrecklichen Zustand, Gloria, bitte laß mich jetzt nicht im Stich. Gerade du. Sei nicht so hart zu mir. Ich muß mit dir reden. Am Telefon geht das nicht.‹

›Nein‹, sagte ich.

›Ach, Scheiße‹, stieß er atemlos hervor. ›Ich dreh durch, ich dreh hier durch, kapierst du das nicht? Bitte, ich muß mit dir reden…‹

›Nein. Jetzt nicht.‹

›Warum nicht?‹ schrie er. ›Ist dein neuer Freund da? Glaubst du vielleicht, ich weiß nichts davon? Von deinem jungen Bock? Macht er's dir gerade? Hast du deshalb keine Zeit, einem alten Freund zu helfen? Du hast dich vielleicht verändert, Gloria, Mann, hast du dich verändert.‹ Dann weinte er und entschuldigte sich, sagte, er stecke in solchen Schwierigkeiten, bis zum Hals in Schwierigkeiten…«

»O Gott!« sagt Phyllis angewidert. »Das hast du wirklich nicht nötig, Gloria. Laß dich mit diesen Leuten und ihren Unglücksgeschichten bloß nicht ein. Das Leben ist auch so schwer genug.«

»Ich weiß«, antworte ich und erzähle ihr, wie er bettelte und flehte, sagte, Lisa sei nicht da, er sei ganz allein und würde umkommen, wenn er nicht mit jemandem reden könnte; wie er weinte und ich am Ende nachgab und zu ihm fuhr und Lisa mir die Tür öffnete. »›Oh, hallo Gloria‹, sagte sie. ›Komm rein.‹ Sie schien überrascht, mich zu sehen. Sie hockte sich auf den dreckigen Boden und begann ihre Fußnägel zu schneiden. Ihr langes Haar fegte über den Teppich. ›Er ist nicht da‹, sagte sie. ›Was!‹ schrie ich. ›Er ruft mich an und lotst mich den ganzen Weg hierher, und dann ist er nicht da!‹

Sie sagte, sie wüßte nichts davon; gerade als sie heimgekommen sei, hätte jemand angerufen, und daraufhin hätte er gesagt, er müßte weg. ›Du kennst ihn ja.‹ Sie machte eine Tasse Tee, stand da wie im Schlaf und ließ die Asche von ihrer Zigarette ins Spülbecken fallen. Dann fing sie an, mit einer alten Nagelfeile zwischen ihren Zähnen rumzustochern und schleuderte das Zeug, das sie rausholte, auf den Boden. Sie sagte, er wäre die ganze Nacht aufgewesen und hätte getrunken, Erdbeerwein, und am Morgen hätte er gekotzt wie die Sau.«

»Guter Gott!« sagt Phyllis.

Je länger ich erzähle, desto zorniger werde ich. Ich hasse ihn. Ich hasse sie beide. Meine Hände unter dem Tisch sind verkrampft. Ich könnte ihm die blöde Fratze einschlagen. Wer einmal lügt … Eines Tages wird er anrufen, und es wird wahr sein – er wird wirklich Hilfe brauchen, und ich werde nicht kommen. Und wenn ich doch komme, wird er keinen Funken Teilnahme erfahren. O nein! Keine Teilnahme, keine Teilnahme mehr!

Die kleine Gloria lacht gackernd. Der wird was ganz andres kriegen, sagt sie. Ich fege sie von meiner Schulter wie Schuppen.

Wir gehen auf die Terrasse hinaus.

»So kann man ein Land einfach nicht führen«, sagt Roy gerade. »So kann man kein Unternehmen führen, und so kann man kein Land führen.«

»Auf lange Sicht gesehen«, erwidert Christian, »ist das sicher richtig, aber kurzfristig geht es, und genau da liegt das Problem.«

»Das Essen ist gleich fertig«, sagt Phyllis.

Roy schenkt Wein ein, macht die Flasche leer. »Du hast vergessen, Wein mitzubringen, Darling«, sagt er leicht verstimmt.

»Ach, wie dumm. Stimmt. Na ja, wir können jetzt sowieso reingehen, es ist alles fertig.«

Aber wir bleiben noch eine Weile sitzen und leeren, dem Summen einer dicken späten Biene in einem Blütenkelch lauschend, unsere Gläser. Als wir schließlich hineingehen, bleibt Christian zurück. Schon an der Tür, drehe ich mich nach ihm um und sehe ihn intensiv beobachtend vor einem niedrigen weißen Mäuerchen hocken, das den Rasen umgibt.

In der Küche knallt ein Korken. »Also«, sagt Phyllis, »eins, zwei, drei, vier.«

Im Garten ist es fast dunkel.

»Was tust du da?« Ich gehe näher und beuge mich über ihn.

Er sieht zu mir hinauf. »Schau mal«, sagt er lebhaft und zieht mich neben sich hinunter.

Im Licht aus dem Küchenfenster erkenne ich ein Wirrwarr mikroskopisch kleiner roter Punkte, die flink und zielstrebig an der Mauer umherwuseln. Ich stochere mit dem Finger mitten hinein in das Gewimmel, und es teilt sich, um ihn zu umrunden. »Spinnen«, sage ich.

Ich lege meinen Arm um ihn, und er drückt sich an mich wie ein Hund, stößt mich sanft mit dem Kopf. »Ich kann's einfach nicht glauben, daß ich weggehe«, sagt er.

»Essen ist fertig!« ruft Phyllis.

»Spinnen sind keine Insekten«, erklärt er, als wir hineingehen. »Hast du das gewußt?«

»Aber natürlich sind sie Insekten.«

Im Eßzimmer nehmen wir an einem großen runden Tisch mit Kerzen und Blumen und blitzendem Silber Platz. Roy zündet die Kerzen an.

»Nein, sind sie nicht. Das glauben alle nur.«

Phyllis bringt einen Salat aus Langusten und Avocado in Schalen, die wie kleine grüne Blätter aussehen.

»Und Schnecken sind auch keine«, sagt Christian. Er ist ein wenig betrunken, sein Gesicht glänzt, die Narbe auf seinem Nasenrücken ist deutlich sichtbar. Wir sind alle beschwipst. Christian ißt gierig, weit über den Tisch gebeugt, und läßt sich mit großer Lebhaftigkeit über Schnecken und Tausendfüßler aus, die, wie er uns versichert, nicht zur Klasse der Insekten gehören. Phyllis und Roy tauschen einen Blick. Jung und kindisch, denken sie, aber mir ist das egal.

»Bitte«, sagt Phyllis gleichzeitig lächelnd und stirnrunzelnd, »nicht beim Essen.«

»Oh, tut mir leid«, sagt er.

Alle lachen.

Der Schwips lockert ihre Zungen, leuchtet sanft in ihren Augen, glänzt auf ihrer Haut. Bei mir brodelt er im Gehirn und lähmt die Zunge. Sie bemerken es gar nicht. Eine andere Stimme spricht hinter ihnen, wie ein Radio, das in einem anderen Raum vor sich hinbrabbelt, leise und monoton. Ich kann die Worte nicht verstehen. Sie hat das Radio ausgeschaltet, ich habe es selbst gesehen. Was ist das für ein Geräuschchaos – vier Stimmen, nicht meine, das Klirren von Besteck und Geschirr, das Tropfen eines Wasserhahns irgendwo, das Aufheulen eines Automotors auf der Straße. Alles zu grell, zu wahr, zu präsent. Ich wünschte, ich wäre zu Hause, zusammengerollt in meinem Bett, die Decke über den Kopf hochgezogen.

Keramikgeschirr mit gold-blauem Muster steht auf dem reinweißen Tischtuch. Das Festmahl ist aufgetragen.

»Noch etwas Wein, Gloria«, sagt Roy herzlich und schenkt mir ein. Die Flüssigkeit funkelt wie ein Edelstein in meinem Glas.

»Du bist sehr still«, bemerkt Christian leise.

Ich lächle.

Es gibt eine riesige tropfende Fleischkeule. Ihre Haut hat die Farbe einer schrecklichen Wunde. Ein Auge in ihrer Mitte funkelt mich an. Es gibt Bratkartoffeln, Bratäpfel, die mit Nelken gespickt sind, glasierte Karotten, Zucchini und Mais, Soße. Roy kaut kräftig mit mahlendem Kiefer. Phyllis dreht Pfeffer aus einer Pfeffermühle. Christian spricht über die Psychologie von Kulten. Er ist nicht mehr jung und kindisch, er ist ein Fremder: gebildet, wortgewandt, unterhaltsam. Er ist hier ganz zu Haus, in weit höherem Maß als ich. Er macht eine witzige Bemerkung und sieht mich aus dem Augenwinkel an, um zu sehen, ob ich sie mitbekommen habe. Phyllis und Roy lachen heiter. Es läuft gut, sie mögen ihn.

Mir ist kalt unter meiner brennenden Haut. Ich trinke Wein und vergesse. In der Dunkelheit des Fensters sehe ich ein Giebelhaus an einem Berg, eine Wiese, drei Grabhügel, mich und meinen Hund auf dem heckengesäumten Weg, Alastair mit seinem Gewehr, meine Tochter, die im Hof die Hühner füttert. Wo ist die kleine Gloria? Ah, da ist sie, da, halb versteckt hinter dem Vorhang in einem der oberen Fenster, mit einem wissenden Lächeln.

Es gibt Zitronenmousse, Käse, Biskuits, After Eights, starken Kaffee. Wir setzen uns ins Wohnzimmer, reden und trinken Kognak. Vollgestopft bis obenhin, schlapp und schlaff sitzen wir herum, reden über Politik und Grundstückspreise, Verbrechen und Hetzjagd. Roy hat ein ausgeprägtes Schwabbelkinn. Christian sitzt neben mir und hält meine Hand. Der Guru blickt lächelnd auf uns herab. Mozart spielt.

Er ist erst fünfundzwanzig, denke ich. Was, wenn er in ein paar Jahren fett und häßlich wird und ich ihn dann nicht loswerde? Passieren könnte es. Wie er glänzt. Ich betrachte ihn und sehe, wie sein Kinn sich verdoppelt, sein kindliches Neandertalergesicht grob und gemein wird, sein Körper aufgeht wie Hefeteig.

David war einmal schön.

»Alles in Ordnung?« fragt Christian. »Schläfst du mir ein?«

Es ist fast Mitternacht. Roy bietet an, uns nach Hause zu fahren, aber wir sagen, nein, wir nehmen ein Taxi. Das Taxi kommt, und wir fahren nach Hause zu mir. Christian schwatzt mit dem Fahrer, während er mit meiner Hand spielt. Wie sonderbar, denke ich. Ich bin so kalt, so fremd, und er hat es nicht gesehen. Das einzige, was er gesehen hat, war ein netter Abend. War ich überhaupt wirklich dort?

Zu Hause gehe ich sofort ins Schlafzimmer, lege mich aufs Bett und schließe die Augen. Ich könnte mit ihm gehen, selbst jetzt noch, von hier weggehen und in ein anderes Leben eintreten. Mir schwimmt der Kopf. Noch ein anderes Leben. Es waren schon so viele. Ich habe alles aufgegeben, nicht einmal, sondern viele Male. Soll ich das jetzt wieder tun? Hier ist mein Zuhause. Hier lebe ich mit Esmeralda und meinen Pflanzen, da draußen ist der Garten, wo ich meine Kräuter ziehe. Ich kenne jedes Geräusch der Rohre und Leitungen. Ich kann die Tageszeit von den Sonnenflecken an der Wand ablesen. Ich habe Freunde und etwas Geld. Soll diesmal doch jemand anderes alles aufgeben.

Ich spüre, daß er sich neben mich auf die Bettkante setzt. »Du warst heute abend sehr still«, sagt er.

Ich mache die Augen auf und starre zur Decke hinauf.

»Was ist los?« fragt er.

Ich sehe ihn an. Seine Augen sind glasig und müde, ihre Winkel hängen abwärts. Sein Mund ist schön, finde ich, voll und fest und ernst.

»Glaubst du an Geister?« frage ich.

»Ja«, antwortet er sofort.

»Was sind sie deiner Meinung nach?«

»Keine Ahnung. Warum?«

»Ach, nichts.« Ich hebe den Arm, und während ich seinen Rücken streichle, schließe ich wieder die Augen.

»Es ist doch was«, sagt er und legt sich neben mich. Wir wenden uns einander zu. »Komm mit mir nach Frankreich.« Er zittert ein wenig. Ich taste seinen Rücken hinauf. »Ich hab Angst«, sagt er.

»Angst?«

»Ich hab Angst, daß ich dich nie wiedersehen werde.« Seine Augen, den meinen so nahe, sind beunruhigt. Unsere Münder treffen sich immer wieder in kurzen Küssen. »Manchmal«, sagt er, sein Bein zwischen meine Oberschenkel schiebend, »habe ich das Gefühl, dich überhaupt nicht zu kennen. Da kommst du mir vor wie eine Außerirdische.«

Ich muß lachen. »Das ist ulkig. Für mich war heute abend Phyllis eine Außerirdische.« Sie waren alle Außerirdische.

»Du bist kalt«, sagt er und runzelt die Stirn. Wir küssen einander eine Zeitlang sachte und zärtlich, und er beginnt zu weinen. Seine Stirn ist schweißfeucht, und ihm läuft die Nase. Ich wische sein Gesicht und streichle sein Haar. Seine Haut verströmt eine Süße, die meine Sinne reizt; er ist wie ein köstliches Essen, das ich langsam kauen, Bissen für Bissen verschlingen möchte. »Komm doch mit«, sagt er. »Komm mit mir.«

Ich muß es lassen, Kits wegen. Die mir sagt: Ich hasse dich, Mama. Die mir sagt: Gott, bist du blöd. Die mir sagt: Du willst mich in Wirklichkeit gar nicht haben, stimmt's? Die unablässig ihr Haar wirft, feucht schnieft, wie ein Dreckfink aussieht, sich für häßlich hält, mich mit Blicken beobachtet, die so verwundet sind wie meine eigenen. Ich hätte sie im Salzsumpf aussetzen können. Ich hätte sie in ein Heim stecken können. Vielleicht hätte ich das tun sollen, wäre vielleicht besser für uns beide gewesen. Aber ich hab's nicht getan. Statt dessen habe ich sie bei der Hand genommen und durch Jahre wechselnden Glücks geschleppt; habe gesagt, ach, Kinder sind anpassungsfähig; ach was, *ich* hab ein intaktes Zuhause gehabt, und schaut mich an; habe gesagt, ach das packt sie schon; Pech, wenn sie David nicht mag. Ich kann mein Leben nicht von einem Kind bestimmen lassen.

Und jetzt kommt sie wieder.

»Ich kann nicht«, sage ich. »Noch nicht.«

»Aber wann?« fragt er. »Wann?«

»Ich weiß nicht.«

»Ach, du!« sagt er. Wir rollen herum, lieben uns, vom Alkohol benommen.

»Ist dir klar, daß ich morgen fahre?« sagt er. »Das ist doch lächerlich.«

»Sch.« Ich bin hundemüde.

»Ich werde also ohne dich fahren«, sagt er. »Und ich werde ganz allein sein. Und du wirst auch ganz allein sein. Ja, so wird es sein.«

»Sch«, mache ich.

»Wann, Gloria?«

»Sch.«

»Gloria!«

Ich schieße in die Höhe, daß er zusammenfährt. »Sei still«, schreie ich ihn an. »Sei endlich still. Laß mich in Ruhe.« Lieber Gott, das bringen sie einfach nicht, oder? Sie können einfach nicht lockerlassen. Er ist nicht anders als David – massier mir den Rücken, Glory, Glory, ich brauche dringend eine Massage, das Land, die Stadt, einen Fick, eine Tasse Tee, einen Krach. Ich fange an zu weinen. Er zieht mich zu sich hinunter und nimmt mich in die Arme.

»Es tut mir leid«, sagt er. »Es tut mir leid.« Wir wiegen einander zum Trost.

»Eines Tages«, sage ich, »werde ich vor deiner Tür stehen.«

Er lächelt.

In den frühen Morgenstunden sehe ich zu, wie sein Gesicht sich im Schlaf zu lösen beginnt. Jetzt atmet er tief, sein Mund öffnet sich. Seine Augen bewegen sich hinter den geschlossenen Lidern.

»Kleine Gloria«, flüstere ich. »Kleine Gloria. Du kannst jetzt rauskommen.«

18

Christian fliegt fort.

Ich werde dünn. Ich lebe von Wein und Obst und Joghurt und grünen Oliven.

Eines Morgens bekomme ich einen Anruf von David. »Kann

ich vielleicht ein paar Tage bei dir wohnen, Glory? Nur ein paar Tage, ich fall dir nicht zur Last, das versprech ich. Komm schon.«

»Red keinen Unsinn«, sage ich, »das kommt nicht in Frage. Außerdem kommt Kit am Sonntag.«

»Herrgott noch mal! Du gibst mir ja nicht mal eine Chance, dir alles zu erklären. Hör mir doch erst mal zu…«

Ich möchte ihn los sein.

»Ich bin ganz allein«, sagt er.

»Wo ist denn Lisa?«

»O Gott!« Er stöhnt. »Sie sitzt. In Holloway.«

Beinahe hätte ich gelacht. »Weshalb?«

»Diebstahl«, sagt er unglücklich.

»Wann ist das denn passiert?«

»Die Verhandlung war gestern. Mein Gott, ich hätte nie geglaubt…«

»Was, aus heiterem Himmel? Du hast mir nie was davon gesagt.«

»Nein? Hm, ja – wahrscheinlich nicht.« Er stammelt nervös. »Es erschien mir wahrscheinlich nicht der Rede wert; ich mein, das Ganze war so blöd und lächerlich; ich mein, sie war jahrelang sauber. So ein Aufhebens wegen ein paar lumpigen Klunkern – es ist nicht zu fassen; ich bin nicht mal zur Verhandlung gegangen, ich hätte doch nie gedacht…«

»Na, hör mal, David, bei ihren Vorstrafen? Was hat sie bekommen?«

»Sechs Monate.«

Ich seufze teilnahmsvoll, sage all die Dinge, die man so sagt, sie wird nicht die volle Zeit absitzen müssen, die Zeit vergeht so schnell, es wird bald vorbei sein, aber er unterbricht mich und spricht hastig und gedämpft, als fürchte er, jemand könnte ihn hören. »Gloria, mich gruselt's hier. Ich bin ganz allein. Kann ich nicht wenigstens für ein paar Tage zu dir kommen?«

»Nein.«

»Ach, Mensch!« Er senkt seine Stimme noch tiefer. »Ich kann's nicht erklären. Mir geht's so schlecht. Bitte lach jetzt

300

nicht. Ich hab ein Gefühl, als ob ... als ob –« Er seufzt und schnappt schwach nach Luft. Ich sehe seinen verlorenen, leeren Blick durch das Zimmer streifen, und als er wieder spricht, sind Tränen in seiner Stimme. »... als würde etwas Furchtbares geschehen – als wäre irgendwas hinter mir her – es ist ein Alptraum, ein Alptraum, Gloria. Ich will nicht ganz allein hier sein. Ich werde heute nacht bestimmt nicht schlafen. Jedesmal, wenn ich ein Geräusch höre, erschrecke ich zu Tode. Es ist wie eine Vorahnung – bitte, Gloria ...«

»Nein.«

Er knurrt wie ein Hund. »Wie kannst du nur so hart sein!« schreit er.

»Spar dir das, David«, sage ich. »Ich hab zu tun. Außerdem hab ich dir bereits gesagt, daß es nicht geht. Kit kommt am Sonntag.«

»Du gemeines Luder«, sagt er erbittert. »Besten Dank.« Und knallt den Hörer auf die Gabel.

Ich stehe auf und laufe ruhelos in der Wohnung herum. Ich werde keinen Gedanken an ihn verschwenden. Ich grabe alle meine alten Fotos aus ihren Nischen und Winkeln, breite sie auf dem Bett aus und schaue in die Vergangenheit. Da bin ich mit Mary in der Schule: Was für knubbelige kleine Knie wir haben, wie adrett unsere weißen Söckchen. Da ist Kit im Buggy, meine Mutter lächelnd über sie gebeugt. Kit hat dicke Pausbacken und trägt ein Mützchen, das ihre Lippen nach vorn schiebt, meine Mutter hat ihren alten roten Mantel an. Da ist David in Filey, wie er gerade mit klatschnassem Haar, das ihm ins Gesicht hängt, aus dem Meer steigt. Dicke Menschen waten durch das seichte Wasser hinter ihm. Da sind Tina und ich an der Tür des Hauses in Schottland. Esmeralda hingegossen im Hof. Alastair im Schatten am Küchentisch. Rex auf dem Grabhügel.

Mein Gott, ich will nicht von all diesen Menschen angestarrt werden. Ich fege sie weg. Immer noch ruhelos, kribbelig; kleine Strudel einer seltsamen gelangweilten Erregung wirbeln durch mich hindurch, als läge etwas in der Luft, als näherte sich etwas, etwas … Ich spiele auf meiner Okarina, dann setze ich mich vor den Spiegel und denke, wie sonderbar und schrecklich mein Gesicht ist, betrachte mit Sorge das arme alte Ding, schminke es kunstvoll, die Lippen purpurrot, die Augen gelb.

Sie spricht, ein Parasit in meinem Ohr. *Beeil dich*, flüstert sie. *Beeil dich, schnell!*

Ich wische die Schminke ab, beginne von neuem, die Augen schwarz, die Lippen karminrot. *Schnell! Schnell!* Nicht richtig, ich erschaffe mich immer wieder neu, wie unter Zwang.

Dann wische ich die ganze Schminke ab, gehe mit einem Handspiegel ans Fenster und stelle mich ins kalte Licht, um jede einzelne Falte, jede Pore und jede Unreinheit der Haut zu mustern. Da bin ich, die ewige Gloria. Ich liebe sie immer noch. Ich liebe sie immer noch so sehr.

Ich gehe zur Arbeit, tanze in der Küche zu Radiomusik mit Tosh einen Walzer.

»Mami«, sagt er und schiebt seinen glatten schwarzen Kopf unter mein Kinn. Sein Haar umschließt seinen Schädel wie eine Kappe.

»Söhnchen«, sage ich.

Er lächelt, und wir wiegen uns gemeinsam. Er ist so mager und gesund wie ein Jagdhund.

»Was ist eigentlich mit deiner richtigen Mutter?« frage ich.

»Tot«, antwortet er. »Sie ist gestorben, als ich sieben war. Und was ist mit deiner?«

»Auch tot«, sage ich. »Meine Mutter war verrückt. Verrückt.«

Er hebt den Kopf und sieht mir lächelnd ins Gesicht, dann schießt seine Zunge hervor und umrundet flink meine Lippen. Wir lachen, die Musik wechselt, wir tanzen weiter, immer im Kreis durch die Küche mit ihren Gerüchen nach Frischgebackenem und dampfendem Kaffee. Das Leben ist voller ungeahnter Möglichkeiten.

Na bitte, denke ich auf dem Heimweg, noch einer. Und dieser hier ist erst achtzehn. Die alten Knochen haben doch noch Feuer. Ich fühle mich gut. Ich mache die Wohnung sauber, gieße die Pflanzen, esse Oliven und trinke Kaffee, sehe zu, wie am tiefblauen Himmel der Mond aufgeht, spiele auf meiner Okarina, singe Esmeralda ›Que sera, sera‹ vor, »*what ever will be, will be*« . . . Was werde ich sein? Die Ehefrau eines Sozialpsychologen, eine einsame alternde Frau in einer kleinen Wohnung, langjährige Insassin einer Nervenheilanstalt, eine Pennerin, die Geliebte eines jungen Japaners, eine Frau, die im ›Red House‹ arbeitet und Schreibarbeiten annimmt? Ich bin eine Frau, die im ›Red House‹ arbeitet und Schreibarbeiten annimmt. Ich kann einen Strauß binden, ein Bild malen, meinen Unterhalt verdienen, Kräuter ziehen. Ich habe eine Tochter.

Ich spreche mit Esmeralda. Sie hört mir zu, mit klugem Gesicht und einem Augenzwinkern an den richtigen Stellen. »Du alter Griesgram«, sage ich und kraule sie zwischen den Augen. Ich ziehe meine Hand weg. Sie blickt mich an. Nach ein paar Sekunden legt sie ihre Pfote auf meine Hand. Dort bleibt sie einen Moment lang liegen, warm und wohltuend, ehe sie sie zurückzieht und unterschlägt wie die andere. Es rührt mich so tief, daß ich weinen muß.

Es wird dunkel. Ich mache die Lampe an und das Feuer und betrachte die Schatten meiner Pflanzen im Alkoven. Es ist sehr still. Ich fröstle im Gefühl der Erwartung. Ich weiß nicht, was auf mich zukommt, woher ich weiß, daß es fast hier ist, unvermeidlich und unerbittlich wie das Schicksal, dieses Etwas, das sich mit mir auf Kollisionskurs befindet. Es ist ein Singen des Bluts, ein Prickeln der Poren, ein Staubkörnchen im Auge, ein schnellerer Schlag meines Herzens. Manchmal erwache ich in der Gewißheit, daß da ein Geräusch war, eine Stimme vielleicht. Ich lausche. Ich wache.

Die Uhr tickt. Die Schatten sind reglos. Ich bin so still in meinem Sessel, daß das Zimmer meine Anwesenheit nicht spürt. Der Moment ist wie ein fallender Akkord von vollendeter Harmonie, der langsam auf Saiten gezupft wird.

Es klopft an der Tür, ängstlich und verstohlen.

Ich bleibe sitzen. Es klopft wieder. Ich stehe auf und gehe zur Tür. »Wer ist da?«

»Ich. David.«

Leise fluchend öffne ich. Mit einer verschlossenen Geldkassette in der Hand steht er vor mir, sein verlebtes weißes Gesicht hebt sich hager aus dem Kragen eines langen düsteren Mantels, der ihm bis über die Knie herabfällt.

»Damit kannst du gleich wieder gehen«, sage ich.

»Ich möchte doch nur einen Moment reinkommen«, zischt er. »Ehrlich. Ich brauche irgendein – eine Schere oder so was . . .«

»Hast du den Verstand verloren?«

»Ich kann doch damit nicht durch die Straßen laufen. Überleg mal. Nur zehn Minuten – dann bin ich wieder weg.« Die letzten Worte spricht er zähneknirschend.

»Nein.«

Er schlägt sich vor die Stirn. »Ich kann's nicht fassen!«

»Nein.«

»Ich teil auch mit dir . . .«

Ich mach die Tür zu, sperre ab, schiebe den Riegel vor. Er läutet Sturm. Ich laufe mit fest verschränkten Armen umher. Er läutet und läutet. Wie Feueralarm.

Dann trommelt er an die Tür. »Gloria!« brüllt er. »Gloria!«

Ich renne zum Fenster und schaue hinaus. »Bist du wahnsinnig? Bist du vollkommen verrückt geworden? Geh nach Hause. Wenn du hier rumstehst und brüllst, erregst du nur Aufsehen. Willst du unbedingt im Knast landen wie Lisa?«

»Ich hasse dich!« schreit er. Tränen glitzern in seinen Augen. Ich schließe das Fenster, ziehe die Vorhänge zu, laufe im Zimmer hin und her. Er läutet wieder Sturm, hämmert an die Tür, brüllt: »Gloria! Gloria! Du blöde Kuh!« Seine Stimme ist giftgeladen. »Du bist ja so beschissen edel und gut. Von wegen! Zum Kotzen bist du! Deine Seele hast du verloren. Du hast deine *öde, blöde, kleinliche kleine* Seele verloren, Gloria!«

Oh, mein Gott, die ganze Straße kann ihn hören. Ich werfe mich in einen Sessel und schlage die Hände vors Gesicht.

»Dein Freund ist abgehauen, du Kuh! Was ist denn passiert? Er hat dich wohl durchschaut, was? Ha-ha-ha! Beschissene

Kuh, du! Herzlichen Dank. Besten Dank für alles. So viele Jahre, so viele Jahre, und dann läßt du mich vor der Tür stehen. Ich hasse dich! Hörst du mich? Ich scheiß auf dich, ich hasse dich, du gemeines Miststück.« Die Stimme versagt ihm. Er trommelt an die Tür, läutet Sturm. Ich fange an zu weinen. Ich höre ihn vor meiner Tür weinen, ein leises, elendes Wimmern. Dann ist es still.

Einen Augenblick später donnert er ans Fenster.

»Geh weg, bitte, geh weg«, flüstere ich.

»Hast wohl Angst, was die Nachbarn denken, was, Gloria?« brüllt er. »Hä? Wir wollen doch die lieben Nachbarn nicht stören, hm?« Er lacht brüllend. »Ich schlag's ein. Ich schlag's ein. Das ganze Haus schlag ich zusammen.« Bum, bum. Bum.

Ich laufe zum Fenster und rufe: »Ich hole die Polizei. Ich hole die Polizei, David. Überleg's dir.«

»Verpiß dich!« Er lacht. »Verpiß dich, meine Schwester, meine Braut.«

»Ich ruf die Polizei an.« Ich laufe zum Telefon und hebe den Hörer ab.

»Ruf sie doch an. Ruf sie ruhig an, du Miststück!« kreischt er, aber er hört auf, ans Fenster zu schlagen. Ich höre ihn weinen. Das Amtszeichen tönt mir ins Ohr. »Ich geh schon«, ruft er mit schwacher Stimme. »Ich geh schon. Behalt deinen Elfenbeinturm. Ist sowieso nichts als Scheiße.«

Ich lege den Hörer auf. Ich höre ihn die Eisentreppe hinuntergehen. Dann nichts als Stille. Mein Herz hämmert gegen meine Brust: Laß mich raus, laß mich raus. Meine Hände zittern. Ich setze mich und warte auf Beruhigung, hebe Esmeralda an meine Brust und halte sie so.

Ich möchte ihn los sein. Ach, wie gern möchte ich ihn los sein.

Am nächsten Morgen erzähle ich Mary von dem Auftritt. Wir sitzen am Fenster mit Blick in den Garten. Es ist ein schöner, frischer Tag. Josie marschiert, die Hände auf dem Rücken, im

Garten herum. Ihr Pferdeschwanz ist mit einer kleinen rosaroten Schleife gebunden. Ihre Sandalen sind alt und ausgeweitet und hängen wie Boote an ihren kleinen braunen Füßen.

»Ach, Männer!« sagt Mary. »Die entpuppen sich am Ende alle als kleine Kinder. Wär ihm recht geschehen, wenn er eingebuchtet worden wäre.« Sie schiebt die Ärmel ihres Pullis über ihren kräftigen sommersprossigen Arm hoch und trinkt mit verächtlicher Gebärde ihren letzten Schluck Kaffee. »Ich hab die Nase restlos voll von den Kerlen. Die denken doch alle mit ihren Schwänzen. Kannst du mir ein einziges Paar nennen, das du beneidest, das überhaupt noch zusammen ist? Abgesehen von Phyllis und Roy, und die sind so langweilig wie eine Bushaltestelle.

Ich hatte mal einen Freund, der hat immer auf mich gewartet, wenn ich von der Arbeit kam, und dann vor allen Leuten eine Riesenszene hingelegt. Erbärmlich! Mami, Mami, schau doch her! Ich strampel mit den Füßen und halt die Luft an, bis ich blau werde, wenn du nicht herschaust! Dein Problem ist, daß du das alles viel zu ernst nimmst. Hast du übrigens von Christian gehört?«

»Er hat mich Dienstag abend angerufen.«

»Hm, sehr anhänglich«, meint sie leicht sarkastisch. »Was hat ihn das gekostet?«

»Keine Ahnung.«

»Na ja, seine Familie hat ja Geld, nicht? Was hat er gesagt? Gloria, Gloria, ich kann ohne dich nicht leben?«

»Ach, halt die Klappe, Mary.«

»Entschuldige. Weißt du, was für dich das Beste wäre? So ein nettes, unverbindliches Abenteuer. Irgendwas Triviales und Oberflächliches.« Ich sehe Josie beim Spiel zu. Sie ist völlig vertieft, ihr Mund in ständiger Bewegung, während ihre Füße die Nässe des Grases in sich aufsaugen. »Nicht diese Herz-Schmerz-Geschichten. Weißt du was, fahren wir doch einfach mal weg, machen wir Urlaub irgendwo in der Sonne, wo wir von allem hier entfernt sind.« Sie winkt zum stillen weißen Himmel hinauf und zum stillen herbstlichen Garten hinaus.

»Faulenzen, Wein trinken. Wir schnappen uns zwei nette Kerle, zwei gutaussehende Kellner...«

»Ich will aber keinen Kellner!« entgegne ich lachend, aber irritiert. »Was soll ich mit so einem blöden Kellner anfangen?«

»Ach, mit denen läßt sich alles mögliche anfangen«, sagt sie, dann runzelt sie die Stirn und rümpft die Nase. »Man kann überhaupt keinen Spaß mehr haben. AIDS. Paranoia. Alles viel zu ernst.« Sie lehnt sich zurück und wippt in ihrem Sessel.

Josie schaukelt an dem ausladenden Ast des Holunders. Er knarrt müde, sehr laut, als würde das Geräusch durch die Stille der Luft verstärkt. Mich überläuft ein Frösteln, ein kurzer, unwillkürlicher Schauder, bei dem es mir die Kehle zudrückt. Spielende Kinder sind wie besessen. Ich weiß es noch gut. »Josie!« rufe ich. »Geh weg von dem Ast.« Er ist alt, er könnte abbrechen.

»Möchtest du eine Tasse Tee?« frage ich. »Etwas zu essen?«

Mary folgt mir in die Küche. »Geht's dir gut?« fragt sie.

»Aber ja. Wieso?«

»Ich weiß auch nicht.« Sie scheint verwirrt. »Ich weiß nicht. Du bist so blaß.«

»Ach was, ich bin o.k.« Ich lächle. »Ein bißchen rauf und runter vielleicht. Sind wahrscheinlich die Hormone oder so was.«

Josie kommt herein. Und etwas kommt mit ihr, kalte Luft, ein schwaches Summen in meinen Ohren wie von einer Mücke, mehr nicht. Ich bin ein wenig außer Atem. Josie hängt sich quengelnd und schmollend an Marys Knie. »Ich will heim«, sagt sie. »Ich will heim, Mary. Ich will heim, ich will heim, ich will...«

»Ach, sei still. Kann ich den Fernseher anmachen, Gloria? Damit unsere Prinzessin sich nicht langweilt?«

»Klar.«

Das Programm setzt mit einem Schwall dröhnenden Gelächters ein, dann folgt Musik. Ich mache Tee, breite eine lange rote Decke auf dem runden Tisch am Fenster aus, stelle Ingwerplätzchen, Brot, Erdnußmus, glänzende rote Äpfel hin.

»Das mag ich alles nicht«, sagt Josie.

»Du brauchst es ja nicht zu essen«, erwidere ich.

Mary legt die Füße hoch, verschränkt die Arme hinter dem Kopf und beschwert sich, alle Videos seien nur Mist. Auf dem Bildschirm wälzt sich eine Frau singend auf dem Boden. Ich setze mich an den Tisch und schaue zum Garten hinaus, gieße Tee ein, schüttle ein wenig den Kopf, als hätte ich Wasser in den Ohren.

»Ach, geh doch wieder raus«, höre ich Mary sagen. »Geh raus, du kleine Nervensäge, und spiel was.«

Geh raus und spiel, du kleine Nervensäge, laß mich in Ruhe.

Mary regt sich darüber auf, wie dick ihre Arme werden, daß ihr Therapeut sie nicht versteht. Sie überlegt, ob sie Gewichttraining machen soll, nicht so extrem wie manche dieser Frauen, verstehst du, nur um den Muskeltonus ein bißchen zu verbessern. Ich schließe die Augen und trinke meinen Tee. Mir ist sehr friedlich zumute. Als ich die Augen wieder aufmache, springen mich vom Bildschirm Cartoons an, der Garten ist ein Stück Weiß in meinem Augenwinkel.

»Was so ein Paar Hanteln wohl kostet?« sagt Mary.

Ich lehne mich zurück und zerkrümle ein Ingwerplätzchen im Schoß, um es Esmeralda zu geben. Eine schmutzige kleine Hand schiebt sich unter dem roten Tischtuch hervor, eine gekrümmte kleine Bettlerhand. Ich versetze ihr einen leichten Klaps. »Du kleine Bettlerin, Josie«, sage ich. »Du hast doch gesagt, du wolltest nichts. Jetzt komm und frag, wie es sich gehört.«

Die Hand verschwindet.

»Was?« sagt Mary.

Und in einer kurzen Geräuschpause des Fernsehers höre ich das gleichmäßige quietschende Knarren des alten Holunders; blicke zum Fenster hinaus und sehe hinten im Garten die schaukelnde Josie mit den ausgeleierten alten Sandalen, die ihr von den kleinen Füßen herabhängen.

Mir wird eiskalt.

Mein Sessel rutscht quietschend an die Wand zurück. Ich

springe auf. Plätzchenkrümel fliegen. Ich stehe schlaff und benommen, dann bücke ich mich mit einer raschen, ungeschickten Bewegung, hebe die Tischdecke an und blicke darunter. Natürlich ist dort nichts, nichts außer ein paar Krümeln auf dem Teppich und etwas Staub auf dem geschweiften Fuß des zentralen Tischbeins.

»Was ist los?« fragt Mary.

Ich richte mich auf, bleibe schwankend stehen und starre zum Fenster hinaus. Eine Sirene heult in meinen Ohren, verstummt. »Josie!« rufe ich schrill. »Geh sofort von dem Ast runter!« Dann drehe ich mich herum und laufe hinaus, hinunter ins Badezimmer, wo ich mich, am ganzen Körper zitternd, auf den geschlossenen Klodeckel setze, die Hände zwischen den Knien zusammengekrampft. Meine Zähne schlagen aufeinander, ich wische mir Schweiß von der Stirn, er ist kalt.

»Ist alles in Ordnung?« fragt Mary leise von der offenen Tür her.

»Mir ist ein bißchen flau«, antworte ich und schlucke.

»Du schlotterst ja vor Kälte.« Sie kommt ins Bad und beugt sich über mich, um mir ins Gesicht zu blicken. Mir fällt auf, daß all die roten Äderchen im Weiß ihrer Augäpfel viel zu grell und zu stilisiert sind, um echt zu sein. Sie sehen aus, als würden sie gleich anfangen zu kriechen.

»Wie fühlst du dich?«

Ich atme aus und richte mich mit einem törichten Lachen auf. »Mir ist nur ein bißchen schwindlig geworden«, sage ich, und es lichtet sich, noch während ich spreche. »Geht schon wieder.« Es ist wahr, es ist weg, es geht mir gut. Nur meine Hände zittern noch ein wenig. Sie läßt Wasser in den Zahnputzbecher laufen und betupft mit den Fingerspitzen meine Stirn. Das Wasser rinnt mir über das Gesicht wie Tränen. »Danke«, sage ich.

»Wie geht's dir jetzt?«

»Besser.«

»Ich weiß, woher das kommt«, schilt sie, sich auf den Rand

der Badewanne setzend. »Du sorgst nicht richtig für dich, wahrscheinlich ißt du auch nicht richtig. Was hast du heute gegessen?«

Ich überlege. Es fällt mir nicht mehr ein. Sie läßt mir keine Zeit.

»Na bitte! Nichts wahrscheinlich. Du dummes Ding. Du machst dich krank. Ich bin froh, daß Kit kommt; dann mußt du auch mal an jemand anderen denken statt nur an dich selbst. Ich weiß nicht, die Kleine hat wahrscheinlich mehr Grips im Kopf als du – *sie* läßt dich bestimmt nicht verhungern. Hast du das schon mal gehabt?«

»Nein, nein.«

»Egal, schon einmal ist zuviel. Geh zum Arzt. Laß dein Blut untersuchen. Wahrscheinlich bist du anämisch oder so was.«

Als ich aufstehe, zittern meine Beine nicht. Sie tragen mich unter Marys unablässigem Schelten sicher die Treppe hinauf in mein Zimmer, wo der Fernseher quäkt und plärrt und Esmeralda auf der Armlehne eines Sessels hockt und Josie schmollt, wo alles ganz normal und alltäglich ist. Es ist nichts passiert. Natürlich ist nichts passiert. Wir setzen uns wieder, reden, trinken Tee, und als Mary und Josie später nach Hause gehen, denke ich: Das war wirklich komisch. Was war denn das? Mein Hirn ist wie benebelt.

Du mußt bereit sein, sagt jemand im Fernseher.

Ich schalte den Apparat aus und mache das Radio an. Jemand spricht über Weine und jemand anderes, weit, weit weg, irgendwo im Äther, lacht und scherzt auf Französisch. Aus dem Garten weht ein kleines Lüftchen herein. Es wird kühl. Ich krame in Schubladen, setze mich, umgeben von all meinen Schätzen, auf den Boden: Glücksfisch, Kits rote Haarschleife, Okarina, Rex' Halsband. Meine Beschützer.

»Komme, was da wolle«, sage ich laut, »komme, was da wolle«, und ein Schwall der Erregung durchschießt mich. Eine andere Zeit bricht an, ich fühle sie jetzt sehr nahe. Ich werde mir auf der Bank Geld holen. Um für alles gewappnet zu sein.

Am Samstag ruft David mich an. »Es tut mir leid«, sagt er.

»Ja«, erwidere ich, »ich weiß.«

»Du bist mir nicht böse?«

»Nein.« Ich bin nicht böse, ich bin ruhig.

»Ich muß dich sehen.« Sein Ton klingt vernünftig, aber es schwingt ein gewisses Drängen und eine müde Verwischtheit der Wörter mit. »Siehst du, was für ein braver Junge ich bin? Ich hätte auch einfach zu dir kommen können, aber ich wollte es erst mit dir absprechen.«

»Nein, komm nicht her.«

Er seufzt. »Es tut mir ehrlich leid«, versichert er. »Glaub mir.«

Danach bleibt es lange still.

»Ich will dich hier nicht sehen«, sage ich. »Außerdem kommt Kit morgen. Ich habe eine Menge zu tun.«

Wieder Schweigen. »Ist es denn ganz vorbei?« fragt er traurig. »Alles? Alles, was ich dir mal bedeutet habe? Und du mir? Nein, das ist nicht vorbei.«

Ich sage nichts. Ich beobachte einen Schwarm Vögel am weißgrauen Himmel, der bald hierhin, bald dorthin wirbelt, quirlig, kreuz und quer, ohne Form. Warum lächle ich so dünn und einfältig? »Es tut mir ewig leid, daß ich dich verletzt habe«, sagt er. »Ich wollte mit dir reden. Ich wollte es dir sagen.« Er hält schwer atmend inne. »Ich bin krank, Glory. Ich bin krank.«

Wer einmal lügt ...

»Ich hab Angst. Ich bin ganz allein. Mir ist so unheimlich. Ich erwarte ja gar nicht, daß du es verstehst; es ist, als würde ich die ganze Zeit auf etwas warten, etwas, das gleich kommt und mich holt. Hast du schon mal eine Vorahnung gehabt? Ich könnte sterben, einfach eingehen, und kein Mensch würde es merken. Du glaubst mir nicht, du glaubst mir nicht, und ich verdien auch gar nicht, daß du mir glaubst. Ach, Glory.« Seine Stimme wird leise, als hielte er den Hörer weit weg von seinem Gesicht. »Ich möchte dich noch ein letztes Mal sehen«, sagt er. »Ich muß sterben.«

»Du stirbst nicht.« Mutter weiß es am besten. »Du bist nur melodramatisch. Du stirbst bestimmt nicht.«

Überall fallen die Blätter. Sie hängen zitternd am Himmel. Alles gerät in Bewegung. Er lacht. Es ist ein lang anhaltendes, schwerfälliges, ächzendes Lachen. »Hör mir zu.«

»Was ist mit deiner Stimme?«

Er lachte wieder. »Ich hab was genommen«, sagt er und lacht. »Ich gehe aus wie eine Kerze, flacker, flacker, flacker.« Schwächer und schwächer wird sein Lachen.

»Lügner«, sage ich. »Du bist stark wie ein Bär. Ich kenn dich doch.«

»Du hast recht!« Seine Stimme ist wieder laut und klar, dicht am Hörer. »Aber diesmal ist es anders. Diesmal mache ich kein Theater. Natürlich gibt es keinen bekannten Grund auf Gottes Erdboden, warum ich sterben sollte. Aber ich hab diese Vorahnung, dieses Gefühl, dieses – dieses – ich weiß nicht, was es ist. Ich hab so was noch nie gehabt. Aber *ich weiß es. Ich weiß es*, Gloria, so wahr ich hier stehe, ich muß sterben. Vielleicht hörst du demnächst, daß ich erschossen worden bin. Vielleicht werde ich überfahren. Vielleicht sonst was, ich weiß es nicht. Aber ich bin sicher. Diesmal hab ich recht.«

Schweigen. Auf dem Rasen pickt eine Amsel nach Würmern. Die Blätter liegen in Haufen, die der Wind am Haus zusammengeweht hat, weich und kalt, in allen Farben des Herbstes. Es ist, als wäre ich taub. All die kleinen Stimmen der Welt schweigen. In der Stille ergreift mich eisiges Entsetzen.

Er hat recht.

»Ich komm zu dir«, sage ich. »Ich möchte nicht, daß du hierher kommst. Ich komme zu dir.«

»Ach, Glory«, sagt er mit brüchiger Stimme, »ach, Glory…«

Ich lege den Hörer auf, ziehe einen Mantel über und gehe aus dem Haus. Ich mach mir keine Sorgen um David. Ich rieche den Herbst auf dem Weg am Park vorbei, wo die Gärtner das Laub zu schönen rostroten Scheiterhaufen zusammenfegen; so rostrot wie das Sommerkleid, das ich bei meinen Spaziergängen mit Christian getragen habe. Ich erreiche die Haltestelle, nehme die nächste U-Bahn, werde von Dunkelheit verschluckt. In der Dunkelheit kommen die Menschen zu mir, die in meinem Leben Bedeutung haben: Kit, Christian, David. Ein Pochen beginnt in mir, ein Anschwellen und Abebben von Schmerz. Die kleine Gloria wispert in meinem Kopf. Ich lege meine Hand auf die Stelle, an der es weh tut, und reibe sachte und beruhigend. Manchmal wünsche ich, ich wäre aus Stein. Manchmal denke ich, es wäre wunderbar, ihn wegbrennen zu lassen, diesen Schmerz. Er weiß nicht, wo er hingehört. Er ist wie der Boll Weevil, der ein Zuhause sucht.

Aristotle Point ist kalt und schmutzig, seine Fassade grau und abstoßend. Ein kleiner süßer Schmerz durchfährt mich, als David die Tür öffnet. Es ist so traurig zu sehen, wie diese alternden Freaks an der alten Ordnung festhalten, bis sie sterben, sich an die Sicherheit dessen klammern, was sie einmal waren: Lisa in ihrer Zelle, David in seinem Zimmer. Was sind sie für armselige Relikte geworden. Dieser Mann ist dreiunddreißig. Sein Gesicht ist bleich und schweißfeucht, das Haar fällt ihm in die stumpfen, gequälten Augen. Die formlosen Lippen des zahnlosen Mundes lächeln unsicher. Er hat Nasenbluten gehabt; dunkel verkrustetes Blut umrändert noch seine Nasenlöcher. Er trägt einen Pullover, der ihm zu lang ist. Seine Hände, unruhig und immer noch schön, spielen mit den überlangen Ärmeln.

»Ich hab nicht geglaubt, daß du kommen würdest«, sagt er ängstlich und gedämpft, besorgt, ich könnte gleich wieder gehen, wenn er das Falsche tut. Er bleibt einen Moment stehen, ehe er sich mit eckiger Bewegung umdreht und mir durch den stinkenden Flur ins Wohnzimmer vorausgeht.

Kaum drinnen, wird die kleine Gloria wach, auch sie nervös, zischelnd wie eine Schlange.

»Du mußt das Katzenklo mal saubermachen«, sage ich. »Das arme Tier findet ja kaum noch ein reines Eckchen zum Pinkeln.«

»Sie ist weg«, sagt er.

»Wohin?«

»Keine Ahnung. Einfach verschwunden. Ich schmeiß den Kasten weg.« Das ›S‹ und das ›Sch‹ kommen ihm pfeifend über die Lippen.

»Wo hast du deine Zähne?«

»Ich muß mir neue machen lassen«, sagt er.

Unsicher steht er im Wohnzimmer herum, als wäre es nicht seins. Sein Blick ist erloschen.

»Was ist mit deiner Nase?«

»Nasenbluten.« Er läßt sich in einen Sessel fallen. Ich setze mich aufs Sofa. Blutbefleckte Zigarettenpapierchen liegen im offenen Kamin. Ich rieche alten Katzenkot, Katzenurin, dreckiges Geschirr, Staub, Verwahrlosung.

»Also«, sage ich, »wo ist das Problem?«

»Hä?«

»Das Problem. Warum wolltest du mich sprechen?«

»Ach so«, sagt er mit verdutztem Gesicht. »Brauch ich einen Grund, um meine älteste Freundin zu sehen?« Nässe sammelt sich in einem schlaffen Mundwinkel. »Ich dachte, wir könnten uns einfach hinsetzen und reden wie zwei alte Freunde.« Die Augen fallen ihm zu. Ich sehe mich um, müde und unendlich traurig über ihn. Nichts fällt mir ein, was ich sagen könnte. »Und«, sagt er schließlich, die Augen öffnend, »wie läuft's, Glory?«

Ich lächle. »So la, la.«

Er lächelt ebenfalls, dieses schmale Lächeln mit warmen Augen, die sich an den Winkeln kräuseln, die einst süßen Lippen eingefallen im dunklen, leeren Mund. So sitzen wir beieinander und lächeln einander an, sinnlos und unergründlich. Er steht auf, geht durch das Zimmer, fällt gegen Möbelstücke, legt mit quälender Umständlichkeit eine Platte auf, wobei er mehrmals vergißt, was er gerade tut. Er ist unfähig, Hände und Hirn zu koordinieren, als er den Tonarm sucht und versucht, ihn auf die Platte zu setzen, die er dabei fürchterlich zerkratzt. Schließlich schafft er es.

»Mein Gott, David«, sage ich, als ihm die Knie wegsacken

und er schwer wieder in seinen Sessel fällt, »du bist wahnsinnig, weißt du das? Es wird immer schlimmer mit dir. Du bist
eine Gefahr für dich selbst.«

Er lacht und schließt wieder die Augen.

Niemals werde ich ihm verzeihen, was er aus sich hat werden lassen.

»Erinnerst du dich?« fragt er wehmütig. »Erinnerst du dich,
Glory?«

Dieselbe Platte, die an dem Abend lief, als ich ihn am Ende
des Semesters besuchte. Ein Feuer glühte im Dunkeln, und im
Kaffee war Blut. The Doors. Die Platte knackt und rauscht, der
Saphir springt. Ich sehe ihn hier sitzen, in diesem Gestank, Tag
für Tag, Nacht für Nacht, immer dieselben alten Platten ab-
spielend, ohne einen Schritt vor die Tür zu gehen.

Liebevoll spricht er von jenem Abend, dann vom Park an der
Kathedrale, von dem Markt in den alten Kopfsteinpflaster-
straßen mit den vielen Ständen voll alter Bücher, wo wir damals, als wir noch nicht erwachsen waren, immer hingegangen
sind. »Für mich warst du der schönste Mensch auf der ganzen
Welt«, sagt er zärtlich, während er die Hände hinter dem Kopf
verschränkt und seine Beine ausstreckt.

Ich will nicht, daß er so redet, der arme Narr, der über die
Jahre hinweg die Arme nach dem verlorenen Jungen ausstreckt, der er war und den es jetzt nicht mehr gibt. Aber ich
kann ihn nicht bremsen und sitze wie gebannt, den verlorenen
Jungen beklagend, während er in Erinnerungen schwelgt: Wie
an jenem Abend die Schlittschuhkufen in das Eis schnitten, als
dieses Mädchen an seiner Seite lief und er seinen Augen, seinem Glück nicht trauen wollte – sie war so schön, und er wußte
in diesem Moment schon mit einer über jeden Zweifel erhabe-
nen Sicherheit, daß sie die eine Einzige war. Und das Café, in
das sie immer zusammen gingen, wie sie sich über den Tisch
hinweg an den Händen hielten und über ihr Leben sprachen,
während der Junge hinter dem Tresen das Mädchen unverwandt anstarrte; wie sie dann aufbrachen und zu Fuß durch die
Straßen gingen und sich in eine Türnische drängten und ein-

ander küßten; und ihr Zimmer, wo sie auf dem Bett lagen und dem Regen lauschten; wie die Katzen leise im Korridor herumstrichen, wie die Kälte sie beide unter die Decke trieb, wie es war, ihre Hand auf seinem Rücken zu fühlen.

Ich will das alles nicht hören. Wie legendäre Gestalten bewegen sie sich am Ende eines langen Zeittunnels, der verlorene Junge und das verlorene Mädchen, auf ewig jung. Ich möchte sie beide beim Genick packen und in diesem stinkenden Zimmer zu Boden werfen und schreien: Schaut! Schaut! Bedeckt eure Gesichter und kriecht davon.

»Und wozu war das nun alles gut?« fragt er.

Ich weiß es nicht. Ich sage nichts.

»Ich bin krank«, fährt er fort und sagt dann sehr ernst, mir direkt in die Augen blickend: »Du glaubst mir nicht.«

Doch, diesmal glaube ich ihm. »Was ist es?« frage ich.

Die Platte bleibt hängen, genau wie an dem Abend, der jetzt Jahre zurückliegt. Ich erinnere mich, ich erinnere mich an den Text. »This is the end, beautiful friend, the end, this is the end . . .« Immer wieder, immer wieder. Sein Gesicht verzieht sich, nackt und bloß wie das eines Kindes.

Oh, bitte nicht, bitte nicht, ich kann das nicht mehr ertragen.

»Ich habe Angst«, sagt er. Es kommen keine Tränen. »Ich habe Angst.« Dies ist das reine Entsetzen, schlimmer als all seine Spiele.

Ich stehe auf und versetze dem Plattenspieler einen Stoß, und die Platte läuft weiter.

»Sag es mir«, verlange ich. »Du mußt es mir sagen.«

»Ich bin krank«, sagt er wieder und deckt sein Gesicht mit seinen langen wohlgebildeten Fingern zu. Sie sind noch da, ewig, die drei Ringe an seiner rechten Hand – ein großes goldenes Quadrat, ein dünner silberner Reif, eine Schlange, die sich in den Schwanz beißt. »Sei meine Freundin«, sagt er.

»David!« Zornig kauere ich vor ihm nieder und ziehe ihm die Hände vom Gesicht. »Du mußt es mir sagen.«

»Ich weiß es nicht«, antwortet er. »Mir ist ständig übel. Ich kann nichts essen. Ich scheiße Blut. Ich hab Alpträume. Der

Kopf tut mir weh, die Augen tun mir weh. Ich bin ganz allein ...« Seine Stimme verklingt, und sein Blick schweift.

»Warst du beim Arzt?«

»Ja. Er hat gesagt, es wären die Nerven.«

»Blödsinn. Das hat er bestimmt nicht gesagt. Ich glaub dir nicht.«

»Doch!«

»Was ißt du? Bestimmt nur Mist. Und dazu schluckst du noch alles mögliche Zeug. Du trinkst, du nimmst Speed. Und da wunderst du dich, daß es dir schlecht geht!«

Ich schüttle ihn, er zieht die Lippen hoch, ich kann seinen Mund nicht ertragen. Die Platte läuft aus. Klick. Klick. Klick. Klick. Ich richte mich auf, laufe zornig im Zimmer herum und beschimpfe ihn. Er hört mir zu, unglücklich, mit hängendem Mund, Selbstmitleid in den hochgezogenen Brauen, Hilflosigkeit in den Augen.

»Hör auf, mich fertigzumachen«, sagt er. »Hör auf! Ich bin krank, ich bin wirklich krank.« Wasser und Blut rinnen ihm aus der Nase. Tränen aus den Augen. Benommen steht er auf und taumelt ein wenig. »Ich muß mich hinlegen«, sagt er. »Ich muß mich unbedingt hinlegen. Bitte geh noch nicht. Bleib noch ein bißchen und red mit mir; du kannst mich auch ruhig ausschimpfen, es ist mir egal, nur laß mich jetzt bitte noch nicht allein.« Er greift sich mit unsicherer Hand an den Kopf und kichert unter Tränen. »Die bösen Geister«, sagt er. »Die bösen Geister kehren immer wieder – sobald du gehst, werden sie zurückkommen.« Er geht zum Nebenzimmer. »Komm und setz dich zu mir, bitte.« Er verschwindet. Ich höre das Quietschen von Sprungfedern, ein langes, zitterndes Stöhnen.

Klick. Klick. Klick. Klick.

»Gloria!« ruft er schwach.

Ich schalte den Plattenspieler aus und folge ihm. An der Tür bleibe ich stehen. Die Wände sind kahl, die Beleuchtung ist grell. Dunkelheit späht über einen durchhängenden rosagrauen Vorhang hinweg zum Fenster herein. Die Tür des alten

Kleiderschranks steht offen, Kleidungsstücke liegen auf dem Boden verstreut, der Teppich ist voller Flusen. Eine dünne rosarote Decke mit indischem Muster hängt am Fußende des Betts herab, auf dem er liegt. Seine Augen sind geschlossen, der Kopf ruht auf einem zerdrückten blauen Kissen. Daneben liegt ein zweites Kissen, Lisas, mit einem Fettfleck, wo ihr Kopf zu ruhen pflegte. Die Decken sind durcheinander.

»Setz dich zu mir und red mit mir«, sagt er.

Ich setze mich auf die Bettkante.

»Also«, sagt er wieder, »wozu war das alles gut?«

»Ich weiß es nicht.«

Er lächelt. »Vielleicht werden wir es niemals wissen. Vielleicht ist es ganz unwichtig. Sinn des Lebens – ha!« Er lacht. »Vielleicht sind ja die letzten fünf Minuten des Lebens das einzige, was wirklich zählt, das einzige, wozu man geboren wurde.«

Er sagt manchmal solche Dinge.

Auf einem Nachttisch voller Flecken steht mitten in liegengelassenen Haarnadeln und Lisas Lippenstiften ein kantiges schwarzes Radio. Er hebt matt den Arm und schaltet es ein. Leise Country-and-Western-Musik ertönt, sentimentales Zeug. Er weint leise. Sein leerer Mund klafft. Ich beobachte ihn fasziniert.

»Halt mich«, sagt er.

Ich weiche zurück.

»Ich sterbe«, sagt er mit brüchiger Stimme. »Halt mich doch.«

Ich werde mich nicht zu ihm legen. Ich helfe ihm, sich aufzusetzen, und halte ihn dann in meinen Armen, steif und abwehrend. Über seinem Kopf beiße ich die Zähne zusammen. Im Radio singt Jim Reeves ›Golden Memories and Silver Years‹. Es ist so absurd, daß wir zu lachen anfangen.

»Meine Mutter hat Jim Reeves geliebt«, sagt er, und die Stimme im Radio schluchzt weiter, und wir lachen so heftig, daß ich beinahe auch weinen muß.

»Ich liebe dich, Gloria«, sagt er. »Das weißt du, nicht wahr?

Es ist das einzige in meinem Leben, was wahr ist.« Ich schrecke innerlich zurück. Mein Körper will keine Berührung mit ihm. »Gloria!« Er drückt sein feuchtes bleiches Gesicht an meinen Hals. Sein Atem ist heiß, seine Lippen sind zu nahe, zu nahe, sein Atem riecht sauer. Ich rücke von ihm ab, aber er kommt mir nach, schwer und fiebrig hängt er sich an mich.

»Ich gehe jetzt.« Ich stoße ihn weg. »Wirklich.«

»Laß mich nicht allein«, sagt er. Mit einer Hand berührt er meine Brust. Ich möchte schreien.

»Jetzt hör aber auf!« sage ich. »Das kann nicht dein Ernst sein.« Und ich drücke und stoße, aber er klammert, klammert, hängt an mir wie festgesogen. Es ekelt mich, es ekelt mich, ein Tintenfisch klebt an mir, Saugnäpfe sitzen an meinem Hals, Fangarme umschlingen mich. Die kleine Gloria faucht. Dann lacht sie, aber ich kann sie nur schlecht hören neben seinem keuchenden Atem, den Kampfgeräuschen, meiner eigenen Stimme, die »Nein! Nein!« ruft. Ich drücke und stoße und winde mich, aber meine Arme lassen sich nicht bewegen.

»Bitte!« jammert er. »Bitte.« Sein zahnloser Mund senkt sich in meinen Hals und saugt. Er weint. »Gloria! Gloria!«

Ich halte das nicht aus, ich halte es nicht aus, daß dieser uralte stinkende Säugling in seiner wahnwitzigen, grotesken Abhängigkeit mich für sich beanspruchen will. Ich bekomme eine Hand frei, packe ihn bei den Haaren und versuche, seinen Kopf wegzureißen. Aber der Kopf tut nur einen kurzen Ruck, dann fällt er wieder über mich her wie ein Alptraum. Mir springen die Tränen aus den Augen. Ich kann nicht atmen, gleich wird mein Kopf bersten.

Die kleine Gloria lacht hemmungslos. Du mußt, sagt sie, du mußt.

Ich wehre mich mit aller Kraft gegen ihn, und sein Gesicht verändert sich, schwimmt nahe und weit entfernt in einem Meer grausamen Lichts, das jede schmutzverstopfte Pore, jede Falte und Kerbe, das schleimige Weiß seiner zusammengekniffenen Augen scharf hervorhebt.

Ich hasse ihn.

Die kleinen Schweinsäuglein, der Schlitz, der sein Mund ist, dieses Gesicht eines verkniffenen alten Sechsjährigen. Wie ein heißer, fetter Wurm stößt seine Zunge in meinen Mund. Es würgt mich. Ich muß kotzen. Er will mich bei lebendigem Leib verschlingen, mit seinem scheußlichen zahnlosen fleischfressenden Mund zermalmen. Glühende Wut stürzt über mich herein, in einer erlösenden Woge, in der die ganze Welt untergeht. Meine Hand stößt in den freien, kühlen Raum, ich packe das kantige, schwarze Radio, in dem jemand melancholisch singt, »*I, I could be warm, lying in your arms, healing my scars*«, schwinge es hoch über seinen Kopf. In diesem Moment bewegt er sich, unsere Blicke begegnen sich eine Sekunde lang und sagen verwirrt: Das ist ja verrückt.

Jetzt! schreit die kleine Gloria.

Alle Wut, die ich je gehabt habe, fällt ihn an. Der hämmernde Puls, die schrille Erregung des Hasses, die Macht und Herrlichkeit und die Lust, ihm den Schädel einzuschlagen. Das ist es, wozu ich geboren wurde. Das Radio trifft ihn mit einem Krachen von Metall auf Knochen über dem linken Ohr, und, noch immer in meiner kleinen weißen Hand, trifft es ihn ein zweites Mal mitten auf den Kopf, die singende Stimme verliert sich irgendwo im Äther, und was bleibt, ist ein ewiges interstellares Raunen, hinter dem die kleine Gloria sich verbirgt. Meine Hand öffnet sich, und das Radio fällt zu Boden.

Er bricht über mir zusammen. Ich wälze ihn von mir herunter, und er rollt auf das schmutzige blaue Kopfkissen. Ein wenig Blut rinnt ihm seitlich über das Gesicht, ein zweites kleines Rinnsal tropft in die schimmernde gedrehte Muschel seines Ohrs und sammelt sich dort dunkel glänzend. Seine halb geschlossenen Augen, schläfrig und erstaunt, starren mich an. Ich lächle ihm zu. Siehst du? Ich war's, von Anfang an. Du hattest *wirklich* eine Vorahnung. Ausnahmsweise einmal hast du recht gehabt, David. Er blickt durch meinen Schädel, durch mein hohles Herz, durch und durch. Seine Lippen bewegen sich schwach lächelnd. Er schließt die Augen und schläft, tief und fest, während sein Blut langsam ins Kissen sickert. Nach einer Weile nehme ich das andere Kissen und lege es sanft auf seinen Kopf, die fettige Stelle, die Lisas Kopf hinterlassen hat, auf sein Gesicht. Ich drücke. Er rührt sich nicht. Ich drücke fester, lege mich dann bäuchlings darüber, so lange, daß ich in einen Halbschlaf falle, in dem ich ein Geräusch wie schwaches Atmen höre, ein sehr dünnes Geräusch ganz am Rand meines Bewußtseins. Es hört auf und beginnt von neuem, lauter und tiefer, wird schwer und regelmäßig und voll, wandert durch das Zimmer zu mir und hält an einer Stelle an meinem Hinterkopf inne. Dort bleibt es, verebbt traurig, bis es kaum noch wahrnehmbar ist.

Eigentlich nicht viel schlimmer als einen jungen Hund zu ertränken, sagt es.

Ich schlafe ein.

Ohne jedes Zeitgefühl erwache ich. Ich ziehe das Kissen weg, lege es ordentlich wieder an seinen Platz und setze mich seufzend auf. Mein Blut singt. Ich stehe auf und strecke mich. Davids Zippo-Feuerzeug liegt auf dem Boden vor dem Bett. Ich ordne seine Arme, Hände auf die Brust, hebe die dünne rosarote Decke vom Boden auf und decke ihn ordentlich von Kopf bis Fuß damit zu. Dann gehe ich um das Bett herum und hebe die Decke sehr behutsam an, krieche darunter, ziehe sie über unser beider Köpfe hoch, so daß sie uns einhüllt wie ein Kokon, und strecke mich neben ihm aus. Rosiges Licht schimmert zu uns hindurch. Noch einmal nehme ich ihn in die Arme, in Erinnerung an frühere Zeiten.

Machen wir ein Spiel.

Was für eins?

Spielen wir, daß wir im Mutterleib sind.

Lange Zeit liegen wir beieinander, genau wie früher, ich lebendig und du tot, hier im Mutterleib. *Ich habe dich schon einmal getötet, vor unserer Geburt, warum wolltest du unbedingt mehr.*

Es ist Zeit zu gehen. Ich stehe auf und schlage die Decke bis zu seiner Taille zurück, damit ich ihn sehen kann. Er ist alt. Von seiner Schönheit ist nichts geblieben. Sein Leben hatte keinen

Sinn. Für das, was er sich angetan hat, hat er es verdient zu sterben. Ich bin ruhig und sachlich. Überall ist Blut, im Bett, auf seinem Kissen, auf dem Fettfleck von Lisas Kopf, an mir. Ich hebe das Radio vom Boden auf, schalte es aus und wische es mit einem Zipfel der rosaroten Decke sehr sorgfältig ab, ehe ich es wieder auf den Nachttisch neben dem Bett stelle. Niemand wird überrascht sein. Er hätte auf so viele Arten sterben können, er hat es selbst gesagt; du hast es doch gehört, nicht wahr, Gott? Das Zeug, das er geschluckt hat, das Leben, das er geführt hat, die Menschen, die er kannte, die Feinde, die er sich machte. Verrückte, gefährliche Leute, eine unbezahlte Schuld nach der anderen, ich scherze nicht, Pistolen, Messer, du hast es gehört ...

Nichts weiter als ein schmutziger kleiner Unterweltmord.

Und da liegt er nun, ein junger toter Mann; seine Hände berühren einander zaghaft auf der Brust, Ringe an drei Fingern. Ach, der arme Liebe, mit seinen Ringen an den drei Fingern.

Ich verschwinde lautlos, mache alle Türen leise hinter mir zu. Es ist spät. Ich gehe fort – frei, endlich frei. Ich bin die Macht. Ich bin die, die Leben schenkt und vernichtet. Ich bin der Sensenmann, mein beinerner Schädel leuchtet, mein schreckliches Grinsen glitzert. An meiner Sense haftet Blut.

Ich komme bei Nacht und verschlinge die Seelen der Menschen.

19

Heute kommt Kit. Es ist früher Morgen, im Frieden mit der Welt liege ich mit Esmeralda zu meinen Füßen im Bett. Ich schaue in mich hinein, und mir scheint, als sähe ich dort ferne Welten, viele, viele, die kein anderer Mensch je kennen kann, und die vielen Menschen in diesen vielen Welten tragen alle auch Welten in sich. Sie pflanzen sich fort und vermehren sich, ein starker lebenspendender Strom, der von mir ausgeht. Eine Frau in einer dieser Welten leidet, sie glaubt, real zu sein. Keine Sorge, sage ich zu der Frau in der fernen Welt, es ist nichts, du bist nicht real. Du bist außerhalb von mir. Ganz gleich, was geschieht, du bist in Sicherheit, denn du bist nicht real. Ich verspreche es, du wirst in mich zurückschmelzen, wenn ich das Ende der Geschichte erreiche. Es tut nicht weh. Es ist nichts weiter als das: ein endloses Zurückschmelzen. Aber die Frau kann mich nicht hören. Sie leidet in der fernen Welt im Geist irgendeines Menschen in einer Welt in meinem Kopf.

Aber ich leide nicht. Davon bin ich geheilt. Ich lasse mich in ein Niemandsland treiben, renne mit meinem unsichtbaren Zwilling rund um die Pilzwiese, einem hoffnungslosen Abenteuer hinterher. Als ich den Afrikabaum erreiche, ist er umgeschlagen, seiner Glieder und seines Kopfes beraubt. Ein Torso.

Erschreckt fahre ich aus dem Schlaf und höre draußen den Regen fallen, sachte und wohltuend. Was für seltsame Träume ich gehabt habe! Und hier bin ich nun; hier bin ich, lebendig und gesund: Die reale Welt hält mich in ihren tröstenden Armen. Ich bin umgeben von meinen Dingen. Ich bin von ewiger Dauer, wunderbar sinnlos; ich werde mich bewegen, innehalten, Dinge in mich hineinstecken, aus mir herausholen, bald stärker, bald schwächer werden, weiter und weiter und weiter, eine ziellos wandernde Linie, die nichts aufhalten kann, der Kopf eines jeden Kometen, das Auge eines jeden Sturms. Immer noch lebendig.

Kein Zorn ist mehr in mir. Meine Nerven sind nicht mehr angespannt.

Ich stehe auf, strecke mich, nehme ein Bad, kleide mich an, schminke mich leicht, mache mein Haar. Singend bereite ich mir Eier mit Pilzen, esse am runden Tisch und schaue in den tropfenden Garten hinaus. Ich nehme Esmeralda auf den Arm. Sie kratzt mich blutig und saust mir davon. »Du alter Griesgram«, sage ich liebevoll. »Du alter Griesgram.«

Ich telefoniere, treffe meine Vorbereitungen. Ich rufe in Frankreich an. Christians Stimme klingt nahe, er ist überrascht und erfreut. Er wird mich abholen. Ich räume das Frühstücksgeschirr weg, spüle ab, gehe zum Einkaufen in den Laden, der sonntags geöffnet hat. Ich höre den Klang von Glocken, und er versetzt mich in meine Kindheit zurück. Auch etwas, das ich geträumt habe. Ich kaufe alle Sachen, von denen ich weiß, daß Kit sie mag, dann gehe ich nach Hause, lege die Wäsche für ihr Bett zurecht, sortiere meine Kleider, lege dies und das behutsam in einen kleinen Koffer, bringe die Wohnung in Ordnung.

Ich bin aufgeregt, ungeduldig. Bald ist es Zeit zum Aufbruch. Ich glaubte, hier wäre mein Zuhause. Aber so ist es nicht. Diese Wurzeln – diese Dinge auf den Regalen, diese Reihen von Büchern, diese Schallplatten, diese Pflanzen, diese Stereoanlage, diese Schreibmaschine – das ist nicht mein Zuhause. Ich nehme es mit mir wie die Schildkröte ihren Panzer. Ich werde eine Zeitmaschine nehmen. Ich kann in einer anderen Welt sein. Noch gibt es jemanden, der auf meiner Seite ist. Ich habe Geld. Ich werde es schaffen. Ich schaffe es immer.

Kit kommt am Abend, zusammen mit Delia und einem kleinen schwarzen Hund, den sie an der Leine führt. »Delia bleibt eine Weile, Mami«, sagt sie. »Das ist doch okay, oder? Du hast gesagt, es wäre okay. Mami, das ist Timmy. Ist er nicht süß?«

Timmy springt bellend hoch und leckt mir das Gesicht. Kit und ich umarmen und drücken einander. Sie hat Pickel unter dem Kinn und langes Haar, das sie unablässig zurückstreicht. Sie trägt eine schwarze Lederhose, die ihr zu eng ist, und ihre Beine sind kräftig. Sie schnieft zuviel. Tiefe Rührung erfaßt mich. Sie ist nur ein junges Mädchen, und ich denke an mich und Tina, wie wir einander im Park der Klinik das Herz ausgeschüttet haben, als wir in ihrem Alter waren. Tina hatte nie ein festes Zuhause, und ihre Mutter war verrückt.

»Wie geht es Alastair?« frage ich. »Was macht Babe?«

»Babe ist eine alte Oma«, sagt sie. »Ich soll dich von allen grüßen.«

Delia sitzt mit ihrem Walkman auf dem Sofa und belächelt alles. Ich mache Tee und koche etwas zu essen. Esmeralda schmollt im Schlafzimmer. Timmy kläfft wie ein Wilder, wenn er irgendwo eine Tür gehen hört. Kit steht an der Küchentür und erzählt; selbstsicher, die Arme verschränkt, lehnt sie am Pfosten. Sie teilt mir mit, daß sie Jungfrau ist. Aber wegen AIDS macht sie sich sowieso keine Sorgen, sie meint, das wäre alles maßlos übertrieben. Sie will in einem Frisiersalon arbeiten.

Sie hat einen Freund. Er kommt im Frühling nach. Sie zeigt mir eine Fotografie. »Er reist dauernd rum«, sagt sie. »Er spielt in einer echt guten Band.« Da steht er, vielleicht achtzehn Jahre alt, dunkel und grüblerisch, in den Händen die Zügel eines großen schwarzen Pferds. Himmel, man sieht ihn förmlich dem Sonnenuntergang entgegenreiten. Arme kleine Kit.

Ich geh mit ihr ins Schlafzimmer. Dort setzen wir uns aufs Bett. Ich nehme ihre Hand und halte sie fest, während ich ihr von meinen Plänen berichte, von meinem Entschluß, dem Wann und Wo. Ich werde am Morgen reisen, in aller Frühe. Die Miete ist für drei Monate im voraus bezahlt. Sie bekommt die Wohnung, Esmeralda und etwas Geld. Zuerst ist sie beleidigt, dann lacht sie, verdreht kopfschüttelnd die Augen. Sie findet mich unmöglich.

»Du bist verrückt«, sagt sie. »Komplett verrückt.«

Ich lache. »O nein, Kit, das bin ich nicht.«

Ich laufe in die Küche, um das Essen umzurühren, und sie folgt mir.

»Wie geht's David und Lisa?« fragt sie.

»Lisa sitzt in Holloway«, antworte ich.

Sie lacht sich fast kaputt, stolpert kreischend im Zimmer herum und läßt sich schließlich auf das Sofa fallen, auf dem Delia sitzt. Sie tuscheln und kichern und reichen die Kopfhörer des Walkman hin und her. Immer wenn ich hereinkomme, blicken sie auf und unterdrücken aufkeimendes Gelächter.

Nach dem Essen läuft Kit ins Schlafzimmer und kehrt mit Esmeralda zurück. »Esmeralda!« ruft sie. »Meine gute alte Miezekatze! Ach, du meine schöne, schöne Miezekatze.« Ihr kleiner Hund ist eifersüchtig, also spiele ich ein bißchen mit ihm. Esmeralda wirft mir giftige Blicke zu. Das Leben ist kompliziert.

»Erinnerst du dich noch an Rex?« fragt Kit.

Wir lächeln.

Wir gehen sehr spät schlafen, sie auf dem Sofa, Delia auf Polstern auf dem Boden, ich in meinem Schlafzimmer. Esmeralda kommt herein und legt sich zu mir, macht in der Dunkelheit schnurrend ihre Rechte geltend. Schließlich schlafe ich ein. Ich träume. Mit einem Kind, Kit, auf meinen Schultern stapfe ich endlos durch den Nebel über Meilen von Rissen durchzogenen khakifarbenen Sumpfes. Von irgendwoher kommt die Flut herein. Wir haben jetzt keine Chance mehr. Wir wissen es. Wir fürchten uns nicht. Wir stapfen einfach weiter, der Nebelwand entgegen. Ich und Kit mit der roten Schleife im Haar.

Es ist noch dunkel, als ich erwache. Ich bleibe liegen, sehe zu, wie der Tag heraufzieht, lausche dem Zwitschern der Vögel. Ich erinnere mich an den täglichen Morgenchor, als ich noch klein war. Ich erinnere mich, wie ich nächtelang herumgewandert bin. Ich erinnere mich, wie ich zum Teich hinuntergerannt bin, erinnere mich der Teichhühner, der Enten und der großen Schwäne.

Zitternd vor Erregung stehe ich auf, kleide mich rasch und leise an, gehe in die Küche, ohne Kit und Delia zu wecken. Der kleine Hund springt lächelnd auf und wedelt mit dem Schwanz. Ich streichle ihn, beruhige ihn, den Finger an den Lippen. Er tappt mir mit hängender Zunge hinterher und setzt sich zu mir, während ich meinen Kaffee trinke. Sie schlafen weiter, tiefatmend unter ihren Decken, und der Jungmädchenkram aus ihren Taschen ist überall in meinem Zimmer verstreut.

Eine Weile schaue ich aus dem Fenster in den Garten unter dem tiefhängenden grauen Himmel. Dann ist es Zeit zu gehen.

Ich wende mich ab und hole im Schlafzimmer meinen Koffer, meinen Paß und mein Geld. Ich habe ein Kuvert mit der Aufschrift »Für Kit in Liebe von Mama«. Ich möchte so gern meine Okarina mitnehmen, Rex' Halsband, Kits rote Schleife, meinen Glücksfisch, aber eine kleine Stimme an meiner Seite, strenger und trauriger als alle anderen, befiehlt, als ich jedes Stück noch einmal berühre: Laß sie hier! Und so lasse ich sie zurück. Es erschüttert mich, sie zurücklassen zu müssen, aber so sei es: Mit diesem Teil hat Gloria abgeschlossen. Er ist vorbei.

Ich trete zu meinem Sessel, neige mich hinunter, küsse Esmeralda und sage ihr Lebewohl. Sie beachtet mich überhaupt nicht. »Ach, du gräßliches Tier«, sage ich. »Hast du denn überhaupt kein Herz?«

Behutsam wecke ich Kit, gebe ihr die Schlüssel, die Mietunterlagen, das Kuvert.

»Was ist das?« flüstert sie.

»Nur ein bißchen Geld. Und meine Adresse.«

Ich küsse sie. Sie lächelt und schläft schon wieder ein.

Danach gibt es nichts mehr zu tun. Ich gehe. Ein auffrischender Wind pfeift durch die hohen Bäume im Park, als ich die Straße hinuntergehe. Blätter tanzen und wirbeln vor meinen Füßen. Ich sehe den Baum, wo ich Christian geküßt habe, den Weg, den wir gegangen sind, ich in meinem neuen Kleid, die Bank, auf der wir gesessen haben. Der Sommer ist so weit. Alles, was ich habe, Esmeralda, mein grüner Alkoven, der alte Holunder, die Eisentreppe, mein Sessel, mein Spiegel, all das zerfällt, löst sich auf, verschwindet für immer. Ich bin erfüllt von einer köstlichen Hochstimmung, helles Licht leuchtet durch eine Lücke im dunklen Himmel über den Bäumen. Kleine Freudenwellen huschen durch mich hindurch, drehen sich wie die vom Wind getriebenen Blätter in plötzlichen Wirbeln. Ich habe Herzklopfen. Ich bin auf dem Weg, mein Glück zu machen. Ich bin auf dem Weg nach Afrika, um diese Pflanze zu suchen, die einzig an dem von Regenwald überzogenen Hang eines aktiven Vulkans gedeiht. Komme, was da wolle. Ich und Christian, glücklich bis an unser seliges Ende.

Oder ein Klopfen an der Tür – ja, ja, ich werde ihnen die Wahrheit sagen, die ganze Wahrheit und nichts als die Wahrheit, alles, alles. Wenn sie kommen. Ich bin wunschlos glücklich. Ich lasse die ganze Last von meinen Schultern gleiten. Gloria vergibt sich ihre Sünden. Gloria vergibt sich selbst: Pearly die Maus, Rex, Kit, David, ihren toten Zwilling, daß sie Stimmen gehört hat, daß sie Muttertod ins Haus gebracht hat, daß sie sich eines Abends betrunken hat und sich vom Teufel mitnehmen ließ.

Am Ende bleibt nur dies: Sie ist das kleine Mädchen in den Schaufeln des Elchs.

Sie ist das kleine Mädchen in den Schaufeln des Elchs.

Margriet de Moor im dtv

»Ich möchte meinen Leser genau in diesen zweideutigen
Zustand versetzen, in dem die Gesetze der
Wirklichkeit aufgehoben sind.«
Margriet de Moor

Erst grau dann weiß dann blau
Roman · dtv 12073

Eines Tages ist sie verschwunden, einfach fort. Ohne Ankün-
digung verläßt Magda ihr angenehmes Leben, die Villa am
Meer, den kultivierten Ehemann. Und ebenso plötzlich ist sie
wieder da. Über die Zeit ihrer Abwesenheit verliert sie kein
Wort. Die stummen Fragen ihres Mannes beantwortet sie
nicht.

Der Virtuose
Roman · dtv 12330

Neapel zu Beginn des 18. Jahrhunderts – die Stadt des Bel-
canto zieht die junge Contessa Carlotta magisch an. In der
Opernloge gibt sie sich, aller Erdenschwere entrückt, einer
zauberischen Stimme hin: Es ist die Stimme Gasparo Contis,
eines faszinierend schönen Kastraten. Carlotta verführt den
in der Liebe Unerfahrenen nach allen Regeln der Kunst.

Rückenansicht
Erzählungen · dtv 11743

Doppelporträt
Drei Novellen · dtv 11922

»De Moor erzählt auf unerhört gekonnte Weise. Ihr gelingen
die zwei, drei leicht hingesetzten Striche, die eine Figur un-
verkennbar machen. Und sie hat das Gespür für das Offene,
das Rätsel, das jede Erzählung behalten muß, von dem man
aber nie sagen kann, wie groß es eigentlich sein soll und darf.«
Christoph Siemes in der ›Zeit‹

Penelope Lively im dtv

»Penelope Lively ist Expertin darin, Dinge von
zeitloser Gültigkeit in Worte zu fassen.«
New York Times Book Review

Moon Tiger
Roman · dtv 12380
Das Leben der Claudia
Hampton wird bestimmt
von der Rivalität mit
ihrem Bruder, von der ei-
genartigen Beziehung zum
Vater ihrer Tochter und
jenem tragischen Zwi-
schenfall in der Wüste, der
schon mehr als vierzig
Jahre zurückliegt …

Kleopatras Schwester
Roman · dtv 11918
Eine Gruppe von Reisen-
den gerät in die Gewalt
eines größenwahnsinnigen
Machthabers. Dabei ent-
wickelt sich eine ganz
besondere Liebesge-
schichte …

London im Kopf
dtv 11981
Der Architekt Matthew
Halland, Vater einer Tochter, geschieden, arbeitet an
einem ehrgeizigen Bau-
projekt in den Londoner
Docklands. Während der
Komplex aus Glas und
Stahl in die Höhe wächst,
wird die Vergangenheit
der Stadt für ihn lebendig.

Ein Schritt vom Wege
Roman · dtv 12156
Annes Leben verläuft in
ruhigen, geordneten Bah-
nen. Als ihr Vater langsam
sein Gedächtnis verliert
und sie seine Papiere ord-
net, erfährt sie Dinge über
sein Leben, die sie tief er-
schüttern. Dann lernt sie
einen Mann kennen, dem
sie sich ganz nah fühlt …

Der wilde Garten
Roman · dtv 12336
Die Geschwister Helen
und Edward leben in
einem großen Haus mit
wildem Garten. Nach dem
Tod ihrer Mutter gerät das
Leben der Geschwister –
beide unverheiratet und
Anfang Fünfzig – plötz-
lich in Bewegung.

Hinter dem Weizenfeld
Roman · dtv 12515
Ein Roman von Müttern
und Töchtern, Untreue
und Eifersucht, Selbstbe-
trug und Solidarität.

Joyce Carol Oates im dtv

»Mit dem Schreiben sei es wie mit dem Klavierspiel,
hat Joyce Carol Oates einmal gesagt.
Man müsse üben, üben, üben. Die Oates muß nicht
mehr üben. Sie ist bereits eine Meisterin.«
Petra Pluwatsch, ›Kölner Stadtanzeiger‹

Grenzüberschreitungen
Erzählungen · dtv 1643

Lieben, verlieren, lieben
Erzählungen · dtv 10032

Bellefleur
Roman · dtv 10473
Eine Familiensaga wird
zum amerikanischen My-
thos.

Engel des Lichts
Roman · dtv 10741
Eine Familie in Washing-
ton zwischen Politik und
Verbrechen.

Unheilige Liebe
Roman · dtv 10840
Liebe, Haß und Heuchelei
auf dem Campus einer ex-
klusiven Privatuniversität.

**Die Schwestern von
Bloodsmoor**
Ein romantischer Roman
dtv 12244

Das Mittwochskind
Erzählungen · dtv 11501

Das Rad der Liebe
Erzählungen · dtv 11539

**Im Zeichen der
Sonnenwende**
Roman · dtv 11703
Aus der Nähe zwischen
zwei Frauen wird zerstö-
rerische Abhängigkeit.

Die unsichtbaren Narben
Roman · dtv 12051
Enid ist erst fünfzehn, als
ihre *amour fou* mit einem
Boxchampion beginnt...

Schwarzes Wasser
Roman · dtv 12075
Eine Nacht mit dem Sena-
tor: den nächsten Morgen
wird Kelly nicht erleben...

Marya – Ein Leben
Roman · dtv 12210
Maryas Kindheit war ein
Alptraum. Dieser Welt
will und muß sie entkom-
men.

Amerikanische Begierden
Roman · dtv 12273
Der Collegeprofessor Ian
soll seine Frau ermordet
haben. Wegen einer ande-
ren...

Binnie Kirshenbaum im dtv

Wer etwas vom Seiltanz über einem Vulkan lesen will,
also von den Erfahrungen einer kühnen Frau mit dem
männlichen Chaos, dem sei Binnie Kirshenbaum
nachdrücklich empfohlen.«
Werner Fuld in der ›Woche‹

Ich liebe dich nicht
und andere wahre Abenteuer
dtv 11888

Zehn ziemlich komische Geschichten über zehn unmögliche
Frauen. Sie leben und lieben in New York, experimentier-
freudig sind sie alle, aber im Prinzip ist eine skrupelloser als
die andere...
»Scharf, boshaft und irrsinnig komisch.« (Publishers Weekly)

Kurzer Abriß meiner Karriere
als Ehebrecherin
Roman · dtv 12135

Eine junge New Yorkerin, verheiratet, linkshändig, hat drei
außereheliche Affären nebeneinander. Sie lügt, stiehlt und be-
gehrt andere Männer. Daß sie ein reines Herz hat, steht außer
Zweifel. Wenn sie nur wüßte, bei wem sie es verloren hat,
gerade. »In diesem unkonventionellen Roman ist von Skru-
peln keine Rede. Am Ende fragt sich der Leser amüsiert: Gibt
es eine elegantere Sportart als den Seitensprung?«
(Franziska Wolffheim in ›Brigitte‹)

Ich, meine Freundin und all diese Männer
Roman · dtv 24101

Die beiden Freundinnen Mona und Edie haben sich im College kennengelernt und sofort Seelenverwandtschaft festge-
stellt. Sie sind entschlossen, ein denkwürdiges Leben zu
führen. Und dabei lassen sie nichts aus... »Teuflisch komisch
und frech. Unbedingt lesen!« (Lynne Schwartz)

T. C. Boyle im dtv

World's End
Roman · dtv 11666
Ein fulminanter Generationenroman um Walter Van Brunt, seine Freunde und seine holländischen Vorfahren, die sich im 17. Jahrhundert im Tal des Hudson niederließen.

Greasy Lake und andere Geschichten
dtv 11771
Von bösen Buben und politisch nicht einwandfreien Liebesaffären, von Walen und Leihmüttern…

Grün ist die Hoffnung
Roman · dtv 11826
Drei schräge Typen wollen in den Bergen nördlich von San Francisco Marihuana anbauen, um endlich ans große Geld zu kommen.

Wenn der Fluß voll Whisky wär
Erzählungen
dtv 11903
Vom Kochen und von Alarmanlagen, von Fliegenmenschen, mörderischen Adoptivkindern, dem Teufel und der heiligen Jungfrau.

Willkommen in Wellville
Roman · dtv 11998
1907, Battle Creek, Michigan. Im Sanatorium des Dr. Kellogg läßt sich die Oberschicht der USA mit vegetarischer Kost von ihren Zipperlein heilen. Unter ihnen Will Lightbody. Sein Trost: die liebevolle Schwester Irene. Doch Sex hält Dr. Kellogg für die schlimmste Geißel der Menschheit… Eine Komödie des Herzens und anderer Organe.

Der Samurai von Savannah
Roman · dtv 12009
Ein japanischer Matrose springt vor der Küste Georgias von Bord seines Frachters. Er ahnt nicht, was ihm in Amerika blüht…

Tod durch Ertrinken
Erzählungen
dtv 12329
Wilde, absurde Geschichten mit schwarzem Humor.

América
Roman · dtv 12519